KB191132

천재 언어 후리단

천재 인연 추리단

서랍의날씨

차례

프롤로그

"괜... 찮아요?"

진료 시간이 거의 끝나가는 병원 대기실은 차갑고 조용했다. 그런 한쪽 구석에 놓인 의자에 어깨를 잔뜩 움츠린 채 한 여자가 앉아 있었다. 제법 불러온 배를 손으로 덮은 채 미간을 찡그리고 있는 얼굴에는 식은땀이 송골송골 맺혀있는 모습이었다. 아들 내외를 택시에 태워 보낸 후 아까 잡지에서 보던 인터뷰 기사의 마지막 장을 마저 볼 생각에 노인은 다시 이곳에 들어선 참이었다. 하지만 잡지를 찾아볼 생각은 이미 잊어버린 채 노인은 여자가 앉아 있는 의자 옆에 자리를 잡았다. 걱정스러운 마음에 노인은 여자에게 조심스레 말을 건넨 후 기다리고 있었다. 한동안 움직임이 없던 여자는 서서히 노인쪽으로 고개를 돌리더니 천천히 입을 열었다.

"예, 이제 좀 괜찮아진 거 같아요. 배가 좀 당기는 느낌이 들어서 쉬고 있던 중이었어요."

"그래요? 힘들어 보여서 그냥 지나칠 수가 없었어요. 여전히 안색이 창백하니 조심해야 될 것 같은데... 보호자는 함께 안 왔어요?"

"예... 저 혼자 왔어요."

여자는 자신이 혼자라고 말하면서 눈치를 살피는 듯했다. 순간, 노인은 왠지 모르게 그런 그녀를 안심시켜 주고 싶다는 생각이 들었다.

"난 며느리 진료에 따라왔다가 이제 집에 가려던 중이었어요. 아들 내외는 이미 병원을 떠난 후고요. 괜찮다면 나랑 함께 근처에서 따뜻한 것 좀 먹고 갈래요? 갑자기 따뜻한 국물 음식이 좀 먹고 싶은데 혼자 가기가 그래서요. 나처럼 나이 많은 여자가 혼자 식당에 앉아 있으면 왠지 처량하게 보잖아요. 좀 부담스러울까요?"

"음... 그럼 제가 식당에 함께 가 드릴게요. 저도 따뜻한 국물을 먹으면 속이 좀 진정될 것 같아요."

"그래 줄래요? 고마워요. 고운 사람이 마음도 참 너그럽네. 자, 일어나기 힘들면 내 손 잡아요. 괜찮은 식당이 이 건물 바로 옆에 있어요."

한결 안색이 편해진 여자의 손을 이끌고 노인은 병원 근처의 식당으로 향했다. 그렇게 맞잡은 두 사람의 손이 어떤 방향으로 그들의 운명을 흘러가게 만들지, 그 순간의 두 사람은 전혀 알지 못했다.

1
-
생각지도 못한
이야기

— 연하준

　할머니가 남기셨다는 상자에 큼지막하게 적힌 내 이름을 보자 웃음이 나왔다. 어릴 적 내가 썼던 일기장들이 빼곡히 담긴 상자. 할머니가 돌아가시고 받은 유품이다. 별 중요한 내용도 적힌 게 없을 꼬맹이 시절 일기인데 그 오랜 시간 동안 할머니는 귀한 물건이라도 되는 것처럼 고이 간직해 주셨다. 내가 뭐라고 썼는지 기억도 안 나는 내용들이 담겨 있을 일기장들을 바라보다 보니, 멋쩍은 웃음이 얼굴에 퍼지면서도 마음에 따스한 기운이 피어올랐다.

　삐뚤한 글씨로 내 이름이 표지에 적혀 있는 일기장 하나를 집어 들어 첫 장을 열어 보았다.

　옆집 돌석이가 공을 차 할머니집 부엌 창문이 깨졌다. 이름에 돌이 두 개나 들어있으니 돌멩이 같은 녀석이라고 말하시면서, 할머니는 돌석이에게 별다른 책임을 묻지 않으셨다. 나 같으면 돌석이를 잔뜩 혼내 줬을 텐데... 할머니는 그저 허허 웃고 마셨다. 할머니의 허허 웃음소리에 하얗게 질려 있던 돌석이의 얼굴이 그제야 장난기 가득한 표정으로 돌아왔다.

하... 그날의 돌석이 모습이 여전히 눈에 선하다. 잔뜩 겁에 질린 얼굴이 점점 하얗게 질리는 듯하다가 할머니가 허허 웃으시니 그제야 마음을 놓고 헤헤 웃던 그 얼굴이. 여름방학 동안 내가 할머니 집에 놀러 와 있으면, 옆집 돌석이가 놀러 와 매일 같이 어울려 지내던 시절이었다.

돌석이는 나와 나이가 같지만, 어릴 적에는 돌석이가 나보다 머리 하나가 작았었다. 마르고 왜소한 체구였던 돌석은 중학교에 들어가면서 키가 쑥쑥 크더니, 고등학교 2학년 때는 그 키가 어느새 내 머리를 훌쩍 넘어섰었다. 매번 할머니댁에 내려가서 만날 때마다 눈에 띄게 몸이 커져 있던 돌석은, 이제는 어디를 가나 눈에 띌 정도로 큰 덩치를 가지고 있다. 나도 키가 작은 편이 아닌데도 불구하고 돌석을 올려다봐야 할 때면, 왠지 모르게 예전의 왜소했던 돌석이가 가끔 그리워지고는 한다. 이런 마음이 드는 건 스스로 생각해도 좀 유치해서, 돌석이에게는 이런 내 마음을 아직 한 번도 말한 적은 없다. 사실 덩치 외에도 돌석은 내가 가지지 못한 다른 장점들도 많이 가지고 있다. 유들유들한 성격과 주변을 잘 챙기고 부드럽게 섞여 드는 친화력, 세심하게 중요한 사항을 파악해 내고 치밀하게 필요한 부분을 미리 준비하는 그의 성격을 내심 부러 위한 적도 많다. 이런 마음을 내가 가지고 있다는 것 또한 돌석이에게 절대 말해줄 생각은 없다. 남자의 자존심이라고 할 수도 있고, 그냥 말하지 않아도 돌석이라면 이런 내 마음속 생각쯤은 이미 알고 있을 것 같기 때문이다. 다른 일기장 한 권을 꺼내 들어 몇 장을 넘겨 중간 즈음을 펼쳐 보았다.

돌석이가 놀리는 말에 기분이 나쁘다. 할머니가 내 장가 얘기를 했다며 놀려 댔기 때문이다. 그런 약속을 했다는 얘기를 할머니가 누군가에게 말하는 걸 우연히 들었다고 했다. 정혼녀... 뭐 그런 것을 말했다는데... 대체 그게 뭔지 정확히는 모르겠지만, 놀려 대는 돌석이가 얄미웠다. 그래서 돌석이네 집 앞에 물총으로 진돌석 바보라고 적었는데, 날이 더워 금방 말라 버렸다.

정혼녀? 이 대목에서 마른침이 삼켜졌다. 대체 무슨 얘기인지 이해하기 힘들었다. 나한테 그런 게 있었는지 전혀 기억조차 없다. 하지만 내가 일기장에 이렇게 직접 적어 뒀으니, 분명히 진짜 있었던 일일 것이다. 내 정혼을 언약한 것에 대해 할머니께서 누군가와 얘기를 나눈 것을 돌석이가 들었다는 뜻인 듯했다. 내가 그 시절에 정혼녀가 있었다는 얘기인 듯한데, 나와 관련된 이야기임에도 불구하고 정말이지 전혀 기억에 남아있는 게 없다.

조금은 멍해진 상태로, 대충 일기장을 상자에 담아 들고 마당으로 나왔다. 검은 세단 옆에 돌석이가 등을 기댄 채 서 있다. 일기장에 적혀 있던 그 돌석이다. 남들보다 학교를 빨리 마친 나는 돌석이가 고등학교를 졸업할 즈음 AI를 주전공으로 대학을 졸업했다. 돌석이가 대학을 입학한 즈음에 나는 아이돌 제의를 받았고, 아이돌 활동을 시작하기 전 군대를 다녀오기로 했다. 내가 그 얘기를 꺼냈을 때, 돌석이는 당연하다는 듯이 자신도 나와 함께 군대를 가겠다고 했다. 돌석이는 대학을 휴학한 후 나와 함께 자원입대를 했고, 운이 좋게도 우리는 같은 시기에 함께 군 생활을 마칠 수 있었다.

군 생활을 마친 후, 나는 내게 아이돌 활동을 제안했던 회사와 계약을 했고, 그 회사에서 준비 중이던 아이돌 그룹에 바로 합류했다. 내가 아이돌 생활을 시작했을 때, 돌석이는 자신이 내 일을 직접 관리해줘야 한다며, 대학을 다니는 동안은 아르바이트로 틈틈이 내 매니저 일을 도와줬고, 영민한 머리로 대학을 조기졸업한 후에는 바로 정식 매니저 업무를 시작해 내 손발이 되어줬다. 다른 좋은 취업 기회들을 모두 거절하고 내 옆에 있겠다고 해준 돌석이에게, 나는 지금도 늘 고마운 마음을 지니고 있다.

내가 아이돌 활동을 중단하고 문화 콘텐츠 사업을 해보

겠다고 했을 때, 돌석이는 조금의 망설임도 없이 자신도 내가 시작할 사업에 합류하겠다고 했다. 내가 그의 합류를 제안한 것도 아니었고, 그가 자신의 합류에 대해 내게 허락을 구해 온 것도 아니었다. 사실 내가 사업을 시작하려고 했을 때, 나는 당연히 돌석을 내 사업을 함께 이끌어갈 파트너로 마음을 정한 상태였다. 그런 나를 알기에, 돌석도 굳이 자신이 내 사업에 합류를 해도 되는지에 대한 허락 같은 걸 구할 필요는 없다고 생각한 게 당연하다. 내가 사업에 대해 좀 더 체계적인 공부를 하기 위해 해외에서 MBA 학업을 이어가는 동안, 돌석은 우리 사업에 도움이 될 거라며 국내에서 회계 공부를 하고 있었다. 우리가 어렸을 때 돌석의 부모님은 돌석에게 꼭 하준이 옆에 붙어 있어야 네가 성공한다고 하셨다는데, 꼭 그 때문인지는 모르겠어도 돌석은 내 옆에서 늘 든든히 자리를 지켜주는 고마운 친구이다. 선한 눈매를 가지고 있는 호감형 얼굴에 우람한 체격은 꼭 곰 같은데, 하는 행동은 진중하면서도 귀여워 어딜 가나 사람들이 따른다. 내가 성공하려면 돌석이 옆에 있어야 될 것 같다는 생각을 나 또한 종종 한다.

상자를 들고 돌아온 나를 보며 돌석이 궁금증 가득한 표정을 지어 보였다.

"웬 상자야?"

"할머니가 내게 남기신 유품."

"응? 유품들은 이미 다 처리된 거 아니었어?"

"그랬지. 부모님께서 이미 정리를 해 두셨으니까. 그런데 이건 할머니가 내게 특별히 남기신 거여서, 나보고 직접 가져가라고 남겨두셨는데."

"그래? 안에 든 게 뭔지 확인은 했고? 그렇지 않아도 너희 아버지께 어제 전화를 드렸더니, 집 정리 다 끝나서 귀중품들은 이미 거의 처리가 됐다고 하셨거든. 그래서 네가 오늘 뭘 좀 가지러 여기 내려온다고 했을 때 조금 의아했어. 뭔가 이유가 있겠거니 하고 네게 따로 묻지는 않았지만."

"이것도 귀중품이라면 귀중품이지. 내 어릴 적 일기장들이 잔뜩 들어 있거든. 할머니 일기장도 좀 들어있는 거 같고. 할머니께서 내가 꼭 직접 와서 가져가야 한다고 특별히 부모님께 말을 남기셨는데. 이렇게 내 이름을 상자에 커다랗게 적어 두기까지 하셨어. 마치 내가 꼭 직접 받아서 읽어 보라고 그러신 거 같단 말이지. 그래서 오랜만에 옛 추억도 되새길 겸 하나씩 시간내서 읽어보려고. 내 일기장들이야 보나 마나겠지만, 할머니 일기장들은 좀 기대가 되기도 해. 할머니께서 워낙 글재주가 좋으셨으니 적혀 있는 내용들도 궁금하고. 할머니가 나에게 남겨 주신 거니, 할머니의 일기장에 적힌 사적인 내용을 허락 하에 훔쳐보게 되는 재미도 얻게 되는 거고, 하하."

"그러게, 할머니께서 무슨 생각으로 네게 본인의 사생활이 잔뜩 담겨있을 일기장들을 전해주셨는지 좀 의아하긴 하다. 워낙 인성이 훌륭하셨던 분이니 잘 쓰인 수필집 읽는 기분이 들 거 같기도 하고 말이야. 그건 그렇고, 역시 너희 할머니시다. 연하준 일기장이 뭐 그리 대단하다고 그것들을 이렇게 오랫동안 소중히 보관하셨다니 말이야. 그래서, 네 일기장들에는 뭐가 적혀 있는데? 그 안에 뭐... 첫사랑 추억이라도 적혀 있으려나?"

"하하. 그거랑 거의 비슷한 거?"

"으응? 첫사랑? 네가 첫사랑이 있긴 있었어? 너 한 번도 나한테 그런 얘기한 적 없잖아? 야, 좀 서운한데. 나는 내 첫사랑에 짝사랑까지 네게 다 얘기해 줬었는데 말이야."

"하하, 서운해할 필요 없어. 내 첫사랑 얘기는 아니야. 내 어릴 적 정혼녀와 관련된 얘기가 일기장에 적혀 있거든. 돌석이 너도 연관이 있던데? 몰래 듣고 와서는 나 장가 가는 얘길 들었다면서 날 엄청 놀렸었는데. 내 정혼녀를 언약한 얘길 할머니가 누군가에게 말하는 걸 들었다면서 말야."

"뭐어? 정혼녀? 그게 무슨 얘기야?"

"나도 잘 모르겠다. 잠깐 본 거라. 그냥 장난 같은 거였겠지. 어쨌든 더 읽어보고 뭐라도 있으면 알려주든지 말든지, 그건 너 하는 거 봐서."

"그럼 그렇지, 너 농담인거지? 내가 또 네 말에 넘어가버렸다. 얼른 출발이나 하자. 우리 오늘 벤처 캐피털 사업설명회 있잖아. 너 준비됐지? 하긴 너야 워낙 프레젠테이션의 귀재이 니 걱정은 없지만 말이야. 네 프로필이나 사업계획서 보고 그 쪽에서는 이미 내부적으로 거의 결정을 한 거 같아. 그렇게 갑자기 팀 꾸려서 여기로 출장을 온 것 자체가, 우리에게 보내는 긍정의 신호가 아닐까?"

"뭐 결과는 나와봐야 알겠지만 크게 걱정은 안 해. 내 MBA 동문이 그쪽 본사 결정권자 중 한 명이야. 이미 그 친구는 내가 MBA 있을 때부터 내 팬이었다고. 그 친구가 자기가 아는 엔젤 투자자 몇 명과 우리 쪽에 엔젤 투자까지 하기로 했어. 인재를 첫눈에 알아본 거지. 그래도 결과는 나와봐야 정확히 아는 거니까. 그 벤처 캐피털 회사 심사 절차가 굉장히 까다로운 걸로 워낙 유명한 곳이기도 하고. 내 이름값으로 우선 관심을 보이는 거긴 하지만, 아직은 우리가 문화 콘텐츠 쪽으로 전문적인 경험이 있는 건 아니니까. 그 부분을 대신해 줄 만한 내 아이디어를 최대한 돋보이게 해 볼 생각이야. 그래도 연하준 이름 하나 보고 관심을 보이던 회사가, 이제는 우리 사업계획서에도 관심을 보이고 있는 상태니 긍정적인 상황인 건 확실해."

"저 놈의 자신감은... 하긴 잘난 놈이 잘난 척하니 내가 봐준다."

"잘났으니까 잘나 보이는 거지, 잘난 척하는 건 아니지 않나? 하하."

"그래. 척은 아니지, 그건 친구로서 인정!"

"하하, 인정해 줘서 고맙다."

"그래, 잘나 줘서 기쁘다. 얼른 차에 타, 길 막히기 전에 출발하자."

* * *

아침 일찍 사무실로 들어서니 조용한 공간에서 홀로 심각하게 모니터를 바라보고 있는 돌석의 뒷모습이 눈에 들어왔다. 뭐가 저렇게 또 아침부터 그를 집중하게 만들었는지 궁금해진다. 요즘 투자금 유치와 그에 제반한 법률절차 등을 확인하느라 돌석은 정신없이 일에 몰두하고 있는 걸 잘 알고 있다. 내가 새로 진행할 사업계획을 기획해서 추진하는 것을 담당하고 있다면, 돌석은 회사 업무와 관련된 전반적인 행정절차나 서류의 법률적 절차 등을 주로 담당하고 있다. 거기다 내 개인적인 매니저 업무까지 맡아 주고 있으니, 그가 숨 돌릴 틈도 없이 요즘 바쁘다는 건 누구보다도 내가 더 잘 알고 있고, 늘 고맙고 미안하게 생각하는 부분이기도 하다.

"좋은 아침!"

"어, 왔어?"

"이거… 내 인사가 좀 잘못됐네. 네 상태가 좋은 아침이 아니야. 눈이 빨간데?"

"그래? 잠을 좀 설쳐서 그런가?"

"설마 여기서 또 밤샌 거는 아니지? 우리 이제 몸 생각할 나이 아닌가? 건강 챙겨야 한다고. 아무리 바빠도 잠은 집에서 편하게 자고, 비타민도 꼬박꼬박 챙겨 먹고. 너야 먹는 건 워낙 잘 챙겨 먹으니 내가 걱정할 건 없을 테고."

"네가 잘해야 내 건강이 저절로 챙겨지는 거란 걸, 그 말을 하는 본인이 좀 알아줘야 할 텐데 말이야. 당장 이걸 보라고, 하준아. 인터넷에 너에 대해서 이상한 게 올라왔어. 뭐야, 이거 진짜 뭐가 있긴 있는 거야? 그날 그렇게 넘어가서, 난 그냥 농담이라고 생각했어."

"뭔데? 인터넷에 이상한 게 올라왔다니 무슨 말이야?"

"Y군의 어릴 적 정혼녀 얘긴데, 이 Y군이 아무래도 널 말하는 거 같거든. 그런데, 이거 진짜 너야? 너에게 정혼녀 같은 게 정말 있었던 거야? 그날 농담했던 거 아니었어? 너 그날 일기장에서 뭔가를 봤다고 나한테 말했었지 않았나?"

"뭔 소리야? 내 어릴 적 정혼녀 얘기가 왜 인터넷에 돌아? 그건 또 어디서 나온 루머야? 나도 그날 일기장에서 처음 본 거였는데, 그게 어떻게 갑자기 이 타이밍에 인터넷에서 루머로 돈다는 거야?"

22

"사생팬이 우연히 얻은 정보라고 얘길 인터넷에 흘렸데. Y
군 할머니집 쓰레기 뒤져서 얻은 거라면서 말이야. 야! 이거
왠지 예감이 불안하다. 너희 할머니 유품 정리하면서 이것저
것 버려진 거 뒤진 거 아닐까? 그런데 거기에 뭐 이런 정보가
있을 만한 게 뭐가 있었다는 거야? 흐음... 이거 정말 이상한
일이다."

순간 등줄기에 싸늘한 느낌이 퍼졌다.

할머니도 일기를 즐겨 쓰셨고, 할머니의 일기장들도 내 일
기장들과 함께 상자에 꽤 여러 권이 담겨 있었다. 그런데 할
머니의 일기장 중 오직 한 연도의 일기장 제본이 망가져 있었
고, 뒷부분이 해어져 일기장의 반 정도 분량을 잃어버린 것처
럼 보였다. 그때는 그냥 버려졌겠구나 하고 대수롭지 않게 여
겼다.

그런데 만약 그 뜯어진 일기장 부분이 일반 쓰레기와 함께
버려져 있었다면, 그래서 만에 하나 그걸 그 사생팬이 뒤져서
찾아냈다면, 이 루머가 이렇게 돌게 되었을 가능성도 있을 거
란 생각이 들었다. 내 사생팬 중에는 할머니집을 알아낸 후
몇 번 그곳에 찾아갔던 사람들도 있었다. 혹시라도 그 잃어버
린 일기장 부분에 내 어릴 적 정혼녀에 대해 할머니가 적어
둔 내용이 있다면... 순간 머리가 아찔해졌다. 거기에 어떤 내
용이 적혀있는지, 그리고 어느 정도까지 자세히 내용이 적혀

있는지 모를 일이니 상황이 더 나쁘다. 만에 하나 할머니가 그 정혼녀의 개인적인 정보라도 그곳에 적어뒀다면, 상황이 또 다른 방향으로 매우 복잡해지게 될 수도 있을 듯하다. 빨리 움직여야겠다는 생각이 본능적으로 내 머리를 스쳤다.

"돌석아, 너의 꽤 괜찮은 능력을 지금 최대한 발휘할 때인 거 같다. 우선 그 인터넷 글 최대한 빨리 삭제해. 그리고 무슨 수를 써서라도 그 글 올린 사람을 찾아내야 될 거 같아. 혹시 그 사생팬이 다른 정보를 가진 게 더 있을 수도 있고, 그러다가 그 정보들을 다시 인터넷에 올릴 가능성도 있으니까. 이 루머를 본 후 관심을 갖고 그 사생팬을 찾으려 드는 사람들도 있을 수 있고. 반드시 우리가 먼저 그 사생팬을 찾아야 돼."

굳어진 내 얼굴을 보고 이제야 상황 판단이 제대로 된 돌석의 얼굴도 심각해졌다.

"아, 알았어. 우선 움직이고 보자. 그리고 네 정혼녀 애긴 그 후에 하자. 나 나간다!"

사무실을 급히 나서는 돌석의 뒷모습을 보고 있자니 자연스레 주먹이 꽉 쥐어졌다. 마른 하늘에 날벼락을 이렇게 할머니의 일기장 때문에 얻게 될 줄은 상상도 하지 못했다.

그나저나, 대체 누굴까? 내 어릴 적 정혼녀라는 사람이. 처음에 느꼈던 황당한 마음이 이제는 점점 짙은 호기심으로 변해 들불처럼 내 마음속에 번져가는 게 느껴진다. 할머니가 남겨주신 유품 상자를 열어 보기 전까지는, 그리고 그 상자에서 꺼내 본 내 일기장을 읽어보기 전까지는, 전혀 생각해보지도 못했던 정혼녀라는 단어였다. 그런 단어가 내 인생에 이렇게 끼어들게 될 거라고는 전혀 상상도 해보지 않았다. 아무리 한 치 앞도 예측하기 어려운 게 인생이라지만, 아직은 짧다면 짧은 내 인생 경험에서 이렇게 난해하고 어려운 단어는 처음이다. 들불처럼 번져가는 호기심이 문제다. 왜 이런 상황에서 나는 그 정혼녀라는 단어에 호기심을 느끼고 있는지, 그 바탕에 깔린 내 마음의 정확한 의도를 나 스스로도 잘 모르겠다. 이 상황이 황당하면서도 빠르게 번져 나가는 이 호기심을 내가 결국에는 져버리지 못할 거라는 것을 나 스스로도 너무 잘 알기에, 앞으로 어떤 일이 이 호기심의 댓가로 내 인생에 펼쳐질지 조금은 두렵고, 조금은 설레는 듯 흥분이 되는 것도 사실이다.

* * *

마른하늘의 날벼락을 최대한 안전히 피해 보기 위해 나는 일기장들을 하나하나 샅샅이 읽어 보기로 했다. 지금 기댈 곳은 내 일기장과 할머니가 남기신 일기장뿐이다. 뭐라도 적혀 있는 단서들을 찾아내야 했다. 그래야 그 정혼녀가 누구인지

감이라도 잡을 수 있을 것이다.

혹시 몰라서 부모님께는 그냥 어디다 내 결혼 약속 같은 걸 하신 적 있는지 돌려서 여쭤봤지만, 두 분은 전혀 이쪽으로는 알고 계신 게 없는 듯했다. 그럼 할머니 혼자 누군가에게 언약을 하셨다는 건데, 그 누구가 누구며, 어디에서, 무엇 때문에 그런 언약을 하셨다는 건지, 과연 그런 언약이 정말 있기는 있었다는 건지, 모든 것들이 물음표투성이다.

뭔가 빚을 졌나?

동정심이었을까?

아니면 놓치기 아까울 정도로 너무 탐나서?

설마 협박당해서?

사주라도 보셨나, 운명적 궁합?

하아! 미치도록 모르겠다. 천재 연하준 인생에 최고로 어려운 난제가 놓였다. 이 미스터리를 어떻게 풀어나가야 할지 현재로서는 막막하기만 하다. 빚 때문에 뜻하지 않은 정혼 약속을 할 분도 아니셨고, 기본적으로 늘 생활에 여유가 넘치는 분이셨으니 숨겨진 빚 같은 게 있었을 리가 없다. 동정심? 그것도 설득력이 없다. 누구를 동정하는 마음이 계셨다면 본인이 직접 나서서 도와주셨겠지, 본인이 아닌 손자를 엮어서 그런 동정심을 해결할 분이 아니셨다. 놓치기 아까울 정도로 너무 탐나서? 으음, 이건 조금 설득력이 있어 보인다. 할머니 마음에 들어온 누군가가 있어서 정혼까지 마음에 담아둘 정도였지만, 할머니 혼자 마음으로만 그렇게 담아두고 마셨을 가능성은 있다. 설마 협박? 이 부분은 솔직히 가능성이 거의 없다. 누군가 협박을 해온다고 해서 나를 정혼 자리에 내놓았을 분이 아니다. 한없이 인자하고 부드러운 분이셨지만, 늘 정정당당하고 대쪽 같은 부분이 있는 분이셨다. 불합리한 일에 고개를 숙이는 할머니의 모습은 상상조차 되지 않는다.

생각보다, 아니 생각했던 대로 돌석은 유능했다. 인터넷의 정혼녀 관련 글은 삭제됐고, 그 글을 인터넷에 올린 사람도 찾았다. 역시나 그 글을 적은 사람은 내 사생팬으로, 할머니집 쓰레기를 뒤져 일기장 일부분을 얻은 듯했다. 다행히 돌석이 그 사생팬을 직접 만날 수 있었고, 여러 회유책 끝에 잃어버렸던 일기장 부분을 모두 돌려받을 수 있었다. 이미 퍼진 루머는 어찌 할 방법이 없기에, 그냥 다른 루머들처럼 최대한 빨리 대중의 관심에서 벗어나기를 기다려 보기로 했다. 그 사생팬이 갖고 있던 일기장 부분에는 정혼녀의 신상에 대한 내용은 적혀 있지 않았다. 얼굴도 모르는 사람을 곤란하게 할 상황이 생기지 않아 다행이다. 하지만 나 역시 어떤 정보도 얻은 게 없으니, 할머니가 언약을 했다는 내 정혼녀의 정체는 여전히 안갯속에 갇혀 있다.

사실 이제는 이대로 끝내고 묻어버려도 될 일이었다. 그냥 별일 아닌 루머로 지나게 두면 조용히 사라질 일이다. 그런데 이 호기심이 결국 문제다. 더 알고 싶은 호기심이 자꾸 나를 부추겨 일기장들을 들여다보게 만든다. 그리고 얼마 전, 내 이런 호기심이 결국 일을 내고야 말았다. 내 호기심을 무시해버리지 못할 만한 내용을 할머니의 일기장에서 읽었기 때문이다. 이제는 단순히 내 호기심 차원의 문제가 아니라, 할머니께서 의도하셨던 뭔가가 있을 수도 있다는 생각을 본능적으로 하게 됐다. 할머니는 내가 꼭 읽기를 원해서 이 일기장들을 내게 남기셨다. 그렇다면 내가 이 내용들을 읽고 난 후 뭔가를 할 거라는 것도 예상하셨을 거였다.

할머니의 증표.

할머니의 일기장에는 할머니가 증표를 줬다는 얘기가 아주 짤막히 언급되어 있었다. 아침에 일어나 세수를 했다 같은 지극히 일상적인 일처럼, 할머니는 아주 짤막하게 그 부분을 일기장에 적어두셨다. 하준이의 정혼을 언약했던 이에게 증표를 선물로 건넸다. 하준이가 보면 바로 알아보고 좋아할 물건이다. 이렇게 딱 두 문장을, 보통의 일상 얘기들 사이에 정말 별일 아닌 듯 남기셨다. 일기장을 눈여겨 읽으면 눈에 띄겠지만, 대충 읽거나 관심을 기울이지 않으면 건너뛰고 읽을 수도 있을 정도다. 보물찾기를 할 때 힌트는 보통 사소한 물건들 사이에 놓여 있어서, 주의를 깊게 기울이거나 세세한 부분까지 놓치지 않는 사람들 눈에만 띄는 것과 같다. 마치 보물찾기 힌 트처럼 일부러 그러기라도 한 듯, 할머니의 두 문장은 수많은 문장들 사이에 교묘히 숨겨져 있었다.

　이는 마치, 할머니가 나와의 정혼을 언약한 그 사람을 내가 언젠가는 만나게 될 거고, 그 사람이 갖고 있는 증표를 내가 보게 될 거라는 걸 기대하는 것처럼 느껴진다. 내가 보면 바로 알아보고 좋아할 만한 물건... 그게 대체 뭐일지, 왜 할머니는 그런 증표를 남기신 건지, 내가 그 사람과 언젠가는 만나게 될 거라고 정말 믿으셨던 건지. 활활 타오르고 있는 호기심의 불꽃에 새롭게 던져진 질문들은, 걷잡을 수 없는 또 다른 불꽃이 되어 내 마음을 헤집기 시작했다.

　정혼녀에게 건네진 할머니의 증표가 있다는 것까지 알게 된 이상, 정혼녀의 정체, 할머니가 정혼을 언약한 이유, 증표 라고 건네진 물건 등에 대한 내 호기심이 사그라들 기미를 보이지 않는다. 내가 알고 있는 할머니는, 그런 일을 아무런 이유 없이 언약을 할 분이 아니다. 그렇다면 거기에는 반드시 그에 대한 이유가 있었을 것이다. 왜 할머니는 그런 언약을 하셨을까. 그리고 그런 언약을 왜 부모님이나 나에게 말하지 않으셨을까? 이런 걸 아무 생각없이 쉽게 여기실 분이 아니다. 사생팬에게 돌려받은 할머니의 일기장 부분까지 합쳐서, 좀 더 꼼꼼히 모든 일기장의 글들을 읽어본 후 내용을 엮어서 추리해 봐야 한다.

난 이제 이 난제를 반드시 풀어야겠다고 결심한 상태다. 몰랐다면 그냥 그렇게 모른 채 살았을 수도 있지만, 알게 된 이상 이 마음속에 번져버린 호기심을 풀어내고 싶어졌다. 내 마음을 가득 채운 호기심은 이미 이성적인 판단 대신 감정적인 흐름대로 이 추리 게임을 부추겨 가고 있다. 늘 이성적이라 자신했었는데, 왠지 이 문제에 대해서는 감정적으로 대응하게 된다. 할머니는 글을 잘 쓰는 분이었고 즐기는 분이셨다. 그래서 일기장 글에서 하나같이 부드럽고 정감이 넘치던 할머니의 성품이 그대로 느껴진다. 할머니의 일기장을 이렇게 우연한 기회를 얻어 읽어보게 되는 것은 계기야 어찌 됐든 즐거운 경험이다. 일기장을 한 장씩 넘기며 읽고 있다 순간 멈칫할 수밖에 없었다. 눈길을 사로잡는 생소한 단어가 등장했다.

'정분이?'

정분이라는 이름은 할머니의 일기장 곳곳에 반복해서 등장하기 시작했다.

'정분이를 숨겨줘? 정분이가 누구지? 왜 할머니가 그녀를 숨겨줬다는 거지? 그녀를 무엇을 피해 숨겨야 했다는 걸까?'

할머니는 일생을 평범하게 사신 분인 줄 알고 있었다. 그런데 누군가를 또 다른 누군가의 눈을 피해 숨겨줘야 했다고, 할머니는 스스로 본인의 일기장에 적어 두셨다. 심장이 빨리 뛰기 시작했다. 간단한 문장만 적혀 있고, 그 뒤의 자세한 정황은 없어서 더 이상의 추측은 힘들었다. 마치 본인의 일기장에 적는 것조차 조심해야 한다는 것을 마음속으로 새기면서 글을 쓰신 것 같다. 긴장된 마음에 삼킨 마른침이 목울대를 거칠게 긁어내리는 느낌이다. 이 글을 읽고 있는 이 순간, 왠지 위험한 미궁 속에 빠져 버린 듯하다.

정분이. 할머니께서 언급하는 걸 한 번도 들어 본 적 없는 이름이다. 그렇다면 할머니는 이 사람을 혼자서만 알고 계셨을 가능성이 크다. 만약 부모님께서 이 일을 알고 계셨다면 부모님의 성격을 고려해 봤을 때, 내가 그동안 한 번도 저 이름을 두 분에게서 듣지 못했을 가능성은 매우 낮다. 만약 그 투명하고 해맑은 두 분이 이 일을 알고 있었더라도 정말 피치 못할 사정으로 나에게 숨기기 위해 노력해 왔다면, 이건 정말 어마어마하게 큰일이 우리 가족에게 생겼었다는 뜻으로 이해할 수 있다. 하지만 두 분이 내 정혼녀 얘기를 모르고 계시는 것으로 봐서, 할머니는 이 일도 내 부모님께는 알리지 않으셨던 것 같다. 할머니가 숨겨줘야 될 만한 상황이었다면 평범하지 않은 일이었을 테고, 그런 일을 내 부모님에게 알리지 않으셨다는 것은 뭔가 그 뒤에 있는 이야기가 범상치 않음을 의미한다.

***

　내 일기에는 그날 돌석이가 정혼녀 얘기로 놀려서 내가 기분이 나빴던 얘기 외에는 별다른 내용이 없다. 기분이 나쁘다는 생각만 하고 별생각 없이 그냥 지나쳤던 듯하다. 본인이 장가를 갈지도 모른다는데, 그 상대가 누구인지 궁금해하지도 않고, 할머니한테 직접 한 번 물어보지도 않았던 건지. 이 부분에 대해서 돌석에게도 물어봤지만, 아무런 생각이 없었던 건 마찬가지였던 듯했다. 사생팬에게 돌려받은 할머니의 일기장 부분에도 하준이를 그 아이와 정혼을 시키면 어떻겠냐 물었다는 얘기만 간략히 적혀 있을 뿐이다. 누구와 그 얘기를 나눴는지, 또는 그 상대가 대체 누구인지에 대해서는 언급된 부분이 없다. 마치 본인 스스로에게도 그 얘기를 비밀로 해야 하는 것처럼 조심스럽다.

　다시 할머니의 일기장을 하나 하나씩 되짚어 보기로 했다. 할머니는 다양한 사람들을 만나오며 활기찬 삶을 사신 분이셨다. 평생을 교직에 몸담고 계셨던 분이셨고, 주변에 사람 두는 걸 좋아하고 정이 많은 분이셔서 할머니 곁에는 늘 사람들이 많았다. 노년에는 심장이 안 좋으셨는데, 고모댁에 가서 하룻밤 주무시던 날 편히 잠들 듯 돌아가셨다. 이것도 평소 본인의 성정대로 삶을 마감하셨다고 주변에서 말을 할 정도였다.

늘 조용히 본인의 자리를 지키기를 좋아하던 분이셨고, 한 번 알게 된 지인들을 끔찍이도 살뜰히 챙기셨던 분이셨다.

내 정혼녀였으니 나와 나이가 비슷했을 여자아이를 찾아보기로 했다. 평생을 토박이로 한 곳에서 지내 온 분이시기에, 그곳에서 만난 지인의 가족일 가능성도 있다. 그렇게 범위를 줄여 나가다 보니 일기장에서 반복적으로 등장하는 이름들 중에 눈에 띄는 특징을 가진, 내가 찾고 있는 범위에 얼추 맞아 보이는 몇몇 이름들을 특정 짓게 됐다. 정분이를 제외하고는 내가 이미 이름을 들어보았거나 얼굴을 아는 인물들이다.

한초희, 사실 나도 잘 아는 인물이다. 초희는 할머니 절친의 손녀딸이고, 어렸을 때부터 가족끼리 함께 모이는 자리를 자주 가져온 사이다. 내가 가족 모임에 더 이상 나가지 않게 된 후부터는 만나지 못했고, 최근 할머니의 장례식장에서 잠시 눈인사를 했다. 지금은 대학원에서 역사를 공부하고 있다고 들었다. 늘 단정하고 침착해 보이는 인상에 하얀 피부와 새초롬한 얼굴이 인상적이다. 어른들은 그녀에게 분꽃처럼 이쁘다는 말을 종종 하셨는데, 나로서는 그 뜻을 정확히 이해할 수는 없었다. 할머니의 일기장에 적힌 내용에 따르면, 그동안 할머니와 꽤 친근한 사이로 꾸준히 만나온 듯하다.

길단아, 별명은 기다란. 별명처럼 키가 크고 현재 배구선수로 활동하고 있다. 할머니 고향 마을 이장댁 손녀이다. 협박에 의해 정혼 얘기가 오갔을 경우를 가정해 보면, 길단아의 경우가 제일 그 가능성이 있어 보인다. 그 성격에 할머니한테 협박이라면 협박으로, 손자 안주시면 나중에 커서 나한테 그 큰 손으로 강 스파이크 날린다고 했으면, 혹시 마음 약한 할머니가 그러겠다고 했으려나. 길단아라면 이런 말도 안 되는 상상도 재미로 한 번 그려볼 수 있을만큼 유쾌한 성격의 소유자다. 한 가지 변수가 있다면, 단아의 아버지와 내 아버지가 어렸을 적부터 절친이시고, 두 분의 친한 사이를 잘 알고 있는 할머니가 내가 생각지도 못한 사정을 가지고 계셨을 가능성이 있다.

강홍, 할머니 고향의 엄친녀. 공부도 잘하고 얼굴도 이뻐 어렸을 때부터 인기가 많았다고 얘기는 많이 들었다. 강홍 정도면 할머니가 놓치기 아까워 손자며느리로 어렸을 적부터 점찍어 두었을 수도 있다. 물론 내 의사와는 상관없는 일이지만. 할머니가 최근 강홍을 만났을 때 얘기를 보면, 의대 본과 생활을 하고 있는 중이라고 할머니의 일기장에 적혀 있다. 학창 시절에도 할머니와 가깝게 지낸 강홍은, 졸업 후에도 할머니께 자주 연락하며 사제지간의 정을 돈독히 이어간 듯하다.

정혼까지 언약할 정도면 분명히 할머니 마음에 오래 들어와 있었을 거고, 그렇다면 반드시 할머니의 일기장에 오랜 기간 동안 꾸준히 언급이 되어 있었으리라는 추측에 근거해 뽑아낸 네 명의 인물들이다. 정분이라는 사람은 이름도 처음 알게 된 인물이고, 나머지 세 명은 익히 아는 인물들이다. 하지만 그 누구도 내 개인적인 감정의 대상으로는 단 한 번도 생각해 본 적이 없다. 그러니 갑자기 연락해서 할머니가 정해준 내 어릴 적 정혼녀냐고 물어보기도 이상하다. 설령 물어봐서 맞다는 게 확인되면, 그 상대에게 원하는 것도 딱히 없다. 이런데도 계속 더 확인해 가봐야 할지에 대해 의구심이 들지만, 한번 마음속에 번져 나간 호기심을 꺾을 길이 없다. 왠지 확인해 봐야만 없어질 거 같은, 이 정체 모를 감정을 느끼며 다시 한 번 의욕을 다져볼 뿐이다. 정분이라는 인물을 어디서 어떻게 찾아야 되나 막막하지만, 일기장을 더 읽다 보면 뭔가 정보가 나올 듯하다. 한초희는 선뜻 나서기가 망설여져 최대한 그 순서를 뒤로 미뤄둘 생각이다. 길단아와 강홍은 내가 직접 나서는 것보다, 내 친구 돌석이에게 맡겨보는 것도 좋은 방법일 듯하다.

* * *

사실 제일 큰 문제는 따로 있다. 나 연하준.

어려서부터 천재소리를 듣던 나는 대학과정까지 이른 나이에 모두 마치고, 남들 대학 가는 나이에 외모로 아이돌 그룹에 발탁되어 세계 정상급 아이돌 그룹의 멤버로 큰 인기를 끌었다. 그러다 돌연 활동을 중단하고 외국에서 생활하다 한국에 돌아온 게 몇 개월 전이다. 특출난 외모로 아이돌 그룹 합류 제의를 받았고, 그냥 한번 재미로 해보고 싶다는 생각에 아이돌 그룹에 합류했다. 특별한 관심이나 꿈이 그 분야에 있었던 게 아니었다.

너는 두뇌가 천재니 공부를 계속하는 게 당연하다는 말을 늘 들어왔고, 그게 나의 길이라고만 생각했던 적이 있다. 그러다 네 외모가 천재니 그 외모를 한번 써보라는 말을 들으니, 그게 뭐가 되었든 신선하고 흥미로웠다. 그래서 아이돌 활동을 하게 됐고, 글로벌 아이돌 그룹의 최애 멤버라고 사람들이 나를 부르기 시작했다. 내 천재적인 두뇌에 대한 칭송과 더해져, 나는 특별한 아이돌로 언급되며 큰 인기를 얻었다. 돌연 활동을 중단한 후에도 팬들의 나에 대한 응원과 사랑은 꾸준히 이어지고 있다.

아이돌 활동 초기의 신선했던 느낌이 지루함으로 바뀐 순간, 새로운 일에 도전해 봐야 할 때라는 생각이 들었다. 아이돌 활동을 하면서 보았던 현장의 모습은 흥미로웠다. 문화 콘텐츠를 내가 직접 기획하고, 제작해 보고 싶다는 생각이 들었다. 뭔가를 하고 싶다는 욕구를 처음 느껴 본 순간이었다. 두뇌가 천재니, 외모가 천재니 해보라는 주변 이야기를 듣는 대신, 처음으로 내가 스스로 해보고 싶은 일이 생겼고, 그 흥분된 느낌에 심장 박동이 빨라짐을 느꼈다.

그래서 아이돌 활동 중단을 선언하고 해외로 떠났다. MBA 학업을 이어가며 회사를 운영하기 위한 체계적인 준비를 해 갔고, 귀국 후 문화 콘텐츠 제작 회사를 설립했다. 세계적인 문화 콘텐츠 제작 회사의 투자도 확정이 된 상태이며, 거기에 더해 몇몇 엔젤 투자자의 투자도 받기로 했으니, 기획력만 뒷받침되면 내가 원하던 프로젝트들을 무리 없이 진행할 수 있을 듯하다. 투자금의 확보는 MBA 동문 인연 덕분이었지만, 내 개인경력서와 사업계획서를 보고 난 후 충분한 매력을 느꼈기 때문에 내려진 결정일 것이다. 그런 투자를 처음부터 받아내고 사업을 시작하는 나를 보고 남들은 운이 좋았다고 말하지만, 나는 나에게 투자를 할 수 있었던 그 사람들이 행운을 얻게 된 것이라고 말한다. 나는 무엇을 하든 성공시킬 자신이 있었고, 내가 해야 할 일에 대한 정확한 계획이 세워져 있었으며, 내가 하고자 하는 일에 대해 늘 명확히 이해하고 있었다. 그러니 나는 자신 있었다. 나에 대해서, 내 삶에 대해서, 그리고 내 성공에 대해서.

그런데... 지금 궤도를 이탈해 어긋나고 있는 게 있다. 할머니의 일기장을 읽은 후 그렇게 됐다. 내 마음대로 안 되는 풀 수 없는 난제가 내 마음과 머리를 어지럽히고 있다. 마음을 어찌 할 수 없어 혼란스러웠던 적이 없었기에, 이런 상황을 받아들이는 게 쉽지만은 않다. 빨리 문제를 풀어낸 후 이 상황을 끝내 버리고 싶다. 호기심에 시작한 일이니 궁금증만 해결되면 잊어버릴 수 있을 것이다.

내가 직접 정혼녀를 찾아 다니기에는 상황이 여의치 않다. 돌연 활동을 중단한 이후, 신비주의 이미지가 더해져 팬들은 더욱 내 소식에 갈증을 느끼게 되었고, 그 후 늘어난 사생팬의 광적인 집착은 이미 정상적인 행동의 범위를 넘고 있었다. 조심스럽게 생활을 해도 내 행동 하나, 말 하나는 금세 인터넷을 타고 실시간으로 퍼져 나가고는 했다. 그러니 이런 상황에서, 내가 직접 행동을 옮겨 모든 정혼녀 후보들을 찾아다니고, 만나길 시도하기는 힘들 것이다.

"돌석아."

꽤 오랜 정적을 깨고 내가 갑자기 말을 걸자, 모니터에 코를 박고 뭔가를 확인하고 있던 돌석이 고개를 들어 놀란 눈으로 나를 봤다.

"응? 왜? 뭐 생각난 거 있어? 이제 나한테 그 정혼녀 얘기해 줄 거야?"

기다리고 있었는지, 내가 이름을 부르자 바로 정혼녀라는 단어가 돌석의 입에서 튀어나왔다.

"진돌석, 넌 내 정혼녀 이야기가 왜 그리 궁금한데?"

"그거야, 이번이 처음이니까 그렇지. 넌 연애도, 사랑도, 그 비슷한 어떤 감정에 대해서도 내게 단 한 번도 얘길 해준 적이 없었잖아. 물론 이번 경우도 네가 먼저 뭔가를 시작한 건 아니지만, 어찌 됐든 너와 관련된 숨겨진 정혼녀 얘기라고. 뭔가 달콤한 향기가 왠지 스며나올 것만 같은 그런 이야기. 후하하, 너와 관련해서 이런 달콤한 향기가 날만한 얘기가 언제 한 번이라도 있었어야 말이지. 넌 사람도 아니라고 생각했다. 냉혈 로봇 정도? 넌 이성에게 관심을 보인 적이 전혀 없었잖아. 어지간한 일에는 감정을 드러내지도 않고 말이야. 인간미가 부족해."

"냉혈 로봇? 하… 내가 AI를 좋아하고 그 분야에 관심이 많기는 하지만, 그 정도는 아니지 않나? 네게 보여줬던 내 모든 우정과 관심도 모두 감정이라고. 단지, 난 함부로 감정을 흘리고 다니지 않는 거뿐이야."

"아, 예, 그 우정과 관심의 감정을 제게 보여주셔서 가문의 영광이네요. 어쨌든, 난 이번 일, 좀 골치 아프고 꺼려지긴 해도, 개인적으로는 무지 흥미진진하게 느끼는 중이야."

"하하, 알았다. 그래서, 그러는 너는 정말 뭐 없어? 내 일기장에 적혀 있는 거 너한테 이미 말해줬잖아. 네가 나한테 내 정혼녀 얘기를 말해줬던 거라고. 그날 뭔가 더 들은 거 없었어, 정말?"

"하아, 나도 답답하다. 정말 없어. 내가 그런 얘길 했다는데 왜 내 기억에는 아무것도 안 남아있는지 정말 모를 일이야. 그렇게 재미나고 흥미진진한 얘기를 몰래 엿듣고, 또 몰래 말을 전하고 나서 어떻게 그런 엄청난 기억을 몽땅 잊어버릴 수가 있냐고. 나 미쳤었나 보다. 그거 분명 엄청 재미났을 텐데 말이야, 쿡쿡."

"넌 이 상황이 마냥 재밌지? 그 재미난 기억이 하나도 안 남아 있으니 지금 우리 둘 다 궁금해 미치겠는 거 아냐? 아니, 나만 미쳐가고 있는 건가. 하긴, 그러면 나만 너무 억울한 거지. 그러니 너도 나랑 좀 같이 나눠 가져야겠다."

"응? 내가 뭘 나눠 가져?"

"이 궁금해 미치겠는 답답한 마음을."

"으잉? 그게 무슨 말이야? 내가 그걸 어떻게 나눠 가져?"

"내가 할머니 일기장을 다시 읽어보며 나름 추리를 좀 해보았거든. 그랬더니 내 어릴 적 정혼녀에 대한 후보가 네 명 정도 나오더라고. 그런데 너도 알다시피, 내가 이걸 직접 찾아다니고 확인하러 다니면 되겠니, 안 되겠니? 인터넷이 난리가 나고, 우리 회사가 난리가 날 거 아닐거야? 그럼 누가 힘들어? 당연히 내 친구 돌석이가 힘들어지지. 안 그래?"

"헉, 생각만 해도 너무 무섭다. 하준아, 차라리 우리 그 정혼녀 얘기는 그만 잊어버리면 안 될까? 뭐하러 이렇게 집착해? 내가 아무리 너와 관련된 달콤한 얘기 한 번 들어보는 게 소원이기는 해도, 이번 정혼녀 얘기는 좀 너무 막막한 거 같아. 너무 무리수가 많다고."

"맞아. 무리수가 너무 많지. 그리고 그 무리수 중 제일 풀기 어려울 듯한 걸 내가 할머니 일기장을 읽어보다 새롭게 찾았어. 이제는 정혼녀만을 찾는 게 아니야."

"어? 그건 또 무슨 말이야? 제일 풀기 어려운? 아휴... 또 뭘 일기장에서 읽었는데?"

"할머니의 증표. 할머니가 내 어릴 적 정혼녀에게 증표를 주셨데. 내가 보면 바로 알아보고 좋아할 만한 물건. 별일 아닌 일상의 한 부분처럼 일기장에 적어놓으셨더라고. 마치 그 일기장을 내가 주의 깊게 살펴볼 걸 알고 계셨던 것처럼 말이야. 이게 뭘 의미하는지 너도 이해가 되지?"

"증표? 하아... 그렇구나. 너희 할머니는 정말 여러 모로 대단한 분이셔. 그나저나 뭐 짐작되는 건 있어? 네가 좋아하는 것 중에 할머니가 가지고 계셨던 뭔가가 있었던 걸까? 흐음... 네가 좋아하는 거라면, 로봇, 만화, 공상과학소설... 으음 또 뭐가 있더라... 아, 어쩌면 네가 어렸을 때만 좋아했던 거였을 수도 있어. 할머니랑 함께 했던 것 중에 네가 어렸을 때 좋아했던 뭔가를 너희 할머니가 보관하고 계시다가 그 어릴 적 약혼녀에게 준 걸 수도 있잖아. 그걸 보관하고 계시다가 증표로 건네셨다는 거니까 크기가 그리 크지는 않았을 것도 같고 말이야. 네가 좋아하는 것들 중에서 할머니와 함께 했던 뭔가가 있었던 거 아닐까?"

"글쎄... 내가 어렸을 때 할머니 댁에 가면 할머니는 들이나 산으로 늘 나를 데리고 나가셨어. 자연은 곁에 두고 자주 봐야 친해질 수 있다시면서. 그래야 자연에게 배울 게 많은 걸 깨닫게 되는 거라고 하셨거든. 나야 뭐 어렸을 때 좋아하던 게... 음... 낙서하는 거 좋아했고, 장난감 갖고 놀고, 할머니댁 가면 동네에서 너랑 친구들이랑 놀고 그러는 거 좋아했었고. 내가 어릴 때부터 워낙 총명해서 글도 빨리 읽기 시작했고, 글씨도 빨리 깨우쳤고. 너 글자 못 읽고 글씨 못 쓰고 그럴 때 내가 네게 책도 읽어주고 네 이름도 써주고 했었잖아."

"음... 그랬...었지. 그때 너 책 읽는 모습 본 후로 우리 부모님이 꼭 너는 크게 될 인물이라고 친하게 지내라고 하셨지, 하하. 정말 그러고 보니 네가 할머니와 들판이나 산에 나갔다 오면 나에게 그림을 그려서 보여주고는 했었어. 들에서 봤던 거고, 산에서 봤던 거라면서 말야. 어린 내 눈에는 그냥 동그라미에 네모였던 거 같기도 하지만. 꼭 사람이 모든 걸 다 잘할 필요는 없는 거야."

"그랬던가? 난 자세히는 기억이 안 나. 네게 글 읽어주던 기억은 비교적 자세히 기억나는데 말야. 내가 책 읽어줄 때마다 네가 너무 열렬히 반응해 줬었거든. 그래서 그 기억이 뚜렷이 남았나 봐. 네가 교양인으로 클 수 있었던 건 다 어릴 적에 좋은 벗을 곁에 둔 덕분인 거지, 하하."

"그래, 생색 실컷 한 번 내 보시고요. 그런데 혹시 우리 괜한 부분에 집착해서 너무 깊게 생각하는 건 아닐까? 그래도 그냥 일기장의 한 구절인데... 선생님이 소설처럼 지어서 상상한 이야기를 적으셨을 수도 있고, 어제 본 영화의 장면을 적어 놓으셨을 수도 있고. 알아, 알아. 그런 표정 짓지 말라고. 말이 그렇다는 거니까. 그만큼 가볍게 넘겨버릴 수도 있는 거 아닐까 싶은 거지. 우리 그냥 우리의 바쁜 일상에 집중하며 원래대로 살아가면 안 될까?"

"호기심! 인간의 존재 이유이자 만물의 근원인 호기심이라고. 찝찝한 이 감정을 도저히 그냥 묻어버릴 수가 없어. 풀 수 없는 난제여도 풀어야 된다고."

"야, 뭘 그렇게까지. 그렇다고 누가 호기심에 그런 거에 집착해. 솔직히 정혼 얘기가 진짜 있었는지도 모를 어릴 적 정혼녀야. 호기심에 인생 걸지 말자. 우리 지금 할 일 너무 많잖아. 뜬구름 잡는데 시간 쓸 때가 아니야 지금."

"알아. 그러니 네가 날 좀 도와줘야겠다."

"응, 으응? 내가 도와? 뭘 내가 도와?"

"내가 나서다 일 커지면 더 힘든 게 결국 우리 돌석이, 너잖아. 그래서 말인데, 네가 나 대신 내가 추려낸 내 어릴 적 정혼녀 후보들을 좀 찾아서 만나줘야 될 거 같아. 아마 그쪽도 이런 정혼 약속이 오간 건 모르고 있을 거고, 설령 정혼 얘기가 있었다는 걸 알고 있어도 그 상대가 나였을 거라는 걸 모를 가능성이 매우 커. 만약 뭘 하나라도 알았다면, 내가 유명해지고 나서도 이렇게 조용할 리가 없으니까. 그러니 네가 조심스레 그들에게 접근해서, 한번 차근차근 확인 좀 해 줘. 내가 옆에서 네가 뭘 해야 하는지 상세히 알려줄 테니까 걱정은 말고. 우리 돌석이 머리 쓸 일 없게 해 줄게, 그 대신 네 곰 같은 몸을 좀 써주면 돼."

"어우, 야! 그거 너무 무섭다. 그 여자들이 누구인지는 모르겠지만, 그 사람들에게 우리가 무슨 수로 자연스럽게 접근해서 뒤에 가려져 있는 얘기를 확인하겠어. 솔직히 나도 호기심이 생기긴 해서 궁금하기도 하고, 왠지 긴장도 되면서 재밌을 거 같긴 한데. 그래도 무슨 수로 그들에게 접근을 하고, 정혼 얘기가 오갔을지 여부를 확인을 하고, 증표가 될 만한 걸 갖고 있는지 탐색해 보냐는 말이지. 내가 명탐정도 아니고."

"우리 돌석이 머리 안 써도 된다니까, 그건 나만 믿어. 내가 판은 다 짜 줄게. 그리고, 이거 잘 해결되면 나도 네가 원하는 거 들어 줄게."

"내가 원하는 거?"

"그래, 네가 저번에 눈 엄청 반짝이던 그거."

"그거? 그게 뭐지?"

"저번에 내가 새로 산 스포츠카 맘에 든다고 했지? 이 일 잘 끝나서 우리 호기심 해결되고 나면, 내가 그거 너에게 바로 넘길게."

"헉, 진짜지? 너 말 바꾸면 안 된다! 그럼 얼른 행동 시작해서 우리 이 쓸데없이 커져버린 호기심 좀 빨리 털어버리자. 뭐부터 하면 될까?"

단순한 듯하지만 언제나 우직하게 믿음직스러운 친구. 할머니 말씀이 맞았다. 우리 돌석이는 이름에 돌이 두 개가 들어서 돌멩이 같은 녀석이었다. 난제를 풀어갈 첫 단추를 끼운 생각에 아드레날린이 솟구친다. 기다려, 내 어릴 적 정혼녀, 네가 누구든 내가 곧 찾아 준다!

2
—
이야기가
닿은 방향

우선 쉬운 상대부터 공략하기로 했다. 접근하기 쉬운 상대, 비교적 일반 대중의 옆에 자연스럽게 노출되어 있고, 그래서 쉽게 옆에 다가가 말을 걸 수 있는 상대. 그 상대가 누구일까?

강홍, 그녀는 현재 한 대학병원 인턴으로 근무 중이다. 그러니 그 병원에 찾아가서 그녀에게 접근할 수 있는 방법은 여러 가지가 있을 수 있고, 그녀의 성격이 예전과 같다면 그리 어려울 일은 아닐 듯하다. 강홍은 돌석의 여동생과 고등학교 1학년 때 같은 반이었고 집에도 종종 놀러 오며 친하게 지냈다고 한다. 돌석의 얼굴을 알고 있으니 일이 더 쉽게 풀릴 수도 있을 듯싶었다. 전해 들은 바에 의하면, 공부 잘하고 이쁜 애가 성격까지 착하고 순했었다고 한다. 깍쟁이 같은 첫인상에 얼어 있던 친구들이 조금만 지나면 늘 그녀 곁에 머무는 걸 좋아하게 됐다고. 지금도 그런 성격이면 옆에서 고향 친구다 뭐다 조금만 구슬리면, 옛날 얘기 정도는 금방 풀어버릴 거 같기도 하다.

"강... 홍...?"

"예? 어... 아!"

예상 대로 얼굴은 기억하나 보다. 자신을 부르는 돌석의 얼굴을 보며 아는 얼굴을 발견한 눈빛이 금세 강홍의 얼굴에 떠오르는 걸, 가까운 거리에서 얼굴을 잔뜩 가린 채 그 둘을 지켜보던 나는 놓치지 않았다.

"강홍 맞지? 나 미석이 오빠야. 예전에 우리 집에 종종 놀러 와서 얼굴 봤었는데."

"아! 안녕하세요. 오랜만에 뵙네요. 미석이 잘 지내죠?"

"어, 잘 지내지. 너 의대 갔다는 얘긴 들었는데, 여기서 만나게 되네. 난 잠시 이 병원에 볼 일이 있어서 왔어. 외출하는 길이야?"

사실 강홍의 오프 날짜를 알아내고, 그녀가 지나갈 시간에 맞춰 로비에서 기다리고 있던 돌석이었다.

"예, 저는 오늘 오프여서 본가에 가려던 길이에요. 엄마 생신이셔서 잠깐이라도 얼굴 뵈려고요."

역시 아직도 순둥이다. 오랜만에 만난, 솔직히 얼굴만 알고 이름도 모르는, 친구 오빠한테 순둥순둥 대답도 잘 해준다.

"아, 그래? 잘 됐네. 나도 오늘 부모님 뵈러 가야 되는데. 너 차 있어? 고속버스 타고 가려면 힘들 텐데, 내 차 타고 같이 가. 피곤할 텐데 잠도 자고 하면 좋잖아. 친구 오빠가 이래서 좋은 거야. 미석이도 집에 있는데, 잠시 얼굴 보고 인사하면 좋아하겠네."

실은 이것도 다 미리 확인해서 던져둔 그물이다. 이제 걸려

주기만 하면 되는데.

"아, 정말요? 잘 됐네요. 그렇지 않아도 피곤해서 죽을 거 같았는데. 차 얻어 타고 편하게 가면 저야 너무 좋죠. 그동안 너무 바빠서 미석이 얼굴도 지난번 동창회 이후로 못 봤거든요, 만나면 반가워할 거예요. 그럼 염치없지만 감사히 신세 좀 지겠습니다."

고향 사람, 친구 오빠, 부모님도 아는 사이 등등의 요소가 그녀의 경계심을 허물고 있었다. 역시 예상한 대로다. 강홍은 돌석과 고향으로 가는 차 안에서 많은 얘기를 나눌 것이고, 순둥이인 그녀는 별 경계심 없이 우리의 예상대로 돌석의 질문에 곧고 진솔하게 대답을 해 줄 것이다. 사람 쉽게 안 변한다더니, 변하지 않은 강홍의 성격이 이렇게 고마울 수가 없다. 가까운 거리에서 바라보고 있는 나를 향해 한 쪽 손을 잠시 올렸다 내린 돌석은 이내 강홍과 주차장으로 사라져갔다.

"미석이는 요즘 남자친구 생겨서 너무 바쁘던데, 너는 어때? 인턴이라 정신없어서 연애도 못 하지?"

돌석은 고향으로 가는 차 안에서 하준이 짜준 대로 판을 펼치고 있었다.

"아, 아무래도 그렇죠. 그래도 다른 동기들 보면 연애도 잘하던데, 전 요령이 좀 없어서요. 미석이 보면 부러워요. 너무 좋은 사람을 만나 멋진 연애를 하는 거 같아서요. 저도 뭐 언젠가는 남자친구가 생기겠죠."

"그래야지. 연애하기 좋을 나이잖아. 그나저나 의대생인데 선자리 같은 건 안 들어와?"

"예에? 선이요? 선을 보기에는 제가 아직은 너무 어린 나이 아니에요?"

"하하, 그런가? 내가 연애에 별 관심 없이 지내는 게 불안하신지, 내 부모님은 내게 선보라고 늘 재촉을 하시거든."

"오빠도 선보기에는 너무 빠른 거 아니에요? 부모님이 재촉하세요?"

"응, 나도 별로 내키지는 않은데. 부모님이 마음이 급하신가봐. 내가 워낙 연애에 관심이 없어서 그런 거 같기도 하고 말이야."

"아, 그러시구나. 그런데 오빠는 연애에 왜 관심이 없어요?"

"응? 글쎄... 그냥 늘 다른 것들이 더 내 관심을 많이 끌었던 거 같아. 공부하느라 바빴고, 지금은 새로 시작한 사업에 집중하느라 틈이 없고. 너는? 단지 바쁜 게 이유야?"

"으음… 바쁜 것도 있지만, 기본적으로 좀 여러 가지로 복잡했던 거 같기도 하고요. 후후, 미석이가 예전에 저한테 그런 말 한 적 있었어요. 나중에 자기 오빠 같은 남자 만나서 연애할 거라고요. 하하, 전 여동생이 자기 오빠를 그렇게까지 칭찬하는 건 처음 들은 거 같아요. 제 주변 친구들은 보통 친오빠와 사이가 별로거든요. 전 언니랑 여동생만 있어서 오빠와 여동생의 관계에 대한 경험이 없고요. 그래서 미석이가 그 말 했을 때 좀 신기하고 인상 깊었어요."

"하하, 미석이가 그런 말을 했었어? 그 애답네. 지금도 우리는 사이가 좋아. 미석이가 연애 시작하고 좀 나한테 소홀해졌지만, 뭐 오빠로서 섭섭하다기보다는 다행이라는 생각도 들고. 미석이 남자친구가 나와 닮은 점이 있는지까지는 잘 모르겠네. 그래도 좋은 사람을 만나는 거 같아 안심은 돼."

"그렇죠? 저번 동창회에서도 친구들이 미석이 남자친구 멋지다면서 많이 부러워했어요. 오빠는 부모님이 등 떠미는 대로 선을 볼 생각이에요?"

"응, 그냥 포기하고 나를 내버려 둘 분들이 아니셔서 말이야, 하하. 아니면 정혼녀라도 어느 날 갑자기 데려 오셔서, 바로 결혼식장으로 들어가라고 밀어붙이실지도 몰라."

돌석은 정혼녀 애기를 살짝 흘려 보았다.

"아, 아무리 그래도 부모님이 정해준 사람과 결혼하는 건 좀 시시할 거 같아요. 전 연애결혼 예찬론자라서요. 오빠는 부모님이 정혼한 사람이라고 어느 날 갑자기 낯선 사람을 눈앞에 내밀면, 바로 수긍하고 결혼할 수 있을 거 같아요? 어휴, 전 그런 건 절대 이해 안 될 거 같아요. 후후, 하긴 제 부모님은 절대 그럴 일이 없는 분들이시지만요. 저희 아버지, 어머니 초등학교 동창이신 거 아세요? 서로 첫사랑이요. 그래서 두 분은 운명 같은 걸 믿으시고, 완전 연애결혼 예찬론자세요. 저한테도 꼭 연애결혼하라고, 네 짝은 네가 찾아오라고 늘 그러세요."

"아, 그래? 너무 멋진 분들이시네. 연애결혼이 좋긴 하지."

강홍의 부모님과 강홍 본인이 연애결혼 예찬론자라는 걸 알게 된 건 큰 수확이다. 돌석은 마음속으로 안도의 한숨을 깊게 내쉬었다. 일단 오늘 주어졌던 임무는 이로서 성공적으로 해낸 듯해, 돌석의 무거웠던 마음이 한결 가벼워졌다.

마음이 편안해지자 이제야 강홍의 모습이 눈에 들어왔다. 조그마한 얼굴에 오목조목 자리 잡은 이목구비와 하얀 피부. 부드러운 머릿결 사이로 보이는 동그란 어깨와 가느다란 목. 순둥순둥 웃으며 자신을 바라보는 강홍을 보며 돌석은 순간 아찔함을 느꼈다. 모태솔로는 아니지만, 연애에 별로 관심이 없었던 그였다. 그저 하준과 어울리는 게 좋았고, 새로운 사업을 시작하게 된 게 좋아서 다른 곳에 눈 돌릴 틈이 없었다. 그런데 지금 이 순간, 강홍의 부모님이 믿으신다는 운명을 왠지 본인도 믿게 될 거 같은 예감이 들었다.

"강홍, 혹시 내 이름은 알고 있어? 미석이 오빠로 이렇게 오랜만에 만나긴 했는데, 예전에도 그랬고 오늘도 그렇고, 내가 네게 내 이름을 알려준 적도 없고, 네가 내 이름을 직접 부른 적도 없는 거 같아서. 혹시나 해서 말이야.”

“아! 정말 그렇네요. 전 그냥 오빠로만 알고 있었어요. 미석이도 오빠라고만 불렀었고요.”

“후후, 그렇지? 내 이름은 진돌석이야. 이름에 돌이 두 개라고, 단단하고 야무지다는 말을 종종 듣지. 돌처럼 둔한 녀석이라는 말도 가끔 듣지만, 우직하다는 말도 자주 듣고. 하하.”

“아, 진돌석, 진미석. 이름만 들어도 친한 오누이 느낌이 정말 나네요. 저도 이름으로 종종 이런저런 소리 많이 들어요. 얼굴이 빨개지기라도 하면 이름처럼 얼굴이 붉어졌다고 친구들이 놀리기도 하고요. 호호 웃는 소리가 홍홍 웃는 소리 같다고 놀리기도 하고요. 그렇게 짓궂은 농담들은 아니었고요, 그냥 친구들끼리 우스갯소리로 그런 얘기를 종종 한 거였어요.”

“하하, 그렇구나. 얼굴이 자주 빨개지는 편인가? 지금도 좀 볼이 붉은 거 같은데, 왠지?”

“지금도요? 으음… 그냥 가끔 그렇긴 한데, 오늘은 날이 좀 더워서 그런가 보네요.”

볼을 두 손으로 감싸 쥐는 강홍을 옆눈길로 살며시 바라보면서 돌석은 조심스럽게 말을 꺼냈다.

“홍아, 집에서는 언제 출발할 거야?”

“으음, 어머니 생신이라서 잠시 시간 내서 가는 거라 오래는 못 있을 거 같아요. 아마 버스 시간 맞추려면, 오늘 저녁 먹고 바로 출발해야 할 거 같은데요."

"그래? 그럼 잘 됐다. 나랑 같이 내 차 타고 돌아오면 될 거 같은데. 나도 오늘 저녁에 돌아올 예정이었거든. 9시 정도까지 네 집 앞에 가서 기다리면 괜찮을까?"

"정말 그래도 될까요? 버스보다는 차가 편하고, 저야 편하게 돌아올 수 있으면 좋지만요. 괜히 저 때문에 오빠가 일정을 서두르는 거 아닌지 걱정이 되서요."

"아냐, 정말 오늘 저녁에 돌아올 생각이었어. 오늘은 부모님께서 전해줄 게 있다고 잠시 왔다 가라고 하셔서 가는 길이었거든. 그래서 오래 머물 생각은 없었어."

"그렇다면 다행이고요."

"그리고 어차피 혼자 가는 것보다 이렇게 같이 얘기하면서 운전해야 졸리지도 않고 좋거든. 네가 날 도와주는 셈이 되는 거야. 혹시 길이 엇갈릴 수 있으니까, 우리 번호 교환할까?"

왠지 긴장되는 마음을 숨긴 채 돌석은 그녀의 대답을 가만히 기다렸고, 그의 얼굴을 바라보던 강홍이 볼에 홍조를 띠며 대답했다.

"아, 그럴까요? 그럼, 잘 부탁드리겠습니다."

잘 부탁드린다는 말을 하는 강홍의 얼굴이 왠지 따스하게 느껴진 건 돌석 혼자만의 착각이었을지 모른다. 하지만 이미 차 안의 분위기는 확실히 달라졌다. 돌아가는 차 안 분위기는 돌석이나 강홍의 운명을 달라지게 만들 만큼, 달달한 분위기가 될 거란 것을 두 사람 모두 완연히 느끼고 있었다.

* * *

　돌석은 고향집에 도착하자마자 내게 전화를 해왔고, 차에서 확인한 내용을 간단히 전해주었다. 차안에서의 얘기가 즐거웠는지, 돌석의 목소리에 왠지 모를 흥분된 감정이 묻어나고 있었다. 오래 봐 온 사이끼리의 느낌으로 볼 때, 이건 분명히 돌석의 얼굴을 직접 보고 놀려줄 거리가 생긴 것을 의미하는 듯하다. 예상치 못한 전개지만, 기뻐해줄 일이지 민감해할 만한 일은 아니다. 할머니가 언약한 정혼녀가 누군인지 추적을 해보는 거지 내 정혼녀가 될 사람을 찾고 있는 건 아니니까. 혹시라도 돌석이가 이 부분을 조심스러워한다면 내가 먼저 말을 꺼내서 마음을 편하게 해주면 될 듯하다.

　어찌 됐든 강홍의 부모님이 열렬한 연애결혼 예찬론자시면, 자신들의 둘째 딸을 위해 정혼자를 언약해 두셨을 가능성은 낮아진다. 하지만 할머니의 일기장만 봐도 알 수 있듯이, 전혀 예상하지 못했던 일도 언제든 일어날 수는 있다. 내가 미처 알지 못하는 뭔가가 더 있을 수도 있기에, 강홍을 내 어릴적 정혼녀 후보로 계속 확인해 볼 필요가 있다. 무엇보다, 할머니가 남기셨다는 증표가 강홍에게 있는지의 여부를 알아내야 모든 게 명확해진다. 강홍에 대한 부분은 돌석의 도움을 계속 받을 생각이다. 내가 스포츠카를 주겠다던 약속을 없던 일로 한다고 해도, 돌석이는 이제 그것과 별 상관없이 자진해서라도 강홍을 만나러 갈 분위기다. 진돌석, 내 곰 같은 친구의 마음에 스며든 봄바람이 그를 어디로 이끌어 갈지... 지켜보는 재미도 쏠쏠할 것 같다.

그럼 나는 이제 누구를 찾아볼 판을 짜야 할까? 생각을 빠르게 움직여가며 나는 손가락으로 테이블을 톡- 톡- 천천히 두드렸다. 뭔가 집중해서 골똘히 생각할 때의 내 오랜 습관이다. 그럴 때마다 내 얼굴에는 미묘한 빛이 떠오른다고들 한다. 사냥감을 노리는 야수의 숨길 수 없는 본능이 만들어내는 빛이다. 내가 직접 볼 수 있는 건 아니니, 나는 그 미묘한 빛이 어떠한지 정확히 알지는 못한다. 하지만 나를 오래 보아온 지인들은, 내가 그런 미묘한 빛을 얼굴에 드러내는 순간을 보게 되는 건 즐거운 경험이라고 한다. 이런 미묘한 빛을 떠오르게 한 본론으로 돌아가 보자면, 한초희.

사실 한초희는 쉬울 수도 있고, 어려울 수도 있는 상대다. 한초희가 나에게 고백을 직접 한 적이 없다 뿐이지, 나에 대한 관심을 은연 중에 보인 적은 몇 번 있었다. 내가 지극히 무심한 태도를 보여서 멀리 거리를 유지해 왔을 뿐, 한초희의 감정이 담긴 눈빛과 나를 몰래 훔쳐보며 얼굴을 분홍빛으로 물들이던 모습이 여전히 내 기억에 남아있다. 그때는 모든 것이 시시하기만 하던 시기였고, 굳이 그녀가 싫거나 거부감이 들어서 그런 눈빛을 무시하거나 차가운 태도를 취했던 거는 아니었다.

지금이라면? 솔직히 지금이라고 해서 별로 다를 건 없다. 만약 한초희가 정말 할머니가 언약하신 내 어릴 적 정혼녀라면, 나는 뭘 어쩔 생각이 있긴 한 건가. 아니면 호기심이 끝인가? 개인적인 호감은 없지만, 할머니께서 정혼을 언약했을 만한 무언가가 있었다면, 그 후의 상황은 솔직히 지금으로서는 명확히 장담할 수는 없다. 그러니 이 알 수 없는 마음은 잠시 옆으로 밀어 두고, 어떻게 그녀에게서 내가 원하는 답을 얻을지에 대해 머리를 굴려봐야 한다. 한초희는 결코 간단한 상대가 아니기에, 이번에는 좀 더 촘촘하고 단단하게 그물을 짜야 한다.

* * *

창문으로 새어 들어온 눈부신 햇살에 일찍 잠에서 깬 후, 이른 아침부터 할머니의 일기장을 뒤적이기 시작했다. 요즘은 시간이 날 때마다, 일기장들을 뒤적이며 정독을 하는 게 본의 아니게 내 새로운 취미생활이 되어 버렸다. 일기장 여기저기에 적혀 있는 내용들을 엮어서 새로운 추론을 이끌어내게 될 때면, 통쾌한 희열마저 느끼게 된다. 바로 지금 이 순간처럼 말이다.

오랜만에 현수가 찾아왔다. 5년 전 결혼한 아내와 함께였다. 사고로 청각을 잃은 후 힘들어하던 현수는, 한쪽 다리가 불편한 지금의 아내를 만나 결혼을 했다. 그들의 결혼식 주례를 해준 인연으로 두 사람과는 종종 만나왔고, 편안해 보이는 그들의 소소한 행복을 느낄 수 있어 만나면 기분이 좋은 부부이다. 아기를 가질 수 없다는 소식을 듣고 힘들어하던 마음도 이젠 어느 정도 안정이 된 듯 보였다. 어쩔 수 없이, 나는 오늘 이 부부에게 그 아이의 얘기를 조심스레 꺼내었고, 그들은 망설임 없이 도움을 주고 싶다고 했다. 이것도 인연이었고 운명이었으려나. 예정되어 있던 일처럼 물 흐르듯 자연스럽게 그들이 받아들이는 모습에 안도감을 느꼈다.

정분이의 어미가 결국 세상을 떠났다. 쓸쓸한 그녀의 마지막을 위로해 줄 사람이 없어, 내가 그 모든 것을 맡아 주고 끝까지 곁을 지켰다. 한 여자로서, 그녀의 인생이 안타깝고 마음이 서글펐다. 현수 부부에게만 넌지시 이 사실을 알렸고, 그들이 옆에서 도움을 많이 줘서 의지가 되었다. 지금 이 시점에 아이에게는 굳이 알리지 않기로 했다. 어린 마음에 너무 큰 상처와 혼란을 야기하고 싶지는 않기 때문이다. 부디 그 아이가 이런 마음을 이해해 주고 후에 너그럽게 받아들여 주기를 바랄 뿐이다. 그 순간이 오면, 그 아이가 남부럽지 않게 잘 자라 주어서, 좀 더 강해지고 세상을 넓게 이해해 줄 수 있는 사람이 되어 있기를 소망해 본다.

할머니의 일기장에 있던 부분을 읽고 또 읽어 보았다. 할머니의 일기장이 아니었다면, 할머니의 인생에 이런 부분들이 있었으리라고는 전혀 생각지도 못할 이야기였다. 현수라는 사람은 내가 알고 있는 사람은 아니다. 정분이라는 이름이 다시 언급되고 있는 부분에, 현수 부부에 관한 얘기가 함께 나오고 있었다. 이 내용들로만 유추해 보면, 현수 부부에게 도와줄 것을 청했다던 그 아이가 정분이라는 사람과 동일 인물이라는 생각이 들었다. 그의 결혼식에 할머니가 주례를 섰다고 하니, 아마 부모님은 이 부분에 대한 기억이 뭐라도 있을 수 있을 거라는 생각이 들었다. 그래서 낮의 일정들을 모두 마친 후, 저녁 시간에 부모님을 뵈러 본가에 가보기로 했다.

조금 늦은 시각에 도착했음에도 불구하고, 정원에 놓여있는 야간 등부터 거실의 불빛까지 집 전체가 환하게 불이 밝혀져 있었다. 내가 현관 안에 들어섰을 때, 부모님은 약간의 놀라움을 담은 표정으로 나를 기다리고 계셨다. 내가 먼저 연락해서 집에 들르겠다고 한 건 처음 있는 일이니 두 분 다 그 이유가 궁금하신 듯했다. 거실 방향으로 걸어 들어가자 테이블에 놓인 두 분의 찻잔이 눈에 들어왔다.

"차 드시던 중이셨네요. 저녁 식사는 이미 하신 거죠?"

"그렇지. 네 엄마가 몸매 관리한다고 저녁을 일찍 먹으니까. 이렇게 둘이서 차 마시는 시간이 요즘은 참 좋기도 하고, 허허허. 그나저나 우리 둘이 좀 놀랐어. 네가 자진해서 집에 온다고 해서 말이다. 오늘 좀 더 일찍 왔으면 함께 저녁을 먹을 수 있었을 텐데."

"그러게 말이야, 네가 일요일 저녁에 웬일로 여길 왔니? 평소엔 엄마가 맛있는 음식 해 뒀다고 와서 가져가라고 해도 절대 안 오더니, 오늘은 무슨 바람이 불어 스스로 이렇게 왔어?"

"하하, 어머니가 그렇게 말하시니 제가 완전 매정한 아들인 것 같잖아요."

"아니, 내 말이 틀렸어요, 여보? 하준이가 이렇게 아무 날도 아닌데 스스로 우릴 보러 집에 들른 적이 없었잖아요? 그렇죠?"

"허허. 그건 맞는 말인 거 같다. 그런데 무슨 일 있니? 네 얼굴이 왠지 까칠한데. 요즘 새로 시작한 일에 문제라도 있는 거야?"

그래서 사람은 안 하던 행동을 하면 안 된다. 두 분의 걱정
스러운 시선을 받고 있자니, 내가 더 구석으로 몰리는 분위기
가 이어지기 전에 얼른 화제를 돌려야겠다는 생각이 들었다.

"사업 잘 진행되고 있고, 저 별일 없이 잘 지내고, 전 그렇게
매정한 아들이 아니었고, 부모님 집에 때때로 방문을 잘해 왔
던 걸로 기억하는데요. 귀하고 잘난 아들, 이제 밥 좀 주시죠?
배고파요."

"어머! 아직 저녁 전이야? 그럼 빨리 말을 하지. 배고프
겠다. 얼른 손 씻고 식탁에 앉아."

"허허, 그러게. 전화를 미리 줬으면 모처럼 집에서 함께 저
녁을 먹을 수도 있었겠어."

아버지는 나와 저녁을 함께 먹을 기회를 놓친 것을 내내 아
쉬워하시는 듯했다. 뭉클한 정이 느껴지는 아버지의 이런 말
들은 늘 나를 편안하게 해준다. 할머니의 성품을 그대로 물
려받으신 아버지는 한결같이 편안하고 정감이 넘치는 분이
시다. 어머니가 언제나 밝고 명랑하시다면, 아버지는 포근하
고 아늑한 분위기를 가지고 계셔, 나는 두 분에게서 사랑을 고
루 받으며 밝고 건강한 어린 시절을 보낼 수 있었다.

어머니는 금세 저녁을 차려 내주셨고, 식탁에 앉은 내 앞에
새로 우려낸 차가 담긴 찻잔을 놓은 채 두 분도 자리를 잡고

앉으셨다. 서서히 그물을 펼칠 시간이다.

"와, 어머니. 너무 푸짐한데요. 감사히 잘 먹겠습니다. 제가 제일 좋아하는 불고기도 있네요. 역시, 어머니 음식 솜씨는 늘 최고에요."

"호호, 내가 음식 솜씨가 좀 괜찮기는 하지. 어머님께 잘 배워서 그래. 할머니께서 워낙 음식 솜씨가 좋으셨잖니."

"허허, 그랬지. 어머니께 당신이 잘 배워줘서 내 입도 늘 호강하며 살고 있지. 하준이 너도 나중에 결혼하고 나서 네가 요리를 못하면, 꼭 다른 집안 살림이라도 공평히 맡아서 해야 돼. 너희 어머니가 요리를 잘하시니, 대신 이 아버지는 다른 집안일을 맡아서 하고 있는 것처럼 말이야. 그래야 행복한 결혼생활을 유지할 수 있는 거라고, 허허."

"하하, 그럼요. 알고 있죠. 저도 보고 배운 게 있으니 그런 건 걱정하지 마시고요. 그런데, 과연 제가 결혼을 하게 될지는 모를 일이죠."

내가 던진 말에 어머니의 눈빛이 금세 뾰족해졌다.

"어멋, 얘! 넌 무슨 그런 말을 하니? 그렇지 않아도 네가 통 연애에도 관심이 없고 늘 바쁜 척해서 엄마가 얼마나 걱정을 하고 있는데. 아직 많은 나이가 아니니 그냥 보고 있기는 하지만..."

민감한 연애와 결혼 얘기가 시작되자 어머니가 예상보다

훨씬 분위기가 심각해지셨다. 이 방향으로는 정보를 얻는 게 역시 쉽지 않을 듯하다. 좀 더 다른 분위기로 이야기 방향을 바꿔야겠다는 생각이 들었다.

"어머니 불고기 보니까 할머니가 만들어 주시던 갈비찜 생각이 나네요. 어머니 불고기와 할머니 갈비찜은 제가 제일 좋아하는 음식이잖아요. 아, 할머니 갈비찜 정말 맛있었는데. 할머니는 평생을 교직 생활도 잘하시고, 학생들과도 잘 지내시고, 요리도 잘하시고, 가족도 잘 챙기시고. 너무 완벽한 분이셨던 거 같아요."

할머니 얘기가 나오자 아버지 얼굴에 금세 아련함이 떠올랐다.

"그렇지. 내게 어머니는 정말 완벽한 분이셨어. 모든 면에서 내 인생의 모범이 되어 준 분이셨지. 음식 솜씨도 너무 좋으셨고 말이야, 손맛이 참 좋으셨던 거 같아. 정성 들여 만든 음식들을 형편이 어려운 학생들에게 종종 싸다 주기도 하셨었고. 그렇게 제자들을 살뜰히 챙기고는 하셨으니, 졸업하고도 할머니를 계속 찾아오는 제자들이 많았던 거지."

"아, 그러셨구나. 졸업한 제자들과 계속 연락도 하고 그러셨으면, 그분들 결혼식 하는 것도 많이 보셨겠네요. 행복하게 가정을 이뤄가는 모습도 흐뭇하게 지켜보면서요. 할머니 성격에 또 축의금 엄청 쓰셨겠어요. 하하."

아버지의 눈빛이 순간 반짝 빛나며 얼굴에 미소가 떠어졌다. 아, 손맛이 느껴진다!

"그랬지! 주례까지 서 준 적도 있으셨어. 나도 기억해, 정현수라고. 어머니 애제자였는데 사고로 청력을 잃고 방황하던 시절에 어머니가 꽤 마음 아파하셨지. 어머니가 그 친구 옆에서 오랫동안 힘이 되어 주려고 참 많이 노력하셨더랬어. 그러다 다리가 불편한 아가씨를 만나서 결혼을 하게 되었고, 어머니는 흔쾌히 기쁜 마음으로 두 사람 결혼식에 주례를 서 주셨어. 그 후로 잘 살고 있다고 들었던 게 기억나는데, 딸도 하나 얻었고."

난 너무 기뻐서 웃음이 나오려는 걸 간신히 참는 중이었다.

"와, 할머니가 주례까지 서신 적이 있었어요? 정말 대단하네요."

"허허, 그렇지? 어머니가 주례까지 섰던 건 처음이어서 나도 그 현수라는 친구 가족이 궁금하더라고. 그렇게 몇 번 어머니랑 그 친구 가족 얘기를 나눴던 거 같아. 어머니가 그 가족 얘기를 하실 때면, 눈가가 촉촉해지시면서 왠지 기쁜 마음을 내비치셨거든. 그래서 일부러 기억해 뒀다가 그 친구 얘기를 어머니께 종종 여쭤보고는 했어. 어머니가 그 가족을 생각하는 것만으로도 마음속으로 기뻐하시는 게 느껴졌거든. 아, 나도 꽤 괜찮은 아들이었던 거 같네, 이렇게 얘기하고 보니까.

허허허.”

혼자 감상에 젖어 들고 계신 아버지가 더 깊이 빠져들기 전에 질문을 이어갔다.

“아, 그런 일이 있었군요. 그럼 이번에 할머니 장례식 때도 그 현수라는 분이 오셨겠네요?”

“그랬지. 부인하고 같이 조문하러 왔었지. 딸이 네 또래 정도 되는 거 같던데. 일정이 안 맞아서 그날은 함께 못 왔다고 했어. 어머니 영향이 컸는지, 현수네 부부가 딸이 초등학교 선생님이 되길 원했다는 얘길 예전에 한 번 들었는데, 정말 초등학교 선생님이 되었더라고, 허허. 어머니가 그 가족에게 워낙 신경을 많이 쓰셨으니까, 그래서 그렇게 관계가 돈독했나 봐. 몇 년 전에 임용되었다니까 어머니 돌아가시기 전이었고, 어머니도 그 사실 알고 좋아하셨을 테니 어쨌든 다 잘 된 거지.”

꽤 오랫동안 돈독한 관계로 이어진 인연이었던 듯했다. 나로서는 전혀 모르고 있던 현수라는 분의 가족과 할머니의 인연도 그렇고, 아버지가 이렇게까지 그 사람들에 대해 잘 알고 계시리라는 생각은 못 했기에, 나는 사실 속으로 많이 놀라고 있었다. 하지만 그 덕에 이렇게 쉽게 정분이라는 여자에 대해 정보를 얻고 있으니 기쁜 마음을 감출 길이 없지...만 감춰야 한다.

“오호, 그런 일이 다 있었어요? 제가 할머니에 대해 너무 모르는 게 많았네요. 그럼 그분은 할머니 고향 근처에서 계속 사셨던 거예요? 그렇게 관계가 돈독했던 걸 보면 근처에 살면서 자주 봤던 분들인가 봐요?"

"아니? 현수라는 친구는 원래 다른 졸업생과 같이 한 번씩 인사 오는 정도였는데, 그 친구 사고 후로 네 할머니가 그 친구를 많이 챙기고, 결혼 후에도 유달리 할머니가 그 친구 가족을 챙겼어. 그 친구 결혼 후에 이령시로 이사 가서 거기서 계속 산다는 거 같던데. 그 딸도 거기서 임용이 된 거고."

오호, 이제 됐다. 이령시 초등학교의 정분이 선생님을 찾으면 된다. 아버지, 감사합니다! 천재적인 두뇌와 얼굴로 태어나게 해 주셨다는 걸 인지하게 됐을 때보다 솔직히 지금 더 감사함을 느끼고 있었다.

그 대화 후 밥이 쑥쑥 들어가, 웬일로 밥을 두 공기나 비운 나를 보며 부모님은 매우 흡족해하셨다. 부모님도 오랜만에 기쁘게 해 드리고, 나도 얻으려던 걸 얻어 모처럼 마음이 풍족한 밤이 흐르고 있었다.

* * *

길단아는 얼굴을 알고 있는 돌석이 만나보기로 했다. 우연을 가장한 채, 어릴 적 친분을 내세우면 접근하기 쉬울 듯했다. 한 동네에서 나고 자란 둘은 사실 꽤 오랜 시간을 알고 지낸 사이다. 유치원과 초등학교도 같은 곳을 나왔으니, 둘 사이에 낯선 경계심 같은 건 없을 거라 생각됐다.

길단아는 어렸을 때부터 키가 컸고 주변을 아우르는 재주가 있었다. 한마디로 단아는 그 동네의 아이들을 이끌고 다니는 골목대장이었다. 지금이야 키와 덩치가 커졌지만, 그때 당시의 돌석은 체격이 많이 왜소했고, 그런 돌석을 놀이에 끼어주고 옆에서 챙겨주던 친구도 길단아였다. 단아가 배구를 시작하고 운동에 집중하기 위해서 고등학교 때부터는 다른 도시에 있는 학교로 옮겨가면서 돌석과 단아는 교접점이 없어졌지만, 그래도 서로에게 좋은 추억을 갖고 있는 어릴 적 친구란 사실에는 여전히 변함이 없다.

"어! 돌석이 아냐?"

역시 길단아는 남다른 키로 우월한 시야를 확보해서 그런지 사람을 잘 찾아낸다. 그녀가 소속되어 있는 배구단에 이벤트 후원 문의를 위해 방문하는 기회를 만든 후, 돌석은 업무가 끝났음에도 불구하고 괜히 시간을 지체하며 어슬렁거리던 중이었다. 역시나, 그녀는 돌석을 찾아냈다.

"어, 기다란! 오랜만이다! 넌 역시 여전히 키가 크구나! 하하."

"뭐래! 너 이 곰 같은 시키, 지금 나이가 몇인데 아직도 그런

별명으로 사람을 불러. 네가 오늘 정신을 어디 좀 흘리고 왔나보구나, 오랜만에 만나서 내 폭력성을 시험하려는 걸 보니."

"어우, 야! 오랜만에 친구 만나서 살벌하기는. 하하, 잘 지내지? 네 경기 가끔이라도 안 보며 난 잘 지낸다."

이장댁 손녀인 길단아는 큰 키에 시원시원한 성격으로 어렸을 때부터 동네 아이들 모두와 잘 어울렸고, 동네 어른들도 그녀의 돋보이는 체격과 성격을 근거로, 장차 뭐라도 할 녀석이라고 입을 모아 칭찬을 하고는 했었다. 그런 모두의 성원에 힘입어, 그녀는 잘 나가는 배구선수가 되어 고향의 자랑이 되어 있었다.

"빈 말이라도 못 하냐? 그런데 여긴 웬일이야? 너 요즘 하준이 시작한 사업 같이 한다며?"

역시 고향 마을 이장댁 손녀는 정보력이 빠르다는 걸 새삼 실감한 돌석이 혀를 내둘렀다.

"와, 넌 또 그런 건 어떻게 알았어? 역시 길단아다."

"우리 아버지랑 하준이 아버지 친하시잖아. 건너 건너 들었지. 내가 또 연하준에 관심이 좀 있잖니?"

돌석은 까맣게 잊고 있던 사실을 깨달았다. 이곳에 오기 전에 하준과 이 부분에 대해서 좀 더 준비를 했어야 했다. 어렸을 때부터 단아는 하준바라기였다. 여름방학 때 하준이 할머니집에 와서 머물 때마다 씩씩한 단아가 옆에 버티고 서 있어서, 하준에게 관심을 갖고 몰려들던 동네 여자애들이 꼼짝도 못 하고 멀리서 바라보기만 했었다. 가족끼리도 아는 사이, 어렸을 때부터 마음을 표현했지만 그 당사자인 남자는 전혀 무관심해 혼자 짝사랑만 하던 사이, 여전히 관심을 갖고 있는 사이, 하지만 너무 멀어져 버린 남자에게 진심을 알리기는 조심스러워 머뭇거리는 사이. 설령 어릴 적 정혼 약속을 했더라도 여태껏 비밀로 하며 적당한 시기를 노리고 있었던 거라면. 단아의 할아버지나 부모님, 심지어 단아까지 알고 있었던 거라면. 하준이 단아를 받아들일 민   리고 있었던 거라면...

알 수 없는 위태로움을 감지하며 돌석은 자신이 너무 무방비 상태로 단아를 만나러 온 것을 후회했다.

"아하하, 넌 뭐 그리 살벌한 농담을 진담처럼 하고 그래. 내 약한 심장 쪼그라들게."

"나 진심이야! 하준이 활동 중단하고 갑자기 그렇게 떠난 후, 다시 돌아올 때까지 애간장 태우며 기다려 온 거라고. 이제 내 스파이크 한 방이면 연하준은 내 손아귀에서 못 벗어나는 거지. 흐하하, 겁먹진 말고. 잘 됐다, 이렇게 우연히 널 만나다니. 나 하준이 좀 만나게 해 줘. 직접 만나서 할 얘기가 있어."

허헉… 이거 우연을 가장해서 뭔가 정보나 좀 얻어가려던 내 꾀에 내가 넘어가게 생겼다. 우연이 필연이 되어 왠지 뭔가 어마어마한 일이 생길 것만 같은 예감이 든다. 하준아, 미안하다. 난 저 스파이크를 무시하고 너를 보호해 줄 수가 없다. 길단아는 내가 상대하기에는 너무 벅차다고…

"어? 허허. 하준이는 스타잖아. 신비주의 스타. 내가 하준이에게 네 얘기 한 번 해보긴 할게. 하준이도 널 기억은 하고 있겠지. 아하하, 아니다. 당연히 기억하겠지. 우리 길단아를 어떻게 잊어버려. 어쨌든 우선은 나에게 연락하면 돼. 내가 하준이 매니저이기도 하니까. 아하하."

돌석의 휴대전화 번호를 받아 들고 오묘한 미소를 짓고 있는 단아를 뒤로 한 채, 돌석은 쫀쫀해진 심장을 부여잡고 그 자리를 떠났다. 단아는 절대 만만한 상대가 아니다. 거기다 단아의 하준에 대한 마음이 여전히 진심이라면, 그에 맞춰 매우 촘촘히 대비책을 세워둬야 한다. 앞으로 자신에게 던져질 험난한 시간들을 대비할 생각에 돌석의 발걸음이 점점 더 빨라지고 있었다.

* * *

이령시는 생각보다 작았고, 그 도시에 있는 초등학교 수도 생각보다 많지 않았으며, 초등학교 선생님을 찾는 일도 그리 오래 걸리지 않았다. 이령 초등학교 3학년 2반 담임 선생님, 정분이.

그녀에게 어떻게 접근해야 할지 고민을 하며 초등학교 정문 근처에 차를 세우고 꽤 오래 앉아 있었더니, 하교 시간인지 아이들이 차 옆을 무리 지어 지나가기 시작했다. 짙게 태닝된 유리창 덕분에 내가 잘 보이지는 않겠지만, 혹시나 하는 마음에 커다란 선글라스를 쓰고 목을 움츠리고 있자니, 지금 내가 여기서 뭘 하고 있는 건가 하는 자괴감이 몰려왔다.

"정분이 선생님 말이야, 너무 착하고 이쁜 거 같아. 완전 천사야, 천사."

정분이 선생님? 조금 열려있던 차창 너머로 들려온 그 이름, 정분이 하나로 내 그런 자괴감은 저 멀리 날아가고 내 귀는 좀 더 쫑긋 열렸다. 차 안에 앉아있는 나를 미처 못 본 건지, 내 차 옆에 멈춰 선 채로 아이들 서너 명이 뭔가를 함께 열심히 들여다보고 있었다.

"정분이 선생님이 너에게도 그걸 그려 주셨어? 나는 이거 그려 주셨는데. 선생님은 얼굴도 이쁘고 맘도 착한데 그림도 정말 잘 그리신다. 이 캐릭터 그리기 정말 어려운데, 내가 너무 좋아하는 거라고 했더니 집에서 그려서 가져오신 거 있지! 감동이야, 감동. 다른 선생님들 같으면 쓸데없는 거에 시간 쓰지 말라고 잔소리하셨을 텐데."

"그렇지? 선생님도 우리처럼 이런 캐릭터 좋아하고 그림도 그려 주시고 하니까 완전 말도 잘 통하고, 너무 재밌고 좋아. 담임 선생님 때문에 학교 오는 게 재미날 줄은 3학년까지는 생각도 못했는데, 큭큭."

오호라. 내가 찾고 있는 정분이 선생님이 이 아이들의 담임 선생님이고, 그 선생님이 무슨 캐릭터인지는 모르겠지만, 이 아이들이 좋아하는 만화 캐릭터 이야기를 이해해 주고 그림 까지 그려서 주는, 얼굴 이쁘고 마음 착한 선생님이라 완전 인 기 최고, 뭐 대충 이런 얘기인 거 같았다.

잠시 갈등했다. 이대로 차에서 내려 아이들이 들고 있는 캐 릭터 그림들을 좀 보고, 아이들의 환심을 사 좀 더 정보를 모 을지, 아니면 내 얼굴을 최대한 감추고 아이들이 좀 더 재잘거 려 주길 기대하며 이대로 앉아 있을지.

에라, 모르겠다. 차문을 벌컥 열고 내리자, 그 옆에 서있던 아이들의 눈동자가 동그래져서 모두 나에게 고정됐다. 그래, 나 맞아. 너희들이 좋아하는 그 아이돌 스타, 연하준. 음, 응? 그런데 뭔가 이상하다. 지금쯤 호들갑스러운 비명 정도는 들 려줘야 맞는데, 너무 조용하다. 의아한 시선을 내려 아이들을 바라보니, 놀라서 동그래졌던 눈들을 다시 자신들이 들고 있 던 캐릭터 그림들로 옮겨간 후였다. 아, 나 지금 저 캐릭터 그 림들에 밀린 건가 보다. 그나저나, 이 아이들은 나를 모르나,

아니면 내가 이 큰 선글라스로 얼굴을 너무 잘 가렸나?

"아, 깜짝이야. 난 저 차문 안에 저 아저씨 있는 줄도 몰랐어, 크크."

"헤헤, 나도. 저 아저씨 키 엄청 크다."

"그런데, 이 캐릭터도 원래 키도 더 크고 얼굴도 엄청 더 크지 않았나?"

"아니, 그건 쌍둥이 동생 캐릭터고, 이건 형. 그래서 얼굴이 좀 더 작고 그 대신 머리가 길잖아."

"아, 그렇구나."

"그리고, 형의 캐릭터는 옷 장식도 좀 달라. 여기 허리 옆에 차고 있는 혁대에 주황색 장식이 매어져 있거든. 동생은 아직 수련의 단계가 낮아서 혁대에 아무 장식도 받지 못한 거라고 했어."

"아, 그렇구나. 그런데 주황색 장식이 제일 첫 단계야? 아니면 파란색 장식인가?"

"아니, 수련의 단계에는 총 열 두 단계가 있는데, 그 중에 두 번째가 파랑이었고, 주황은 다섯 번째 단계잖아. 쌍둥이 형제의 아버지가 그 최고 단계인 검은 물회색 단계라는데, 크크, 난 아무리 생각해도 검은 물회색과 그냥 회색의 차이를 잘 모르겠더라. 그래서 그냥 그런가 보다 하고 보려고. 헤헤."

"그거, 원래는 회색인데, 물이 닿으면 빛이 번쩍이게 되서 물회색이라고 하는 거 아니야?"

"아, 맞다, 그랬었지! 내가 그 이야기를 아예 잊고 있었다. 시리즈가 너무 길다 보니까, 예전에 나왔던 내용들을 복습을 안 하면 중간에 너무 헷갈리는 거 같아. 그래도 신기한 게, 예전 내용이 기억이 안 나고 헷갈리는 부분이 있어도, 또 새로운 내용이 나오면 그 내용이 또 그 나름대로 이해가 되고 너무 재밌어."

"맞아. 쌍둥이 형 캐릭터 완전 멋진 거 같아. 그런데 그 쌍둥이 동생에게 곧 뭔가가 일어날 거 같지 않아? 지금은 좀 평범한데, 앞으로 뭔가 더 나올 거 같지?"

"응, 너도 그렇게 느꼈어? 오호호, 나도! 어리바리한데 왠지 숨겨진 뭔가가 있을 거 같아서 완전 기대 중이야. 크큭."

뭐야 이건, 이 애들 나를 못 알아봤다. 하물며 관심도 없다. 저 캐릭터 그림에 확실히 밀렸다. 이대로 놔뒀다가는 저 캐릭터들 이야기가 끝나질 않을 거 같다. 그나저나 저 캐릭터 그림들은 대체 뭐지? 눈을 길게 늘여 최대한 무관심한 척 아이들이 들고 있는 그림들을 훔쳐보았다. 오호라, 저건 요즘 제일 인기가 많다는 만화영화 캐릭터들이다. 그럼 저 만화영화 캐릭터 그림들을 정분이 선생님이 학생들에게 그려주었다는 말인가? 뭔지 모를 상황에 왠지 마음이 조급해져, 결국 아이들에게 말을 걸기로 했다.

"흠... 흠... 학생들?"

"……"

"흠… 저기… 얘들아?"

그제야 아이들은 고개를 들어 나에게 시선을 옮겨왔다.

"예에? 저희요?"

"응, 너희."

"왜 그러시는데요?"

"저… 그 캐릭터 그림 정말 멋지다. 너희도 그 만화영화 좋아하는구나. 나도 그거 엄청 좋아하거든. 그 캐릭터가 내 최애여서. 나도 한 번만 가까이에서 볼 수 있을까?"

"예에? 이걸요?"

아이들이 경계하는 게 느껴졌다. 낯선 사람, 큰 키, 얼굴을 잔뜩 가린 큰 선글라스, 갑자기 나타나서 자신들의 캐릭터 그림에 관심을 보이니 이상한 사람으로 여길 수도 있겠다 싶었다.

"아니, 나도 그거 너무 좋아하는데, 정말 잘 그린 거 같아서. 난 여러 번 노력해 봤는데도, 잘 안 그려지더라고. 누가 나한테 그런 거 그려줄 사람도 없고 말이야."

"아, 그래요? 그럼 딱 한 번만 보세요. 가져가시면 절대로 안 되고요. 우리 정분이 선생님이 그려주신 거라 완전 소중하거든요."

오호, 뭔가 좀 걸려든 듯한 손맛이 느껴진다.

"당연하지. 와, 정말 잘 그렸다. 캐릭터 완전 멋있어 보여. 그런데 이걸 선생님이 그려주셨다고?"

"예, 정분이 선생님이요. 우리 선생님 진짜 최고죠?"

"그러게, 정말 멋진 선생님이시네. 선생님도 이 만화영화 좋아하시나 보다. 캐릭터를 제대로 이해하고 표현해 내신 거 같아 보여서 말이야."

"히히, 예. 우리 선생님도 이런 만화영화나 그 안의 캐릭터 같은 거 엄청 좋아하세요. 그래서 다른 어른들과는 달리 우리랑 엄청 말도 잘 통하고요. 저희가 원하면 이런 캐릭터 그림들도 그려 주시고요. 정말 친절하고 좋은 선생님이에요."

오호호, 만화영화를 좋아하고, 이런 캐릭터들을 좋아해서 즐겨 그리고, 아이들과 통할 정도로 그런 얘기를 하는 걸 좋아하는… 뭔가 감이 확 왔다.

"응? 그런데요… 아저씨 우리 알아요? 나 아저씨 얼굴 어디서 본 적 있는 거 같은데. 선글라스 좀 벗어 보실래요?"

옆에서 새초롬한 얼굴로 서있던 여자아이 하나가 내게 물어왔다. 너무 오래 서서 아이들과 얘기하고 있다는 걸 깜빡했다. 이럴 생각이 아니었는데.

"그럴리가… 난 그냥 지나가는 길이었어. 너희 그림이 너무 멋있어서 잠깐 멈춘 거야. 그럼 꼬마 친구들, 잘 가!"

부리나케 차에 올라타 시동을 걸었다. 만화영화를 좋아하고 만화를 그리는 정분이 선생님이라. 그녀를 직접 찾아갈 수 없으니, 돌아서 가는 길을 택하기로 했다. 아직 모든 것들이 명확하지 않은 이 순간, 그녀에게 무엇 하나 가벼운 마음으로 설명하기도 힘들 것이고, 그런 상태로 직접 만날 상대가 아니라는 생각이 들었기 때문이다.

* * *

오후 늦게 사무실에 도착하니 내가 오길 기다리고 있기라도 했던 것처럼 돌석은 그 큰 덩치를 내게 바짝 붙여왔다.

"왜? 뭐 할 말 있어?"

"있지."

"뭔데? 아... 너도 아버지께 전화 받았구나? 난 이미 거절해 달라고 말씀드렸어. 그 동네에는 이미 엄청난 스타가 있잖아. 원래 별은 하나만 있을 때 더 빛나는 법이지. 길단아 공원이 이미 그 동네에 있지 않나?"

"너희 할머니 계실 때는 혹시 할머니께 불편한 일이 생길까 봐 꺼리셨는데, 이제는 괜찮지 않을까 싶으셨나 봐. 아저씨 그런 일에 욕심 없으신 줄 알았더니, 역시 아들을 사랑하는 마음을 숨기지를 못하시네. 하하, 농담이고. 아마 그 동네분들이 아저씨께 간곡하게 부탁을 하셨나 봐. 네 이름 보고 찾아올 관광객들도 언급하며 지역 발전에 도움이 될 수도 있다고 하니 마음이 약해지신 거겠지. 그래서 한 번 확인이나 해 보겠다고 너와 나한테 연락을 하신 걸테고. 아무래도 넌 아닌 거지?"

"도움을 드릴 수 있다면 좋겠지만, 그런 건 좀 마음이 편하지 않아서. 길단아였다면 아마 나서서 내가 이 동네가 낳은 스타인데 공원이나 길 하나 정도는 자신의 이름 걸고 만들어 둬야 하는 거 아니냐고 했겠지만, 하하."

"야아.. 뭘 또 이런 것까지 정확히 꿰뚫어 보고 그래. 길단아 공원 만드는 거 얘기될 때 정말 그랬었거든. 공원 설립 추진 위원장이 길단아였다고 보면 되는 거지, 하하. 그래도 그런 모습이 또 밉지가 않고 당당해 보이고 멋진 게 단아 매력이지만. 그때 동네 아이들 체력 단련 시설도 만들어야 된다고 자기 사비로 설치비도 지원하고 했었거든."

"우와... 그랬어? 역시 길단아네. 동네 대장. 동네가 낳은 최고 스타답다. 완전 인정!"

"그렇지? 후후. 오늘 길단아 귀 좀 간지럽겠는데, 얘기 나온 김에 단아에 대해 얘기할 게 또 있어. 나 길단아 만났다. 너에게 전화로 얘기 하려다가 직접 얼굴 보고 얘기하려고 기다리고 있었지. 그래야 네가 충격을 더 많이 받을 거 같아서. 네 충격받는 얼굴 보는 재미를 내가 놓칠 수는 없잖아? 하하."

"뭔 얘기가 오갔는데 그래?"

"길단아가 너 좀 만나게 해 달라더라. 널 직접 만나 할 얘기가 있다던데. 이젠 뭐 자기 스파이크 한 방이면 널 꼼짝 못하게 만들 수 있다나, 하하."

"헉, 정말 그렇게 말했다고? 길단아는 여전한가 보다. 하하."

"단아 진심인 거 같던데. 걔가 하준바라기였잖아. 네 정혼녀 얘기를 아는지 모르는지에 대해서도 아직 모호해. 전혀 모르는 거 같기도 하고 뭔가 있는 거 같기도 하고. 너희 아버지와 단아 아버지가 친분도 있으시고, 단아는 여전히 네 정보를 자세히 찾아보고 있더라고. 단아가 네 할머니와 그렇게 자주 만나던 사이는 아닐 거 같긴 한데, 그것도 나로서는 긴가민가하고 말이야. 혹시 네 정혼녀 아니었냐 물어보기라도 하면, 억지로라도 인연을 붙여서 덥석 물 녀석이라서 아예 그 비슷한 얘기도 꺼내지 않았어."

"잘했어. 길단아라면 충분히 없던 일도 만들어낼 수 있는 능력자지. 워낙 추진력도 강하잖아, 뭔가를 잡으면 절대 놓치지 않을 승부근성까지 있으니. 어휴우... 우리 조심해야겠다. 그건 그래도 할머니가 단아를 고향의 자랑으로 여겼던 건 맞으니까. 할머니 일기장에 단아 자랑스럽다고 여러 번 칭찬하셨거든. 좀 더 일기장 내용들을 자세히 읽어봐야겠어. 뭔가 더 감이 잡힐 때까지 길단아는 더 이상 만나지 말아보자. 혹시 실수로라도 정혼녀 관련된 그 어떤 얘기도 단아에게는 건네지 말고."

"단아를 정혼녀 후보에 그대로 두기는 하는 거야?"

"응, 아직 확실한 게 아무 것도 없으니까. 일단은 후보에 두고 길단아에 대해서는 좀 더 생각해 보자. 강홍과 길단아 둘 다 아직은 좀 더 알아봐야 뭔가 확신을 할 수 있을 거 같거든. 강홍쪽은 네가 알아서 잘 할 생각인 거지?"

"그럼 그럼. 멋진 인생과 행복한 앞날을 위해 늘 노력해 가는 대단하고 멋진 녀석 진돌석 님은 다 뜻이 있고 준비가 되어 있지. 흐흐, 진돌석 님은 강홍 님과 그렇지 않아도 두 번째로 만날 약속을 이미 정하셨다고."

"오호, 역시 대단하네, 진돌석 님. 그럼 당신만 믿겠어."

"알겠어. 걱정 마시오. 흐흐흠."

장난스레 대화를 이어가는 돌석이의 얼굴과 가슴과 손끝에서 봄바람의 설렘이 묻어나는 듯하다. 그래, 내 친구 진돌석 님. 화이팅입니다!

* * *

돌석이 모퉁이를 돌아서자 바로 앞 커피숍 창가에 앉아있는 강홍의 모습이 한 눈에 들어왔다. 두 손에 감싸쥔 머그잔에 얼굴을 가까이 댔다 떼어내는 강홍의 얼굴에 미소가 한가득 지어지는 걸 보며, 돌석은 자신의 가슴 가득 차오르는 뭔지 모를 감정을 느꼈다.

"홍아."

"왔어요. 갑자기 비가 오네요. 차 갖고 왔어요?"

"아니, 근처에서 일 끝내고 걸어왔어. 좀 걷고 싶었거든."

"어, 그럼 비 맞았어요?"

"다행히 가방에 우산이 있었어."

"후후, 오빠는 늘 우산을 갖고 있네요."

"내가? 꼭 그런 건 아닌데, 오늘은 운이 좋았어."

"그럼 내 운이 좋은가 봐요. 나를 만나는 날에는 오빠에게 우산이 늘 있으니까요."

"꼭 오늘만을 말하는 게 아닌 것처럼 들리는데? 우리 최근에 만난 게 지난 번 고향 내려갔던 때가 처음이지 않았나? 음... 뭐지? 내가 놓친 게 뭔가 있는 거 같은데?"

"후후, 알고 싶어요? 전혀 기억에 없나 봐요, 오빠는?"

"기억...? 음... 정말 뭔가 있는 거구나. 대체 뭘까? 역시 돌이 두 개인 진돌석이 뭔가를 놓친 게 틀림없는 거 같은데. 그래서 내가 곰 같다는 말도 종종 들어. 너그러운 네가 그냥 말해주면 안 될까?"

"하하. 알았어요. 그런데 오빠가 둔해서 그런 게 아니예요.

별 일 아닐 수 있는 건데 저 혼자 오래 기억하고 있는 거니까요. 그리고... 제가 그리 기억에 남을 만한 존재가 그때는 아니었을 거예요."

"아... 무슨 말을 그렇게 해. 그렇게 말하니 내가 왠지 무릎이라도 꿇고 들어야 될 거 같잖아."

"후후. 알았어요. 그냥 오빠 반응 보니까 놀려주고 싶어져서 그렇게 말한 거고, 실제로는 별 일 아니에요. 예전에요. 제가 미석이랑 미석이 집에서 숙제하고 놀다가 집에 가려고 밖에 나가던 때였어요. 비가 내리고 있어서 집 대문 앞에서 비를 피하며 집에 다시 들어간 미석이를 잠시 기다리고 있었거든요. 그런데, 갑자기 오빠가 어디선가 나타나서는 제게 우산을 내밀고 집 안으로 들어가버렸던 적이 있어요."

"어어? 그래? 내가 그랬었나? 아... 그러고 보니 미석이 친구에게 집 앞에서 우산을 건네준 기억이 있는 것도 같은데... 그게 강홍 너였어?"

"그것 봐요. 기억하기에는 그때의 제가 너무 미미한 존재였어서 오빠 기억에 안 남은 거라고 했잖아요."

"어우, 아니야. 그건 절대로. 지금도 그렇지만 그때의 나는 여자 앞에서 꽤 수줍었을 거야. 아마 네 얼굴도 제대로 못 쳐다보고 멀리서 비를 피해서 서있는 것만 보고 우산을 건넨 걸거라고. 그러고는 바로 돌아서서 집으로 들어갔을 거거든.

좀 많이 순수했어. 쑥쓰러워서 그랬을거야. 그나저나 신기하네, 그때 그 소녀가 너였구나…"

"그런 거였어요? 쑥쓰러웠구나. 오빠도."

"그때 모르긴 몰라도 네게 우산을 건네며 긴장하고 수줍었을 거라고. 내가 곰 같아 보여도 민감해. 감정을 좀 깊게 느끼는 남자라서, 하하. 지금도 솔직히 말하면 좀 놀랍기도 하고 쑥쓰럽기도 하고 그러네. 네가 내 그런 모습을 기억 속에 간직하고 있을지 몰랐어. 그 때 나 좀 웃겨 보였겠다."

"아니요. 솔직히 말하면 그 반대였어요. 꽤 인상 깊었다고 할 수도 있고요. 미석이에게 오빠 얘기를 많이 들어서 그 모습이 좀 좋게 느껴졌거든요."

"응? 미석이가 무슨 얘기를 했으려나. 완전 이상한 놈으로 만들어 버린 건 아니고?"

"후후, 그 반대예요. 미석이는 돌석 오빠 같은 남자를 만나 나중에 연애를 하고 싶다고 말할 정도였다니까요. 자상하고 듬직한 오빠라고. 두 사람 사이가 너무 좋은 남매지간이어서 듣고 있으면 부럽다는 생각이 들 정도로요. 저는 자매만 있어서 오빠와 사이 좋게 지내는 게 뭔지를 잘 이해할 수가 없었어요. 그래서 미석이 얘기 들으면서 신기하고 재밌었어요."

"차암… 미석이가 별 얘길 다했네, 하하. 그래도 그렇게 말해 줬다니 다행이다. 나중에 미석이 만나면 맛있는 거 사줘야겠네. 그래서 네 기억에 우산 건네 준 자상한 오빠로 내가 기억에 남아 있던 거였구나. 그래도 그런 기억으로 네게 남아 있었다니 기분 좋은데. 신기하게도 느껴지고."

"그렇죠? 후후. 인연이라는 건 좀 신기한 거 같아요. 우리가 알지 못하는 방향으로 흐르면서도 우리를 언젠가는 그 인연을 알아차리게 될 만한 곳으로 데려다 놓기도 하니까요."

"하하. 맞아. 정말 맞는 말인 거 같아. 그럼, 이제부터는 우리가 지금 이 시점에 얼굴을 마주하고 있게 된 인연에 대해 어디 한 번 대화를 시작해 볼까?"

"후후. 좋아요. 제가 전화로 간단히 말했던 것처럼 환자들을 위한 작은 콘서트를 열어보고 싶어요. 그래서 오빠가 재능기부라고 생각하고 좀 도와주면 좋을 거 같아서요."

"응, 네 전화 받고 나도 우선은 너무 반가웠지만, 네가 그런 일을 해보고 싶어한다니 놀란 부분이 없지 않아 있어. 작은 콘서트라고 해도 준비할 게 꽤 있을 거야. 정신없이 바쁠텐데 잠시 생기는 여유시간을 여기에 써야 될 거라고. 정말 마음이 확실한거야?"

"예, 완전 확실해요."

"그럼 좋아! 내가 도움이 될 수 있다면 나도 너무 기분 좋은 일이니까. 그래서 뭐부터 시작하고 싶은데?"

"뜻이 비슷한 병원분들하고 이야기를 해봤거든요. 그동안 환자들이 남긴 글들도 있고, 주고받은 편지글들을 모아보니 꽤 괜찮은 메시지가 많더라고요. 병원 생활을 오래 하고 있는 분들에게는 희망의 메시지가 될 수도 있고요. 그 글들을 음악과 함께 낭송하는 작은 콘서트를 열면 어떨까 싶어요. 자선콘서트 개념이어서 여러 분야 분들의 재능 기부에 전적으로 의지해야 할 거 같고요."

"괜찮은 생각 같은데. 그런데 한 가지 물어봐도 될까? 갑자기 이런 일을 시작하기로 한 계기가 있어? 환자들의 글들을 모으게 된 계기 같은 게 있었거나?"

"얼마 전 한 할머니 환자분이 완치된 후 퇴원하시면서 정성스레 한 자 한 자 눌러 쓴 편지글을 전해 주셨어요. 그 내용이 하루 종일 가슴에 남아있더라고요. 그래서 그 따스함을 병원 생활로 힘들어하는 분들과 나누면 좋겠다는 생각을 했어요. 병원에 오래 머물다 퇴원하는 환자들 중에는 감사 인사를 담은 편지를 전하는 환자들이 많아요. 완치가 되어 기쁜 마음을 전하는 편지들이죠. 하지만 그 반대의 경우에도 마지막이 될 순간을 위해 떠나기 전 그동안 유대관계를 돈독히 맺은 병원 분들께 메시지를 전하는 경우도 있고요. 그냥 흘려보내기 아까운 글들이 정말 많아서 이런 내용을 다른 환자분들과도 나누면 좋겠다는 생각을 했어요. 환자 본인이나 그 가족들에게 미리 양해를 구하고 원하는 분들의 글들만 나눠볼 생각이예요."

"그렇구나. 나는 병원 생활에 대해서 잘은 모르지만, 그분들의 진심이 담긴 글들을 좋은 음악과 함께 나누면 여러 모로 뜻깊은 시간이 될 거 같아. 그럼 뭐부터 시작하고 싶어? 생각해 둔 게 좀 있어?"

"읽을 글들과 콘서트 전체 구성은 제가 다른 동료분들과 준비해 볼게요. 오빠는 음악 파트를 좀 도와주면 좋겠어요. 소개해 줄 만한 분들이 있을까요?"

"비슷한 재능 기부를 하고 있는 아마추어 밴드를 알고 있어. 취미로 밴드 활동을 이어가고 있는 직장인 분들이 멤버고. 너무 상업적인 밴드 보다는 풋풋한 느낌의 아마추어 밴드가 더 나을 거 같아서. 어떻게 생각해?"

"아, 너무 좋아요. 어쿠스틱 기타 잔잔하게 퍼지는 공간에 감동을 나누는 글들이 흐르는 미니 콘서트. 이번에는 일회성으로 준비하는 거지만, 기회가 된다면 꾸준히 이어 가길 바라는 마음도 있어요."

"너 이번 계획에 꽤 진지하구나. 좋아! 그럼 나도 너를 도와 콘서트 기획에 내 재능을 적극적으로 기부할게."

"오, 말만 들어도 정말 든든한데요. 고마워요."

"별말씀을. 얼른 그 밴드 리더 형에게 연락해 봐야겠다. 거절 못하게 잘 포섭해 봐야지. 아직 시간 여유가 있으니 일정

조율을 먼저 해보면 거절은 못 할 거야. 이런 좋은 일에 참여하는 걸 즐거워하는 사람이라."

"음악 파트가 준비되면 정말 한시름 놓을 거 같아요. 제가 잘 모르는 분야고 아는 인맥도 없어서 막막했거든요. 오빠가 있어서 정말 다행이네요."

"나도 내 재능을 이런 방향으로 쓸 생각은 해본 적이 없는데, 이번 기회에 이런 뜻깊은 일에 도움이 될 수 있어서 좋아. 너에게 오히려 내가 고마운 마음이 드는 것도 그래서고. 부끄러운 말이 될 수도 있는데, 나를 위한 삶을 사는 데만 그동안은 집중해 왔거든. 성공, 일, 성취 뭐 그런 거. 주변을 둘러보고 내가 할 수 있는 일을 찾아서 도울 수도 있는 건데 말야."

"그게 오빠 본성이라서 그래요. 전 오빠가 제게 우산을 건네고 갔을 때 이미 그걸 느꼈었다고요."

부끄러운 듯 미묘한 시선으로 자신을 바라보며 우산 얘기를 다시 언급하는 강홍을 바라보며 돌석은 자신의 가슴에 찌르르 하고 울림이 퍼져가는 걸 느꼈다. 이 감정을 뭐라고 해야 할지 지금으로서는 설명하기 힘들지만, 쉽게 가라앉지 않는 이 좋은 느낌을 우선은 오래도록 간직해 보고 싶어졌다.

* * *

우연히 마주쳐야 할지 아니면 직진해서 정분이의 부모님을 직접 뵙고 사실을 확인해 볼지 사실 고민이 되었다. 만약 내가 그 집에 찾아가 정현수라는 할머니의 제자분에게, 따님과 저의 정혼 얘기를 예전에 제 할머니와 언약하신 적이 있냐고 묻는다면, 과연 그분이 내게 곧이곧대로 얘기를 해 주실지에 대해 확신이 들지 않았다. 직접적으로 물어본다고 해도, 진실을 들을 확률은 여전히 낮다. 이미 없던 일처럼 되버린 정혼 얘기일 수도 있는 거고, 아니면 내가 잘못 오해한 부분일 수도 있다. 어찌 됐든 굳이 다 큰 딸을 두고, 어렸을 적 잠깐 오갔던 정혼 얘기 같은 걸 꺼내는 것을 반가워할 부모님은 없을 거란 생각이 들었다.

주변을 맴돌면서 최대한 정보를 파악해 낸 후, 나 혼자 추리를 해보기로 마음을 정했다. 그래서 나는 지금 그 정분이라는 여자와 그녀의 부모님이 살고 있는 아파트 단지 앞 만화방에 앉아 있다. 돌석이를 대신 움직이게 할지 고민도 해봤지만, 다른 세 명과 달리 내가 전혀 모르는 인물이기에 전해 듣는 얘기만으로는 내용을 추리해 내는 게 쉽지 않을 듯했다. 그리고 왠지 모르게 내가 직접 보고 싶은 마음이 들었다.

얼핏 본 만화 캐릭터 그림은 수준급 실력으로 보였다. 한두 번 그려본 솜씨가 아니었고, 꽤 오랫동안 이 분야에 심취해 있음을 보여 주고 있었다. 그렇다면 단순히 만화영화가 아니라 만화를 즐겨 볼 가능성이 있어 보였다. 사실 이게 무슨 스토커 같은 짓인지 모르겠지만, 이령 초등학교 교문 앞에서 퇴근 시간에 맞춰 정분이 선생님을 기다린 적도 있었다. 하지만 초등학교를 오가는 젊은 연령대의 여자는 내가 생각했던 것보다 많았고, 열린 공간에서 정분이 선생님으로 추정되는 사람을 단정짓는 일은 쉽지 않았다. 그렇다고 별다른 명분 없이 학교 안에 들어가 정분이 선생님을 찾아볼 수 있는 상황도 아니다.

다행히 아버지께서는 정현수 씨의 주소를 알고 계셨다. 지난 저녁 본가에서 그분 얘기가 나왔을 때, 나는 그 기회를 놓치지 않았다. 할머니께서 평소에 각별히 아끼던 가족이었다고 얘기하셨을 때, 할머니가 안 계시다고 소식을 끊고 지내는 것도 할머니께서 알면 아쉬워 하실 것 같다고 아버지께 살짝 운을 띄웠다. 아버지는 미처 거기까지는 생각을 못했다며 당황스러워하셨고, 그런 아버지께 나는 장례식에 다녀가 줘서 고맙다고 그분께 간단히 감사 인사 카드를 보내자고 제안을 드렸다. 그렇게 우리는 그 자리에서 함께 정현수 씨에게 보낼 카드를 작성했다. 물론, 겉봉에 적힌 수취인 주소를 나는 놓치지 않고 머릿속에 저장해 두었다.

그리고 그렇게 알아냈던 집 주소 주변에 있는 이 만화방에서, 나는 주로 정분이 선생님의 퇴근 시간에 맞춰서 모자를 푹 눌러쓴 채 지난 며칠을 맴돌고 있는 중이다. 명석한 두뇌를 이렇게 남의 주소를 알아내고 기억하는데 쓰라고 받게 된 건 아닐 텐데, 그리고 이렇게 멍하니 앉아서 낭비하라고 대학까지 짧은 시간 안에 마치고 시간을 아껴뒀던 게 아니었는데. 중간중간 예전에 멀리 날아갔던 자괴감이 한 번씩 돌아오고는 했지만, 그래도 이미 시작한 이 엉뚱한 짓을 꿋꿋이 이어 나가기로 마음먹었다.

이게 무슨 실없는 짓인가 싶다가도 이젠 오기마저 생겨서 끈기를 갖고 기다려 보기로 했다. 다행스럽게도 이 만화방 주인인 나이 지긋한 할아버지는 나에게 관심조차 두지 않았다. 사람이 많지 않은 변두리 만화방은 평일에는 한가했고, 주말에는 몇몇 중년 남자들이 만화책을 베개 삼아 지내는 곳이었다.

딸랑- 여느 때와 다를 거 없는 종소리였지만 본능적으로 내 시선이 소리를 쫓아 만화방의 입구로 향했다. 이미 지난 며칠 동안 이러고 있는 상황인지라 이제는 별 기대도 없지만 그래도 혹시나 하는 마음은 여전하다. 이젠 얼굴마저 익숙해진 한 중년 남성이 들어서는 걸 보며, 시선을 거둬들이고 손에 들고 있던 만화책을 바라봤다. 지루한 마음에 졸음이 몰려오며 서서히 눈이 감기는 거 같은데.. 어.. 어.. 안 되는데.. 그래도 눈을 뜨고 보고 있어야 하는데...

"분이야, 여기 이 책 좀 저기에다가 놓아줄래?"

"예, 할아버지."

응? 분이? 정분이? 여자의 고운 목소리가 나기 전에 들린 이름이 내가 기다리던 그 사람 이름인 거 같은데... 서서히 눈을 뜨자 빛이 비쳐 들며 한 여자의 인영이 시선에 잡히기 시작했다. 곱다. 첫인상은 그랬다.

나와 비슷한 또래로 보이는 여자는 하얀 얼굴에 오목한 이마와 동그란 눈망울이 맑아 보였다. 분홍빛을 띠는 도톰한 입술이 말을 할 때마다 오물조물 움직이는 모습이 어른 아이처럼 순수하게 느껴졌다. 동그란 어깨에 닿을 듯 말 듯 머리가 찰랑거리는 모습이, 여자를 어리게 보이게 하면서도 차분함과 경쾌함을 동시에 느끼게 했다. 그리 움직임이 크지 않음에도 계속 보고 있으면 여자의 움직임 하나하나가 이상하리 만치 눈길을 끌고, 그 움직임 언저리에 향긋한 잔향이 맴돌 거 같은 착각이 들게 만들었다. 마치 꿈을 꾸고 있는 듯 그 움직임을 보고 있자니, 머릿속이 점점 백지처럼 하얘져갔다.

"뭐 필요한 거 있으세요? 악의 퇴마사 2권이요? 으음, 아마 저 뒤편 두 번째 칸에 있을 거에요."

손님으로만 이 만화방에 올 거라고 예상했는데, 여자가 손님들과 도란도란 주고받는 말들을 들어보니, 여자는 주인 할아버지를 도와서 가게 안을 정리하고 손님들이 책을 찾는 것도 도와주고 있었다. 할 일이 끝나면 한쪽 구석에 놓인 작은 책상에 앉아 그림을 그리는 거 같았다. 지나다니면서 얼핏 보니 여자는 그곳에서 만화를 그리고 있었다. 지난번 아이들이 들고 있던 그림들처럼, 여자가 그리고 있는 그림들은 이미 전문가 수준이었다. 그냥 취미로 하는 게 아니라, 만화가 지망생이거나 만화가로 활동하고 있는 수준이라고 생각될 정도였다. 그런데 굳이 왜 여기서 그림작업을 하고 있는지 의문스러웠다. 그 후로도 몇 번을 더 지켜본 결과, 여자는 저녁 시간에 종종 이곳에 들러 주인 할아버지의 잔업을 도와주며, 구석에 있는 자신의 전용 책상에서 만화 작업을 지속해가고 있었다. 내가 너무 지나치게 쳐다본 건지, 가끔 나와 눈이 짧게 마주치기는 했지만, 나에게 그리 신경을 쓰는 거 같진 않았다.

* * *

"하준아, 호랑이 장가가는 날인가 보다."

"응? 그게 무슨 말이야?"

"밖에 날씨 말이야. 저렇게 햇볕이 쨍쨍한데 갑자기 소나기가 내리잖아. 이런 날씨에는 호랑이가 장가를 간다고 했던 거 같은데. 아닌가? 어쨌든 특이한 날씨만큼 특이한 일이 일어난다는 뜻인 거겠지."

"하하. 호랑이가 장가를 가는지는 모르겠지만, 엄청난 일이 일어날 거 같긴 하다.”

“엄청난 일?”

“저기 오네. 엄청난 일을 만들어 주실 분.”

내가 가리킨 곳을 바라보던 돌석의 눈이 있는 대로 커져서는 나와 우리를 향해 걸어오는 대상을 번갈아 바라보느라 바쁘다. 마른 하늘에 소나기가 쏟아지는 것처럼 시원시원한 걸음걸이로 우리를 향해 거침없이 다가오는 그녀. 길단아는 우리에게 소나기처럼 그렇게 나타났다.

“단아야!”

“어, 진돌석! 전화를 해도 도대체가 받지를 않더니 이렇게 갑자기 들이닥쳐야 둘이 같이 있는 모습을 볼 수 있는 거였구나. 오랜만이다. 연하준!”

“응, 그래. 오랜만이야. 길단아.”

“돌석이가 내 얘기를 전하지 않았을 리는 없고, 너무 잠잠하니 기다리다 지친 사람이 움직이는 수밖에 없지. 이미 내 얘기 들어서 알고는 있지?”

소나기처럼 나타난 단아는 역시 거침없이 쏟아져 내렸다. 그녀의 당당함은 내용이야 어찌됐든 언제나 멋져 보인다. 이런 점은 같은 나이임에도 존경할 수밖에 없는 부분이다. 내가 속으로 그녀의 당당한 멋있음에 감탄하고 있다는 걸 알 리 없는 길단아는 내 대답을 미묘한 눈빛을 한 채 기다리고 있었다.

"응, 알고 있어."

"역시 연하준이네. 피하지 않고 모른 척도 하지 않고 직구를 그대로 받아 치니 말이야. 무대응이 대답일 수도 있지만 그냥 그렇게 지나쳐버릴 수 있는 성격이 또 내가 안 되서 말이지."

"어... 길단아? 우선 나랑 먼저 얘기를 할까? 하준이에게는 내가 자세히 이야기를 전하지 않은 것도 좀 있고 말이야. 어우... 너 지금 무지 분위기 무거워. 일단 좀 마음을 가라앉히고 나랑 좀 천천히 얘기해 보는 게 어떨까, 친구야?"

"진돌썩! 그렇지 않아도 너와 할 얘기도 내가 이미 잔뜩 마음 속에 쌓아 뒀어. 네 차례는 내가 하준이와 대화를 나눈 다음에. 그러니 좀 옆에서 지금까지처럼 내 존재를 무시하면서 쫌 있어 봐. 그럼 내가 조금 있다가 어련히 알아서 널 처리해 줄 테니까."

"하.하.하. 으음... 길단아? 왜 그렇게 말을 험악하게 해. 우리 숨 좀 깊게 쉬고 마음을 가라앉혀 보자."

"길단아, 나를 보러 왔다니까 그럼 우선 나랑 얘기하자. 돌석아, 괜찮아. 내가 먼저 단아랑 얘기해 볼게. 호랑이 장가가는 날에는 어떤 일이 일어나는지 어디 한 번 확인 좀 해 볼까? 하하. 단아야, 여기가 불편하면 내 개인 사무실로 갈까?"

"뭐 비밀 얘기도 아니니까 여기서 해도 돼. 단도직입적으로 얘기할게. 나랑 세 번만 만나 보자. 꼬마 때부터 얼굴 알고 지내던 그런 사이 말고, 남자와 여자로 그렇게 세 번만 나와 만나자. 그럴 만한 이유가 있다는 건 너도 이미 잘 알고 있잖아?"

어, 이건 뭐지. 그럴 만한 이유가 있다는 걸 내가 이미 잘 알고 있다는 건 뭘 말하는 거지. 이건 혹시 내 어릴 적 정혼녀와 관련된 이야기를 말하는 건가. 단아가 그 문제와 관련된 걸 혹시 아는 게 있나? 뭔가 알고 있다는 뜻인가? 내 생각을 읽었는지 단아의 뒤편에서 돌석이의 눈짓이 바쁘게 움직이며 내게 물음표를 계속 쏴 대고 있다. 하지만 나도 단아의 말뜻을 정확히 추측해내기가 쉽지 않은 상황이다. 정말 이건 정혼녀라는 뜻인가? 의혹만 쌓여간다면 돌직구라도 던져서 상황을 헤쳐 나가는 방법이 제일 정확하다.

"그게 무슨 말이야? 네가 의미하는 게 정확히 뭔지 모르겠어서. 그 이유라는 게 뭐지?"

"하하. 역시 궁금하지? 내가 그럴 줄 알았어. 그걸 내가 지금 말해주면 내가 원하는 걸 얻지 못할 텐데? 내가 그리 멍청하지는 않다고. 그러니 그걸 알고 싶으면 나랑 세 번만 만나. 그럼 다 알게 될 거니까."

단아의 뒤에 서있는 돌석은 온 몸으로 그렇게 하겠다고 말하라고 내게 표현해 오고 있었다. 나도 이 상황에서 답은 하나

밖에 없다는 걸 잘 안다. 단아가 말한 그럴 만한 이유가 정혼녀라면, 그렇게 된 상황과 할머니의 의도까지 알아내고 싶기 때문이다.

"그럴만한 이유를 알고 싶다면 네 말을 따를 수밖에 없다는 거네. 좋아, 그럼 그렇게 하자. 세 번 만나. 그런데 조건이 있어. 자유롭게 돌아다니기는 힘든 상황이라는 건 너도 이해할 테니까. 장소는 내가 정할게. 괜찮지?"

"좋아. 하지만 나도 조건이 있어. 시간은 그럼 내가 정할게. 내가 세 번을 만나자고 먼저 말했다고 해서 네게 끌려 다닐 생각은 없으니까. 괜찮지?"

"하하. 좋아. 우리가 만나는 장소는 세 번 다 할머니 고향집 근처면 좋겠어. 네 고향집도 되겠고. 그래야 누군가의 눈에 띄어도 자연스러울 거 같고 편할 거 같은데. 어떻게 생각해?"

"응, 괜찮을 거 같아. 혹시 고향분들이 보셔도 너와 내가 둘이 있다고 이상하게 생각할 분들은 없을 테니까. 첫번째 만나는 시간은 내 스케줄 보고 정해지면 알려줄게."

"그래. 그렇게 하도록 해. 당분간은 시간을 많이 비워둬야겠는데, 우리 배구계의 슈퍼스타와 시간을 보내려면 말야. 하하."

"그렇게 말하면 또 내가 설레니까 적당히 하고. 하준이와의 용무는 끝났고. 자아... 그럼 이제 우리 똘썩이와 진지하게 애기를 좀 나눠볼까? 돌썩! 우리는 잠시 밖에 나가서 얘기 좀 할까? 나 시간 없어서 이제 돌아가야 하니까, 내 차 있는 곳까지 함께 걸으면서 얘기하면 되겠다. 괜찮지?"

"어? 어어. 그러자. 내가 당연히 친구 배웅을 해줘야지. 차 어디에 세워 뒀어? 그렇게 멀지는 않겠지? 그리 오래 걸리지는 않았으면 좋겠는데."

"걱정 마. 끝인사는 짧게 끝내 줄게. 그럼 하준아, 곧 만나자. 돌썩이는 나 따라오고."

곰 같은 덩치가 강아지 눈빛을 애절하게 내게 보내왔지만, 나는 돌석에게 한 손을 들어 화이팅 표시를 해준 후 사무실 안으로 걸음을 옮겼다. 멀리서 돌석이 낑낑 거리는 소리가 나는 듯도 했지만, 내가 끼어들 수 있는 자리가 아니다. 적수가 아닌 상대는 피하는 게 최고임을 고수는 본능적으로 알기 때문이다. 고향 마을 친구들끼리의 정겨운 수다는 단아의 차가 주차장을 빠져나갈 때까지 한동안 꽤 요란 법석하게 이어졌다. 사무실로 돌아온 돌석은 그 짧은 사이에 눈까지 퀭해졌지만, 무사히 살아 돌아온 것만으로도 다행이라고 생각하는 듯해 보였다.

* * *

나는 계속 그 만화방을 빈번히 드나들고 있었다. 주말에는 정분이가 좀 더 오래 만화방에 머무는 듯해, 나도 주말 시간에는 통째로 시간을 내서 그 만화방에 좀 더 오래 머물고 있었다. 간혹 손님들이 물어보는 만화책 관련 질문에 정분이는 막힘없이 설명을 해주는 모습이 인상적이었다. 단순히 만화를 좋아하는 게 아닌 오랫동안 관심을 갖고 공부를 해 온 듯하다. 만화방 일도 간단히 도와주는 수준이 아닌 듯한 게, 책장 구석구석마다 진열된 순서나 정보들을 완벽하게 기억하고 있는 모습이다. 만화방 할아버지께도 어찌나 공손하고 친숙하게 대하는지 두 사람이 친할아버지와 손녀라고 해도 믿을 정도다. 모든 사람들에게 저리 친절한 건지. 아니면 이 공간에 대한 애정이 그만큼 깊은 건지. 보면 볼수록 신기하게 느껴지는 부분이 많은 사람이다. 하루는 만화방에 죽치고 앉아 있는 내게 정분이가 다가오더니 대뜸 이렇게 물어왔다.

"연하준 씨 맞죠?"

뭐라고 답하는 게 좋을지 판단이 안 서, 우선은 모르는 척해보기로 했다.

"예에? 아닌데요."

"맞는 거 같은데... 맞죠? 그런데 왜 여기서 이러고 있어요? 활동 중단하고 잠적했다더니, 숨어 지내는 거예요? 그런 삶이 시시해서 이런 오래된 만화방이 오히려 재밌어졌어요?"

당돌하다.

"연하준 팬이에요?"

"아닌데요."

"그럼 왜 엄한데 와서 연하준을 찾아요?"

"여기 연하준이 있으니까 그렇죠."

"하아, 아니라니까요. 그나저나 그림 좀 그리던데... 여기 알바생? 만화 전공하는 학생이에요?"

우선은 내가 이령초등학교 정분이 선생님을 아는 것을 숨길 생각이다. 그런데, 그건 나만 그렇게 하기로 한 게 아닌 듯했다.

"예, 뭐. 여기 알바생도 맞고, 만화 그리는 것도 맞고요. 학생은 아니고요. 그런데 내 그림을 봤어요? 괜찮...아 보였다는 뜻이에요?"

"밥 같이 먹을래요? 그럼 말해 주고."

"예?"

"알바생이라고 했죠? 언제 끝나요? 나도 할 얘기가 있는데, 이건 꼭 밥을 먹으면서 해야 해서. 지금 알바생께서 일하는 공간에서 말하기에는 상도덕에 왠지 어긋나는 것 같기도 하고요. 그렇다고 내가 알바생에게 차를 한 잔 하면서 밖에서 얘기하자고 하는 것도 뭔가 좀 오해의 소지가 있고. 그러니 일상적인 일들 중 하나인 밥을 같이 먹으면서 얘기하는 게 제일 좋을 거 같은데, 어떻게 생각해요?"

"싫어요. 내가 왜 그쪽하고 밥을 먹어요? 낯선 사람하고 밥을 같이 먹는 게 그리 일상적인 일인 거 같지는 않은데요. 그쪽에겐 그게 일상적인 일이 되나 보죠? 왜 내가 그쪽하고 밥을 먹어야 되는지 스스로도 좀 어이가 없지 않아요? 이유라도 댈 수 있어요?"

"음... 알바생께서 연하준을 찾고 있었는데 마침 그를 닮은 내가 여기 있어서? 내가 꼭 할 말이 있는데, 그건 밥을 먹으면서 해야 하는 얘기라서? 내가 이렇게 말하면 호기심이 잔뜩 생긴 그쪽은, 내가 하고 싶다는 말이 뭔지를 안 들으면, 밤에 잠이 안 올 정도로 궁금할 거라서? 하하, 맞죠? 뭐 멀리 갈 필요 없이 여기 옆에 아무 데나 그쪽 알바생 잘 아는 곳 가서 밥 먹음 되잖아요. 알바생 마음 편한 곳으로 정해요."

내가 이렇게까지 미끼를 던졌는데 물어야지. 잠자코 기다리고 있는데, 드디어 정분이 알바생께서 말을 건네왔다.

"그럼 어차피 전 점심 먹으러 여기 옆 맛나분식을 갈 생각이거든요. 거기서 그쪽도 점심을 먹던가요. 옆에 앉아서 먹으면 그게 같이 밥 먹는 거 아니겠어요? 전 12시 반에 거기 갈 거에요."

분식집은 좀 망설여졌지만 선택의 여지가 없다는 생각이 들었다.

"그래요 그럼, 김밥이랑 떡볶이 같이 먹읍시다."

* * *

다행히 소도시 변두리에 있는 작은 규모의 분식집인데다, 토요일 점심시간이어서 그런지 어린 학생들도 없었고, 아예 손님 자체가 많지 않았다. 안도의 한숨을 내쉬며 가게 안에 들어서니, 이미 정분이는 한쪽 구석 테이블 의자에 앉아 있었다. 그리고 테이블에는 정말 김밥과 떡볶이가 놓여 있었다.

"벌써 식사 시작한 거에요? 서운하네... 기다려주지도 않고."

"지금 막 음식이 나온 거에요."

"난 처음부터 알바생께서 나랑 밥 같이 먹을거라 예상했어요. 호기심은 만물의 시작점인지라, 그 호기심을 이겨내긴 힘들거든요. 긍정적으로든 부정적으로든. 하하, 내가 밥 먹으면서 할 말이 뭔지 궁금했던 거죠?"

"어쨌든, 여기 밥 먹는 곳이니 이제 말해 봐요."

"하하, 알았어요. 내가 알바 자리를 제안하려고 하는데... 어때요? 알바생 그림 보니까 실력이 꽤 괜찮아 보여서 관심이 좀 생겼거든요. 내가 제작하고 있는 앨범이 곧 나오는데, 그 앨범 커버에 알바생 그림을 좀 쓰고 싶은데... 그쪽이 그리고 있던 그림들 느낌이 개인적으로 꽤 마음에 들어서."

"예? 전 전문적으로 만화를 그리는 사람도 아닌데요?"

"그런 건 별로 중요하지 않죠."

정분이의 얼굴에 묘한 긴장감과 함께 왠지 모를 설렘이 떠올랐다. 슬슬 낚싯대를 조금씩 움직일 때이다.

"만화를 습작만 하는 건가요? 아니면 스토리를 연결해서 만화를 그려둔 게 이미 좀 있다거나? 내가 앞으로 만화 콘텐츠도 제작을 할 생각인데, 그쪽 그림 느낌이 좋아서. 서로 스타일이 잘 맞는다면 함께 일해보면 좋을 거 같은데요."

"음, 우선 짚고 넘어갈 게 있어요. 첫째, 왜 중간중간 반말을 섞어요?"

"으음... 내가 그랬나요? 의도한 건 아니지만 만약 그랬다면, 우리가 반말할 사이 같아 보여서? 그럼 그쪽도 반말하면 되지 않나? 우리 나이 비슷하죠? 그리고 지금 나는 같이 일을 해보자고 제안을 하고 있고요. 친구처럼 편하게 지내면 좋지 않을까 싶은데."

"음, 뭐 그건 그래 보이기는 하는데. 그래도 난 낯선 사람하고는 말을 잘 못 놔요."

"그럼, 친구라고 생각하고 말 놓으면 되지 않을까요? 난 불편한 사이는 불편해서."

"둘째, 그럼 반말은 우선 그렇다 치고, 진짜 연하준도 아니라고 했고, 이렇게 만화방에서 빈둥거리고 있으면서 너무 허세가 심한 거 아닌가? 앨범을 내고 만화 콘텐츠를 제작할 거라는 둥, 그걸 내가 어떻게 믿어요?"

"나? 연하준 맞는데. 잘 봐요, 얼굴이 맞지."

"아깐 아니라더니…"

"그때는 순간 좀 당황해서. 그리고 어떤 의도로 내게 연하준이냐고 물어오는지도 모르는데, 덜컥 맞다고 말해주기도 좀 그렇잖아요."

"흠, 그래도 전체적인 상황을 봐도 이건 좀 이상하지 않나? 당신이 진짜 연하준이면, 그 신비주의 탑스타가 왜 할 일 없는 사람처럼 여기 변두리 만화방에 종종 와서 빈둥거리고 있는 거며, 지금은 또 이런 허름한 분식집에 앉아서 왜 굳이 나랑 이렇게 김밥이나 먹고 있겠어요?"

"나 원래 만화 좋아해요. 생긴 건 완전 세련되고 차가운 스타일이어도, 의외로 아날로그 감성이라 이런 만화방이 편하고 좋은 거고. 이런 만화방 같은 분위기를 가진 공간을 요즘은 찾기가 쉽지 않잖아요. 마침 이 만화방이 내가 좋아하는 그 감성이 있어서 편하고 좋아요. 내 사생팬들은 절대 올 만한 곳은 아닌 거 같아 마음도 편하고."

이렇게까지 말하자 나를 더 자세히 관찰해 내려는 듯 정분이의 눈이 갸름해졌다.

"뭐, 그래. 그럼 진짜 연하준 씨라고 치면, 내가 이렇게 분식

집에서 대화도 나누고, 밥도 같이 먹고, 같이 일을 해보자고 제안까지 받고. 이거 완전 이상하고 신기한 일이잖아...요?"

"하하, 지금 본인도 말을 놓았다 올렸다 하고 있는 건 알고 있지...요?"

"진짜 연하준이 맞다면... 내가 반말하며 친구처럼 편하게 지내기는 좀 부담스럽기도 하고."

"하아, 함께 일하게 될 수도 있고 거기다가 나이도 비슷하면 친구처럼 대할 수도 있는 거 아닌가? 그냥 편하게 생각하면 되는데. 나 알고 보면 정말 편한 사람인데..."

"알고 보면은 모르겠지만 모르고 봤을 때, 연하준 씨가 그리 편해 보이는 상대는 아닌데...요. 우리 엄마가 연하준 씨 완전 팬인데. 늘 엄마가 칭찬을 하던 대상과 갑자기 반말하는 사이로 친구처럼 지내자니 어색하고 마음이 이상해서. 어쨌든 진짜 내 그림에 관심이 있는거면, 나도 그 제안에 관심이 좀 있기는 해요. 만화 그리는 걸 좋아하고 만화 스토리도 열심히 짜고 있긴 한데 혼자 하기에는 부족한 부분이 자꾸 보여서, 좀 전문적으로 해보고 싶은 욕심이 있었지만… 그런데, 그쪽이 진짜 연하준이 맞는지 내가 무턱대고 믿기도 좀 그렇지 않나?"

"흠... 증거가 필요하다 이거군. 이거면 되려나?"

나는 핸드폰을 열어서 앨범에 잔뜩 들어있는 세계적인 셀

럽들과 함께 찍은 사진들을 보여주었다. 정분이는 눈앞에 보이는 내 얼굴과 사진의 내 모습을 번갈아 쳐다보더니 눈이 동그래져서는 입을 막고 놀라워했다. 이제야 정말 믿는 눈치다.

"그런데... 왜... 내가 처음 물었을 때 아니라고 했는지...? 그리고 지금은 왜 또 갑자기 대놓고 자기가 연하준이라고 나에게 말을 해주는 거고...요?"

"그거야, 귀찮으니까. 그쪽에게 같이 일해보자고 제안할지 정확히 결심도 안 한 상태였고. 그리고 지금은 같이 일해보자고 제안을 하고 있는 중이니, 내 신분을 대놓고 말하는 게 당연한 상황이 된 거고. 그런데 하나만 하지...요. 말을 놓든지, 아니면 올리든지. 참고로 난 같이 일하는 사이는 편해야 된다는 주의라, 반말 선호해. 친구처럼 편하게 지내자는 말 진심이고."

"흐음... 정 그렇다면, 내가 편하게 대하도록 노력해 볼게. 말도... 놓고. 참, 그런 의미에서 내 이름은 정분이. 그냥 알바생이라고 부르면서 편하게 지내기는 좀 그런 거 같아서."

"후후, 정분이 알바생님, 이름 말해줘서 고마워. 호칭이나 반말은 앞으로 편할 대로 하면 돼. 그건 그렇고, 아까 내가 봤던 만화 그림들, 더 그린 거 있으면 좀 볼 수 있을까? 그 중에서 느낌을 살려 몇 가지 초안을 준비해서 앨범 커버용으로 제안해 보면 좋을 거 같은데."

"있긴 있는데, 내가 더 손볼 부분도 있고 해서 시간이 좀 필요해. 그리고 내 그림에 대한 권리와 의무 같은 계약 조건도 확인을 해봐야 할테고. 참, 계약은 부모님과 상의를 하고 두 분이 허락하시면 진행하고 싶은데, 괜찮을까?"

야무지다. 처음엔 곱더니 그 다음엔 당돌했고, 이제는 야무지다. 뭐가 이렇게 사람이 다채로운지. 앞으로 함께 시간을 보내며 겪게 될 일들이 벌써부터 기대가 된다. 누군가가 궁금해진 건 내 인생에서 처음 있는 일이다. 이런 걸 호감이라고 하는 건지, 아니면 다른 단어로 이런 감정을 부를 수 있는 건지 헷갈린다. 왠지 복잡한 속마음에 일부러 건조하게 표정을 지으려 노력 중이다.

"왜 그래야 하는데?"

"음... 내가 효녀라서? 하하, 농담이고… 그냥 내가 만화를 좀 전문적으로 그리게 된다면, 부모님과 먼저 의논을 해야 될 거 같아서. 내가 하고 싶어 하는 일을 반대할 분들은 아니지만, 그분들의 의견이 내게는 중요하거든."

"그렇구나. 어쨌든 그 부분은 편할 대로 해도 돼. 그런데 개인적으로 궁금해서 그러는데, 왜 그 만화방에서 알바해? 그리고 그림 작업은 왜 거기서 하고? 집에서는 안 해?"

"만화방에서 그려야 그림이 잘 그려져서. 집에서 만화 작업하는 거 보면 부모님이 괜히 마음 아파하시는 거 같기도 하고.

내가 부모님 때문에 꿈을 포기해 버린 거란 생각을 하시는 거같아. 만화방 주인 할아버지 일 좀 도와드리고 그렇게 작업공간 얻는 게 어디야. 그만한 곳이 없어. 만화책들에 둘러싸여있으면 영감도 좀 더 쉽게 떠오르고. 그 특유의 만화방 분위기가 너무 좋아. 만화책에서 스멀스멀 풍겨 나오는 만화책 특유의 향기가 있어. 내가 굳이 만화책을 보고 있지 않아도, 그 향기가 내 머릿속에 꽉 차오르며 내게 만화 그림에 대한 열정을 북돋아 주거든."

"하하하, 만화책에서 향기가 난다고 말하는 사람은 처음 보는 거 같은데. 향기까지는 모르겠지만 이상하게 그 만화방에 있으면 마음이 포근해지고 편안해지는 건 맞는 거 같아. 어쨌든 그 특유의 만화방 분위기 좋아하는 건 나와 같네. 만화책에서 향기가 난다고 말할 정도면, 언제부터 그렇게 만화를 좋아했어?"

"하하, 너무 날 이상한 쪽으로 몰아붙이는 거 아니야?"

"워, 워, 그건 아니니 오해는 하지 말고, 나도 정말 만화를 좋아해서 나랑 좀 비슷한 사람인가 보다 싶어서. 그냥 개인적인 호기심이 생겨서 묻는 거야."

"그런 순수한 의도라면, 음... 그냥 어렸을 때부터 누구나 그렇듯 만화를 좋아했던 거 같아. 그러면서 저런 만화 그림들을 따라 그려보면 재밌을 거 같다 싶어서 따라 그리기 시작했고,

그러다가 머릿속으로 만화 스토리를 스스로 꾸며 보기 시작했던 것도 같고. 그렇게 시간을 보내다 보니까, 다른 어느 것보다 만화가 주는 행복감이 제일 크다는 걸 깨닫게 되었고, 그렇게 만화를 그리는 삶을 꿈꾸게 된 거 같아.”

“나도 어렸을 때부터 만화영화 정말 즐겨 봤는데. 그림을 따라 그릴 생각은 안 했지만, 나 같은 경우는 스토리를 머릿속으로 그려 보길 좋아했던 거 같아. 공상과학소설 내용을 머릿속에서 만화 그림으로 상상해 보는 게 내 취미 생활 중 하나거든.”

“공상과학소설? 오호, 그래서 여전히 그 취미 생활은 이어가고 있는 거고?”

“뭐, 보다시피. 괜히 만화방에 드나드는 건 아닐 테니까. 겸사겸사.”

“후후, 그렇구나.”

“그러는 정분이 알바생님은? 만화 그림은 그냥 취미 생활이야?”

“으응? 글쎄, 취미라고 하기엔 내가 좀 많이 진지한 상태 정도? 하하.”

“내가 볼 때 이미 취미생활의 단계를 뛰어넘은 거 같던데. 전문적으로 해 볼 생각은 없어? 직업 같은 거로 말이야.”

“으음… 그게 아직은 좀……”

"뭐, 불편하면 더 말 안 해도 돼. 각자의 삶이란 건 심오해서 남들과 간단히 말로 나눠버릴 수 없는 거기도 하니까. 그건 그렇고, 그럼 낮엔 백수야? 돈벌이는 안 해? 보니까 저녁이나 주말에만 만화방에 나오는 거 같던데?"

"어? 나 스토킹 해? 뭘 이렇게 잘 알아. 찝찝하니까 그런 자세한 관심은 앞으로는 사양할게. 그냥 이것저것 하면서 돈벌이는 하고 있으니 남 걱정은 말고."

나한테 초등학교 선생님인 건 절대 말하지 않을 생각인가 보다. 하긴, 그런 개인적인 일을 말하기엔 아직 좀 이를 수 있지. 우선은 상황에 따라 적당한 시간 동안은 모르는 척해줄 생각이다. 왠지 우리 두 사람이 오래 볼 사이라는 예감이 들었기에, 그것이 무엇이 되었든 서두를 생각은 없다. 아직 시간은 많고, 탐색해 볼 시간은 충분할 것이다.

3
—
그렇다면

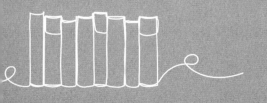

"저... 이 시리즈는 전체가 12권이예요. 그런데 지금 10권만 있네요. 시리즈 전체를 빌리시는 게 어떨까요? 만약 돈 때문에 그러시는 거면 제가 12권을 10권 대여비용으로 처리해 드릴 수도 있어요."

"아, 아니요. 괜찮습니다. 그냥 10권만 대여할게요."

"제일 중요한 부분이 있는 6부와 11부가 빠져있어요. 같은 금액으로 처리해 드릴테니, 전체 권수를 가져가시는 게 더 좋을 거 같아요."

"아, 괜찮다는데 정말 왜 그래요? 그냥 처리해 줘요."

"그냥 10권만 처리하길 원한다는 말이신 거죠?"

"왜 자꾸 물어요. 그렇다니까."

"흠... 손님 셔츠 안에 있는 책 두 권. 새로 나온 시리즈고 현재 구하기 어려운 도서라 이렇게 가져가시면 다른 손님들에게 피해가 가요. 물론 이 만화방 할아버지께도요. 제가 지금 창고에 잠시 갔다가 다시 돌아올게요. 원하시는 책들을 여기 계산대에 놓고 기다려주세요. 제 말 무슨 뜻인지 이해하시죠?"

카운터 근처 의자에 앉아있던 나는 자연스럽게 이 모든 대화를 듣고 있었다. 강단 있는 성격이라고 생각은 했지만 저런 식으로 있는 줄은 몰랐다. 정분이에게 지적을 받은 남자는 정분이가 자리를 뜨자 잠시 망설이는 듯하더니 셔츠 안에서 책들을 꺼내 계산대에 놓았다. 그대로 책을 다 놓고 만화방을 나가버려도 그만일 거 같은데, 웬일인지 남자는 망설이고 있었다. 그러던 중 정분이가 다시 계산대로 돌아왔다. 계산대 위를 본 정분이는 그 남자를 보고 환하게 웃어 보였다.

"손님, 그럼 12권 책 대여금 계산해 드리겠습니다."

"예? 저... 아까 10권 금액으로 계산해 주겠다고 했잖아요?"

"하지만 싫다고 하셨죠. 그래도 결국 선택은 손님이 하신 거잖아요. 지금도 선택권은 손님에게 있고요. 어떻게 하길 원하세요?"

"음... 알았어요. 12권으로 계산해 주세요."

"좋아요. 이건 제 선물이예요. 개과천선 시리즈요. 좋은 뜻으로 드리는 거니 받아주세요."

"지금 상황이 좀 그래서 좋게 넘어가려고 했더니, 젊은 사람이 지금 나 놀리는 거요? 그래, 내가 좀 순간적으로다가 판단을 잘못 해서 실수를 좀 했어요. 그렇기로서니…"

"아, 오해는 마세요. 순수한 뜻이예요. 그리고 제가 기억력이 굉장히 나빠요. 어제 일은 어제 일로 잊고 현재를 살아가거든요. 그러니 앞으로도 저희 만화방 정정당당하게 이용해 주세요."

"정말 순간의 실수였어요. 구하기 힘든 책이라 소장하고 싶은 욕심이 나서 그만. 미안하게 됐소. 그렇게 말해주니 내가 부끄러워지네. 내가 앞으로는 꼭 정정당당하게 이용할게요."

"실수 없이 사는 사람이 어디 있나요? 너무 개의치 마세요. 이 일은 이쯤에서 정리하는 걸로 할게요. 여기 책 받으세요. 즐겁게 감상하세요."

"젊은 사람이 끝까지 날 부끄럽게 하네. 고마워요. 그럼 또 올게요."

남자가 문 밖으로 나갈 때까지 정분이는 남자를 향해 밝은 미소를 짓고 있었다. 가식인가 싶어 한참을 보고 있었지만, 남자가 볼 수 없는 순간까지 그 미소를 잃지 않는 것을 보니 진심인 듯싶었다. 대체 왜 저러는 건지, 도저히 궁금해서 그냥 앉아 있을 수가 없다.

"왜 그랬어? 정말 한 번 실수라고 생각하는 거야?"

"글쎄. 그럴 수도 있고 아닐 수도 있겠지. 그건 저 남자 인생이니 내가 어쩔 수 없는 거고. 나는 그저 저 분에게 다시 생각해 볼 수 있는 기회를 드리고 싶었을 뿐이야. 방금 내가 그분께 드린 시리즈 제목 들었지? 개과천선. 그렇게 그분께도 자신의 행동에 대해 생각해 볼 기회를 드리게 된 거면 나에게도 좋은거지. 정도선행 몰라? 올바른 길로 가고 선행을 베풀어

라, 후후. 난 저 분이 계속 여기 오면 좋겠어. 그것도 정정당당
하게. 그 모습을 보는 나도 행복할 거고. 그러면 금상첨화 아
니겠어? 하하."

"어휴, 사자성어로 농담할 여유가 있나보네. 도둑을 키우는
길일 수도 있어. 어쨌든 그런 식으로 넘어갔으니 말야."

"그럴 수도 있겠지. 하지만 까칠하게 너무 그러지 말자. 저
분이 우선 자신의 잘못을 받아들였잖아. 그런 태도를 보면 우
리는 희망이라는 걸 생각해야 하는 거라고. 긍정적으로 좀 유
연하게 받아들여 봐."

"참... 정분이 알바생 너무 긍정적이다. 할아버지 만화방에
이런 긍정적인 알바생이 도움이 될지 걱정스럽네."

"후후, 그건 네가 걱정할 필요 없어. 저기 봐. 얼마나 편안해
보이셔, 응?"

정분이의 시선이 향한 곳을 따라가자 만화방 할아버지가
창가에 놓인 안락의자에 앉아 낮잠을 주무시고 계셨다. 정분
이 말처럼 정말 편안해 보이신다. 그런 할아버지의 모습을 바
라보며 정분이는 얼굴 가득 따스한 미소를 지었다. 당돌한데
따스하고, 당당하면서 마음이 깊다. 처음 정분이가 남자와 대
화를 시작할 때 내가 끼어들어야 되는 게 아닌지 조마조마한
마음도 있었다. 괜히 나서면 일이 커질 수도 있어서 가만히 듣
고 있었는데, 정분이는 자신이 뭘 해야 하는지, 뭘 말하고 있

는지 충분히 알고 있는 듯했다. 자칫 위태로울 수도 있는 상황을 슬기롭게 해결해가는 정분이의 모습에, 내 마음속에 차오르는 미묘한 감정을 느끼며 혼자 웃음이 났다. 이 감정을 말로 표현해 보자면, 아마도 만족스러움과 뿌듯함 정도로 묘사할 수 있을 것 같다. 그런 정분이를 보며 마음이 꽉 차오르는 듯한 감정을 느꼈고, 왠지 모르게 뿌듯하며 기분이 좋아졌다. 아... 나 왜 저런 정분이를 보며 뿌듯하고 행복하지? 왜 행복한지 아직 설명할 수 없지만, 우선은 기분이 좋고 행복하니 좋은 거라고 생각하기로 했다.

"하하, 그래 정분이 알바생 최고다. 그건 그렇고, 만화방도 이제 좀 한가해졌으니 저번에 말했던 만화 그림 초안에 대해 얘기해 볼 수 있을까?"

"응. 그렇지 않아도 준비를 좀 해 뒀어. 잠시만."

작업 책상으로 다가간 정분이는 서랍에서 뭔가를 소중히 꺼냈다. 꺼내든 물건을 조심스레 한 번 손으로 보듬듯 훔쳐내더니 내 쪽으로 다시 돌아왔다.

"여기. 네가 원하던 분위기의 작품들을 좀 모아본 건데. 어때 보여?"

"하하, 아직 첫 장을 열지도 않았어. 긴장 안 해도 돼. 나는 심사를 하려고 네 작품을 보는 게 아니잖아. 내게 충분히 감상할 시간 정도는 줄 수 있지?"

"아... 미안, 나도 모르게 긴장했어. 내 작품을 누군가에게 보여주는 건 처음이라. 저번에도 말했지만 난 아직은 전문적으로 만화 그림을 그리고 있는 게 아니라서."

내가 그림을 한 장 한 장 넘길 때마다 옆에서 지켜보고 있는 정분이의 눈이 한 번씩 꿈뻑이는 게 느껴졌다. 정말 꽤나 긴장이 되는지 내가 종이를 넘기는 순간에도 그녀의 고개는 종이를 따라 좌우로 미세히 움직여졌다. 그런 모습이 재밌어 웃음이 터지려는 걸 간신히 참는 게 힘들 정도였다.

"좋은데. 정말 좋아. 내가 원하던 분위기 그대로야. 내가 이 작품들을 사무실에 가져가도 될까? 회사 사람들하고 의논해 보고 결정을 내려야 해서. 아마 다들 좋아할 거야."

"아, 정말? 휴우... 다행이다. 이런 기분이구나, 내 작품을 누군가에게 보여준다는 건."

"앞으로는 좀 더 자주 이런 기회를 가져도 될 거 같은데. 이렇게 좋은 그림들을 네 책상 서랍에만 모아 두기에는 너무 아깝잖아."

"용기와 희망을 주는 말들이네, 후후. 앞으로는 좀 그래 보려고."

빠르게 뛰는 심장을 느껴 보려는 듯, 정분이는 손을 들어 자신의 왼편 가슴에 가만히 갖다 대었다. 이렇게 심장을 빠르게 뛰게 만드는 길이라면, 정분이는 자신의 인생을 그 길에 한 번 올려봐 두어도 좋겠다는 생각이 들었다.

* * *

　내가 아침 일찍 사무실에 출근하자 커피를 손에 들고 나오던 돌석이 눈을 휘둥그레 뜨고 회의실로 나를 따라 들어왔다.

　"웬일이야? 왜 이렇게 일찍 출근했어? 이제 정혼녀 찾는 거 접고, 일에 집중하기로 한 거야?"

　"뭘 또. 내가 새벽부터 집에서 처리하는 일들이 얼만데. 오늘 사무실에 일찍 온 거는 그럴 만한 이유가 있어서고. 이거 만화 그림 초안 몇 개 추린 거야. 이번에 우리가 제작하는 앨범 커버, 이 만화 그림을 이용해서 디자인해 보면 좋을 거 같아서. 네 생각은 어때?"

　"어, 느낌이 우리가 낼 앨범이랑 잘 맞을 거 같은데. 뭔가 몽글몽글할 거 같으면서 풋풋한 사과 향기 느낌이야. 캬하. 나 오늘 아침부터 감수성 터지는데, 내가 이런 표현을 할 줄 아는 남자인 걸 여자들이 좀 알아줘야 할 텐데, 큭큭."

　"으구, 그런 말을 직접 안 해야 여자들이 더 좋아하는 거야. 어쨌든, 그림에 대해서는 나도 너와 같은 느낌을 받았어. 그래서 내부회의 하고 의견 모아지면, 정식으로 그림 작업해서 이 만화 그림으로 앨범 커버 제작해 보기로 하자."

"오케이! 잠깐만, 너 이 만화 그림 어디서 났어? 누구 작품이야? 너 혹시 요즘 만화방 다니냐?"

"뭐야? 그런 질문을 왜 하는데?"

"하, 진짜 너야? 또 인터넷에 이상한 루머가 올라왔거든. Y군이 변두리 만화방에 다닌다고. 누가 봤다고 인터넷에 떠서. 난 설마 했는데, 그게 진짜 너야? 너 이 만화 그림 구하려고 그런데도 다닌 거야?"

"하아, 나이 지긋한 아저씨들만 드나들어서 좀 안심했었는데. 그것도 이제 조심해야겠네. 혹시 누가 연락해 오면 아니라고 해. 나도 이제 좀 조심해서 다녀야겠어. 거기 낡고 오래된 분위기가 은근히 편하고 좋았는데 좀 아쉽게 됐네. 결과적으로는 이 만화 그림을 받게 되긴 했지만, 원래 목적은 그게 아니었고. 거긴 정분이 알바생 만나러 좀 얼쩡거렸던 곳이거든."

"이잉? 정분이 알바생? 그 초등학교 선생님 말하는 거야? 뭐야, 그 여자분이 거기서 알바를 해? 왜에? 초등학교 선생님이 만화방 알바를 왜 하는데?"

"그러게, 그 여자가 거기서 그러고 있더라고. 좀 특이한 스타일인 거는 확실해. 곱다가, 당돌하다가, 야무지다가, 아주 다채로워. 만화영화를 좋아하고, 만화 캐릭터를 학교 제자들에게 그려 주고. 만화방 알바를 하고, 구석 책상에서 만화를 그려. 만화 그리는 솜씨도 제법이고. 스토리라인과 그림을 구성하는 실력까지 좋으면, 앞으로 우리가 준비하고 있는 만화 콘텐츠 쪽도 연결해서 함께 일하면 좋을 거 같아. 나 그 사람 만화 그림 느낌이 좋거든. 스튜디오 차르 작품들 느낌이야. 내가 구름 위의 포포 좋아하는 거 너도 알지? 그 느낌이 비슷해."

"야, 연하준! 너 뭐야? 뭔가 있는데 이거?"

"뭐?"

"너 그 여자분 맘에 들어? 뭐 이리 관찰을 많이 하셨어? 또 웬 관심이 이리 많아? 네가 남의 칭찬 이렇게 오래 하는 거 처음 보는 거 같다. 뭐냐 너? 스읍.. 뭔가 분명히 있는데 이거 이거."

"싱겁기는. 그냥 어릴 적 정혼녀 후보로 접근해서 관찰하고 있는 거뿐이야. 그러다 우연히 얻어걸린 게 그 사람의 만화 그림 실력이고. 우연히 내가 필요로 하는 게 그 사람에게 있었던 것뿐이라고. 그래서 같이 작업해 보자고 제안한 거고. 정분이 알바생이 여러 모로 신경 쓰이는 부분이 있어서, 우선은 그쪽을 좀 더 파고들어 볼 생각이야. 우리 회사 일도 점점 바빠지고 있으니, 여기저기 분산하지 말고 우선 한 곳에 집중해서 파악해 보는 게 좋을 것도 같고."

"오호라, 이거 왠지 사심이 좀 들어있는 발언처럼 느껴지는데. 너 정말 뭐 있지?"

"아니라고 했다. 놀리고 싶은 마음은 알겠지만 그만해. 이제 일 얘기 좀 해볼까? 엔젤 캐피털 최종 제안서 받았지? 김 실장님하고 최종 검토한 후 별 문제가 없는 것으로 결론 나면 수락할 생각이야. 그럼 우리는 이제 본격적으로 일을 진행하기 시작하면 돼. 조만간 더 바빠질 거니 정신 바짝 차리고."

"알았어. 괜히 말머리 바꾸는 거 같지만, 내가 모르는 척 넘어가 준다. 일하자! 바쁘면 좋지!"

아니라니까... 하면서 내 머릿속 생각의 끝은 다시 정분이 알바생에게 향했다. 아닌 게 아닌 거 같긴 하다. 솔직히 내 마음에 뭔가 있긴 한데, 안갯속에 감춰진 듯 손에 잡히지 않고 초조하게 만든다. 잡히지 않는 실체에 이렇게 감정적으로 휘둘려 본 적이 없었다. 아, 빨리 이 난제를 풀어서 이런 감정에서 해방되고 싶다.

* * *

한초희가 후보들 중 내 어릴 적 정혼녀에 가장 근접한 사람이 아닐 거라고 막연히 추측해 왔다. 그런데, 길단아를 만나고 보니 무엇 하나 쉽게 단정지으면 안 되겠다는 생각이 든다. 사실 한초희와는 어릴 적부터 부모님들이 농담 식으로 둘이 나중에 커서 결혼시켜도 되겠다는 얘기를 하는 걸 들으면서 자라온 사이다. 한초희가 내게 호감을 보였던 것도 알고 있다. 모임 자리에서 웃으며 농담 식으로 오간 것과, 할머니가 진지하게 본인의 일기장에 정혼녀로 언약을 했다고 적은 것과는 확연히 다른 점이 있다. 가족끼리도 친한 사이니 내 섣부른 호기심만으로 정혼에 대해 확인을 해보기도 난감한 일이다. 혹시라도 내 의도를 한초희 측에서 오해해 가족들까지 알게 되면 일이 생각지도 못한 방향으로 복잡하게 변할 수 있다. 빨간불, 내 머릿속에 경고등이 켜졌다. 쉽게 접근해서 확인해볼 상대가 아니다. 난 이 풀 수 없는 난제를 풀어보고 싶은 호기심을 갖고 있는 거지, 잃을 뻔한 정혼녀를 찾기 위해 헤매고 다니는 순정파가 아니다. 그나저나 정말 한초희였을까. 그렇다면 왜 할머니는 혼자서 그걸 비밀리에 언약을 맺고, 누구와 비밀리에 그 얘기를 했으며, 왜 그걸 그동안 비밀로 간직하고 계셨을까? 대체 왜? 아니, 정말 그런 일이 있긴 했을까? 머릿속이 뒤죽박죽이다. 우선 한초희와 관련된 정황을 좀 더 자세히 살펴봐야겠다.

이런저런 생각으로 내 머릿속이 뒤엉키고 있을 때, 생각지도 못한 방향에서 또 다른 이야기가 시작되고 있었다.

─하준아, 할머니 유품에서 좀 이상한 걸 찾은 거 같구나. 집에 와서 직접 보고 얘기를 좀 했으면 좋겠는데.

전화로 전해지는 아버지의 목소리가 평소와 다르게 좀 굳어 있는 듯했다.

이른 저녁 시간에 도착한 본가에는 평소와 다른 적막감이 감돌고 있었다. 어머니는 친구분들 만나러 외출을 하셔서 집에는 아버지만 계셨다. 아버지를 따라 서재로 들어서자 탁자 위에 놓인 상자 하나가 눈에 띄었다.

"네 할머니 개인 서류들이 담겨 있던 상자다. 유품들 중 하나인데, 할머니 돌아가시고 나서 받아만 두었다가, 이제야 하나씩 꺼내서 확인해 보는 중이야. 그런데, 좀 이상한 서류들이 있더구나. 나로서는 정확히 판단을 하기 힘들어서 너와 상의를 해보고 싶어 연락했다."

"잘하셨어요. 안에 들어있던 서류들은요?"

천천히 아버지가 건네 주는 서류들을 읽어 보았다.

다섯 살 박새인이라는 아이의 고아원 개인기록부, 박수정이라는 20대 여인의 산부인과 의료 영수증, 그리고 그녀의 일반 병원 진료영수증, 사망확인서, 박새인의 입양신청서 등등의 서류들이었다. 이름도 들어보지 못한 박새인, 박수정이라는 두 여자의 인생과 관련된, 지극히 개인적인 서류들을 할머니는 왜 이렇게 오랫동안 고이 간직해 오신 걸까? 두 여자와 할머니는 무슨 관계였을까? 모든 것이 의문투성이다.

"아버지는 혹시 이 두 여자, 박수정과 박새인에 대해 뭔가 알고 계셨어요?"

"아니다, 전혀 모르는 이름들이다. 어머니에게서 들어본 적이 없었던 일들이야."

사실 두 여자라고 말했지만, 그 서류들에 나오는 이름은 하나 더 있었다. 정분이. 바로 그 여자의 이름이 입양신청서와 가족관계증명서에 나와 있었다. 원래는 박새인이었던 여자는 입양이 되며 정분이라는 이름으로 개명이 되었고, 가족관계 증명서에 부 정현수, 모 최미영과 함께 자녀로 이름이 적혀 있었다.

"이건 분명 내가 알고 있는 그 현수인 거 같은데, 그의 딸아이가 정분이였던 거 같고. 그런데 왜 어머니가 이런 서류들을 가지고 계셨는지 모를 일이구나."

박수정, 박새인 그리고 정분이. 정분이의 현재 부모 정현수와 최미영. 그렇다면 박수정은 정분이가 박새인이었던 시절 그녀의 친어머니인 듯했다. 박수정의 산부인과 진료 서류와 영수증을 다시 찬찬히 살펴보았다. 할머니가 그녀의 산부인과 진료 서류에 보호자로 명시가 되어 있었다.

"아버지, 제가 태어났던 산부인과가 어디였죠?"

"응? 미초산부인과라고 할머니 고향마을 옆 석진시에 있던 곳이였지. 그건 갑자기 왜?"

박수정의 산부인과 영수증에 적힌 병원 이름도 같았다. 석

진시의 미초산부인과. 그리고 그녀의 진료날짜가 내 출생일자와 비슷한 시기였다. 내가 8월생이었는데, 진료 날짜는 같은 해 4월부터 시작되고 있었다. 그렇다면 박수정이 그 산부인과에서 출산을 위해 진료를 받을 때, 내 친할머니가 그녀의 보호자 역할을 해주었고, 그녀의 진료영수증도 납부를 했었다는 뜻이 된다. 그리고 그런 행동의 시작 시기는 내 생년월일과 비슷한 시기다. 특별한 친분이 없던 그녀와 할머니가 내가 태어날 시기 즈음에 그 산부인과에서 우연히 만나서 인연을 맺은 걸까?

"아버지, 여기 박수정이라는 분의 진료영수증에 적힌 병원 이름도 미초산부인과예요. 그리고 할머니가 그 사람의 보호자로 등록이 되어 있어요. 영수증의 날짜들도 저와 생년월일이 비슷한 시기고요. 이 분 혹시 아는 분이세요?"

내 매서운 시선과 아버지의 당황한 시선이 순간 허공에서 맞닿아 불꽃이 일었다.

"어우, 야! 아니야! 너 무슨 상상을 하는 거야? 이 아비가 그런 쓰레기는 아니라고! 난 너희 엄마 밖에 모르는 거 너도 잘 알잖아!"

억울한 마음에 아버지가 순간 나에게 화를 내듯 하소연을 해왔다. 아버지의 얼굴을 보니 정말 진심이신 듯하다.

"하아, 그렇죠? 죄송해요. 순간 제가 오해할 뻔했어요. 혹시 모르니 어머니께는 당분간 이 얘기는 안 하는 게 좋을 거 같아요. 괜히 미심쩍어 하실 수도 있잖아요."

"그래, 당분간 이건 우리 둘이만 알고 있자. 그나저나 확인을 좀 더 해봐야 하지 않을까? 왜 이런 일을 할머니가 우리 몰래 하셨는지 모르겠구나. 박새인이나 박수정, 그리고 현수 가족과 그 입양딸이라니, 뭔지 모르겠지만 할머니가 깊이 연관이 되어있는 듯한 기분이 들어. 어머니가 이런 일을 몰래 이렇게 하실 분이 아닌데. 더군다나 아들인 나한테까지 숨기셨다니."

이런 상황이라면 더 이상은 피할 수가 없을 것 같다. 정현수, 즉 정분이의 아버지를 직접 만나 뵙는 수밖에 없다는 생각이 들었다.

"제가 정현수라는 분을 한 번 만나 볼게요. 마음에 걸리는 부분이 좀 있어서요. 아버지보다는 제가 찾아뵙고 이 서류들에 대해 얘기를 나눠보는 것이 나을 거에요. 아들 뻘인 제가 찾아가서 여쭤보는 게 조금이나마 덜 껄끄러울 수도 있을 거 같거든요."

"그래 볼래? 하긴 나는 그 사람 만나본 적도 있고, 내가 괜히 찾아가면 할머니 이용한 거 아니냐고 따지고 드는 것처럼 보일 수도 있으니. 네가 어리고 하니 좀 더 편하게 얘기하기 좋을 수도 있을 거야."

어릴 적 정혼녀 얘기까지, 혹시라도 거기까지 얘기가 나올 수도 있을까 싶어서 내가 직접 그분을 만나러 가겠다고 아버지에게 제안했다. 그 얘기가 만에 하나 아버지가 그분을 만났을 때 나오게 된다면, 내가 그 얘기를 전해 듣지 못할 만한 상황이 될 수도 있는 일이었다. 갑자기 박새인, 박수정이라는 새로운 이름이 등장한 이 순간, 또 다른 변수가 생기지 않으리라는 보장도 없기 때문이다.

철제상자를 들고 서재를 나서는데 아래층 거실에서 여자의 웃음소리가 희미하게 들려왔다. 어머니의 웃음소리는 아닌 듯해 아래층으로 걸어 내려가면서도 의아한 마음이 들었다. 거실에 들어서자 어머니 앞에서 환하게 웃고 있는 한 여자가 눈에 들어왔다. 한초희였다. 아직 그물을 다 짜지 못했는데, 절대 보이고 싶지 않은 철제상자를 손에 들고 이렇게 대책 없이 마주쳐 버렸다.

"어, 연하준! 으음, 오랜만이야."

"아, 한초희. 그러네, 오랜만이네."

"호호, 오랜만에 만나서 그런가, 뭐가 이리 인사가 썰렁해. 하준이 바빠지고 나서 둘이 꽤 오랜만에 만나는거지? 초희가 오늘 마침 우리 집에 심부름 올 일이 있어서 이렇게 왔어. 하준이는 얼마 전에 귀국해서 요즘 새로운 일 시작하느라 바쁜 척은 혼자 다 하는 중이고. 요즘 집에 자주 오네? 네 아버지 서재에서 뭐 할 때 난 방해를 안 하잖아. 네가 있는 줄 알았으면 노크라도 해 볼 걸 그랬다. 그런데 그 상자는 뭐니?"

어머니의 호기심이 더 뻗어오기 전에 얼른 말을 돌려야 한다. 그렇다면 최고의 주제는 역시,

"배고파요, 어머니. 밥 주세요!"

"어머, 넌 지금 이 시간까지 저녁도 안 먹었어? 그러게 왜 이리 늦은 시간까지 서재에만 있어 가지고, 쯧쯧. 기다려, 금방 챙겨 줄게. 초희야, 너도 뭐 좀 더 먹고 갈래? 저녁은 이미 먹었지?"

"아, 그럼 저는 간단히 과일 좀 준비할까요?"

"그럴래? 그럼 우리는 과일 좀 먹고, 하준이는 간단히 저녁 차려주자. 쟤도 혼자 앉아 먹으려면 심심할 테니."

내가 심심할까 봐 과일이라도 같이 앉아 먹어주겠다는 어머니와 한초희를 말리고 싶었지만 지금 그게 중요한 게 아니었기에, 어머니가 부엌으로 들어가시자마자 얼른 내 차로 가서 철제상자를 놓아두고 돌아왔다.

양쪽 볼에 약간의 분홍빛을 띠운 채 뭔가를 관찰하듯 나를 바라보는 한초희는 예전 모습 그대로였다. 예전에는 그런 모습에 잠시 잠깐 나도 호감을 느낀 적이 있었지만, 지금 이 식탁에서는 왠지 모르게 이 분위기가 너무 부담스럽고 갑갑한 느낌이다. 한 번쯤은 만나서 확인을 하려고 했지만, 어머니가

이렇게 함께 계신 자리에서 괜히 정혼 관련된 말을 꺼냈다가는 내가 덫에 걸리는 건 시간 문제다. 조심해야 한다. 두 여자의 눈빛이 왠지 뭔가를 은근히 기대하고 있는 듯 묘하다.

"많이 먹어, 아들. 그나저나 초희 너무 이뻐졌지 않니? 하준아?"

"케헥."

"어머, 사레 들렸니? 여기 물. 천천히 먹어."

"흠흠, 괜찮아요."

"호호, 얘가 아직도 좀 애 같지? 초희야, 너는 요즘 만나는 사람은 있니? 이렇게 이쁜데 주변에서 가만 놔두지를 않겠지? 얼굴 이뻐, 공부도 잘해, 성격도 좋고, 집안도 좋고, 뭐 하나 빠지는 게 없으니. 이런 며느리 들이는 집은 대체 무슨 복일 거야, 호호."

"아니에요, 아줌마. 저 인기 없어요. 제대로 된 연애 한 번 아직 못 해 본걸요."

"어머, 왜?"

"글쎄요, 제가 흥미가 안 생겨서요. 다들 시시해 보이고. 주변에서는 제가 너무 눈이 높은 거라고 하는데, 그게 제 마음대로 되는 것도 아니고..."

말을 흐리며 한초희는 긴 시선을 나에게 던져왔다. 그 시선을 따라 어머니의 눈길이 나에게 닿아오는 게 느껴졌다. 아,

빨간 불. 위험하다. 어릴 적 정혼녀를 확인도 해보기 전에 이러다 새로운 정혼 얘기가 나와 식장으로 끌려 들어갈 분위기다. 천재적인 두뇌를 이런 순간에 유용하게 사용해야 한다. 주제 전환이 급히 필요한 시점이라고 내 본능이 말해오고 있었다.

"어머니, 아버지께 당분간 신경 좀 더 써 주셔야 할 거 같아요. 아버지가 할머니 빈자리를 꽤 많이 느끼시나 봐요. 저도 물론 할머니 빈자리가 늘 아쉽지만, 아버지만큼은 아닐 거고요, 또 저는 요즘 새로 시작한 일들로 정신없이 바쁘잖아요. 일 이외에는 다른 걸 신경 쓸 틈이 전혀 없어서요."

"어멋, 아버지가 뭔가 내색을 하셨니? 내가 그렇지 않아도 신경을 많이 쓰고 있기는 하지만, 그래도 그 마음이 그렇게 쉽게 채워질 자리가 아닌거지. 할머니랑 아버지가 사이가 워낙 좋았잖아. 할아버지 돌아가시고 나서 할머니를 아버지가 옆에서 살뜰히 챙겨드리고 마음도 더 많이 기울였었고 말이야. 그러니 할머니 빈자리가 더 크게 느껴질 수밖에 없을 거야. 너야 뭐, 내가 신경쓸 게 뭐 있니? 워낙 혼자 바쁜 척, 잘난 척 잘지내는 녀석이니까. 아버지가 마음이 워낙 여려서 걱정인거지. 그래서 그렇게 서재에 틀어박혀 있었던 거였나?"

아련한 표정을 지은 채 위층의 서재 방향으로 시선을 던지는 어머니의 모습을 보며 나는 속으로 쾌재를 불렀다. 당분간

나에게 쏟아질 그 어떤 관심도, 이걸로 철저히 방어해 내는 데
성공한 듯했다. 그런 어머니와 나 사이에서 한초희는 뭔가 미
묘하게 긴장된 시선으로, 우리 둘을 번갈아 바라볼 뿐이었다.

나는 최대한 빨리 저녁식사를 마치고 집을 나서기 위해 노력
하고 있었고, 다행히 한초희는 차를 가지고 와서 내가 그녀
를 집에 데려다 줘야 하는 불필요한 위험요소를 덜어낼 수 있
었다. 내 모든 신경은 이제 내 차에 고이 놓여 있는 철제상자
에 닿아 있을 뿐이었다.

* * *

정현수 씨는 내 얼굴을 알고 있을 것이다. 할머니의 오랜
제자이고, 돌아가시기 전까지 할머니와 교류를 하고 있었으
니, 내가 데뷔를 하고 유명해진 후에도 계속 할머니와 교류를
했다는 얘기가 되기 때문이다. 물론 할머니가 내가 자신의 손
자인 것을 밝혔다는 가정 하에서 말이지만. 뭐가 정확한지 모
를 이 상황에서, 나는 그냥 정공법을 택하기로 마음먹었다.

딩-동-

벨을 누르고 한참의 시간이 지나고 다시 벨을 눌러야 하나
고민할 만한 시간이 흐른 후, 문이 열리며 한 중년의 남자가
모습을 드러냈다. 내가 인사도 하기 전에 내 얼굴을 보는 남자

의 얼굴에 놀라움과 반가움이 나타났다. 내 얼굴을 알고 있다는 뜻이고, 내게 호감을 갖고 있음을 의미한다. 내 팬일 가능성보다는 할머니를 통해 나를 알고 있어서 나타나는 반가움으로 해석해도 될 듯하다.

청각을 잃으면 말도 어눌해진다고 했던가. 남자는 입을 열지 않고 나에게 눈짓과 손짓으로 안으로 들어오라고 전했다. 나는 고개를 꾸벅 숙여 최대한 공손히 인사를 하고, 눈웃음으로 감사의 뜻을 전하며 집 안으로 걸음을 옮겼다

"이제 내가 나가도 되는데,   누가 온 거에요?"

한 중년 여인이 한쪽 다리를 미약하게 절듯이 걸어 나오며, 손짓을 하며 말을 건네 오고 있었다. 말소리는 누군지 모를 방문자가 들으라고 내는 소리일 것이고, 손짓은 남편에게 전하는 수화였다.

"아, 안녕하십니까? 저는 연하준이라고 합니다. 이렇게 갑작스럽게 찾아 봬서 죄송합니다."

"어머, 안녕하세요. 선생님 통해서 말씀 많이 들었어요. 저 연하준 씨 팬이에요, 호호."

맑고 청아한 목소리의 중년 여인, 정현수 씨의 부인이자 정분이의 어머니인 최미영 씨는 나의 팬이라고 했고, 할머니에게 내 얘기를 많이 전해 들었다고 했다. 이 분들은 연하준이

할머니의 손자라는 것을 정확히 알고 있었다는 게 명확해진 순간이다. 그리고 이 순간 내 머릿속에 명확해진 다른 한 가지는, 이 분들은 자신의 딸 정분이에게 나를 만났던 일에 대해 절대 말하지 않을 거라는 점이다.

"그런...데…… 무...슨...일...로……?"

어눌하게 천천히 울리는 목소리가 옆에서 들려왔다. 약간 긴장한 듯한 표정의 정현수 씨였다.

"아, 그게 할머니 유품을 정리하다 몇 가지 서류를 보게 되었어요. 우선 처음에는 할머니가 평소에 적어 두셨던 할머니의 일기장들을 제게 남기신 걸 읽게 되었고, 최근에는 아버지께서 할머니의 유품상자를 정리하다가 몇 가지 서류들을 더 보게 되었고요. 아무래도 두 분과 그 서류들에 대해서 얘기를 해 보는 게 좋을 거 같아서, 제가 이렇게 갑작스럽게 찾아뵈었습니다. 제 아버지와 상의하고 내린 결정이고요."

내 말이 끝나자 최미영 씨가 남편에게 수화로 말을 전달해 주었다. 부인의 손짓을 보고 있던 정현수 씨의 얼굴이 조금씩 일그러지는 듯하더니, 이내 한 손을 올려 이마를 감싸 쥐었다. 그 모습을 보고 있으려니, 뭔가 열면 안 되는 판도라의 상자를 내가 열어 버린 듯한 기분이 들었다. 하지만 이미 돌이킬 수 없는 상황이라면, 내가 원하는 건 정확한 확인이었다.

"박새인, 박수정 씨와 관련된 산부인과 관련 서류들이 있

었어요. 박새인의 고아원 등록 서류와 입양신청 서류도 있었
고요. 정현수 씨와 최미영 씨, 그리고 정분이 씨가 함께 등록
되어 있는 가족관계증명서까지 그 상자에 보관되어 있었습
니다."

모든 패를 꺼내 보였다. 그들에게 모든 걸 듣고 싶었기 때문
이다. 내 얘기를 전하고 남편의 손짓을 보고 있던 최미영 씨가
말을 이었다. 그녀의 음성도 미약하게 떨리고 있었다.

"저희에게 원하는 것이 뭔가요? 저희가 뭘 더 말씀드려야
할지 잘 모르겠군요."

"출생의 비밀이나 입양 관련해서 제삼자인 저희가 뭘 알리
고 들 생각은 없습니다. 다만, 할머니께서 왜 박새인, 박수정
씨와 연관이 되었던 건지, 그리고 두 분과 정분이 씨의 입양
절차와 관련해서, 어떤 연유로 제 할머니께서 중간 역할을 하
시게 되었던 건지에 대해, 아버지와 저는 확인을 해 봐야 된다
고 판단을 했습니다."

"으음... 저희도 박수정 씨와 선생님 사이의 모든 일들을 정
확히 알지는 못해요. 그분은 어린 나이에 미혼모가 되셨고, 선
생님께서 우연한 기회에 그분을 돕게 되었다고 들었어요. 그
러다 정분이, 그러니까 그때는 박새인이었죠. 그 아이가 다섯
살 즈음 박수정 씨가 좋지 않은 상황에 처했던 걸로 알고 있
어요. 갑자기 뇌출혈로 쓰러져 돌아가신 것도 그즈음이었던

걸로 들었고요. 그런 상황에서 피치 못할 사정으로 새인이가 고아원으로 잠시 들어갔었어요. 그 사정에 대해서는 새인이 의 안전을 위해 절대 말하면 안 될 부분이라고 하셔서 저희도 알지는 못해요. 아이를 가질 수 없던 저희 부부가 선생님의 도움을 받아, 그렇게 새인이를 정분이라는 이름으로 바꿔서 입양을 한 거였죠. 박수정 씨가 선생님께 부탁을 했었데요. 혹시 자신이 새인이 곁에 머물러주지 못하게 되면, 친부 쪽에는 연락을 하지 말아 달라고요. 좋은 분들께 입양을 시켜달라고, 그리고 선생님께서 그 옆에서 좀 계속 지켜봐 달라고, 그렇게 부탁을 하셨다고 들었어요. 그래서 저희는 정분이 친부모는 우리라고 생각하며 그 아이를 우리의 친딸처럼 키워왔고, 선생님께서도 늘 가까이에서 저희를 지켜봐 주셨고요."

"하아, 그런 일들이 있었군요. 그런데 저희 할머니와 박수정 씨가 서로를 어떻게 알게 되신 건지는 혹시 아시나요?"

"예, 박수정 씨가 미혼모로 산부인과에서 혼자 힘든 상황이었나 봐요. 며느님 때문에 그 산부인과에 방문하셨던 선생님께서 우연히 그분 상황을 알게 되셨고, 그 후로는 그분 보호자 역할을 해주고, 병원비도 지원을 해주셨다고 들었어요. 가족도 없는 고아였고, 새인이 친부 쪽하고는 뭔가 사정이 있었다는 얘기만 들었고요. 자세한 얘기는 하면 안 되는 뭔가가 있는 거 같아, 저희도 더 자세히는 묻지 않았었죠."

생각보다 상황이 더 복잡했던 거 같다. 내 미간이 나도 모르는 새 찡그려졌는지, 내 얼굴을 살피던 최미영 씨가 수화 손짓과 함께 조심스레 말을 이어왔다.

"새인이가 고아원에 가고, 이름을 바꿔가며 저희에게 입양돼야 했던 이유가 있어요. 선생님이 그러셨거든요. 새인이나 박수정 씨에 대해 알려지면, 새인이가 위험해질 수도 있다고요. 뭔지 모를 위험한 상황에 박수정 씨가 처해 있던 거 같기도 했어요. 저희는 이미 새인이를 저희 딸로 데려올 결심을 굳혔었기 때문에, 그런 위험한 상황 같은 건 중요하지 않았지요. 그저 아이를 데려다 잘 키우는 데만 집중하기로 했었거든요."

상상도 못 했던 이야기의 흐름에 생각이 뒤엉키며 머릿속이 어지러워졌다. 처음에는 어릴 적 정혼녀에 대한 단순한 호기심에 시작한 일이었는데, 이제는 출생의 비밀에 미혼모였던 한 여자의 위험한 과거 정황까지 얘기가 이어진 상황이 되었다. 이 판도라의 상자 깊은 곳에 대체 어떤 이야기가 숨어 있을지, 아찔한 느낌이 들어 내 등줄기가 싸늘해지고 있었다.

* * *

요즘처럼 하루 종일 치열한 시간을 보낸 후 그 열기를 천천히 식히며 집으로 돌아가는 길은, 내가 요즘 제일 즐거워하는 시간 중 하나다. 약간 가파르다 싶을 정도의 언덕길 맨 끝에 있는 집을 구하길 정말 잘했다는 생각을 한다. 굽이굽이 이어진 길을 차를 몰고 천천히 오르다 보면 내 안에 남아있던 시끄러운 생각들이 서서히 잔잔해진다. 그렇게 정리된 감정을 품고 집 안에 들어서면 그때서야 진정한 휴식을 취할 준비가 된 듯한 느낌이 든다. 치열한 하루를 보낸 후 나만의 온전한 장소에서 고요한 휴식을 취하는 것은 내게 있어 소중한 재충전의 시간이다.

그런 기분 좋은 휴식을 기대하며 언덕길 마지막 모퉁이를 돌아선 순간, 노란색 차 한 대가 내 집 담장 옆에 세워져 있는 게 눈에 들어왔다. 오늘의 휴식은 아무래도 포기해야 될 것 같다. 어렸을 때부터 노란색 옷을 즐겨 입던 한초희는 자신의 첫 번째 차도 노란색을 선택했다. 한초희에게 별다른 감정이 없다고는 하지만 내가 한초희를 생각하면 노란색이 연상되는 것도 바로 이런 이유 때문이다. 집의 차고를 여는 대신 나도 노란색 차를 지나쳐 집 담장 옆에 차를 세웠다. 내 차의 시동이 꺼짐과 동시에 또각또각 가까워지는 구두굽 소리 때문인지 나도 모르게 한숨을 깊게 내쉬었다. 한초희에게 물어볼 게 많아진 상황에서 그녀를 갑작스럽게 내 집 앞에서 마주치는 건 그리 반가운 일이 아니다. 불편하지는 않지만 불안한 마음이 든다. 내가 불안함을 느끼는 이유는 한초희와 대화를 나눠

보면 더 명확해질 듯하다.

"어떻게 여기까지 왔어?"

"엄마에게 네 주소를 물어봤어. 이유도 안 물어보고 알려주시던데. 딸의 마음을 옆에서 지켜보며 이미 충분히 이해하고 계셨을 거니까. 그리 늦은 시간도 아니고, 집에 들어가서 차 한 잔 마실 정도는 되지 않을까, 우리 관계가 말야."

흐음... 우리 관계라는 말을 어떤 식으로 이해해야 할지 갈피를 잡기가 쉽지 않다. 가족끼리 친한 사이고 어렸을 때부터 봐 온 관계가, 한초희가 지금 말하고 있는 우리 관계라고 한다면 나는 기꺼이 한초희에게 차 한 잔 정도는 내 집에서 대접할 수 있다. 하지만…

"용건이 있어서 온 거야?"

"그렇게 물어온다면 그렇다고 대답을 해야 하겠지. 그래야 내가 원하는 대로 네 집에 들어가서 차를 얻어 마실 수 있을 듯하니까."

오늘은 왠지 한초희가 독을 품은 분꽃 같은 느낌이다. 나까지 이 상태에서 강하게 나가면 딱딱한 유리칼이 서로 마주쳐 부서지기 밖에 더 하겠는가? 이런 상황이라면 나라도 유연해지기로 했다.

"지금 집에 차가 없을 것 같은데. 커피도 괜찮다면, 들어가자."

예상하지 못했는지, 텅 빈 거실 공간을 놀란 눈빛으로 둘러보던 한초희는 나와 눈이 마주치자 그 당황스러움을 숨기지 못했다. 독기를 잔뜩 품은 것 같더니, 내 집에 발을 들이는 것이 원래의 목적이기라도 했는지, 집에 들어온 순간 다시 순한 분꽃 같아졌다.

"난 인스턴트 커피 마시는데. 괜찮아? 아니면 에스프레소 머신도 있기는 한데, 내려줄까?"

"인스턴트 커피도 괜찮아."

사실 한초희는 평소에 인스턴트 커피를 마시지 않을 거라는 데 내 전재산을 걸 수도 있다. 역시 집 앞에서 보이던 그 독기가 다 사라진 한초희는 내게 맞춰주기 위해 인스턴트 커피까지도 괜찮다고 말하고 있다. 내가 잠깐 사이에 주방에서 머그컵 두 개를 들고 거실로 돌아오자, 여전히 꼿꼿한 자세로 소파에 살짝 걸터 앉아 있는 한초희의 모습이 보였다. 호기롭게 들어올 때는 언제고 이제는 긴장된 모습으로 앉아있는 모습을 보고 있자니, 휴식을 방해받아 뾰족해졌던 내 마음도 조금씩 풀려가고 있었다.

"입맛에 맞을지 모르겠지만 따뜻한 온기 정도는 즐길 수 있을 거야. 그런데 왜 그렇게 불편하게 앉아있어. 괜찮아, 편하게 앉아도 돼. 내가 초대한 상황은 아니지만, 내 소파에 편하게 앉아서 커피 한 잔 마실 정도의 존재는 돼, 네가 내게는."

"어? 어. 그래. 고마워. 잘 마실게."

"솔직히 말해 봐. 너 인스턴트 커피 처음 마셔보지? 내가 아줌마 아저씨를 잘 알잖아. 두 분도 분명 인스턴트 커피 안 드실 거고. 맞지?"

"응? 어... 그게... 맞기는 한데. 내가 굳이 찾아서 마실 필요는 없었던 거라. 기회가 없었어. 내 부모님은 인스턴트 음식 싫어하시잖아."

"하하, 잘 알지. 그런데 왜 인스턴트 커피 괜찮다고 했어. 너 지금 내 눈치 보고 있는 거야? 갑자기 찾아와서 당당히 차 한 잔 달랄 때는 언제고?"

"그러게. 지금 좀 그런 거 같아. 나 눈치 보이는데 좀. 긴장도 어느 정도 되고 말야."

"괜찮아. 네가 말한 우리 관계라는 게 정확히 무슨 의미인지는 모르겠지만, 내게는 네가 편하게 있어도 될 만한 관계야. 자아... 그럼 이제 좀 편안하게 앉아서 얘기를 해 볼까? 갑자기 내 집에 찾아온 이유가 뭘지 궁금한데."

"그냥 기다리고 있을 수 없었어. 우리 부모님은 은근히 기대를 하고 계시는 듯하고, 너희 어머니도 같은 기대를 하고 계신 거 같기도 하고. 나는 그 중간에서 어중간하게 기다리고만 있었던 것도 사실이고. 그런데 이제는 좀 뭔가를 해봐야 되는 게 아닌가 나도 조바심이 나서…"

결국 한초희가 이 문제를 먼저 꺼내보였다. 나와 한초희 사이에 별다른 감정의 교류없이 알 수 없는 묘한 긴장감이 흐르는 이유가 바로 이거였다. 가족끼리 모임에서 농담식으로 건네진 말들 때문에 생긴 긴장감이다. 그냥 모른 척 지나친 건 나였고, 그런 말들을 마음속에 담아 둔 건 한초희였던 듯하다. 한초희가 나를 마음에 담아 두고 있다는 건 본능적으로 알아챈 적은 있지만, 이미 지난 어릴 적 한 때의 감정이라고 생각했었다. 그런데 나를 기다리고 있었다고 한초희가 이렇게 직접 말을 꺼내리라고는 솔직히 전혀 예상하지 못했다. 어릴 적 정혼녀 후보에 있는 한초희, 그리고 그녀에게 할머니가 남긴 증표라는 게 있는지 여부를 확인해 봐야 하는 상황에서 듣게 된 그녀의 고백같은 이 말들을 어떻게 다뤄야 할지 고민이 되는 순간이다. 내가 대답할 말을 찾느라 한동안 말을 잇지 못하자, 그런 나의 태도가 초조하게 느껴졌는지, 한초희는 나의 대답을 기다리는 대신 말을 이어갔다.

"어렸을 때부터 늘 들어온 얘기가 있지. 어른들이 하신 얘기들 말야. 농담인 듯 어쩌면 조금의 진담이 섞인 농담들. 난 그저 옆에서 가만히 미소를 짓고 있었지만, 그냥 흘려 들을 수만은 없었어. 어른들이 우리가 부담을 느낄까 봐 농담처럼 가볍게 말하셨지만, 아예 마음이 안 담긴 말들은 아니라는 건 너도 이미 알고 있었잖아. 그래서 그런 걸 의식해서 일부러 나를 좀 멀리한 것도 있었던 거 알아. 그렇지 않았다면 우리가 가끔 연락 정도는 주고받는 친구 사이는 됐을 테니까 말야. 넌 나를 의식해서 피하며 불편해했지만, 나는 그 반대였어. 그저 기다 리고 있으면 되는 건 줄 알았거든. 네가 돌아왔을 때 이제는 때가 된 건 아닐까 내심 기대도 하고 있었고."

"네가 지금까지 그런 생각들을 갖고 있으리라는 건 사실 예 상을 못하고 있었어. 내가 그동안 타인에게 너무 무관심하게 지내온 건 사실이야. 동성이든 이성이든, 사람 자체에 특별히 관심을 두지 않았었거든. 내가 관심을 두고 있는 분야가 더 중 요했고, 내 인생에 집중하느라 바빴으니까. 당연히 나로서는 어른들의 그런 말씀들은 가볍게 농담으로 넘겼고, 심각하게 마음에 담아둔 적은 없었어."

"너희 할머니께서는 종종 이런 말들을 하셨어. 우리 며늘아 이가 딸이 없어서 늘 아쉬워했는데, 우리 초희가 딸이 되어주 면 좋겠다고. 그러면 옆에서 아주머니도 맞장구 치시면서 나 에게 딸처럼 지내자고 하셨어. 난 그 딸처럼 지내자는 뜻을 네 짝으로 나를 생각하신다는 뜻으로 이해했는데 말야. 며느리 로 맞아들여서 딸처럼 지내자는 뜻처럼 들렸거든."

"초희야. 그건…"

"잠깐만. 네가 무슨 말을 하려는 건지 잘 아는데 내가 먼저 말하게 해 줘. 네가 어떤 말을 해도 그 때 당시에 내가 그 말들

을 듣고 느꼈던 내 감정을 바꿀 수는 없어. 네 말을 듣고 이해
하는 부분과, 내가 이해하고 싶은 대로 이해한 부분이 다른 것
은 안타깝지만 어쩔 수 없는 부분이니까. 어쨌든 너도 그렇게
생각하는 건 네 생각뿐인 거잖아. 네 할머니와 어머니는 진심
이셨어. 그 부분을 내가 네 짝으로서 그 분들께 딸처럼 지낼
수 있다고 생각한 건 내가 이해한 부분이지만, 그것 역시 두
분도 그런 의미로 하신 말씀일 수도 있는 거 아닐까? 너도 백
퍼센트 확신할 수는 없는 거잖아."

　반박하고 싶지만, 반박할 수 없는 부분이다. 할머니와 어머
니가 한초희를 이뻐하신 건 사실이다. 어머니께서 딸이 없어
늘 아쉬워하신 부분 역시 맞는 말이고, 그런 며느리의 마음을
할머니는 곁에서 지켜보며 안타까워하신 것 역시 사실이다.
그렇다면 정말 두 분은 한초희를 내 짝으로 여기고 계셨던 걸
까? 어머니야 그렇다 치고 할머니까지 정말 그렇게 생각하고
어렸을 때 정혼을 한초희의 할머니께라도 언약을 하신 걸까?
그날 돌석이 들었다던 그 대화 상대가 한초희의 할머니셨던
건 아닐지, 이제는 나도 헷갈리기 시작한다. 내 앞에서 알 수
없는 표정으로 나를 바라보고 있는 한초희의 얼굴에는 명확
한 한 가지 뜻이 담겨 있었다. 당당함. 그녀는 할머니와 어머
니의 마음에 대해 당당함이 느껴질 정도로 확신하고 있었다.

　"그래. 어른들은 그런 말씀들을 할 수 있다고 치자. 그래도

결국 이런 문제를 이야기할 때 중요한 건 그 대상이잖아. 여기서는 너와 내가 될테고, 우리 둘은 그런 이야기와는 거리가 먼 관계인 게 사실이고."

"나는 아니야. 너에게 강요하는 건 아니지만, 내 마음이 이렇다는 걸 네게 한 번은 전해야 한다고 생각했어. 어른들의 그런 말씀들, 그리고 너를 향한 나의 마음이 나를 그동안 버티며 기다리게 해줬다고. 이제 우리 둘 다 나이도 있고 하니, 양쪽 어머니들은 내게 내심 기대하는 눈빛을 보내오고는 하셔. 너야 관심이 없으니 개의치 않겠지만, 나는 이 상황에서 내가 어느 방향으로 내 마음을 정해야 할지 이제는 결정을 하고 싶어."

아... 이 부분은 솔직히 미처 생각을 못했다. 내가 놓치고 있던 부분을 방금 한초희가 한 말들로 깨우쳤다. 양측 부모님들이 우리의 관계에 대해 농담식으로 한 번씩 언급을 한 적이 있고, 할머니도 그에 대해서 알고 계셨다. 그리고 방금 한초희가 말한 것처럼 할머니도 그에 동조를 하신 적도 있었다면 … 한초희를 마음속에 내 짝으로 여기는 마음도 있으셨을 수 있다. 누군가에게 내 정혼을 언약하기에 한초희네 가족만큼 자연스러운 상대는 없다는 것도 분명한 사실이다. 그렇다면 그 사실을 왜 숨기려고 하셨을까? 몰래 언약하고 부모님께는 말을 하지 않으신 걸까? 당사자인 나에게는 언제쯤 알리려고 하신 걸까? 알리려던 시기가 지금이라면? 내가 할머니의 일기장을 받게 되는 순간이 내게 정혼녀에 대해 알게 하려던 할머니의 원래 계획이고 의도라면?

할머니가 언약한 내 어릴 적 정혼녀가 누군지에 대한 호기심에 더해, 이제는 왜 할머니가 이런 일을 의도적으로 비밀에 붙이셨고, 지금 이 시기에 나에게 이런 일들을 알게 하고 사실을 파헤치게 의도하셨는지가 궁금하다. 할머니는 아셨다. 내가 이런 의혹을 마음에 품게 되면 절대 그냥 지나치지 않을 거라는 것을. 내가 추리를 해서 파악해 낼 거라는 것을. 그렇다면 그 뜻을 할머니를 사랑하는 이 손자 연하준이 모른 척 지나칠 수는 없다. 증표를 찾아야 한다. 그래야 할머니의 의도를 정확히 알 수 있을 듯하다. 증표를 찾을 때까지, 그래서 내 정혼녀로 할머니가 언약한 상대가 누군지 알게 될 때까지 한초희를 단호히 밀어낼 수는 없다. 우선은 한초희가 또 다시 독이 올라 다른 변수를 만들 일이 생기지 않도록 하는 게 중요하다.

"이런 이야기 좀 갑작스럽지만, 네가 말하고자 하는 의미는 충분히 이해했어. 하지만 나는 이런 문제에 대해 생각을 해 볼 시간이 좀 필요해. 말했다시피 나는 사람에게 관심을 두지 않고 지냈었고, 당연히 이런 주제에 대해 시간을 들여 생각해 본 적이 없어. 요즘 들어서야 사람과의 관계, 주변을 둘러보는 여유, 감정을 이해하는 방법 등에 대해 깊이 느끼고 받아들이는 중이거든. 너뿐만이 아니라, 내게는 모든 다른 사람들과 나누게 되는 감정을 이해하는 법을 배울 시간이 지금은 좀 필요해."

"네 무심함이 오롯이 나에게만 해당되는 줄 알았어. 네가 너의 그런 내적인 고민을 솔직히 말해주니 무심했던 사람은 오히려 나였던 거 같네. 네 마음 안에 있던 불 꺼진 방 하나도 제대로 눈치 채지 못하고 있었다니 말야. 너에게 내 속마음을 전했으니 우선은 이걸로 만족해. 네가 시간을 갖고 내 말에 대해서 한 번 생각해 주길 바랄 뿐이고."

"그래. 이해해 줘서 고맙다. 누구에게나 그런 불 꺼진 방 하나 정도는 마음에 있는 거 아닐까? 단지 그걸 스스로 깨닫게 되는지의 여부가 다르겠지. 언제 그 어두운 공간을 알아채는지도 중요하고, 그 공간에 다시 불을 밝히려고 노력해 보는지도 중요할테고."

"연하준 경영 공부하러 간 줄 알았는데 철학자가 되서 돌아왔구나. 성숙해진 것도 같고. 내가 기억하던 예전 모습과 많이 달라졌어."

"하하, 꿈을 꾸며 이루려고 노력하다 보니 생각을 좀 깊게 하게 되는 것 같아. 어른이 되어가는 거겠지."

"보기 좋아."

"고맙다. 너무 갑자기 어른이 되고 싶지는 않았는데. 조금 속도를 조절해야겠어."

"후후. 그래. 차 한 잔 달라고 해놓고 내가 너무 오래 머문 거 같아. 오늘은 그만 일어날게. 다음에 만날 때는 네 깊어진 생각에 나에 대한 부분도 좀 포함된 후면 더 좋겠어. 기다리고 있겠다고 하면 좀 부담이 될까?"

"내가 뭔가에 그리 부담을 느끼는 성격은 아니야. 뭔가를 회피하거나 뒤늦게 후회하는 성격도 아니고. 한 말은 지키는 편이고. 시간을 갖고 생각해 본 후 네게 전할 말을 찾을게. 그게 네가 좋아할 말이 아닐 수도 있어. 마음이 하는 말일 테니까."

"그건 내가 감당할 부분이겠지… 그럼 그만 일어날게."

"그래, 와줘서 고마웠어. 이런 대화 나눌 수 있어서 좋았고. 진심으로 하는 말이야."

"후후, 알아."

창가에 서서 한초희의 노란색 차가 굽이굽이 언덕길을 내려가는 모습을 보고 있으려니 굽이진 길만큼 생각이 복잡하게 뒤엉키는 느낌이 들었다. 증표를 찾는다면, 만약 그 증표를 한초희에게서 찾는다면, 할머니는 내가 한초희에게 결국 닿아갈 거라고 생각하셨던 걸지. 그렇게 된다면 내 마음도 과연 그 방향으로 닿아갈지에 대해 점점 더 생각들이 복잡하게 얽히고 있다. 오늘 저녁은 복잡한 생각을 끊어내고 편안한 휴식을 즐기기는 힘들 듯하다.

* * *

　-미안해요. 내가 일은 시작해놓고, 오빠에게 모든 짐을 넘겨버린 모양이 됐어요.

　"아니야. 나도 하다 보니 재밌기도 하고 신나. 솔직히 시간도 부족하고 바쁜 것도 사실인데, 이 일을 돕다 보면 삶의 에너지가 충전되는 느낌이거든. 밴드 분들도 신나서 준비하고 있어. 네가 전에 전해준 글들을 읽고 가사로도 좀 만들어 봤거든. 그 가사에 밴드에서 음악을 입혀서 함께 노래로도 불러볼 생각이야. 글들을 읽을 때 배경으로 연주할 플레이리스트도 준비가 된 상태고."

　-오... 얘기만 들어도 정말 대단한데요. 밴드 분들께 제가 진심으로 감사해한다고 꼭 전해주세요.

　"후후, 그럴게. 그런데 그분들도 이번 일 돕는 걸 굉장히 즐기면서 하고 계셔. 좋은 일을 하다 보면 기분도 좋아지나 봐. 좀 까칠했던 밴드 리더 형도 요즘은 분위기가 완전 부드럽거든. 너희쪽 준비는 잘 돼가?"

　-병원에서도 강당 이용을 허락해 줬고, 콘서트에 참여하기

를 원하는 병원 식구들도 일정을 순조롭게 맞춘 상태예요. 콘서트 일정을 환자분들과 가족분들께도 이미 알렸고요. 큰 규모는 아니지만, 그리 작은 규모도 아닌 상황이 되어버려서 조금 긴장이 되요. 이제 콘서트 날짜도 얼마 안 남았고, 순조롭게 이번 일을 마무리하길 바랄 뿐이에요.

"하하, 걱정 마, 다 잘 될 거니까. 우리 그럼 이번 토요일에 최종 리허설하는 거지?"

-예, 그럼 밴드 분들하고 병원 도착하면 연락 주세요.

"응, 그럴게. 그럼 토요일 만날 때까지 잘 지내고."

-아, 잠깐만요. 한 가지 더 말할 게 있어요. 혹시 제가 선생님께 받은 특별한 물건 같은 게 있는지 오빠가 저번에 물어본 적이 있잖아요. 생각을 해 봤는데, 하나 있는 거 같더라고요. 그런데 이게 좀 긴가민가한 게, 저한테는 특별한데 다른 사람들도 그렇게 생각할 정도로 특별한 것인지는 잘 모르겠어요. 연하준 씨 때문에 물어본다고 했었잖아요? 그런데 왜 그런 걸 연하준 씨 때문에 알고 싶어하는 건지 솔직히 궁금하기도 하고요.

"어, 정말? 선생님이 주신 특별한 물건이 있다는 거야? 그게 뭔데?"

-먼저 제 질문에 대한 답을 얻고 싶은데요. 왜 이걸 연하준 씨 때문에 확인해 보고 있는지 궁금해요. 제 사생활과 관련된

일이기도 해서요. 다만, 저는 연하준 씨를 건너 건너 아는 정도기는 하지만, 선생님의 손자분이시니 선생님과 관련된 일이라면 알려드리는 게 맞는 건가 싶기도 하고요. 오빠는 아마 뭔가 알고 있는 게 있으니 지금 그 뭔가를 확인해 보려는 거죠? 하지만, 연하준 씨와 관련된 일이니 또 저에게 그냥 말해 버릴 수도 없을 거고요. 후후, 제가 좀 예리하죠?

"음... 예리한데. 맞는 부분도 있고 아닌 것도 있고, 하하. 네 물건이니까 충분히 그렇게 생각할 수 있지. 그럼 우선 내가 하준이와 얘기를 해보고 네게 답을 해도 될까?"

-역시 생각보다 좀 복잡한 사정이 있나 보네요. 으음... 점점 더 궁금해지는데요. 제가 사생활이라고 했지만, 저로서는 좀 민감할 수도 있는 부분이예요. 친구분하고 얘기해 보고 저에게 말해주세요.

"응. 확인하고 연락할게."

강홍과의 전화를 끊으며 돌석의 얼굴이 이렇게 딱딱히 굳어버린 건 처음 있는 일이다. 강홍에게는 내색을 안하려고 최대한 자연스럽게 대화를 끝냈지만, 강홍이 선생님에게 받은 특별한 물건이 있다고 말한 순간 돌석의 마음에 쿵 소리를 내며 큰 돌 하나가 떨어졌다. 하준이 추리해 가고 있는 어릴 적 정혼녀 후보에 강홍이 있는 상황에서 강홍에 대한 마음을 느껴가고 있는 중이다. 친구의 원래 의도야 어찌 됐든, 하준이의 할머니가 그의 정혼녀로 언약을 했던 상대에게 자신이 마음을 드러낼 수는 없다. 하준의 절친으로서 그런 민감한 상황은 만들고 싶지 않다. 그럼에도 불구하고 강홍에게 향해가는 자신의 마음을 어찌할 수도 없다. 강홍의 사생활과 관련된 그 특별한 물건이 무엇일지, 그리고 그 물건이 결국 어떤 결과로 이어질 수 있을지 긴장된 마음으로 지켜볼 수밖에 없다. 우선은 하준과 이 문제를 최대한 빨리 의논해 봐야 한다. 하준이 지금 있을 만한 곳으로 걸음을 재촉하는 돌석의 눈빛에 긴장감이 가득 서렸다.

"지금 얘기 좀 할 수 있을까?"

"갑자기 왜 이리 정중해? 우리가 언제 그런 거 물어보고 대화 나누던 사이야? 왜 그래?"

"그러게, 후후. 내가 좀 많이 긴장했나 봐."

"긴장? 어어, 그러고 보니 너 안색이 굉장히 안 좋다. 대체 뭔 일인데 그래?"

"나 방금 강홍하고 통화하고 오는 길이야. 홍이가 네 할머니께 받은 특별한 물건이 있는데."

"어? 진짜야? 그래서 그게 뭐라고 했어, 강홍이?"

"지금은 말해줄 수 없데. 선생님에게 받은 특별한 물건이 자신에게 있는지 왜 확인을 하고 싶어하는지 이유를 먼저 말해달라더라고. 그래야 자신이 가진 물건이 뭔지 말하겠데. 자신의 사생활과 관련된 물건이어서, 우리의 이유를 알아야 자신도 말해줄 수 있다면서 말야."

"아... 사생활? 으음... 사생활이라… 그래서 나와 확인해 보고 답해주겠다고 했을테고?"

"응, 맞아."

"그리고, 강홍에게 할머니가 주신 특별한 물건이 있다는 얘길 들은 너는 지금 얼굴이 돌처럼 굳어서 내 앞에 서있는 거고? 긴장 어쩌고 하면서 말야. 그렇지?"

"어, 그것도 맞아."

"으휴... 내가 지금 정혼을 하고 싶어서 내 짝이 될 사람을 찾는 게 아니잖아. 난 그저 할머니가 내 어릴 적 정혼녀로 누구에게 언약을 했었는지, 왜 그런 일을 할머니가 비밀스럽게 하셨던 건지가 궁금한 거야. 거기다가 할머니께서 내가 보면 좋아할만한 증표를 그 정혼녀에게 주셨다는데, 그런 걸 알게 되고 어떻게 내가 가만히 있겠어. 이유를 알아야겠고, 그 뒤에 숨겨진 이야기가 궁금해서 추적을 해가는 거뿐이야. 실제로 누가 정혼녀인지 알게 되도 실제로 내가 그 상대하고 뭘 어떻게 해보겠다는 게 아니잖아."

"하지만 네 할머니께서 그렇게 하신 이유가 있을 거 아냐? 정말 그 이유를 알게 되도 무시해 버리겠다는 거야? 할머니가 언약하신 건데?"

"할머니께서는 본인이 한 언약이 있으니 그 뜻을 따르라고 내게 부담을 주실 분이 아니야, 내가 그러는 걸 원하실 분도 아니고. 그건 너도 잘 알잖아. 인연이 닿는다면 내 마음이 움직이기를 바라셨을 수는 있겠지만, 그건 정말 내 마음에 달린 일인 걸 이미 잘 아셨을 거야. 그래서 이 모든 일을 비밀로 하셨던 걸 수도 있고. 너는 내 마음을 누구보다 잘 알잖아. 강홍 씨에게는 내 마음이 전혀 닿아 있지 않아. 그러니 설령 강홍 씨가 할머니가 주신 증표를 갖고 있다고 해도, 그건 그냥 그 사실대로 받아들이면 돼. 만약 강홍 씨가 아니라면, 일은 더 간단해질테고."

"그게 그렇게 간단한 일이 아닐 수도 있어. 우리가 생각하지 못한 변수는 얼마든지 있을 수 있으니까. 하준아, 어쨌든 우리 강홍이 할머니께 받았다는 특별한 물건 확인을 해봐야 하잖아. 그럴려면, 할머니의 일기장부터, 네 어릴 적 정혼녀 얘기 및 할머니의 증표 등에 대해 강홍에게 얘기를 해야 해. 괜찮을까?"

"뭐가 걱정되는 건데? 내가 강홍을 만나서 직접 설명할게. 할머니께서 남기신 일기장과 그 안에 적힌 내용 때문에 시작된 일이라는 걸 말하면 강홍도 이해해 줄 거야. 그 특별한 물건은 그 후에 확인해 보면 되고. 언제가 좋을까?"

"그래. 네 말대로 우선 부딪혀 보자. 그 다음 일은 또 그 다음에 생각해 볼 수밖에. 이번 토요일에 우리가 준비하고 있는 병원 콘서트 최종 리허설이 있어. 거기 함께 가서 강홍과 얘기해 보면 될 거 같은데. 어때?"

"잘 됐네. 그 날 무조건 시간 빼둘게. 그런데 네 속은 검게 타고 있는데 이런 얘기해서 미안한데, 나 솔직히 너무 재밌고 신나는데. 드디어 오랜 추적의 결과를 얻게 되는 걸수도 있는 거잖아. 너무 궁금해서 잠도 잘 안 올 거 같아. 토요일까지 어떻게 참지?"

"그럼, 지금이라도 병원에 찾아가서 강홍과 얘기해 보던지."

"아냐. 지금 이 순간의 기분을 좀 즐기고. 그만 해, 네 표정 어떤 의미인지 안다고, 그래서 미안하다고 했잖아. 너는 지금 엄청 긴장되고 마음이 복잡하겠지만, 내가 말했듯이 그럴 필요 없는 일이야. 나는 내 마음을 잘 알기에, 상자를 열어보기 전 두근대는 마음을 좀 즐겨보겠다는 거고."

"나도 차라리 내가 당사자면 너처럼 마음을 편히 가지겠지만, 친구 문제니까 그렇지 이 알미운 하준아. 아... 모르겠다. 난 화면 정지 상태야. 토요일에 다시 재생 시작할 거라고."

"좋아, 그런 태도. 그래도 정 힘들면 내게 말해. 내가 언제라도 강홍 씨에게 연락해 볼게."

"아니야, 홍이 바빠. 토요일에 이미 시간 비워뒀으니 그날 우리 둘이 함께 가서 자연스럽게 만나는 게 좋을 거야. 그래, 토요일까지 정지 상태야. 정지. 정지."

"돌석이 너 이러는 모습 굉장히 낯선데. 네가 날 얄밉게 느껴도 난 또 이게 재밌네, 하하."

"으휴... 그래. 토요일까지 화면 정지."

돌석이 머리를 쥐어짜며 화면 정지를 되뇌는 동안, 별일 아닌 듯 말하면서도 내 머릿속은 여러가지 생각들로 점점 바빠지고 있었다. 돌석에게는 최대한 가볍게 말을 했지만, 강홍의 특별한 물건 얘기를 들었을 때 꽤 놀랐다. 강홍일 수도 있다고 추측을 하면서도, 정말 강홍일거라는 생각을 특정 지은 적은 없다. 거기다 돌석이 강홍에게 호감을 느끼고 있는 게 선연히 느껴지는 상황이기에, 솔직히 강홍이 아니면 좋겠다는 생각을 해보기도 했다. 물론 돌석에게 한 말들은 모두 진심이다. 나는 정혼녀를 찾고 있는 게 아니라, 할머니가 언약한 내 어릴 적 정혼녀가 누구인지와 그 뒷이야기가 궁금해서 추리를 해보고 있는 것이기 때문이다. 어떤 결과가 나오든 내 마음에 영향을 줄리가 없다. 만약 내 마음이 닿아 있는 방향에 그 인연이 닿게 된다면... 이야기가 달라질 수는 있겠지만….

* * *

단아 덕분에 할머니 고향 마을에 오게 된 지 벌써 두 번째다. 멀리서 걸어오는 단아의 걸음걸이가 시원시원하니 기분 좋은 날씨와 잘 어울린다.

"어이, 길단아!"

"안녕! 그런데 어이가 뭐야, 어이없게. 숙녀에게 어이라고 부르면 완전 어이없지."

"하하, 미안. 초등학교 운동장에 앉아 있으니까 어렸을 때 생각이 나서. 너 그때 나 엄청 열심히 따라다녔었는데. 그치? 맨날 나한테 어이- 라고 했었다고 네가. 기억 안 나?"

"하하, 당연히 기억나지. 우리 아버지 말버릇이야. 아버지 말하시기 전에 맨날 어이- 이러시거든. 어린 마음에 그게 재밌었나 봐. 우리 아버지 또 얼마나 말을 재밌게 하시는지 너도 알지? 어렸을 때부터 그런 아버지가 좋아서 아버지 말버릇을 늘 따라 했어."

"아... 정말 그러네. 아저씨 말하실 때 늘 어이- 라고 하는 버릇이 있으시네. 아저씨가 말씀을 참 재밌게 잘하시기는 하지."

"응. 그나저나 오늘 날씨 정말 좋다. 초등학교 구경오기 딱 좋은 날씨네. 파란 하늘 아래 드넓은 운동장. 미루나무 꼭대기에 구름도 좀 매달려 있고 말이야. 데이트하기 차암 좋은 장소네."

"하하, 왠지 말에 가시가 좀 있는 거 같다. 그런데 난 오늘 이 장소 참 잘 고른 거 같은데. 오랜만에 와서 그런지 너무 좋아. 초등학교 운동장에서 친구들하고 놀던 모습이 자연스레 떠오르기도 하고."

"아, 정말 그런데. 나도 여기서 친구들하고 많이 놀았어. 학교 친구들뿐만 아니라, 너처럼 외지에서 온 친구들하고도 여기서 많이 놀았으니까. 내가 워낙 성격이 좋아서 누구하고든 금방 친해지잖아. 너희 할머니 덕분에 알게 된 친구하고도 가끔 여기서 놀기도 했었는데. 얼굴만 기억이 나고 이름도 몰라. 이쁘고 착했는데. 지금도 어디선가 잘 살고 있겠지. 선생님께 한 번 여쭤보고 싶었는데 어쩌다 보니 기회를 놓쳤어."

할머니 덕분에 알게 된 친구라니. 이쁘고 착했다니⋯ 누굴 말하는 건지 감이 안 온다. 할머니가 한초희를 여기에 데려오신 적이 있었던 걸까? 아니면 혹시 정분이...일까?

"내 할머니 덕분에? 그럼 이 동네 친구가 아니었나 보네?"

"응, 가끔 왔던 친구였어. 내가 이 운동장에서 놀고 있으면 선생님이 그 친구를 데리고 오셨어. 함께 놀고 있으라고. 멀리서 벤치에 앉아서 그 친구 엄마 같은 분과 이야기를 나누면서 우리가 노는 모습을 보고 계셨거든. 내 성격 알지? 책임감 투철한 거, 하하. 선생님이 믿고 맡기신 거니 난 그 친구와 최대한 열심히 놀아줬지. 꼭 선생님이 아니었어도 내가 좋아할 만한 친구였어. 눈이 동그랗고 성격도 동그랗고 예뻤거든."

"너와 친구할 정도 나이의 여자아이였다는 뜻인 거지? 그런데 누굴까? 내가 알만한 친구일까? 우리 친척 중에 네 나이 또래 여자아이는 없거든. 새초롬하고 낯을 좀 가리는 성격은 아니었어?"

"우음... 글쎄. 내 기억에는 전혀 그 반대였어. 나와 잘 맞는 성격이었어. 당돌하고 명랑했다고 할까? 그래서 우리 둘이 잘 놀았던 거 같아. 그렇게 놀고 있으면 그 아이 엄마가 다가와서 그 친구를 데려갔거든. 우리 엄마에 비해서 엄청 어리고 예뻤어. 아. 우리 엄마도 이쁘시긴 한데... 음... 내 말 뜻 알지? 하하."

내가 기억하는 어릴 적 한초희는 말이 없고 새초롬한 성격이었다. 길단아와 어울려서 스스럼없이 놀 만한 성격이 아니었고, 단아가 당돌하고 명랑했다고 말하는 부분과 이미지가 맞지 않는다. 무엇보다 그 친구의 엄마가 어렸다니. 초희의 어머니는 아이가 안 생겨 힘들어하시다 뒤늦게 초희를 얻은 것으로 알고 있다. 그렇다면 그 친구는 한초희가 아닐 가능성이 크다. 그렇다면, 혹시…

"역시 길단아 기억력이 어마어마하구나. 꽤 어릴 적 일일 텐데 그렇게 자세히 기억을 하다니 정말 대단해."

"내가 말했잖아. 내가 다른 것도 뛰어난 게 많지만 기억력이 정말 기가 막히게 뛰어나다니까. 친구들하고 얘기할 때도 아주 어릴 적 일들을 나 혼자만 기억을 하니까 다들 신기해 하거든. 그 어렸을 때 놀았던 친구도 말야. 나는 그 친구를 기억하지만 아마 그 친구는 나를 기억도 못할 수 있어. 그 친구 엄마가 내게 주셨던 선물도 난 아직 똑똑히 기억하는데 말이지."

"선물? 뭘 받았었는데?"

"그분이 손수 만든거라며 내게 손뜨개질로 만든 머리끈을 주셨어. 너무 이뻐서 한동안 맨날 그것만 맸었는데, 개울가에서 놀다가 잃어버리고 얼마나 울었나 몰라. 그 머리끈처럼 그 친구도 잃어버린 거였나 봐. 그 후로는 그 친구가 더 이상 이 운동장에 놀러온 적이 없었거든."

아... 손뜨개질로 만든 머리끈을 선물해 준 어린 나이의 엄마와 할머니의 학교에 놀러온 여자아이라. 왠지 내 어릴 적 정혼녀 찾기 추리과정에서 놓쳐서는 안 되는 중요한 단서를 얻은 기분이다. 잊지 않고 기억해 두기 위해 머릿속에 그 단서들을 깊숙히 새겨두었다.

* * *

"강홍!"

강당 앞 복도에서 서성이던 돌석은 기다리던 반가운 얼굴이 시야에 들어오자 얼른 그 이름을 불렀다.

"어, 돌석 오빠. 언제 왔어요?"

"온지는 좀 됐어. 밴드 분들은 이미 안에서 연주할 준비를 하고 계시고. 너는 급한 일 때문에 호출 받아서 갔다고 다른 직원분이 그러시던데. 이젠 괜찮은 거야?"

"예, 지금은 괜찮아요. 콘서트 최종 리허설인데 제가 빠지면 안 되죠. 저 그런데…"

강홍이 말을 늘이며 돌석 뒷편에 서있는 누군가를 의미심장한 눈빛으로 쳐다봤다. 그 시선을 쫓아 돌석이 몸을 돌리자 하준이 기다렸다는 듯 한 걸음 더 앞으로 다가섰다.

"하준아, 여기는 강홍. 홍아, 여기는 내 친구 연하준. 하준이가 네게 직접 얘기를 하고 싶다고 해서 오늘 여기 함께 왔어."

"안녕하세요, 강홍 씨. 연하준입니다. 우리 이렇게 직접 대화 나누는 건 오늘이 처음이죠?"

"안녕하세요. 아마 그렇죠? 그래도 저는 연하준 씨가 친숙하게 느껴져요. 선생님께서도 손자분 얘길 종종 하셨고, 돌석 오빠와도 절친이시니 얘기를 종종 전해들어서 그런가 봐요."

"둘이 낯설지 않아서 그나마 다행이네. 홍아, 나는 다시 강당에 들어가서 리허설 진행 과정 챙기고 있을게. 하준이와 대화 나누고, 필요하면 언제든 나 불러."

"아... 그럴래요? 알겠어요."

"돌석아, 난 강홍 씨와 이야기 끝나면 회의 일정이 있어서 바로 사무실로 갈 거야. 나중에 사무실에서 보자."

"그래. 리허설 일정 끝나는 대로 사무실로 갈게."

돌석이 자리를 떠나고 둘이 남게 되자 강홍은 살며시 내게 고갯짓을 한 후 복도를 따라 걷기 시작했다. 그런 강홍을 따라 조금 걷다보니 야외 정원이 나왔다.

"여기가 대화를 나누기는 더 좋을 거 같아서요."

"좀 민감한 얘기가 될 수도 있는데, 꽉 막힌 공간에서보다는 이렇게 탁 트인 곳이 이야기를 풀어내기에 더 좋겠네요."

"민감한 일인 건가요? 그럼 숨기고 싶은 얘기였을 수도 있는데 제가 괜히 알고 싶어한 건 아닌지 모르겠네요."

"아니요. 오히려 그 반대예요. 닫혀 있던 곳에서 갑자기 열린 곳으로 가면 처음엔 놀랍더라도 곧 그 변화를 즐기게 되죠. 이 야외 정원처럼요. 제 얘기들도 야외 정원 같을 수 있어요. 돌석이에게 들었어요. 할머니께 받은 특별한 물건이 강홍 씨 사생활과 관련되어 있다고요. 사생활을 알려고 들면 비밀 정도는 댓가로 공개해야 맞는 거 아닐까요, 하하."

"사실, 누군가의 비밀 얘기에는 별로 관심이 없어요. 왜 제가 선생님께 뭔가를 받은 것에 관심을 갖는지 그 이유를 좀 정확히 알아 두고 싶었을 뿐이거든요. 무슨 일이 일어나고 있는지는 알고 있어야 마음이 편하잖아요. 그런데 생각해 보니, 연하준 씨는 선생님의 손자 분이니 제가 그 물건을 선생님께 받게 됐던 정황에 대해 알게 되도 괜찮은 거 같아요. 결국은 제가 선생님께 도움을 받았던 거였으니까요. 그래서 제 얘기를 먼저 말해 드리기로 결정했어요."

"강홍 씨 마음이 그렇다면, 물건에 대한 얘기를 먼저 들어 볼 수 있을까요?"

"이런 얘기 제가 하기에는 좀 그렇지만, 저는 어렸을 때부터 이쁘고 똑똑하다고 주변에서 칭찬을 꽤 많이 받으며 자랐어요. 학교에서도 마찬가지였죠. 주변에서 모두들 칭찬만 해 주니까, 저는 정말 모든 사람들이 저를 좋아한다고 생각했어요. 그런데 연하준 씨도 잘 알겠지만, 그런 일은 절대 있을 수 없잖아요. 어떻게 사람 마음이 다 똑같아요. 시기와 질투도 있을 수 있고, 이유 없이 싫은 마음도 있을 수 있는 건데 말이죠. 그렇죠?"

"뭐... 제가 직접 말하면 재수 없다는 얘기를 많이 들어서 이런 말 하는 거 정말 오랜만이지만, 강홍 씨 말대로 정말 그렇죠. 주변에서 잘 생겼다, 똑똑하다 말해도 정말 그걸 순수하게만 받아들일 수 없는 상황도 있는 거라는 건 경험에서 알게 됐으니까요."

"후후, 그렇군요. 어릴 적부터 제 옆에 늘 머물던 친한 친구가 있었어요. 그 친구는 제가 완벽한 사람인 것처럼 늘 제 칭찬을 했어요. 그런데 어느 날 그 친구가 다른 친구들에게 제험담을 하는 걸 듣게 됐어요. 제 외모 때문에 사람들이 절 싫어해도 좋아하는 척한다고요. 그 친구에게 느낀 배신감도 컸지만, 정말 내 외모 때문에 사람들이 나를 싫어하면서도 좋아하는 척을 하는 건지 헷갈리기 시작했어요. 그런 생각이 들기시작하자 우울했죠. 그러다 하루는 교실에 혼자 남아 있다가가위로 얼굴을 그으려고 한 적이 있어요. 그 때 마침 선생님이저를 발견하시고 제 행동을 멈추셨고요."

"예? 그게 대체… 지금의 강홍 씨 성격을 보면 그런 일을 생각했다는 게 도저히 상상이 안 되는데요."

"그렇죠? 그 때 잠시 제가 약해졌었는지, 바보같은 일을 할뻔 했었어요. 선생님이 아니셨으면 무슨 일이 생겼을지... 지금 생각해 보면 너무 다행스러운 일이죠. 선생님은 제 삶을 살려낸 분이기도 하세요."

"그러게요. 지금처럼 자신감 있고 활기찬 강홍 씨와 이렇게얘기를 하고 있어서 다행이네요."

"후후. 저도 그 때의 위기를 무사히 넘긴 걸 너무 감사해하며 살아가고 있어요. 그 후 선생님께서 제게 선물을 하나 주셨어요. 꽃무늬가 잔뜩 그려진 손거울이었죠. 예쁜 외모 뒤에 숨겨진 제 모습 자체를 보라는 뜻으로 주신 거였어요. 외모가 다가 아니니 네 본 모습 자체를 늘 소중히 보면 좋겠다고 하시면서요. 그 선물 받으며 제가 좀 많이 울었죠, 후후. 선생님은 저를 가만히 안아주셨는데, 그 날 그 품이 정말 따스했어요."

꽃무늬가 잔뜩 새겨진 손거울이라… 이건 아무리 생각해봐도 내가 보면 좋아할 거라고 할머니가 생각하실 만한 물건이 아니다. 모든 게 완벽해 보이는 강홍에게도 저런 숨겨진 아픔이 있었다는 게 놀라우면서도, 그 이야기에 깊이 공감하고 있는 내 자신을 깨달으며 나 자신에게도 놀라고 있었다. 나도 모르게 헛웃음을 짓게 됐다   당한 마음과 더불어 다행스러운 마음이 담긴 헛웃음이고, 놀서이 이 소식을 들으면 어떤 표정을 지을지 상상해 보며 짓게 되는 헛웃음이다.

"잘 이겨내서 대견하다고 말해주고 싶은데요. 그 상황에 할머니가 계셨어서 정말 다행이었어요. 할머니가 꽃무늬 손거울을 주셨다니... 그건 내가 듣기를 원하던 특별한 물건은 아닌 거 같지만요. 강홍 씨만 괜찮다면, 나도 내 애기를 해주고 싶은데, 괜찮죠? 내 애기도 제 할머니와 관련이 있거든요."

"선생님과요? 그렇다면 갑자기 그 이유가 궁금해지는데요, 후후."

"할머니께서 제게 본인의 일기장 몇 권을 유품으로 남기셨어요. 그 일기장을 읽으면서 몇 가지 알게 된 게 있는데, 할머니가 비밀리에 언약한 제 어릴 적 정혼녀에 대한 얘기와, 할머니가 그 정혼녀에게 증표 같은 것을 주셨다는 것 등이요. 강홍 씨가 할머니께 받았다는 특별한 물건이 그 증표일지도 모른다고 생각하고 오늘 여기에 온 거예요. 할머니는 그 증표는 제가 보면 좋아할 만한 거라고 하셨는데, 꽃무늬가 새겨진 손거울은 아무래도 제 관심 영역 밖인 듯한데요.”

“정혼녀요? 그것도 선생님께서 비밀리에 누군가에게 언약을 하셨다고요? 그런데 왜 제가 갖고 있는 물건을 궁금해하셨어요? 아...! 제가 그 정혼녀일지도 모른다고 생각했던 거군요? 그래서 제가 맞는지 확인을 해보고 싶었던 거고요, 맞죠?”

“맞아요. 그래서 사실 그동안 돌석이가 마음 고생을 좀 했어요. 이번에 강홍 씨가 제 할머니께 받은 특별한 물건이 있다는 얘기를 했을 때는, 얼굴이 완전 새하얘져서 제게 왔었고요. 그래서 이제는 제가 직접 강홍 씨와 대화를 나눠보고, 이 얘기의 결론을 내야 될 때라고 생각했어요. 저는 할머니가 왜 비밀리에 그런 언약을 하셨고, 그 대상이 누구인지를 추적해보고자 했던거지 제 정혼녀를 찾고자 했던 게 아니예요. 그러니 내마음이 닿아있지 않은 이상 그 대상이 누가 되었든 별로 중요하지 않다고 생각했죠. 그런데 저와 절친인 돌석이 입장에서는 그게 또 그렇지가 않은가 봐요.”

"와아... 제가 중심에 끼어 있지만 않으면 이거 완전히 흥미진진한 이야기인데요. 저도 순간 확 몰입이 됐어요. 저 말고도 후보에 몇 명이 더 있는거죠? 그래서 지금까지 그 후보들을 상대로 추리를 해온거고요? 선생님을 잘 알고 있다고 생각했는데, 이런 숨겨진 일을 벌이셨다니 너무 놀라워요. 후후후... 그런데 돌석 오빠에게는 미안하지만 너무 재밌네요. 오빠가 정말 이 문제를 그렇게 심각하게 받아들였어요?"

　"강홍 씨도 이미 아시잖아요. 그 친구 마음이 지금 그래요."

　"돌석 오빠에게 빨리 가봐야겠어요. 저와 하준 씨 사이에 할 얘기는 이제 정리가 된 거 같은데, 괜찮죠?"

　"물론이요. 가서 그 곰 같은 친구 안정제 좀 놔주세요. 하하."

　"그럴게요. 그럼 다음에 또 봬요."

　"그래요, 다음에는 좀 더 편안한 자리에서 봐요."

　뛰듯이 빠른 걸음으로 복도 끝으로 사라져가는 강홍의 뒷모습을 보며 이제 됐다 싶었다. 강홍과의 뒷이야기는 이제 내 소중한 친구 진돌석의 몫이다.

4
—
부딪혀야
알 수 있는

이제는 다른 방법이 없다. 정확한 정황을 확인하려면 박수정 씨의 흔적을 추적해 봐야 한다. 그녀는 고아였고 어린 나이에 미혼모가 되었다. 박새인의 친부가 누군지 알만한 사람이 현재로서는 없다. 물론 할머니는 아셨을 듯하지만, 할머니의 일기장에서 박새인의 친부에 대한 정보를 찾을 수는 없었다. 혹시 내가 놓친 부분이 있을지 모르니, 다시 한 번 일기장의 내용들을 뒤적여 보기는 해야겠다.

그런 내게 뜻밖의 방문객이 찾아온 건, 내가 정분이의 양부모님을 만나고 일주일이 지나서였다.

지난번 방문 때 혹시나 하는 마음으로 정현수 씨께 내 명함을 건네드리며, 뭔가 더 전해줄 말이나 자료가 있으면 연락을 달라고 부탁을 했었다. 그때 나를 바라보던 정현수 씨의 눈빛에 뭔가가 있다는 생각은 들었지만, 이렇게 짧은 시간 안에 그가 나를 찾아오리라는 예상은 하지 못했다. 짧은 순간 마주쳤던 그의 눈빛에 담긴 깊은 고민을 느낄 수 있었지만, 우선은 기다려 볼 생각이었다. 오늘 아침 그에게 문자 메시지를 받고 약속 장소로 오면서도, 그가 나에게 말하려는 것이 무엇일지 추측조차 쉽지 않았다. 커피숍에 들어서자 왼편 창가에 앉아 있는 결연한 표정의 정현수 씨가 보였다. 내가 고개를 숙여

인사를 한 후 자리에 앉자, 그는 내 앞에 철제상자 하나를 꺼내 놓았다. 청각에 문제가 생긴 후 어눌해진 말소리 때문에 어쩔 수 없는 선택으로 침묵을 택하는 일이 많아졌겠지만, 내가 느끼기엔 그는 원래부터도 무슨 비밀이든 끝까지 지켜갈 만큼 신중하고 과묵한 성격이었을 것 같다. 그의 눈빛이 그랬고, 그의 입매가 그래 보였다. 그런 그가 뭔가를 태블릿에 타이핑 하더니, 상자를 바라보고 있던 내게 태블릿 스크린을 보여주었다.

"선생님이 정분이가 스스로를 지킬 수 있을 만큼 강해지면 보여주라고 하시며 내게 맡긴 물건입니다. 정분이가 위험해질 수도 있으니, 그 애가 준비가 될 때까지 절대 열지도 말라고 하셨어요. 그래서 난 그 말을 지켜왔고, 나도 이 안에 있는 게 뭔지는 모릅니다."

내가 당황스러운 눈빛으로 바라보고 있자, 그는 다시 태블릿에 뭔가를 써서 내게 보여주었다.

"그런데, 연하준 씨가 나를 만나러 온 그날 깨달았어요. 당신에게 이 상자를 줘야 된다는 것을."

"예? 왜 저에게? 따님이 스스로를 지킬 만큼 강해지면 주라고 할머니가 그러셨다면서요?"

나도 급한 마음에 서둘러 타이핑을 해서 그에게 보여주었다.

내 메시지를 본 그가 뭔가를 적더니 태블릿을 다시 나에게 보였다.

"선생님께서 박새인과 박수정 씨에 관련된 자료들, 고아원과 입양 관련 자료들까지 모두 모아두었고, 선생님의 일기장들을 따로 모아 연하준 씨에게 남기셨다고 했었지요? 일기장은 자료들을 모두 이해하는 안내서의 의미로 선생님이 전하신 걸 거라는 생각이 드네요."

알면 알수록 내용이 더 복잡해지는 느낌이다. 판도라의 상자는 이미 열렸고, 나는 그곳에 빠져 허우적거리는 모양새가 되었다. 할머니의 일기장에 대해 그가 언급을 해 온 순간, 나는 정현수 씨가 그것에 대해 내가 직접 물어봐 주기를 바라고 있다는 것을 직감했다. 돌석이가 할머니와 누군가가 나눈 내 정혼녀 애기를 우연히 엿들었다는 내용이 적혀 있는 일기장은 내가 초등학교 2학년 여름방학 때 적은 거였다. 만약 그 때 할머니와 대화를 나누고 있던 사람이 정현수 씨라면…

"할머니께서 저와 관련해 혹시 뭔가를 정현수 씨께 말씀하신 적이 있나요? 언약 같은 걸 하셨던 게 있나요?"

내 메시지를 읽은 뒤 긴 숨을 가만히 내쉰 그의 손이 태블릿에 닿았고, 이내 내게 메시지를 보여주었다.

"그건 내가 얘기할 수 있는 부분이 아닌 거 같아요. 선생님이 서류와 일기장을 남긴 것처럼, 나는 이 철제상자를 연하준 씨에게 전하는 것으로 내가 해야 할 일을 하는 거라고 생각합니다. 나머지는 당신의 몫이고, 결과적으로는 정분이의 몫이 될 수도 있고요."

이런 종류의 퀴즈를 나는 경험해 본 적이 없다. 내 천재적인 두뇌가 전혀 도움이 되지 않는다. 할머니가 서류상자와 일기장들을 일부러 나를 보라고 남기기라도 했다는 말처럼 들리지만, 내가 더 묻는다고 해서 과묵한 성격의 정현수 씨에게 더 이상 알아낼 수 있는 건 없을 듯했다. 들불처럼 내 마음에 번진 호기심에 이 난제를 풀어보겠다고 덤빈 건 나였으니, 이 던져진 주사위를 갖고 게임을 이끌어 갈 사람도 나 연하준이다.

"무슨 의미신지 알겠습니다. 현재로서는 제게 주어진 것들이 무엇인지 정확히 파악도 안 되는 상황이긴 합니다. 그래도 어차피 제가 시작한 일이니, 제가 직접 부딪혀 볼 생각입니다. 따님께서 난처해질 만한 상황은 생기지 않도록 할테니 염려는 안 하셔도 됩니다."

내가 타이핑한 내용을 읽은 후 나를 향해 고개를 끄덕이는 정현수 씨의 눈빛이 한층 짙어짐을 느낄 수 있었다. 그가 나에게 보여오는 신뢰감을 알게 됐기에, 지금이 이 말 또한 꺼낼 시기란 생각이 들었다. 내가 신중하게 말을 골라 타이핑한 내용을 태블릿의 방향을 돌려 그에게 보여주었다.

"한 가지 드릴 말씀이 있습니다. 정분이 씨와는 개인적으로 이미 안면을 튼 사이입니다. 제가 일부러 댁 앞에 있는 만화방에 정분이 씨를 만나러 몇 번 간 적이 있었어요. 이런 개인적인 상황들을 그녀에게 말하기가 그래서, 처음에는 그녀를 우연히 마주쳐 볼 기회를 얻기 위해 그곳에 갔었죠. 그러다가 그녀와 자연스럽게 친분을 쌓게 됐습니다. 아직 그녀는 제가 그녀의 개인적인 일들을 알고 있다는 걸 모르고 있어요."

내 메시지를 읽어내는 정현수 씨의 얼굴에 놀라움과 약간의 노여움이 서리는 듯했다. 그런 그의 감정이 태블릿을 돌려 뭔가를 빠르게 타이핑해 가는 그의 움직임에서 여실히 느껴졌다. 이내 스크린을 나에게 돌리며 매서운 눈길이 내 얼굴에 꽂혔다.

"혹시나 했는데, 역시 정분이에게도 개인적으로 접근을 했었던 거군요. 나쁜 의도가 없었다는 점을 알기에 양해해 주겠습니다. 만나야만 할 사람들은 결국에는 만나게 될 테니까요. 그래서 나도 이 철제상자를 연하준 씨에게 들고 온 거였고요. 지혜롭게 상황을 파악해 나가 주길 바랄 뿐입니다. 연하준 씨는 그 아이에게 언제나 도움이 될 사람인 거죠? 내가 그렇게 이해해도 되겠습니까?"

긴장감 어린 얼굴에 약간의 미소를 띄우며 내가 타이핑을 한 후, 그에게 다시 내 마음을 스크린에 담아 전달했다.

"물론입니다. 지금 이 순간 제가 제일 확신할 수 있는 것은,

제가 정분이 씨를 위해 이 상황들을 최대한 정확하게 확인을
해 볼 생각이라는 것입니다. 처음에는 단순한 제 호기심 같은
거였지만, 할머니께서 제게 원하던 역할이 있으셨던 거라면,
그 역할을 충실히 해낼 생각이고요. 정분이 씨가 이 상황들에
대해 알게 될 때, 그녀가 상처와 아픔을 조금이나마 덜 느끼며
지나갈 수 있도록 제가 할 수 있는 모든 노력을 다 해볼 생각
입니다."

내가 남긴 메시지를 읽는 그의 얼굴에 의미심장한 미소가
잠시 스쳐갔다. 그러고 나서는 별다른 메시지 없이 고개를 느
리게 몇 번 끄덕여 보일 뿐이었다. 짧은 눈인사 후 그렇게 그
는 커피숍을 떠났고, 나는 내 눈앞에 놓인 철제상자를 열지
도 못한 채 뚫어져라 쳐다만 보고 있었다. 꽤 시간을 흘려보내
고 마음의 준비가 된 순간, 나는 철제상자를 조심스레 열어 보
았다.

그 안에는 박수정 씨의 개인 정보와 관련된 다양한 서류들,
수첩, 사진첩 등과 같은 것들이 가득 들어 있었다. 그녀가 과
거에 어디서 누구와 무슨 일이 있었는지 파악하기에 충분한
정보들로 보였다. 내게 이걸 건네 준 의미를 먼저 생각해 봐
야겠지만, 그 의도가 향하고 있는 끝은 이미 명확했다. 박수정
씨의 지난 흔적들을 찾아보면, 결국 정분이라는 여자의 친부
에 대해서도 알게 될 것이다. 그리고 그녀를 할머니가 숨겨야

했던 이유와, 이름을 바꿔 정현수 가족에게 입양 보내야 했던 이유에 대해서 알게 될 수도 있다. 할머니의 단순한 동정심이었을까, 아니면 다른 이유가 있었을까? 왜 두 여자를 할머니는 그렇게 보호하고 돌봐주었을까? 끊이지 않는 질문들이 내 머릿속을 맴돌며, 마른하늘의 날벼락이 점점 더 요란해져 가고 있었다.

* * *

박수정 씨는 간결한 삶을 살았던 듯했다. 그녀의 삶의 모습이 수첩에 정갈한 글씨체로 꼼꼼히 적혀 있었다. 고등학교 졸업 후 여러 개의 분점을 가진 큰 식당의 본점에서 계산원으로 일하며 야간 대학을 다녔던 것으로 적혀 있었다. 힘겨운 순간들마다 성실히 살았던 흔적들을 읽을 수 있었다. 성실한 미래를 꿈꾸던 그녀는, 서점에서 한 남자를 만나 연애를 시작했다고 수첩에 적혀 있었다. 둘의 풋풋한 연애의 시작, 행복한 감정, 똑똑하고 듬직한 남자에 대한 그녀의 믿음과 사랑이 느껴졌다. 둘의 만남은 그녀가 자신의 임신 사실을 알게 된 후 멈춰 있었다. 여자는 남자의 어머니를 만난 듯했고, 그 후 남자와의 관계를 정리했다고 적혀 있었다. 어찌 보면 뻔하게 접해 오던 이야기 같았다. 남자에게 임신 사실을 알리지 않고, 혼자

아이를 낳았다. 그즈음부터 할머니의 이름이 등장하기 시작했다. 미초산부인과에서의 우연한 만남, 자신과 딸 박새인의 생명의 은인. 그렇게 그녀와 나의 할머니는 인연을 이어간 듯했다. 그러다 박새인이 다섯 살 되던 즈음, 박수정 씨는 아이의 미래를 위해 친부 측과 연락해 만나기로 했다는 부분이 적혀 있었다. 그리고 한동안의 모든 기록이 없었다. 적지 않았던 건지, 이후 폐기된 건지는 알 길이 없다. 친부의 어머니를 최 여사님이라고 적어둔 부분은 있는데, 남자의 이름이나 간단한 인적사항 같은 건 남아 있는 게 없었다.

답답하고 속이 꽉 막히는 듯하다. 미로 속에서 한참 길을 찾아 헤매다 올바른 길이라고 믿고 가던 길의 마지막이 벽으로 막혀 있음을 발견한 느낌이다. 친부 측과 만난 이후가 중요한 부분인데 그 자료가 없다. 뭔가 이상했다. 꼭 마치 누군가 그 부분을 도려내 버린 듯한 느낌을 지울 수가 없다. 그 외의 자료들은 이미 내가 알고 있던 것들이다. 갑작스러운 뇌출혈로 그녀가 세상을 떠나기 직전 뭔가 전조증상이 있었던 듯, 그 즈음의 병원 진료 서류들이 함께 들어 있었다. 박수정 씨의 사망 후 장례절차를 치러준 것도 할머니셨고, 할머니와 평소 친분이 있는 고아원에 박새인이 잠시 머물게 조치를 취하고, 정현수 씨에게 입양되도록 한 것도 할머니셨다. 고인은 말이 없으니, 뭔가 단서가 될 만한 것들을 내가 혼자서 찾아봐야 한다.

똑똑하고 믿음직스럽다던 그 남자, 박새인의 친부를 찾는 수밖에 없다는 판단이 섰다. 하지만 그들을 피해서 정분이를 숨길 정도였으면, 좀 시간이 흘렀다고는 해도 아직 위험요소가 남아 있을 수 있다는 생각이 들었다. 위험할 수도 있는 인물을 상대로 몰래 정보를 알아내려면, 예전 내 소속사 사장님이 알고 있다던 숨은 세력의 힘이라도 빌려야 되나 싶은 실없는 생각까지 들었다. 박수정 씨의 수첩을 좀 더 꼼꼼히 읽어 보며 뭔가 단서가 될 만한 것들을 찾아 추리를 계속 해 봐야겠다. 머리에 쥐가 날 듯한 이런 상황에선 신선한 시선이 절실히 필요하다.

"돌석아."

컴퓨터 스크린을 뚫어져라 쳐다보며 뭔가를 열심히 적고 있던 돌석이 고개를 천천히 들어 나를 바라본다. 새로 나올 앨범 프로모션 일정과 이벤트 후원처 등을 확인하느라, 요즘 정신없이 바쁜 돌석의 눈에 핏줄이 서 있는 게 보였다. 저런 시선을 원했던 건 아니었는데.

"왜? 일과 관련된 거면 네 잔소리 정중히 사절이다. 네가 굳이 안 보태도, 지금 머리 터지게 열심히 일하고 있거든. 네 어릴 적 정혼녀 관련된 얘기면 완전 환영이고. 그러니 말해, 잘 선택해서."

"후후, 살벌하긴. 알았어, 잘 선택해서 말해볼테니 집중해서 한 번 들어보고 신중하게 네 의견을 말해 봐. 그게... 두꺼운 서적들을 잔뜩 들고 다니던 남자를 한 여자가 서점에서 우연히 만났어. 남자는 그 서점 근처에서 자취를 하고 있던 대학생이었을 가능성이 있고, 두 사람이 같은 학교 학생은 아니었고. 남자의 어머니는 그냥 최여사. 남자 이름은 모르고. 이런 상황에서 너라면 말이야, 그 남자를 어떻게 찾아볼래?"

"으잉? 그건 또 뭐야? 그것만 갖고 어떻게 남자를 찾아? 여자는 뭐 하던 사람인데?"

"음… 그게, 이름만 대도 알 만한 여러 분점도 있는 유명 음식점 본점에서 계산원으로 일하면서 야간대학도 다니고, 성실하게 미래를 꿈꾸며 살아가던 사람?"

"아하, 신파구만, 신파. 그 최여사가 두 사람을 갈라 놓았구나? 그 여자는 성실하고 유순한 성격의 순정파고? 그럼 그 유명 음식점에서 계산원으로 일을 하면서 가깝게 지내던 동료나, 야간대학 친구들 정도는 그 두 사람과 친하게 지냈거나, 최소한 두 사람의 관계를 알았거나, 하다못해 그 남자 이름 정도는 알 만한 사람이 한 명 정도는 있지 않았을까? 그 여자분이 아무리 뭔가를 드러내는 성격이 아니었다고 해도, 가까운 친구와는 뭔가 터놓고 지낸 게 있을 수도 있잖아? 원래 그런 사랑 감정은 숨길 수가 없어. 옆에서 보면 티가 나잖아."

아, 그렇다. 사랑과 재채기는 숨길 수가 없다. 역시 곰 같아 보여도 영민한 녀석이다, 내 친구 돌석이는.

"역시 예리한 구석이 있어, 우리 돌석이가. 친한 친구가 있었을지는 모르겠지만, 그 여자분이 일하던 유명 음식점 본점은 예전 그 자리에 여전히 남아 있거든. 우선 그곳부터 한 번 방문을 해 봐야겠다."

"흐흐, 내가 역시 예리하지? 그런데, 그 남자와 여자가 누군데? 왜 갑자기 이런 이야기를 뭐 때문에 무엇을 위해서 확인을 한다는 거야? 내게 좀 자세히 알려줄 생각은 없는 거야, 친구야?"

"응, 없어 친구야. 우선 먼저 확인을 좀 더 해봐야 할 게 있어. 네 머릿속은 이미 너무 많은 것들로 복잡하잖아? 내 깊은 우정이라고 생각하고, 조금만 네 호기심은 뒤로 미뤄두면 돼."

"흠, 이유가 있겠거니 하고 기다리란 말이로군. 알겠다. 그렇지 않아도 내 머릿속이나 마음속이나 여유가 없는 건 사실이니까."

"오호, 또 티 내는 거야? 그래서 강홍은 잘 지내고 있냐?"

"응? 갑자기 왜 강홍 얘기가 나와?"

"네가 방금 그랬잖아. 숨길 수가 없어 옆에서 보면 티가 난다고. 너 완전 티나. 너 저번에 강홍 만나고 난 후로 뭔가 있었지? 강홍 얘기 간간히 할 때마다 네 얼굴에서 빛이 나고 설레는 게 보인다고. 연애하니 좋냐?"

"아, 하하. 티 났어? 뭐 티나도 되고. 그래 좋다. 완전 순둥순
둥하고, 이쁘고, 똑똑하고. 요즘 일하느라 바빠도 틈틈이 만나
고 그러는 중이다. 나 완전 좋다, 요즘. 하하."

"알았으니까 그만 티 내고, 나중에 잘 되면 나한테 고마워
나 하고."

"흐흐, 당연한 말씀. 네 할머니께 감사하고, 너 옆에 있으라
고 내 등 떠밀던 우리 부모님께 감사하고, 너에게 고맙고 그렇
지. 아직 시작이지만 또 모르지. 열심히 노력하마."

"그래, 파이팅이다!"

* * *

현관 앞에 서 있으면서도 이게 과연 잘한 결정인지 확신할
수가 없다. 이것만큼 자연스럽고 좋은 기회가 없을 듯해 오긴
했지만, 호랑이굴에 스스로 걸어 들어가는 것만큼 위험한 일
도 없다. 각오를 다지며 정신을 바짝 차릴 준비가 됐을 때 나
는 비장하게 초인종을 눌렀다.

"하준아!"

기계에서 흘러나오는 인사말이지만, 한초희의 들뜬 목소리
에 잔뜩 담긴 기대감을 느낄 수 있었다. 전자음이 울리며 현

관문이 열리자 나는 다시 한 번 깊은 숨을 들이마시며 걸음을 다부지게 안으로 옮겼다. 집 안으로 들어서자 환한 웃음으로 나를 반기는 한초희와 그 옆에서 얼굴을 분홍빛으로 물들인 채 나를 묘하게 바라보고 있는 여러 명의 시선이 동시에 느껴졌다.

"어서 들어와. 네가 정말 올지는 몰랐어. 메시지를 보내면서도 기대는 안 했거든. 생일 파티라고 했지만 친한 친구들하고 집에서 편하게 수다 떨고 맛있는 음식 먹는 시간 정도로 준비한 자리라 조촐해."

한초희는 조촐한 자리라고 했지만, 이미 집 내부와 정원에는 파티에 초대된 사람들이 가득 자리하고 있었다. 여기저기 모여있는 사람들은 웃고 떠드느라 내가 등장한 것에 그리 관심을 기울이지 않는 듯했고, 공간을 가득 메운 배경 음악 소리가 사람들의 심장 박동을 적당히 흥겹게 울리도록 만들고 있었다.

"초대받았는데 당연히 와야지. 오랫동안 알아온 사이인데 네 생일을 직접 축하해주는 건 처음인 거 같아. 여기 생일 선물. 생일 축하한다."

"고마워! 네가 내 생일 파티에 와서 자리를 빛내 주다니, 오늘 정말 행복한 날이다. 친한 친구 몇 명에게는 네가 오늘 올 거라는 말을 해 뒀어. 지나치다 누군가가 인사를 건네면 적당히 인사말을 나눠주면 돼. 너무 부담 갖지는 말고. 다들 좋은 친구들이야."

"하하, 알았어. 오늘 주인공은 너니까 나는 얌전히 구석에서 자리를 지키고 있을게."

"어, 그런 뜻이 아니라... 널 곤란하게 할까 봐. 아... 저기 내 친구들 몇몇의 레이더에 이미 네가 포착된 모양이야. 우리 쪽으로 걸어오는데."

한초희가 가리키는 방향으로 고개를 돌리니 역시나 한초희 친구로 보이는 몇 명이 나를 향해 다가오고 있었다.

"와... 아... 정말 연하준 씨네요. 여기 와서야 초희에게 살짝 들었어요. 연하준 씨가 올지도 모른다고요. 초희가 이렇게 깜찍하다니까요. 연하준 씨와 아는 사이라는 걸 왜 그동안 말을 안 한지 모르겠어요. 호호."

"실물로 보니 더 멋지세요. 만나게 되서 반갑습니다!"

"안녕하세요. 오호호. 저도 오랜 팬이예요. 세상에... 제가 실물을 뵙다니…"

"하하, 이렇게 반겨주시니 기분이 좋네요. 반갑습니다."

"하아... 잠시만 얘들아… 하준아, 잠시 이쪽으로…"

"어, 왜?"

초희가 말없이 눈짓을 하는 곳을 바라보니 이미 몇몇의 무리들이 우리에게 다가오고 있었다.

"안 되겠다. 하준아, 우선 내 방으로 올라가자."

"어? 어, 어. 그래."

엉겁결에 한초희의 방에 입성하게 됐다. 사실 오늘 이곳에 온 목적이 한초희의 방을 둘러보는 것이었다. 할머니가 남기신 증표, 내가 보면 좋아할 만한 물건이라는 그 증표를 한초희가 가지고 있다면 내가 직접 보면 알아볼 수 있으리라는 생각이 들었다. 집에 와서 적당한 기회를 찾아볼 생각이었는데, 일이 예상했던 것보다 쉽게 풀리는 기분이다.

"갑자기 사람들에 둘러싸이면 네가 난감할까 봐. 너를 이런 자리에 오게 하는 게 아니었는데, 내가 생각이 좀 짧았어. 괜찮아?"

"괜찮아. 어차피 다 네 지인들일 거잖아. 그래도 이 자리에서 내가 주목을 받게 되는 건 좀 곤란할 거 같아. 너만 괜찮다면, 나는 여기 좀 앉아 있어도 될까? 케이크 자르고 선물들을 확인하고 난 후쯤에 내가 다시 내려가면 파티의 주인공 자리를 뺏을 일은 없을 거 같은데. 어때?"

"그럴래? 네가 편할 대로 해. 그럼 내가 적당히 분위기 봐서 데리러 올게."

"좀 구경도 하고 그래도 되려나? 숙녀방에 혼자 앉아 있으려니 괜히 미안해지는데. 민감한 부분에 대해서는 미리 강력하게 경고를 해줘도 좋고, 하하."

"아, 책장 구경은 맘껏 해도 되고. 책상도 맘껏 이용해도 돼. 책상 서랍에도 서류 정도 밖에 없어서 열어보고 읽고 싶은 것들 찾아 읽어도 좋고. 옷장이나 다른 사적인 공간은 네 인성을 한 번 믿어볼게, 후후."

"열지 말라는 경고보다 더 무게감이 느껴지네. 역사학도는 어떤 책을 읽는지 궁금해지는데. 걱정 마. 맘껏 파티 즐기고!"

"그래. 조금 이따 보자."

한초희가 문을 닫고 나가자 나도 모르게 긴 한숨이 나왔다. 자연스럽게 행동하려 했지만 어쩔 수 없이 조금 긴장이 됐다. 한초희와 대화를 나누면서도 이미 방 곳곳을 스캔하느라 머릿속이 바빴기 때문이다. 어느 물건이 증표가 될 수 있을지 바쁘게 머리를 굴리다 보니 표정 관리를 하기가 쉽지 않았다. 한초희의 방은 예상했던 것보다 훨씬 단출하고 수수했다. 둘러볼 것들이 많지 않은 게 이 상황에서 내가 다행스럽게 여겨야 되는 건지 아니면 안타까워해야 하는 건지는 조금 후에 알게 될 것이다.

할머니가 뭘 증표로 남기셨을지 지금으로서는 전혀 추측이 안 된다. 할머니가 남긴 힌트에 근거해 보면, 우선은 내가 보면 좋아할 만한 물건을 찾아보는 방법이 제일 좋을 듯하다. 내가 좋아할 만한 물건, 흥미를 가질 만한 물건. 과연 분꽃 같은 한초희의 수수한 방에서 그런 물건을 찾을 수 있을지 모르겠다. 한 번 휙 둘러 본 전체적인 느낌으로서는 솔직히 가능성이 없다. 나와 취향이 참 다르다는 걸 느끼게 될 뿐이다. 그래도 시간이 허락하는 한도 내에서, 그리고 방 주인이 허락한 제한 구역 안에서 차근차근 찾아봐야 한다.

　역사와 관련된 수많은 서적들을 제외하면 한초희의 방에는 그리 눈에 띄는 특별한 물건이 없다. 내가 보면 좋아할 물건이 한초희의 옷장에 있을 가능성은... 아마 약간은 있을 수 있다. 하지만 내 본능을 믿어보자면, 한초희라면 증표로 받은 물건을 옷장 안에 넣어두는 것보다 눈에 보이는 공간에 두고 지켜보고 싶어했을 가능성이 크다. 할머니에게 받은 물건, 혹시나 그 물건을 전하면서 나와 관련된 무언가를 언급하셨다면, 한초희는 그 물건을 밖에 두고 늘 지켜보고 싶어했을 거다. 특히나 나를 마음속에 담아두고 기다리고 있었다면 그랬을 가능성이 더 크다고 믿고 싶다. 한초희의 옷장. 그리 크지 않은 옷장은 행거를 걸어두는 공간 아래 높이가 낮은 서랍이 두 개가 있다. 그 높이를 봐서는 개인 위생용품 등을 넣는 용도로 사용할 가능성이 크다. 책장 옆 화장대에는 서랍이 없고, 화장대 위에 쥬얼리를 진열해 둔 것을 보면 귀중품을 옷장 서랍에 보관하지는 않는 듯하다.

　시간을 들여 찬찬히 구석구석 둘러보았지만, 특별히 내 시선을 사로잡는 물건이 없다. 이 공간에 두지 않은 걸까? 아니면 할머니의 증표가 건네진 상대가 한초희가 아닌 걸까? 내가 좋아할 만한 물건을 한초희의 방에서 찾지 못한다면, 이제 내가 고민해야 할 부분은 명확하다. 증표가 건네진 상대가 한초희가 아니라고 우선 가정을 하고, 다른 대상들을 좀 더 집중적으로 탐색해 보는 수밖에 없다. 이런저런 고민으로 꽤 심각한 생각에 빠져있었는지 내 어깨를 두드리는 손짓에 놀랄 수밖에 없었다. 고개를 돌려보니 한초희가 동그래진 눈으로 나를 쳐다보고 있다.

"뭘 그리 심각하게 생각 중이야? 내가 몇 번 이름을 불렀는데도 못 들었어?"

"아... 딴 생각을 좀 깊게 하고 있었나 보다. 읽을거리가 많아서 이것저것 읽다보니 생각이 많아져서. 이왕 내가 네 방에 들어온 김에, 이 공간에서 특별히 내게 보여주고 싶은 거 뭐 없어? 특별한 물건 같은 게 있다거나?"

만약 내가 한초희라면, 마음에 품고 있는 사람의 할머니가 그 사람을 언급하며 건네 준 물건이 있다면, 그 상대가 내 방에 들어오게 된 상황이라면 그 물건을 보여주고 싶을 거라는 생각이 들었다. 그래서 이 방을 나서기 전에 한초희가 그런 물건을 생각해 낼지 한 번 확인해 보고 싶었다. 옷장에라도 뭔가 있다면, 직접 열어서 보여줄 수도 있는 거니까.

"우음... 글쎄. 내가 가진 물건들 중 네가 관심 가질 만한 물건이… 없을 거 같은데. 책들은 이미 훑어봤을 거고. 내가 뭔가를 소유하고 공간에 쌓아 두고 하는 걸 그리 좋아하지 않아서. 이 큰 집에도 내 물건은 별로 없어. 내 물건들은 모두 이 방에 있는 게 다일 정도니까. 쇼핑도 나는 그래서 별로 안 좋아해. 의외지? 후후.”

정말 의외다. 내가 한초희에 대해 너무 모르고 있었던 걸까? 부잣집 외동딸이기에 사치스러울 거라는 편견을 나도 모르게 갖고 있었던 듯하다. 오늘 내가 둘러본 한초희의 방은 그런 편견을 가지고 있던 나를 부끄럽게 만들기에 충분했다. 이 방 이외에는 이 집에 한초희의 물건이 없고, 내가 관심 가질 만한 물건을 자기는 가진 게 없으며, 특별히 내게 보여주고 싶은 물건이 없다고 한초희는 말했다. 그렇다면 결국 내가 원래 짐작했던 부분이 맞게 되는 걸지…

“그렇구나. 괜히 물건 잔뜩 쌓아두는 것보다 이렇게 간결한 게 좋지. 그나저나 이제 나 내려가도 돼?”

“응, 선물도 다 열어 봤고, 급한 일 있는 친구들은 이미 먼저 자리를 뜬 후라 조금 분위기가 조용해졌어. 이 정도라면 너도 부담 없이 함께 머물 수 있을거야.”

“그래? 그러고 보니 좀 배가 고픈 것도 같고, 하하.”

“어머, 미안. 내가 그 부분을 완전 잊고 있었다. 그래도 너 주려고 케이크 조각 챙겨 뒀어.”

"하하. 농담이었어. 괜찮다면 나는 이만 가보는 게 어떨까 싶은데. 어쨌든 네 생일 파티에는 온 거니까. 이미 선물도 줬고, 직접 축하 인사도 전했으니 굳이 네 지인들과의 파티 분위기를 어색하게 만들고 싶지 않아서."

"아무래도 불편한 거구나. 이해해. 우리 집 뒷문 있는 거 너도 알지. 이 복도 끝 반대편 통로로 함께 밖까지 나가서 배웅해 줄게."

한초희의 말을 듣고 나니 어릴 적 기억이 되살아났다. 한 번은 이 집에서 가족 모임을 한 적이 있었는데, 꼬맹이 시절의 우리 두 사람은 지금 한초희가 말하는 통로를 통해 어른들 몰래 밖에 나가 아이스크림을 사먹고 돌아온 적이 있었다. 돌아와서 어른들께 꾸중을 들어야했지만, 그날 비밀스러운 통로를 지나 사온 아이스크림은 정말 맛있었다.

"우리 꼬맹이 때 아이스크림 사러 갔던 그 통로? 하하, 그러고보니 이제 기억이 난다. 그 날 재밌었는데. 통로를 지나는 느낌이 뭔가 비밀스러웠어."

"오늘처럼 몰래 밖으로 나가기 딱 좋은 통로지. 오늘 와줘서 정말 고마워. 덕분에 뜻깊은 생일이 됐어. 너희 할머니 살아계셨을 때 꼭 내 생일 선물을 챙겨 주셨었거든. 꼭 생일 선물이 아니어도 할머니는 늘 내게 선물을 많이 주셨어. 돌아가시고 처음 맞는 생일이어서 할머니 생각이 더 많이 나는 거 같아."

아... 큰 실수를 저지를 뻔했다. 할머니가 준 증표가 꼭 특별히 뭔가를 준 게 아닐 수도 있다. 일상의 작은 선물처럼, 늘 맞이하는 생일날 받는 선물처럼, 자연스럽게 한초희에게 선물처럼 증표를 건네셨을 수도 있으니까. 거의 꺼져가는 불꽃을 가까스로 살려낸 기분에 내 심장 박동수가 빨라지고 있었다.

"아... 할머니가 네게 선물을 많이 주셨었구나. 워낙 주변 사람들을 잘 챙기셨고, 너를 워낙 아끼셨으니까. 할머니께 받은 선물 중에 가장 기억에 남는 선물이 뭐였어? 특별한 선물 같은 거라든지."

"다 너무 특별한 것들이어서 하나를 선택하기가 쉽지 않아. 관심을 많이 귀울여 그 사람을 진심으로 이해해야 준비할 수 있는 선물들이 많았거든. 그 선물들에 대해 하나씩 말하자면 얘기가 너무 길어질 거 같은데, 후후."

"아, 그렇구나. 그럼 그 얘기는 다음에 기회 있을 때 얘기해 줘."

지금 그 선물들에 대해 얘기를 길게 나누기는 곤란한 상황이다. 우선은 집에 가서 곰곰히 생각을 정리해 봐야겠다. 섣불리 직접적으로 질문을 하기에는 민감한 사항이다. 한초희의 의도를 읽을 준비가 됐을 때 질문을 하는 게 나을 듯하다. 오늘은 한초희의 생일이니 그 기분을 해칠 수 있는 상황은 피하고 싶다. 다음 번에 한초희를 만나면, 증표에 대해서 한초희가 알고 있는 게 있는지 직접 물을 기회가 있을 것이다. 때를 기다려보자.

"생일 다시 한 번 축하한다. 생일 파티 마무리 잘 하고 다음에 보자."

"응, 고마워. 오늘 제대로 대접을 못했으니 내가 다음에 만나면 밥 살게. 괜찮지?"

"그래. 들어가."

"응. 잘 가."

내가 몰래 집을 빠져나온 뒷문은 한초희 집 담장을 따라 한참을 걸어야 앞문이 놓인 널직한 대로변이 나온다. 어둠에 묻힌 달빛을 따라 걷다 보면 내가 가고자 했던 길이 나올 것이다. 평소와 다른 일상을 보낸 오늘이어서 그런지 유달리 피곤하다. 오늘은 복잡한 생각들을 모두 밀어두고 집에 도착하면 꼭 편안한 휴식을 취해야겠다.

* * *

한초희와 다시 만난 건 생일 파티가 있은 후 일주일이 지난 어느 토요일 오후였다. 밥을 진짜 얻어먹을 생각은 없었기에 따로 연락을 하지는 않았다. 그런데 그런 한초희를 이렇게 우연한 기회에 생각지도 못한 장소에서 마주치게 될 거라고는 생각도 못했다.

내가 소설을 너무 많이 읽은 탓인지 불현듯 이런 생각이 떠올랐다. 만에 하나 증표가 하나가 아니라면, 소설에 나오는 것처럼 둘이 붙으면 하나가 되는 뭐 그런 물건이라면, 그 나머지 부분을 할머니가 집에 남겨두셨을 가능성이 있지 않을까? 길단아와의 세 번째 만남을 위해 할머니 고향 마을에 온 김에 다시 한 번 할머니 집 내부를 둘러보기로 했다. 내 눈에 특별해 보이지 않는 것이지만 내가 잊고 있던 나름의 의미를 지닌 물건을 한 번 찾아볼 생각이었다. 여러 생각을 하며 할머니 집 마당으로 들어서는데 뭔가 느낌이 이상했다. 마당 안으로 조금 더 걸어 들어간 순간, 단지 느낌만은 아니란 걸 알 수 있었다. 곁눈질에 나무 뒤에서 움직이는 뭔가를 보았기 때문이다. 집으로 향하는 척하다가 순간 방향을 틀어 나무 뒤편으로 뛰어들었다. 내가 방향을 바꿀지 몰랐는지 내 몸에 가로막힌 상대방은 숨 쉬는 것도 잊은 듯 얼어붙었다.

"숨 쉬어, 한초희. 여긴 왠일이지?"

"지... 지나다 잠시 들렀어."

"지나다 잠시 들렀다고 하기엔 상황이 좀 묘한데. 여기가 네가 그냥 지날 만한 곳은 또 아니지 않나? 그리고 왜 숨은 거야?"

"그냥. 네가 갑자기 나타나서 좀 당황했어. 오랜만에 한 번 와보고 싶었을 뿐이야. 지난 생일 파티 후에 할머니가 주셨던 선물들을 다시 둘러봤거든. 그래서 할머니 생각이 나서."

그럴듯한 말이지만, 내 시선을 피하는 한초희의 표정을 보니 뭔가가 더 있는 것 같다.

"그래, 우선은 그렇다 치고. 마당만 둘러보러 온 거야? 어차피 집 안에는 못 들어갔을 텐데. 미리 우리 부모님이나 나에게라도 연락을 했어도 됐을 거고."

"비밀번호 알아. 예전에 할머니가 집에 자유롭게 드나들라고 가르쳐 주셨어. 하지만 오늘은 그냥 창 밖에서 거실 안쪽만 들여다보려고 온 거야. 할머니 돌아가시고 너희 부모님이 이 집 관리하시는 걸 아니까, 집에는 안 들어갈 생각이었어."

이건 정말 생각지도 못한 전개다. 그럼 지금까지 한초희는 할머니의 집을 자유롭게 드나들고 있었다는 건가. 부모님은 할머니 집 현관 비밀번호를 바꾸지 않으셨다. 한초희가 집에 안 들어갔다는 말이 진실일지는 모르지만, 그동안 정말 그녀가 원했다면 언제든 집에 들어갔을 수도 있다는 말이 된다. 더 이상 미룰 이유 없이, 지금 이 순간이 가장 적절하다는 판단이 본능적으로 들었다.

"그 선물 말이야. 할머니 집에도 네가 할머니에게 받았다는 선물과 연관되어 남아 있는 게 있어? 혹시 그 선물과 관련된

게 여기 있어서, 그걸 다시 보고 싶어서 이 곳까지 온 거는 아
니고?"

"무슨 의미로 그런 걸 묻는거야? 역시... 뭔가가 있었던 거구
나. 할머니가 내게 주신 선물 중 특별한 무언가에 대해 네가
물었을 때 느꼈거든. 네가 뭔가를 의미하며 내게 질문을 하고
있다는 걸 말이야. 네가 그 특별한 선물에 대해 물었을 때, 그
게 뭐가 됐든 내가 그걸 가지고 있어야 된다는 생각이 들었어.
그러다가 혹시나 네가 말하는 그 특별한 물건일 거 같은 게
생각이 난 건 사실이고."

"우선은 그 물건이 뭔지 알 수 있을까? 그걸 먼저 확인하고,
내 질문의 의미나 네 의도에 대해서 얘기를 하는 게 나을 거
같아."

"그럼 집 안에 들어가서 보여줄게."

내가 할머니 집 현관문을 열자 한초희는 거실 한 편으로 걸
어가더니 책장 한 구석에서 내게 물건 하나를 집어 보여주
었다.

"이거야, 인형의 집. 할머니께서 동유럽 여행을 다녀오시면
서 내게 선물로 주신 거였거든. 자, 그리고 이것도."

한초희가 가방에서 꺼내든 것은 미니어처 인형들이었다.
할머니 집에 있던 인형의 집에 그 미니어처 인형들을 놓으니
화목한 가정의 모습이 완성되었다.

"할머니께서 언젠가 내가 결혼을 하면 이 인형의 집을 가져가라고 하셨어. 미니어처 인형들은 내게 주시면서 말이야. 그때까지는 본인이 이 인형의 집을 곱게 간직해 주시겠다면서. 이렇게 인형들을 놓으니 정말 화목해 보이네. 이제 할머니가 이 곳에 안 계시니 이 인형의 집도 내가 가져갈게. 괜찮지?"

"어? 어. 물론이지. 원래 네게 주시려던 거라며. 아마 할머니는 네가 결혼해서 잘 사는 모습을 그려보며 이 인형의 집과 인형들을 사셨을 거야. 당연히 네 꺼니까 가져가도 돼."

"그래. 그럼 이제 아까 하던 얘기를 해 볼까? 네가 말하던 네 의도와 의미 말야. 특별한 선물에 대한."

인형의 집과 미니어처 인형들. 할머니의 깊은 뜻이 담긴 특별한 물건인 거는 맞지만 내가 보면 좋아할 물건은 아니다. 내가 뭔가 의도를 갖고 특별한 선물에 대해 묻는 것을 알아챈 한초희가 보여준 게 이 인형의 집이라면, 한초희는 할머니가 말씀하신 증표의 존재에 대해 모르고 있는 게 맞다고 결론내려도 좋을 듯하다. 지금 이 상황에서는 굳이 그걸 설명할 필요가 없어졌지만, 그래도 내가 꺼내둔 말이 있으니 적당히 둘러댈 수밖에 없다.

"사실 별 거는 아냐. 네가 할머니께 선물을 많이 받았었다고 하니 너와 할머니가 얼마나 친하게 지냈었는지 개인적인 호기심이 들었던 거뿐야. 특별한 선물을 뭘 주셨을까 손자로

서 궁금했던 거고. 내가 좀 그런 욕심이 있어. 할머니가 내게
는 뭘 특별히 선물로 주신 적이 없어서. 늘 책 선물이나 주셨
거든."

"뭐야? 정말 그게 다야? 너도 알고 보면 좀 싱거운 구석이
있구나. 나는 너희 가족에게 손님이고, 친구의 손녀니 더 선물
에 신경을 써서 주셨을 거야. 친손자는 허물없는 사이니까 그
러셨을테고. 네가 마음속에 숨기고 있는 뭔가가 더 있다고 해
도 나로서는 방법이 없지. 본인이 이렇게 말한다면 말야."

"좋은 태도야. 자, 그럼 이제   다른 일정도
있어서."

"어, 그래. 나도 이제 돌아가 봐야 해."

집 밖으로 나오자 전혀 예상치 못한, 그리고 지금 상황에서
굳이 마주치고 싶지 않은 뜻밖의 인물이 마당 한가운데 서있
었다. 오늘은 이 집 마당이 여러 인연들을 뜻하지 않게 만나게
해주는 장소인가 보다.

"어이- 연하준! 이게 말로만 듣던 얼굴값? 하루에 번갈아
가며 만나기도 하고 그러는거야? 그런데 너무 노골적인 거 아
닌가? 여기 내 홈그라운드라고. 지나가다 네 차가 세워져 있
어서 혹시나 해서 들어와 본 건데, 이건 너무 뜻밖인데."

"하아, 길단아! 그런 거 아니니까 그만 해. 여긴 한초희. 우
리 집안과 가족끼리 친한 사이야. 할머니 댁에서 가져갈 물건

이 있어서 잠시 들르게 된 거고. 한초희, 아마 알 수도 있는데, 저쪽은 길단아. 유명한 배구선수고 이 동네의 자랑거리지. 나와는 어릴 적부터 알고 지내는 동네 친구야."

"물론 알지. 나 배구 좋아해. 길단아 선수! 만나뵈서 반갑습니다. 제가 팬이예요."

"어? 어. 안녕하세요. 제 팬이세요? 그럼 방금 제 언행은 잊어주세요. 반갑습니다."

"참 길단아스럽다, 하하. 그럼 이쯤에서 이 어색한 상황은 그만 끝낼까? 초희야, 잘 가."

어색한 미소를 한 껏 짓고 있는 길단아에게 조심스레 한 번 더 인사를 하고 한초희는 먼저 자리를 떠났다. 한초희의 모습이 보이지 않게 되자, 길단아의 냉랭한 눈빛이 나를 향했다.

"상황이야 어찌 됐든, 이건 좀 그렇다. 가족끼리 아는 사이라도 저렇게 이쁜 미인을 나를 만나기 전 만나고 오는 건 분명 반칙감이야. 옐로우 카드!"

"알았어, 알았어. 기분 나쁠 일인 거 인정. 무조건 미안해. 나도 예상치 못한 정말 우연한 만남이었다고. 기분 풀어. 오늘이 우리 세 번째 만남이잖아. 의무적으로 만나기로 한 마지막 만남이기도 하고. 그렇다고 너와의 인연 마지막이라는 뜻은 아니니 오해는 말고. 이해하지?"

"그렇지. 그래서 왠지 더 기분이 나쁘다고. 아우... 비교되잖

아. 길단아 당당함 빼면 시체인데, 저 분은 수수하니 너무 미인이라 깜짝 놀랐어. 너와는 정말 아무 사이가 아니야? 왜에? 새삼 궁금하네. 성격이 완전 별로야?"

"그냥 운명으로 맺어질 인연이 아닌 사람 정도로 정리해 두면 안 될까? 관심 접어줘."

"운며엉? 와, 오늘 연하준 나 여러 번 놀래킨다. 너 운명 같은 거 믿는 순정남이었어? 그래서 지금껏 연애 한 번 안 한 거야? 운명 기다리느라고?"

"어. 완전 순정남이지. 운명만 기다리는. 하하."

"알았어. 네 그 운명, 오늘 한 번 만들어 보자. 따라와."

* * *

길단아를 만나기 위해 세 번째 할머니의 고향마을을 내려올 때는 지난 두 번의 방문길보다 왠지 마음이 더 무겁게 느껴졌다. 길단아에게 이번 만남에서 반드시 들어야 되는 말들이 있고, 알아내야 하는 일들이 있기 때문에 머릿속이 좀 복잡해진 덕분이다. 한초희와의 뜻하지 않은 만남으로 조금 마음이 가벼워진 건 사실이지만, 길단아와의 대화가 어느 방향으로 흐르게 될지 알 수 없기에 긴장을 늦출 수 없다. 초등학교 운동장에는 오후의 햇살이 길게 늘어져 있었고, 인적이 없는 공간에 한가한 바람이 불어왔다. 긴장된 마음을 숨기고 대화를 이어가기 좋은 공간이다.

"이 초등학교 운동장은 오면 올수록 좋아. 편안하고 아늑해. 꼭 우리 할머니 품처럼 말야."

"선생님께서 오랫동안 근무하신 곳이고, 곳곳에 선생님 손길이 안 닿은 곳이 없어서 그럴 거야."

"넌 우리 할머니하고 꽤 가깝게 지냈었잖아. 할머니께서 너를 엄청 대견해하셨고 자랑스러워하셨거든. 할머니가 네게 잘해 주셨지? 선물 같은 것도 많이 주셨을 거고."

"아니지 그건, 선생님에게 선물을 받으면 안 되지, 내가 드려야 맞는 거지. 이 동네에서 이 초등학교 다닌 애들은 아마 선생님께 선물을 받으면 안 된다고 부모님께 교육받았을 걸. 물론 선생님이야 우리에게 늘 뭔가를 주고 싶어 하셨지만. 간식 같은 건 받은 적이 있지만 물건을 선물로 받지는 않았어. 선생님도 우리에게 받는 선물은 늘 소소한 것들로만 거절하지 않고 받으셨고."

아… 이 부분 역시 내가 미처 생각하지 못했다. 이 학교와 이 동네 사람들, 충분히 그러고도 남을 일이다. 그렇다면 길단아가 선생님이셨던 할머니에게 증표가 될만한 물건을 받지 않았을 가능성이 더 커졌다.

"그렇구나. 그럼 할머니께 받은 물건들 중에 기억에 남을 만한 건 없겠네?"

"음... 아무래도 물건은 없지. 내 마음속에 추억으로 간직하는 거지. 그런데 왜 갑자기 선물이나 물건에 이리 관심이 많아? 뭔가 촉이 오는데. 뭔가 선생님이 내게 준 게 있어야 되는 거야? 찾고 있는 뭔가라도?"

아... 역시 길단아는 예리하다. 이쯤에서 이 부분을 확인해 보는 건 포기해야겠다. 단아가 뭔가를 갖고 있다면 내게 이런 질문을 되물어 올 친구는 아니니까. 덫이 보일랑 말랑 할 때는 다른 길을 찾아가야 한다.

"있긴 뭐가. 그냥 얘기하다 보니 궁금해서 물어본 거지. 그건 그렇고 네가 말했던 꼭 그래야만 하는 이유 말이야, 오늘은 들을 수 있겠지? 나 많이 참고 기다렸어. 내가 느긋하고 여유로워 보여도 사실은 인내심이 그리 많은 편은 아니라서."

"하하. 너 그래 보여. 인내심 없고 민감해 보인다고. 다들 칭찬만 해주니까 네 이미지가 정말 완벽해 보이는 것처럼 착각하고 사나 보네, 쯧쯧. 내가 아무리 연하준바라기이지만 아닌 건 아니라고 말해주는 충신 역할을 아무래도 내가 해줘야겠군. 너 조급해하는 거 나 다 느끼고 있었어."

"하하, 그랬나? 어쨌든, 그래서 결론적으로 말해 본다면?"

"그 이유는... 우리 둘의 약속이었어."

"약속?"

"응. 기억력 좋은 사람과는 함부로 약속하면 안 돼. 넌 기억을 못하지만 나는 기억을 하니까. 우리가 꼬맹이였을 때도 내가 널 졸졸 따라다녔던 거 기억은 해?"

"그랬지. 내가 할머니댁에 내려와 있을 때마다 너가 나타났던 거 같으니까."

"후후, 맞아. 그랬어. 그러던 어느 날 내가 크면 너랑 데이트할 거라고 그랬거든. 그랬더니 당연히 넌 싫다고 했겠지. 그래서 나랑 데이트 안 하면 네 꿈이 이뤄지지 않을 거라고 겁을 좀 줬거든. 그랬더니 그럼 세 번만 데이트를 할 거라고 네가 내게 말했었다고."

"난 전혀 기억에 없는 일인데. 우리가 정말 그런 대화를 나눴다고? 꼬맹이가 데이트 뜻은 알고나 있었고? 그 이유가 정말 다야?"

"믿든지 말든지는 네가 정해. 이 길단아 기억력을 의심해봤자 네 손해니. 네 꿈이 걸린 일이니 난 우리의 그 약속을 지키고 싶었어. 어렸을 때부터 나 연하준바라기로 유명했던 건 잘 알지? 네 꿈도 당연히 내겐 중요해. 이 약속을 기억하고 있는데 그냥 넘기기에는 좀 마음에 걸렸어. 그리고 또 다른 중요한 이유도 개인적으로 내게 있기도 하고."

"내 꿈을 위해서 이 세 번의 만남 약속을 밀어붙였다? 하하, 알았어. 어쨌든 이미 이렇게 된 상황이니 믿어 줄게. 네 덕분

에 내 꿈이 꼭 이뤄지겠네, 하하. 그건 그렇고 개인적 이유는
또 뭘지 내가 물어봐 줘야 하는거지?"

"후후, 응. 나 연하준바라기 끝내려고. 이제 우리 약속도 지
켰고, 네 꿈이 내 덕분에 이뤄질테니 나도 이제 그만 정리하는
게 맞아. 쿨하게. 그렇지?"

"응, 쿨하게. 멋진 길단아에게 연하준바라기 같은 건 어울리
지도 않는다고."

"하하. 맞아. 길단아는 그냥 길단아 할게. 네 꿈 이뤄지면 내
기억력에 꼭 감사하기다."

"응. 그럴게."

꼭 꿈 때문이 아니더라도 이미 길단아의 특출난 기억력에
깊이 감사하는 중이다. 내 어릴 적 정혼녀 찾기 추리 과정에
한줄기 빛을 보태주었다. 어두워 헤매고 있던 길이 조금 더 밝
아졌다. 그 빛이 비추고 있는 길에 발걸음을 신중히 옮겨 봐야
겠다.

* * *

박수정 씨가 일했던 유명 음식점 본점은 그 명성에 걸맞게
오랜 세월이 흘렀음에도 불구하고 아직도 같은 자리에서 자
리를 지키고 있었다. 그녀를 기억하고 있는 사람이 여전히 남

아있기를 바라며, 조심스레 음식점의 문을 열고 안으로 발걸음을 옮겼다. 오전 시간이라 식당 안에 손님은 없었고, 점심 장사를 준비하는 직원들만 바쁘게 움직이고 있었다. 내가 문을 열고 들어서자, 홀에서 분주히 움직이고 있던 젊은 여성이 내게 다가왔다.

"아직 장사 시작 전인데요."

"안녕하세요."

이럴 때 내세울 건 내 얼굴뿐이다.

"어머, 연하준 아니에요? 어머머, 여긴 어쩐 일이에요?"

여자의 호들갑스러운 목소리에 주방 사람들까지 밖으로 나와 내 주변으로 모여들었다. 자, 사람들을 모았으니 이제 그물을 펼칠 시간이다.

"한 삼십여 년 전쯤에 여기서 계산원으로 일하던 분에 대해 좀 여쭤보려고요. 박수정 씨라고... 혹시 그분을 알 만한 분이 계실까요?"

"삼십여 년 전이요? 그렇게 오랫동안 여기서 일한 분은... 아, 맞다. 주방 찬모 큰 언니가 여기서 제일 오래 일했으니 그 정도 되셨을 거 같은데. 잠시만요. 은이야, 가서 주방 민실장님 좀 오시라고 해 봐."

한 여자가 주방으로 들어가더니, 이윽고 한 중년의 여인과 함께 나왔다. 여자의 의아해하는 얼굴에 약간의 경계심이 깃

들어 있었다.

"박수정을 찾는다고요?"

"예, 여기서 아주 오래전에 일을 하셨다고 들어서 혹시나 하는 마음에 한 번 찾아뵈었습니다. 그분을 아시나요? 여기서 계산원으로 일을 하면서 야간대학도 다니셨던 분인데요."

"그럼, 내가 알고 있는 그 박수정이 맞는 거 같긴 한데. 잠시 저쪽에 가서 얘기할까요? 다들 이제 가서 일해요. 민정 씨, 우리 매실차 좀 줄래요? 따라와요."

사람들의 시선을 물리며, 여자는 나를 구석진 자리에 놓여 있는 테이블로 안내했다.

"수정이는 어떻게 알죠? 여기서 일했던 건 어떻게 알고요? 연하준 씨 맞죠? 이렇게 유명한 젊은 사람과 알 만한 사람이 아닌데."

"저희 할머니가 그분을 좀 도와준 인연이 있으셔서요. 그분과는 친하셨나요?"

"그럼, 수정이와 좋은 인연으로 알고 계신 분이겠군요. 그렇다면 다행이고요. 그때 갑자기 그렇게 일 그만두고 떠나고 나서 연락도 끊기고. 매정한 사람이에요, 저한테는. 우리 둘 꽤 친했거든."

"아, 그러셨군요. 아마 사정이 있으셨겠죠. 그때 박수정 씨가 여기서 일하시는 동안 만나던 남자분이 계셨던 걸로 아는데, 혹시 아셨어요?"

"수정이 연애요? 너무 오래전 얘긴데, 그래도 잊을 수가 없죠. 얼마나 애틋했게요. 그 남자도 그렇고 수정이도 그렇고 서로를 참 많이 아꼈어요. 가난한 고학생인 줄 알았더니 그게 아니었어서 문제였지만. 수정이가 나중에 알고 많이 당황해하며, 나한테 고민도 털어놓고 그랬었거든."

"아, 그랬어요? 그 남자분이 누구셨죠?"

"그런데 왜 갑자기 와서 이렇게 오래된 얘기를 물어요? 수정이 예전 애인 얘기는 왜 묻죠?"

"아, 제 할머니가 최근 돌아가셨거든요. 그 유품에서 박수정 씨 유품도 좀 발견되었고, 그 남자분께도 전해드릴 만한 것이 있어서요. 할머니가 박수정 씨를 아끼시던 마음이 특별한 거 같아서, 저희도 그 남자분에게 연락을 해 보는 게 맞다고 생각이 되어서요. 그런데 그분에 대해 찾을 길이 없어서, 박수정 씨 수첩에 적힌 대로 찾아보다가 결국 여기까지 오게 되었어요."

"수정이 유품이요? 수정이가... 죽었...어요?"

"예, 아주 오래전에요. 뇌출혈로 갑자기 돌아가셨어요."

"어머, 불쌍한 것. 그렇게 가버렸어요? 정말? 그것도 모르고 소식도 끊고 산다고 혼자 원망하고 있었는데. 에구구, 미련한 것. 그렇게 그 남자하고 인연 끊고 도망치듯이 이곳을 떠나더니. 어디 가서든 행복하게 잘 살 것이지... 쯧쯧."

"그런 상황이었으면, 그 남자분이 여기도 찾아오고 했겠네요?"

"그랬죠. 그렇게 꽤 오랫동안 계속 찾아와서, 요 앞에 한참을 서있다 가고는 했었어요. 강태훈, 그 남자 이름이에요. 유명한 기업인이 되었잖아요. 좋은 일도 많이 하고 해서 사람들한테 인기도 많고. 그래서 요즘 TV에도 그 사람 소식이 자주 나오던데."

"강태훈...이요? 컴퓨터 바이러스 관련 사업을 하는 사업가 강태훈 씨를 말하시는 건가요? 그 남자분이 정말 그분이시라고요?"

"나야 그 사람이 하는 사업 얘기는 잘 모르지. 그래도 그 사람 얼굴과 이름은 분명히 기억해요. 수정이가 강태훈이라고 내게 이름도 말했었고, 내게 요 앞에서 우연히 만날 적마다 인사도 몇 번 시켜주고 했었거든. 수정이가 그렇게 떠난 후 음식점 앞에 오랫동안 자주 왔어서, 그 얼굴을 잊을래야 잊을 수가 없었지. 그러다가 TV에서 보고 나도 깜짝 놀랐거든."

"그랬군요… 어쨌든 확인해 주셔서 감사합니다. 큰 도움이 되었어요."

뭔가가 뒤통수를 강하게 내리친 듯 머리가 아찔해졌다. 박수정 씨가 연애를 하던 그 남자가 강태훈 씨가 되는 거고, 그

가 정분이의 친부인 것이다. 강태훈. 대대손손 유명한 학자들
을 배출해 온 명망 높은 집안의 아들로, 어렸을 때부터 명석
한 두뇌로 각종 과학 경연 대회 상을 휩쓸었던 것으로도 유명
하다. 대학 재학 중 세계적으로 퍼진 컴퓨터 바이러스 치료 프
로그램을 개발해 전세계적으로 무상 공급해 유명해진 인물
이다. 이후 컴퓨터 보안 프로그램 개발 회사를 설립한 후, 해
외에는 돈을 받고 공급하지만 한국에서만은 무료로 업데이트
버전을 지속적으로 제공하고 있다. 거기에 더해, 다양한 사회
공헌 사업도 꾸준히 하고 있어 많은 사람들의 존경과 사랑을
한 몸에 받고 있는 유명 인물이다. 그런 그가 지금 내가 찾고
있는 그 남자라니. 판도라의 상자가 완전히 나를 집어 삼키고
있었다.

* * *

멍해진 채 음식점을 나와 차에서 한참을 침묵 속에 앉아 있
었다. 혼란스럽고 어지러운 머리를 정리할 시간이 필요했다.
이제 정분이의 친부 실체는 명확해졌다. 하지만 박수정 씨가
왜 도피를 해야했고, 자신의 죽음 이후 딸을 왜 친부 측에 보
내고 싶어 하지 않았으며, 할머니는 왜 정현수 씨에게 박수
정 씨의 딸을 입양보냈는지 등에 대해서는 아직 알게 된 것이

없다. 정분이의 친부나 그의 가족과 정분이를 만나게 할 수 없는 상황이었을 거라고 추측만 해 볼 뿐이다.

이제 그 이유를 찾아내야 한다. 그러려면 정분이의 친부 강태훈 씨와 그의 가족에 대한 정보를 알아낼 필요가 있다. 그와 그의 가족에게 접근하는 건 쉬운 일이 아니다. 그의 집안은 유명한 학자들을 많이 배출해 왔을 뿐만 아니라 재계, 정치계와도 깊은 관계를 맺어온 것으로 알려져 있다. 그런 집안 사람들의 뒷정보를 알아보는 것은 쉬운 일이 아닐테고, 어쩌면 내가 예상도 못할 위험한 상황을 마주하게 될 수도 있다.

-뚜우 – 뚜우 – 뚜우

-어, 연하준! 무슨 일이지? 네가 먼저 나에게 연락을 하고?

전화선 너머로 들려오는 목소리는 여전히 그대로였다. 건들건들하고, 느릿하지만 강하게 한마디 한마디 사람들의 주목을 끄는 그 목소리, 특유의 타고난 카리스마가 느껴지는 남자의 목소리에서는 부와 권력을 가진 사람만의 자신감이 묻어났다.

"잘 지내셨죠? 저 귀국한 거 알고 계셨을텐데요. 벌써 한 번은 찾아오실 줄 알았는데. 제가 먼저 전화할 때까지 잠잠하셔서 좀 놀라던 중이었습니다. 여전히 대표님 사업에 제가 좀 중요한 인물이긴 할텐데 말이죠."

기태주, 내 전 소속사 대표다. 내게 얼굴 천재니 얼굴로 한 번 아이돌 해보자 권했던 남자. 사실 기태주 대표님에게 고마운 마음이 꽤 크게 남아 있다. 덕분에 부와 명예를 얻었고, 결과적으로 내가 하고 싶은 일을 찾게 해준 인물이고, 그의 행동이나 사업하는 모습을 보며 많은 것을 배웠던 건 사실이니까. 그래서 활동 중단 후에도 그 아이돌 그룹 내에서 내 이름으로 생기는 모든 연예활동 소득에 대한 권한을 그의 회사로 넘겨주며 소속 계약을 정리했었다. 그는 의외로 내 요구를 쉽게 받아들였고, 난 홀가분하게 내가 하고 싶은 일을 시작할 수 있었다. 이후에 한 번 그에게 물었던 적은 있다. 왜 내 계약을 그리 쉽게 정리해 줬는지. 그는 내게 이렇게 대답했었다. 너처럼 잘난 놈은 태어나서 처음 보는데, 그 잘난 놈이 꼭 하고 싶은 게 생겼다고 하니까 보고 싶다고. 얼마나 잘 해내는지 그리고 그 끝이 어딜지. 이건 영화나 소설을 보면 주인공이 어떻게 성장해 가는지 궁금해하는 그런 심리라고 했다.

-오랜만에 연락해서 실없는 소리는. 용건이나 말해. 바쁘다.

"대표님 기쁘게 해드리려고요. 잘난 놈이 대표님 도움이 필요하다고 매달리면 즐겁지 않으시겠어요? 저 대표님 도움이 좀 필요해요. 대단한 분들 정보를 좀 몰래 알아볼 일이 생겼어요. 그 숨은 세력... 예전에 대표님이 농담으로 얘기하시던. 저 좀 소개해주세요."

– 사업 시작한다더니, 어린 녀석이 어디서 겁도 없이 수작을 부리려 그래? 그런 건 나 같은 놈이나 하는 거고. 말해 봐. 뭔데?

"제가 대표님을 믿지만, 그래도 약속을 해주세요. 외부에 발설하지 않겠다고."

– 너 나 모르냐? 장난하지 말고 그냥 말해.

"후후, 알죠. 그러니 이렇게 전화한 겁니다. 강태훈과 그의 모친 뒤를 좀 알아봐야 해요. 예, 대표님이 생각하시는 그 강태훈 맞습니다. 사업하는 그분이요. 한 삼십여 년 전에 그분이 한 여자를 만났었는데, 그 모친이 중간에 좀 뭔가를 한 거 같거든요. 강태훈이 뭔가를 했을 가능성도 있지만, 제 느낌상 강태훈보다는 그의 모친이었을 가능성이 커요. 어쨌든 그게 뭐였는지 좀 알아봐야 되서요. 강태훈이 만났던 여자에게 강태훈의 모친이 중간에서 뭔가를 하셨던 거 같거든요. 그래서 정확히는 그 모친이 직접 뭘 했었는지 알면 좋겠고, 그 모친께서 누굴 시켜 뭘 시도했었는지 정도를 알아보고 싶어요."

– 흐음, 이유는? 네가 그런 것들을 알고 싶어하는 이유 말이야.

"제 할머니 소원이요. 할머니가 제게 뭔가를 남기셨는데, 지금 제 직감으로는 이걸 확인해야 그 소원을 들어드리는 게 되는 거 같아서요. 대표님 예전에 제 할머니께 저 꼭 지켜주겠다고 약속하셨다면서요? 그러니 이번 일 도와주세요."

- 쉽진 않을 거야. 잘 나가는 사업가고 많은 사람들의 주목을 받고 있는 인물이거든. 그 사람 집안도 만만치 않고. 한번 확인해 보고 연락 주마.

인사도 없이 전화는 끊겼다. 기태주 스타일이다. 이런 걸 카리스마라고 믿는 남자니까. 할머니 얘기까지 언급했으니, 그는 가능한 방법을 모두 동원해 이 일을 위해 힘써 줄 것이다. 그는 내 데뷔를 설득하며 할머니를 자주 만났고, 두 분은 돈독한 유대감을 형성했던 사이였다.

전화를 끊고 나서 그 음식점의 민실장이라는 분에게 들었던 얘기들을 다시 곱씹어 보았다.

강태훈 씨는 박수정 씨와 꽤 애틋한 관계였고, 그는 그녀가 떠나는 것도 몰랐다. 뒤늦게 그녀가 떠난 걸 알고, 무의미한 일임을 알면서도 그 음식점 앞에서 하염없이 그녀를 기다리고는 했다. 마지막까지 사랑을 놓지 못했던 한 남자. 가난한 고학생인 척 해서라도 어려운 처지에서 살아가던 여자의 마음을 얻으려 했던 남자. 그랬던 그가 사랑하던 여인이 다섯 살난 딸을 데리고 다시 나타났을 때, 과연 그녀와 그 딸을 외면했을까? 그들을 도피해야 할 만큼 위험한 상황으로 몰아갔을까? 아니면 이번에도 강태훈 씨의 친모인 최여사였을까? 그녀가 중간에서 모든 상황을 조정했을 수도 있다는 쪽이 더 그

214

럴듯해 보인다. 그렇다면 최여사는 그때 대체 무슨 일을 벌였던 것일까? 사랑하던 사람을 위험에 몰아넣을 만큼 나쁜 남자는 왠지 매력이 없어 별로 마주하고 싶지 않다. 정분이라는 여자를 생각하면, 그 여자의 친부가, 그렇고 그런 나쁜 남자가 아니길 바라는 마음이 생긴다. 좀 더 정확히 말하자면, 정분이에게 그런 친부가 있다고 말해줘야 하는 상황이 생길까 봐 걱정이 된다. 이런 내 마음을 납득해 보려면 그 여자, 정분이를 만나러 가야 될 거 같다.

* * *

늦은 저녁 시간의 만화방은 한가했고, 구석의 책상에서 열심히 만화 작업을 하고 있는 정분이의 모습은 고왔다. 늘 저 자리에 저리 곱게 있어 주면 좋을 사람이라는 생각이 들었다. 그림도 사람을 따라간다고 했나? 그녀가 그리는 그림들이 언뜻 그녀의 이미지를 닮아 있다는 생각이 들었다. 이런 실없는 생각을 하며 자신을 바라보고 있는 내 시선을 느꼈는지, 정분이 알바생이 이내 고개를 들어 나와 시선을 마주쳐 온다. 눈이 마주쳐도 피하는 법이 없다. 당당한 듯 당돌한 그런 모습에 나도 이제는 익숙해졌다. 이것 또한 그녀의 다채로운 매력 중 하나이며, 내 시선을 끌어당기는 이유일지도 모른다.

"정분이 알바생, 만화 작업은 잘 되가나? 저번에 내가 가져 갔던 그림 초안은 우리가 원하던 느낌이 담겨있다고 내부적으로 결론을 내렸어. 그래서 우리가 작업하고 있는 곡들을 들어보고 그림 작업을 완성하면 좋을 것 같은데. 기한은 2주 정도면 될까?"

"워, 워, 뭐가 이렇게 일방통행이지? 내가 언제 그거 덥석 받아서 한다고 했어? 우선은 내 만화 그림을 인정받은 거 같아 기분이 좋긴 한데. 그래도 내가 그 곡들을 먼저 들어보고 결정해야 하는 게 아닐까? 내가 가지고 있는 감성과 안 맞을 수도 있어서. 만약 안 맞으면, 난 도저히 그림을 못 그릴 거 같거든."

"정분이 알바생이 갖고 있는 감성이라는 게 뭔데?"

"음, 연하준이 내가 그걸 말해 준다고 이해할 수 있을지 모르겠는데. 뭐... 그런 거 있잖아. 내 그림 감성은 그러니까... 몽글몽글 피어오른 구름 위를 뒹굴거리다 푹 떨어져 만지게 되는 보들보들한 연꽃 잎사귀, 풋풋한 청사과를 한 입 베어물면 피어오르는 상큼한 향기, 오래된 나뭇바닥을 닦아내고 드러누워서 등에 느껴지는 차가운 나무 느낌을 느끼며 바라보는 푸른 하늘, 청보리 들판에 불어오는 바람소리에 귀 기울이다 들리는 사각거림, 하얀 이불보가 나풀거리는 사이로 보이는 비눗방울들, 비눗방울을 타고 오르다 나무에 걸터 앉으면 왠지 만나게 될 것 같은 구름 위의 포포. 하하하, 나 그 눈빛 뭔지 알 거 같은데. 뭔가 엄청 어처구니없고 황당한 소리 듣고나서 어이없을 때 나오는 눈빛 맞지? 그러니까 내가 그랬잖아. 내가 말해봤자 이해하기 힘들거라고."

"누가 이해 못한데? 이런 얘기를 대놓고 당당히 말하는 정분이 알바생이 신기해서 그렇게 본 거뿐이야. 그런데 구름 위의 포포 좋아해? 그래서 그랬나? 정분이 알바생 만화 그림들 보면 스튜디오 차르 만화영화 생각이 많이 들던데."

"맞아, 구름 위의 포포는 내 최애야. 포포 같은 남자가 내 이상형, 후후. 진짜 내 그림에서 스튜디오 차르 만화영화 느낌이 스며나와? 우와, 나 그동안 혼자서 노력 많이 해왔는데, 그래도 그동안 노력해 온 게 시간낭비는 아니었나 보다. 혼자 독학하면서 연습한 보람이 좀 있는데."

"후후, 그래? 정분이 알바생이 새삼 대단하게 느껴지는데? 그나저나 포포 같은 남자는 대체 어떤 남자지?"

"말없이 내 옆에 앉아 있어줄 남자? 꼭 그렇게 배가 동그랄 필요는 없겠지만."

"보통은 배우나 아이돌을 예로 들며 이상형이라고 하던데. 특이한 거 인정! 나도 구름 위의 포포 좋아해. 그런 그림 느낌을 좋아해서 스튜디오 차르 작품들을 좋아하는 거고. 그래서 언젠가는 나도 그런 만화영화 콘텐츠를 만들고 싶다는 생각도 하고 있는 거고."

"그렇구나. 좀 대단한데. 구름 위의 포포를 좋아해? 그래서 이렇게 만화방도 오고 그러는 거였고? 만화를 그렇게 좋아할 거라고는 보이는 이미지만 봐서는 전혀 상상이 안 되는데. 좀 달라보인다. 그래서 만화 공부하려고 여기도 자주 오는 거야?"

"그건 뭐, 음. 뭐 그렇지. 그거 알아? 아카치 감독 부인이 구름 위의 포포에 애니메이터로 참여했던 거? 그 여자, 그 남자 이야기. 그 여자는 만화를 그리고, 그 남자는 만화영화를 만들고. 멋지다고 생각했어."

"아, 그렇구나. 몰랐어. 사랑하는 사람끼리 같은 곳을 보고, 같은 길을 걸어간다는 건 멋진 일일 거 같아."

"곡들은 언제 들어볼래? 내 회사로 한 번 가면 좋을 거 같은데, 소개해 줄 사람들도 있고. 기획 의도나 기타 세부 일정들도 알아두면 좋을 거라서."

"음, 평일 늦은 오후나 저녁 시간도 괜찮으려나? 직원분들 일찍 퇴근하시지?"

"아, 아니? 출퇴근 시간을 정해 놓고 일하지 않아서 근무시간은 자유로워. 요즘은 저녁 늦게까지 작업하는 일이 많기도 하고. 내일 저녁시간에 맞춰서 갈까? 내가 여기 근처로 데리러 올게. 같이 가자."

"그래 줄래? 그럼 만화방 앞에서 다섯 시 반 정도에 만나면 좋을 거 같은데."

늦은 오후 시간에 회사에 가는 게 괜찮은지 묻는 정분이의 얼굴에는 왠지 조심스러움이 묻어났다. 뭔가를 숨기는 표정 또한 숨기지 못하는 그녀의 얼굴을 바라보며, 나는 내 감정을 잘 숨기고 있는지 나 자신에게 되물어 보았다. 만화영화 캐릭터인 포포 같은 사람이 이상형이라는 여자, 옆에 가만히 앉아 있어줄 사람이 이상형이라는 이 여자에 대한 내 감정이 정확히 어떤 것인지, 내가 숨기고 있는 이 감정이 과연 어떤 것인지 나도 아직은 잘 모르겠다. 그냥 아직은 독특한 정분이와 특출난 연하준의 만남 정도면 좋을 듯하다.

* * *

"잠깐 등 좀 돌려 보실래요?"

"예?"

"어, 저 그게, 우선 그냥 한 번만 돌아봐 주세요."

정분이가 사무실에 들어서자 곰 같은 덩치의 돌석은 모니터와 정분이를 번갈아보더니 이내 저런 이상한 요구를 해왔다. 낯선 상황에 정분이는 조금 당황하는 듯했으나, 이상한 놈의 이상한 요구에 맞춰 몸을 돌려 등을 보여주었다.

"맞네, 맞아. 하준아, 이거 큰일 났다."

"뭐가? 또 왜 이리 이상하게 굴어? 처음 보는 사람 앞에서."

"아! 죄송해요. 제가 지금 좀 당황을 해서. 전 진돌석이라고
합니다. 하준이와 어렸을 때부터 친구고, 지금은 사업을 함께
꾸려가고 있어요. 저 녀석 개인 매니저이기도 하고요."

"아, 예에. 저는 정분이라고 합니다."

"드디어 뵙네요. 반갑습니다. 그런데, 정분이 씨 뒷모습은
이미 제가 봤던 거 같은데요. 여기 인터넷에서요."

"인터넷이요?"

그제야 돌려진 모니터에 떠있는 사진이 눈에 들어왔다. 멀
리서 흐리게 찍히긴 했지만, 정분이의 뒷모습이었다. 아마 그
녀가 만화방에 들어가는 길에 찍힌 듯했다. 멀리서 흐릿하게
찍혀 모습도 흐릿하고 간판의 글씨들도 흐렸지만, 정분이를
아는 사람이고 그 장소를 아는 사람이면 충분히 알아볼 수 있
을 정도의 사진이었다.

"하아, 진짜 저네요. 이게 왜 인터넷에 있죠?

"어떻게 된 거야? 얼마나 퍼진 거야?"

"음, 그게 네 팬카페에 올려졌었어. 다행히 팬카페지기가 바
로 사진도 내리고 게시글도 삭제했어. 그런데 그 사이에 누가
얼마나 다른 곳으로 퍼갔는지는 우선 더 상황을 지켜봐야 할
거 같고. 저번에 루머로 돌았던 네 어릴 적 정혼녀로 이 뒷모

습녀를 지목했더라고. 네가 만화방 자주 다니는 루머 돌았던 거랑 연관해서 말이야. 연하준이 만화방 다니는 걸 누가 믿겠어. 그래서 그때는 그렇게 흐지부지 지나갔던 건데, 이번에 이 사진이랑 엮어서 연하준이 어릴 적 정혼녀 때문에 만화방까지 다닌다더라 하고 루머가 뜬 거야. 그러게 조심 좀 하지 그랬냐."

"그 만화방에 정분이 알바생 말고는 여자가 거의 없다보니, 좀 더 눈에 띄어서 표적이 됐나보군. 그나저나 내가 그 만화방 다니는 건 대체 누가 알아낸 걸까?"

"사진까지 몰래 찍어서 올렸으면 악의적이긴 하지. 그래도 뒷모습이라서 다행이지 뭐야. 앞모습이었으면 우리 지금 이렇게 앉아서 얘기하고 있을 정신도 없었을 거야."

"어릴 적 정혼녀요?"

정분이가 되묻는 말에 눈이 동그래진 돌석이 급하게 말을 이었다.

"아, 그게 그냥 인터넷 루머에요. 원래 연예인들은 루머가 많잖아요. 다 믿을 거 없는 그런 뜬소문이죠. 아하하."

"그런데 이런 사진을 누가 왜 찍는 거죠? 사진 찍으러 다시 올 수도 있을까요? 저 피해 다녀야 되는 뭐 그런 상황인 건가요?"

"아니, 그럴 필요는 없어. 나랑 함께 있는 사진이 찍히지 않는 이상 그냥 일반인일 뿐이니까. 그러니 그냥 평소처럼 지내면 돼. 내가 좀 조심하면 되는 거고. 내 옆에서 함께 있는 모습만 안 찍히면 우선은 괜찮지 않을까?"

"그렇긴 한데, 그래도 조심할 건 조심하자. 사람들이 무슨 얘길 어떻게 엮어낼 지 모르는 거니까. 정분이 씨는 일반인인데 피해주면 안 되잖아. 그나저나 이거 좀 의심스럽긴 해. 너도 없는데 굳이 이런 뒷모습을 찍어서 네 예전 루머와 엮은 후 인터넷에 올린 게 좀 이상한 거 같아."

"나도 같은 생각을 하는 중이었어. 마치 나를 좀 잘 알고 있는 사람이, 내 일거수일투족을 손쉽게 따라붙는 느낌이랄까. 일반 사생팬하고는 조금 느낌이 달라. 사생팬이었다면 정분이 알바생의 뒷모습에 관심을 느꼈을리가 있을까 싶고. 만화방에 들어와 본 것도 아니라면 말이야. 내가 만화방 가기 시작한 건 얼마 안 된 일이고, 어릴 적 정혼녀 얘기와 엮기에는 별다른 공통점이 없는 거 같은데. 그냥 내 촉이 뭔가 더 있다는 생각을 들게 하는데."

"그러게, 좀 찝찝하네. 기자가 붙었나? 그런 거 치고는 사진이 좀 너무 조잡하고. 우선 이 인터넷 게시글과 사진에 대해서는 좀 더 확인해 볼게. 왠지 이 글 올린 사람, 네가 그 만화방 다니는 걸 싫어해서 네가 그곳에 못 가게 하려고 그러는 거 아닌가 싶기도 하고."

"그러게. 나도 솔직히 그 생각도 하고 있었어. 뭔가 의도된 메시지 같은 거. 사진을 올려서 정말 루머를 돌게 하려는 게 아니라, 내가 만화방을 가는 걸 알고 있다는 것을 말해 주고 싶어하는 그런 느낌이야. 확실히 뭔가 있어. 이거 기태주 대표님한테 한 번 여쭤봐. 이미 뭔가를 들은 게 있으실 거야. 나와 관련된 것들 아직도 모니터링 하고 계시는 거 같던데. 아마 그분이면 출처 정도는 금방 알아낼 수 있을 거고. 다른 곳으로 퍼간 곳 있으면 좀 관리해 달라고 부탁도 해 봐."

"어, 기태주 대표님? 내가 직접? 어우, 나 좀 무서운데. 너 요즘 그분하고 연락하고 지내? 부탁하면 도와줄까?"

"응, 최근에 뭐 부탁할 일이 있어서 오랜만에 연락드렸어. 해 줄 거야. 기태주잖아. 내 영원한 팬."

"오케이. 아, 분이 씨? 걱정되서 그런 표정인 거에요? 걱정 안 해도 돼요. 이런 일쯤은 아무것도 아니니까요. 제가 은근 능력 있는 매니저거든요, 하하."

"아, 아니요. 걱정하고 있던 거 아니에요. 저기 벽에 걸려 있는 그림을 너무 뚫어지게 보고 있었나 보네요. 그림이 너무 좋은데요."

역시 특이하다. 자신의 뒷모습이 인터넷에 내 어릴 적 정혼녀 루머와 엮여서 올려진 상황에서도, 벽에 걸려 있는 그림을 감상할 수 있는 여유가 있다니. 당황스러운 표정을 지으며 나를 보는 돌석의 눈에 지금 뭐냐... 싶은 눈빛이 떠올랐다. 나는 원래 그래... 라는 뜻으로 어깨를 한 번 으쓱해 보였다.

"우리 회사에서 이번에 준비하고 있는 앨범 곡들 들으러 왔는데, 세부 일정하고 기획안도 함께 확인해 보려고."

"아, 그래? 관련 서류들은 여기 폴더에 다 들어 있을 거야. 정분이 씨는 만화를 오래 그리셨어요? 제가 저번에 그림 샘플들 보고 몽글몽글하고, 풋풋하고 뭐 그런 느낌 든다고 했었는데, 저 연하준도 보기와는 다르게 그런 느낌의 만화를 좋아하거든요. 저 녀석 구름 위의 포포도 엄청 좋아하고 만화영화 광팬이에요. 하하, 정말 보기와 다르죠?"

"후훗, 그래요? 그래서 제 그림들을 맘에 들어했던 건가 봐요."

"안 가냐? 인사했으면 이제 네 인생 챙기러 나가 봐. 오늘은 네 홍이 안 만나? 너 홍이 바쁘다고 맨날 그 병원 가서, 강홍 얼굴 한 번 보려고 죽치고 기다리고 있는 거 내가 다 안다."

"야! 죽치고 있다니. 말을 해도. 남자의 순정을 그런 식으로 폄하하지 마라. 그렇지 않아도 오늘은 우리 홍이 오프라 함께 뮤지컬 보러 가기로 했다. 가지 말래도 간다고. 그럼 정분이 알바생, 아니 정분이 만화가님, 만나서 반가웠어요. 저희 앨범 커버 그림, 잘 부탁드립니다!"

"후훗, 예, 열심히 해보겠습니다!"

떠들썩한 돌석이 한바탕 휩쓸고 떠나간 사무실은 이내 조용해졌다. 음악을 하나씩 들어보며 앨범 기획서를 읽어내리는 정분이의 얼굴이 꽤 진지하다. 야무진 그녀의 본색이 드러나는 순간이다.

음악을 들으면서 손가락 끝을 까딱거리며 테이블을 툭툭 치는 모습을 보고 있자니, 저 손가락 끝이 내 새끼 손가락에라도 살짝 닿으면 무슨 느낌이 들지 궁금해졌다. 내 손가락 끝이 살며시 닿으면 정분이는 모른 척 가만히 있을까, 아니면 당돌한 눈빛을 내게 던지며 피해버릴까? 기획서를 웅얼거리며 읽어내리는 저… 아! 순간 당황한 내가 벌떡 일어나자 의자의 바퀴가 뒤로 훅 밀려갔다. 내 움직임에 놀란 듯 시선을 내게 맞춰오는 정분이의 맑은 눈동자가 내 시선에 얽히자 불에 댄 듯 얼굴이 화끈거렸다. 얼굴 표정을 숨기기 위해 창가로 다가가 한참을 서있었다. 그렇게 서서 머릿속을 비우려 노력했다. 어느덧 뒤에서 인기척이 느껴져 돌아보니 정분이의 두 눈이 나를 바라보고 있었다. 그리고 그 순간 결국 나는 깨달았다. 내 마음에 들어와 있는 이 감정을 더 이상 외면할 수 없음을.

"대충 감이 왔어? 느낌이 어때?"

"좋아. 연하준 느낌이 맞는 거 같은데. 내가 잘 그릴 수 있는 그림으로 표현해 낼 수 있을 곡들이란 느낌이 들어. 한 번 잘 해보고 싶어. 내가 앞으로 사무실에 나와서 곡들을 들으면서 만화그림 작업을 해도 될까? 아마 난 평일 저녁이나 주말 밖에 시간이 안 될텐데.”

“좋을 대로, 편한 시간에 아무때나 와서 작업해 주면 돼. 그런데 계약은 어떻게 할까? 정말 부모님께 허락받아야 되는 거야?”

“후훗, 이번 건은 우선 계약 없이 진행하면 어떨까 해. 아직은 내가 전문적으로 이 일을 하는 사람도 아니고 말이야. 우선 이번 프로젝트를 나도 새로운 도전으로 여기고 한 번 해보고 싶은 거고. 이 일의 결과를 보고나서, 그때 좀 더 구체적으로 의논해 보면 어떨까 싶은데, 네 생각은 어때?”

“그래, 난 네가 원하는 대로 해줄 생각이야. 계약은 나중에 맺어도 되니까, 그렇다고 정당한 보수를 지급하지 않겠다는 건 아니니 오해는 말고. 난 앞으로도 너와 만화 작업을 계속할 거 같거든. 다음에 장기 프로젝트 함께 시작할 때, 그때 부모님께 말씀드리고 계약해도 되고. 그건 네가 편할 대로 생각해 보고 말해 줘.”

“그래, 배려해 줘서 고마워.”

“뭐, 별 거 아닌데. 그나저나 배고프지 않아? 저녁식사 할래?”

“저녁식사? 우리 둘이 밥 같이 먹다 사진 찍히면 이제 그 뒷모습녀에서 앞모습녀 될텐데, 큭큭.”

"눈에 안 띄게 먹으면 되지. 뭐 좋아해?"

"난 다 좋아해. 가리는 거 하나 없이 다. 우리 엄마는 이런 내가 복덩이래."

그러게. 복덩이네. 소중한 복덩이.

"후훗, 맞는 말이네. 그럼, 사무실로 도시락 배달시키면 될 거 같은데. 잠시만."

다른 직원들은 모두 귀가했는지, 불 켜진 공간은 내 사무실뿐이다. 동그란 테이블에 도시락을 두고 마주 앉아 밥을 먹는데, 이 고요한 공간에 조용히 퍼지는 오물오물 씹는 소리마저 이쁘게 들린다. 나 정신이 나간 거 아닐까, 요즘 내가 좀 외로웠나? 정신 집중이 절실히 필요한 순간이다. 내가 마음속으로 고군분투 중인 걸 알 리 없는 정분이는, 평온한 얼굴로 식사를 하다가 갑자기 내게 얼굴을 가까이 들이밀어 왔다, 뭔가 비밀스러운 말을 해야 한다는 듯이.

"나 뭐 하나 질문해도 되나?"

"응?"

"긍정의 의미로 받아들일게. 왜 아이돌 그만뒀어? 그리고 만화 콘텐츠는 왜 제작하려고 해?"

"하나는 내 꿈이 아니었고, 다른 하나는 내 꿈이 되었거든."

"간단하네. 넌 꿈이 있으면 무조건 꿈을 이루려고 행동해?"

"당연한 거 아닌가? 꿈을 몰랐을 때는 모르겠지만, 명확히 알게 됐다면 머리도, 몸도 움직여야지. 어떻게 그냥 모른 척하고 살겠어. 시시하잖아. 그러는 너는?"

"놀리기 없기다. 나... 사실은 초등학교 선생님이야. 이령초등학교 3학년 2반 친구들의 선생님. 널 속인 건 아니고, 그냥 전체를 다 말을 안 한 거뿐이니까 혹시 기분 나빠지는 말고. 부모님이 초등학교 선생님이란 직업을 좋아하셨어. 그분들을 기쁘게 해드리고 싶어서 초등학교 선생님이 되었고, 물론 나도 즐겁게 일하고 있기는 하지만 말이야. 나 어렸을 때 입양되었거든. 부모님은 내게 전부를 주신 좋은 분들이야. 어렸을 때부터 내 꿈은 만화가고. 그래서 내가 계속 만화 그리는 거 보면 두 분이 왠지 미안해하시는 거 같아서 만화방에 가서 만화 그리는 거야. 물론 만화방에서 그림이 더 잘 그려지기 때문이기도 하지만 말이야."

드디어 정분이가 내게 마음을 열어 보여주고 있다. 입양 얘기까지 직접 말해주는 그녀를 보며, 나는 어떻게 그녀의 마음에 보답을 해야할까 고민이 됐다. 나야말로 지금 숨기고 있는 게 너무 많은데, 그녀에게 지금 이 순간 어디까지 사실을 말해야 할지 아직 확신이 안 선다. 확인되지 않은 정보가 아직은 너무 많아, 혹시라도 그녀가 마음을 다칠 일이 생길지 염려가 되기 때문이다.

"그렇구나. 백수로 알바만 하는 줄 알았더니. 그동안 정체를 잘도 숨겼네. 그래도 멋지고 훌륭해. 초등학교 선생님도 네게 잘 어울려. 만화가 정분이도 멋질 거 같고. 이미 부모님 소망은 이뤄드렸으니, 이제는 네 꿈을 향해 한번 달려보는 건 어때?"

"그래도 될까? 하하, 넌 참 신기해. 네가 말하면 정말 그럴 거 같아. 네 말은 그런 힘이 있는 거 같거든."

"당연하지. 그러니 내 옆에서 나 이용해도 돼, 너의 꿈을 위해서라면. 나는 네 재능을 이용해 볼테니까."

정분이의 눈이 반짝 빛났다. 그래, 네 눈이 그렇게 늘 내 옆에서 빛나면 좋겠다. 앞으로 어떤 일이 생겨도 슬퍼하지 말고, 그렇게 밝게 빛나게 해주고 싶다, 내가 네 옆에서.

5
_
꿈이 있다면

정분이는 퇴근 후 바로 집으로 향했다. 오늘은 부모님에게 큰 맘 먹고 드릴 말이 있기 때문이다. 며칠을 고민한 끝에 내린 결정을 두 분에게 진심이 닿게 전한다면, 누구보다 딸을 아끼는 두 분은 그녀의 오랜 고민 끝의 결심을 이해해 주실 것이다.

"엄마, 아빠, 저 다녀왔어요."

현관문을 들어서며 일부러 큰 소리로 인기척을 내었다. 저녁을 함께 준비 중이셨는지 주방 쪽에서 인기척이 나며 어머니의 모습이 먼저 보였고, 그 뒤를 아버지가 따라 나오고 계셨다.

"우리 분이 왔구나. 오늘 학교에서 별일은 없었고?"

"예, 별일 있을 게 뭐가 있나요? 아이들도 다 착하고 좋아요."

"다행이네. 얼른 씻고 와서 저녁 먹자. 오늘은 아버지가 솜씨 좀 발휘하셔서 네가 좋아하는 해물찜을 만드셨어."

어머니가 옆에 서 계신 아버지께 수화로 내용을 전하며 분이에게 말을 하자, 가만히 보고 계시던 아버지가 쑥스러운 웃음을 지어 보이셨다.

"와, 정말요? 벌써 입에 침이 고이는데요. 얼른 준비하고 바로 나올게요. 잠시만요."

식탁에는 먹음직스러운 해물찜 외에도 분이가 좋아하는 육전까지 놓여있었다. 잔칫날도 아닌데 너무 푸짐하다 싶은 생각이 들었다. 그러고 보니 요즘 들어 부모님과 저녁을 먹는 날이 거의 드물었다. 최근 들어 만화방에도 꾸준히 가고 있는 것과는 별개로, 하준의 회사 사무실에서 앨범 커버 만화 그림 작업을 하느라, 부모님과 저녁식사를 함께 할 시간이 거의 없었다. 괜스레 죄송한 생각이 들어 분이는 앞에 놓인 음식들을 큼지막하게 떠서 먹기 시작했다. 두 분은 먹는 것도 잊은 채 딸이 먹는 모습을 흐뭇한 모습으로 보고만 계셨다. 어서 드시라고 딸이 손짓을 하자 그제야 식사에 집중하기 시작하는 두 분이셨다. 식사가 끝나면 자신이 전할 말들을 생각하며, 분이의 마음 한편에 애틋한 마음이 퍼져갔다.

식사를 마치고 거실 소파에 앉자마자, 분이는 부모님을 향해 짐짓 진지한 눈빛을 보이며 수화와 함께 말을 꺼냈다.

"아버지, 어머니, 드릴 말씀이 있어요. 제가 최근에 우연히 좋은 기회를 얻어서, 새로 제작되는 음악 앨범 커버에 제 만화 그림 디자인을 넣게 되었어요. 제 만화 그림이 전문적으로 인정을 받게 된 셈이죠. 그 회사에서 앞으로 만화 콘텐츠도 제작을 할 예정인데, 함께 일해 보자는 제안을 받았어요. 저는 한 번 함께 일해 보고 싶어요. 두 분께 직접 말은 안 드렸지만, 저 그동안 만화방에서 만화 작업해오고 있었어요. 아마 두 분 모두 알고 계셨으리라 생각해요. 제가 초등학교 선생님도 해봤으니, 이제는 한번 제 꿈을 좇아보려고요. 저 초등학교 교사직 그만두고, 전문적으로 만화 그림 작업을 해보고 싶어요. 두 분 허락해 주시겠어요?"

정분이의 손짓을 보고 계시던 아버지의 눈빛이 짙어지더니 이내 입을 열어 천천히 말을 이으셨다.

"그...렇...게... 하...렴... 너...만... 행...복...하면... 돼... 우...리...는..."

"그래, 분이야. 엄마도 아빠와 같은 마음이야. 그동안 우리 둘이서 그렇지 않아도 네가 만화방 가서 만화 작업하는 거 알면서도 내색도 제대로 못 했었어. 네가 괜히 우리에게 미안해할까 봐. 그런 마음이 있으면서도 네게 직접 말 한마디 직접 못 해서 우리가 미안하다. 네가 괜찮은 줄 알았어. 초등학교 선생님 계속하면서 그렇게 지내는 것도 네게 괜찮을 거라 생각한 우리의 생각이 안일했던 거 같아. 우리가 네 마음을 좀 더 헤아렸어야 하는데. 괜히 엄마, 아빠가 미안하구나."

옆에서 어머니의 수화를 보고 있던 아버지도 연신 고개를 끄덕이셨다.

"아, 아니에요. 두 분 충분히 저에게 모든 걸 다 해주셨고, 제 마음은 언제나 편하고 행복했는걸요. 그저 이제 좀 더 전문적으로 제가 해보고 싶은 만화 그림 작업을 하고 싶어져서 그러는거에요. 마침 너무 좋은 기회가 왔고요. 먼저 학교에 사직서를 내서 처리가 되면, 만화 콘텐츠 제작회사 측과 본격적으로 일을 해갈 생각이에요. 앨범 커버 만화 그림은 우선 작업을 시작하긴 했지만 정식으로 계약을 하지는 않았어요. 이후에 본격적으로 일을 시작할 때가 되면, 두 분이 허락하신다면 계약을 할 생각이에요. 전 만화를 그리고 싶기는 하지만, 두 분이 만약 반대하시면, 절대 더 이상 밀고 나갈 생각은 없어요."

"아니야. 우린 네가 행복하면 된다고 생각해. 초등학교 선생님은 우리 생각에 네가 행복할 수 있는 길이라고 생각되서 바랐던 거였어. 이제 네 꿈이 명확하다고 말하니, 우리는 그 길을 응원해 주고 싶구나."

옆에서 어머니의 수화 손짓을 보고 계시던 아버지가 다가와 분이의 어깨를 포근이 감싸 주셨다. 그 포옹의 의미를 잘 알기에, 정분이의 마음이 한없이 따스해졌다.

"참, 어머니. 한 가지 말씀드릴 게 있어요. 이번에 제가 함께 일할 회사가 연하준 씨가 이끌어가는 회사에요. 어머니 그 사람 팬이시잖아요? 후후, 우연히 그 사람을 알게 되었고, 그 사람이 제 만화 그림을 알아봐 줘서 이렇게 일이 진행되었어요."

"어, 어? 연하준?"

정분이가 갑자기 꺼낸 연하준이라는 이름 석자에 부모님의 얼굴에 놀란 기색이 떠오르는 걸 정분이는 그저 유명한 연예인의 이름이 나와서라고 해석해 버렸다. 하지만 서로의 얼굴을 쳐다보는 아버지와 어머니의 얼굴에 깃드는 미묘한 기운을 그녀는 미처 이해하지 못하는 듯했다. 정현수는 아내에게 내색하지 말라는 의미로 고갯짓을 해 보였다.

"예, 그 사람도 만화를 정말 좋아하나 보더라고요. 집 앞 만화방에서 어떻게 하다 보니 그 사람과 인연을 맺게 되었어요. 실물이 더 멋있어요. 아, 원하시면 제가 직접 한 번 만나게도 해 드릴 수 있어요, 후후."

"어, 그렇니? 그런데 너와 일을 함께 하는 사람에게 사적으로 그러는 건 좀 그렇구나. 그런데, 이런 인연이 생기다니... 정말 신기하구나."

"후후, 그렇죠? 너무 유명한 사람이라 긴가민가 처음에는 좀 경계도 하고 그랬는데, 겪어보니 괜한 걱정을 한 거였어요. 좋은 사람인 거 같거든요."

밝게 미소 지으며 연하준이 좋은 사람이라고 말해오는 딸의 수화를 보며 정현수는 속으로 깊은 한숨을 삼킬 수밖에 없었다. 선생님을 믿는 마음만큼 연하준을 믿어 보기로 했었고, 실제로 만나봤던 그의 모습 또한 그런 믿음을 굳건하게 하기에 충분해 보였다. 그래도 딸을 사랑하는 마음만큼 걱정을 하게 되는 건 부모로서 어쩔 수 없는 일이다. 그저 이 싱그럽게 빛나는 젊은 두 영혼이 함께 할 그 길이 평탄하고 밝은 길이기를 바랄 뿐이다.

* * *

학년 말이어서 사직서는 별 무리 없이 처리가 되었고, 부모님의 따뜻한 응원을 받으며 하준의 회사와도 계약서를 작성했다. 이로서 정분이는 정식으로 만화 그림 작업을 시작하게 되었다. 아침 햇살을 받으며 정분이가 이 사무실 문을 여는 건 오늘이 처음이다. 출퇴근 시간을 자율적으로 운영해서 그런지, 사무실은 여전히 한산해 보였다. 회사 직원들 중에는 몇 번 인사를 나눈 직원들도 있었고, 사무실에 오는 시간이 달라 영상통화로만 얘기를 나눈 직원들도 있었다. 모두 자유로운 분위기에서 일을 하는 걸 즐기는 듯했고, 그런 분위기가 정분이 역시 마음에 들었다.

"안녕하세요!"

"오, 정분이 씨! 환영해요. 오늘부터 아침에 사무실에 나오기로 한 거예요?"

사무실 안쪽으로 조금 더 들어서자 익히 얼굴을 알고 있는 돌석이 분이를 반갑게 맞아주었다. 하준은 아직 사무실에 모습을 드러내지 않은 듯했다. 사실 궁금했다. 책상에 앉아 일에 몰두하고 있는 연하준의 모습은 어떨지 보고 싶은 마음이 있었다. 그래서 이렇게 사무실에 나올 것을 미리 하준에게는 말해주지 않았다. 하준이 평소 새벽부터 집에서 일을 하다가 느지막이 사무실에 출근을 한다는 것은 알고 있었지만, 그래도 혹시나 하는 마음에 자신을 보고 놀랄 그의 모습을 기대하고 있었는지도 모르겠다. 조금은 유치해 보일 이런 마음을 깨달았을 때, 정분이는 그런 자신의 마음에 혼자 놀라고 있었다.

"아, 아니요. 아직은요. 그냥 오늘은 학교 사직서 처리된 기념으로 일찍 한 번 와 봤어요. 늘 출근하던 버릇이 있어서 해가 떴는데 집에 있으려니 좀 이상하더라고요, 하하."

"아, 저 그 심정 잘 알아요. 저도 하준이 녀석 MBA 공부하러 갔을 때 잠깐이었지만 반 강제로 백수 생활을 좀 했거든요. 멀쩡히 출근하던 회사도 그만두고, 아침에 혼자 집에 덩그러니 있으려니 기분이 진짜 오묘하더라고요. 잘 왔어요. 언제든 원하면 편하게 여기 와서 만화 작업도 하고 그러도록 해요. 하준이는 분이 씨 오는 거 모르는 거 같던데, 맞죠? 오늘 새벽에 이메일로 업무 처리 다 해두고, 잠시 파트너 회사 들렀다가 온다고 했거든요."

"아, 그렇군요."

돌석이 전해준 말을 듣자, 정분이는 왠지 아쉬운 마음이 들었다.

"예, 그런데 하준이 보면 말을 할 생각이었는데, 이렇게 분이 씨를 먼저 만났으니 우선 분이 씨에게 먼저 말을 해둘게요. 사실은 어제 오후에 기자에게 전화 한 통을 받았어요. 여성 주간지 기자인데, 조금 끈질긴 면이 있는 사람이라 전 개인적으로 좀 연락하기 꺼려지는 그런 사람이죠. 저희가 만화 콘텐츠를 제작할 계획이 있는지 물어오면서, 얼마 전 만화방 뒷모습녀 루머와 인터넷에 떠도는 Y군 어릴 적 정혼녀 얘기까지 엮어서 좀 집요하게 파고들려고 하더라고요. 뭔가 냄새를 맡았다는 듯이요. 그래서 우선은 별 관심 없는 듯 최대한 무심하게 대응을 하긴 했는데, 그게 그렇게 쉽게 사그라들지 걱정이에요. 괜히 분이 씨에게 피해가 갈까 걱정도 되고요."

"그래요? 그럼 이제 상황이 어떻게 흘러가게 되는 건가요? 기자가 연락해 올 정도면 좀 더 구체적으로 루머가 돌고 있다는 뜻으로 이해해도 되는 건가요? 제 교사 사직서 행정 처리가 이미 끝났지만, 그래도 제 개인 신상이 공개된다면 문제가 좀 커질 수는 있겠어요. 혹시라도 제 부모님께 피해가 갈 수도 있어서 걱정도 되고요. 좀 조심하는 게 좋을 거 같아요."

"예, 남의 이야기 만들기 좋아하는 사람들은 늘 자극적인 소재를 찾으니까요. 평범한 이야기도 그 사람들 손을 타면 달라져 버리죠. 그게 골치 아픈 일인 거고요. 하준이와는 당분간 되도록이면 서로 마주치지 않게 조심하는 게 좋을 거 같아요. 괜히 같이 있는 사진이 찍히면 일이 정말 심각해질 수도 있거든요. 제가 지금 최대한 노력해서 인터넷에 그런 루머가 올라온 진원지를 찾아보는 중이에요. 기태주 대표님도 도와주고 계시고요. 조만간 그 루머 진원지를 찾으면, 이 일이 금방 가라앉게 될테니까 너무 걱정은 마시고요."

"아, 네에."

대답을 하는 정분이의 눈길이 차분하게 가라앉으며 미묘한 아쉬움이 묻어났다. 그 모습을 바라보던 돌석의 얼굴에 의아함이 스쳤지만, 돌석은 이내 자신의 생각을 표정에서 감추었다. 방금 정분이의 얼굴에 나타난 감정이 돌석 자신이 짐작하는 그 감정이 맞다면, 돌석은 더욱 더 두 사람을 지키기 위해 자신이 바쁘게 움직여야 된다는 생각을 했다. 이런 생각을 하며 돌석은 양쪽 손에 힘을 줘 두 손을 꽉 쥐어잡았다. 무엇이든 잡히면 놓치지 않겠다는 의지의 표시였다.

* * *

"이야, 집 좋아. 전망은 언제 봐도 좋고. 이래서 가끔 네 집에 한 번씩 와보고 싶어진다니까."

"싱겁기는. 여기 한 두 번 와 본 것도 아니고. 서류 정리하면서 의논할 게 많아서 사무실로 들어가서 만나자니까 왜 굳이 우리집으로 오겠다는 거야?"

"정분이 씨가 오늘은 사무실에서 작업할 게 많다고 했거든. 그러니 네가 사무실에 갈 수는 없는 거지."

"어? 왜? 내 사무실에 왜 내가 갈 수가 없어? 그게 정분이랑 무슨 상관인데?"

"인터넷에 좀 더 구체적으로 루머가 돌고 있어. 네가 만화 콘텐츠 제작하려는 것도, 그 만화방 뒷모습녀와 연관 있는 거라고 하면서 말이야. 괜히 이러다가 정분이 씨 개인 정보라도 노출되는 거 아닐지 걱정이 되는데. 분이 씨 초등학교 선생님이라는 신분도 대중에게 노출되기 쉬운 부분이 있어서, 좀 민감한 사안이 될 수 있지 않을까?"

"흠... 상황이 그렇게 되가는 중이구나. 정분이 사직서 처리도 됐고 학교 근무도 끝나서 그나마 다행이긴 한데, 그래도 개인 신분이 노출되면 정분이 부모님에게까지 피해가 갈 수도 있어서 나도 그 부분을 많이 걱정하고 있어. 나는 뭐 별 상관은 없는데, 너도 나에 대해서는 이 루머 관련해서 크게 걱정 안 하고 있는 거 맞잖아. 하하, 내 말이 맞지? 어쨌든 우리가 그 사람을 보호해 줄 수 있도록 최선을 다해보자. 내가 더 이상 만화방에 가지 않으면, 그런 루머도 조만간 사그라들겠지."

"그래. 그럼 둘이 같이 있는 모습 절대 눈에 띄지 않게 조심해. 사무실에서도 같이 있는 모습은 위험할 수 있으니까. 둘이 함께 작업하는 모습은 당분간 그 어디에서도 보여주면 안 될 거 같아. 두 사람이 사무실에 나오는 시간을 다르게 해서 마주칠 일이 없게 하는 게 제일 좋을 거 같고. 당분간은 절대 외부에서는 둘이 마주칠 일이 없게 해야 돼. 이게 다 분이 씨를 위한 일이니, 네가 제일 잘 알 거야. 네가 분이 씨를 위해서 지금 이 순간 뭘 해야 하는지, 뭘 할 수 있는지 말이야."

"알았어. 네 말 대로 할게."

머리로는 잘 알고 있지만, 마음으로는 이해하고 받아들일 수 없는 상황이다. 당분간 정분이를 직접 마주치지 않는 게 내가 이 상황에서 그녀를 위해 할 수 있는 최선이라니. 충분히 이해할 수 있는 일이지만 마음으로는 납득이 안 되는 지루한 시간을 견뎌내야 될 듯하다. 루머가 자연스레 잊혀진다면 다행이겠지만, 예측하지 못한 방향으로 상황이 흘러갈 수도 있는 일이다. 최대한 불안요소를 미리 알고 제거하려면, 빨리 저 루머의 진원지를 찾아내는 것 밖에는 방법이 없다. 답답한 이런 순간 내게 필요한 건, 힘이 되어줄 누군가의 목소리다.

* * *

전화 연결음이 끝나지 않을 것처럼 내 숨을 잡아 끄는 느낌이 든다.

- 뚜우 -뚜우 -뚜우

- 어, 연하준.

"뭐 하고 있었어?"

- 집에서 만화 그림 작업 하고 있었어. 만화방은 특별한 일이 없으면 당분간 안 가려고. 부모님이 이제부터는 집에서 만화 그리라고 하셔서, 후훗. 매일 출근하던 학교가 조금 그립긴 하지만, 이렇게 실컷 만화 그리면서 부모님 곁에 있는 것도 매우 좋은 거 같아서 혼자 만족스러워하고 있는 중이야, 하하. 그러는 연하준 씨는 뭐 하고 있었어?

네 생각을 하고 있었어.

"잘 지내고 있는 듯한데. 나? 나는 사무실 나왔어. 만화방 가서 뒹굴거릴 때가 좋았던 거 같아. 사무실 의자는 너무 지루해. 정분이 알바생하고 시답잖은 농담하던 것도 그립고."

사실은 네가 그리워.

- 그렇구나, 후훗. 돌석 씨가 내게 만화 콘텐츠 기획서 보내준 거 봤어. 스토리라인은 작가 몇 명이 더 붙을 거라고 하던데. 혹시 연하준 씨가 직접 스토리를 쓸 생각은 아니겠지?

"왜 아니야? 내가 만들 만화영화인데, 당연히 기초 아이디어는 내 머리에서 나오는 거지."

– 오호, 그래?

"그런데, 정분이 알바생은 나와 통화하면서 일 얘기 외에는 생각나는 게 없나 봐? 딴 생각은 안 들어?"

– 응? 무슨 생각?

내 생각... 연하준 생각 같은 거 말이야. 내가 이렇게 누군가에게 감정을 구걸하게 될 거라고는 생각도 못했다. 루머가 점점 구체화되어 가는 듯해, 당분간 정분이와 만날 접점을 아예 안 만들 생각으로 지내는 중이다. 앨범 커버 그림 작업은 돌석이가 정분이와 만나 업무상 처리할 일을 해나가고 있고, 나는 만화방이나 정분이의 근처에서 얼쩡거리는 일을 그만둔 상태다. 그래도 마음이 허전하면 이렇게 그녀에게 한 번씩 전화를 한다. 내가 열 번 전화를 하는 동안, 정분이는 내게 한 번 전화하는 정도의 차이가 있지만, 목이 더 마른 듯한 내가 열심히 우물을 파는 중이다.

"응, 뭐, 그러니까 이제 학교도 그만두고 시간도 더 많아졌으니까 어떻게 먹고 살지도 생각해야 하고, 남는 시간을 어떻게 알차게 보낼지 인생 설계나 청춘 설계도 하고. 또... 아, 그렇지, 연애 설계도 하고 그래야 되는 거 아냐? 그러려면 이것저것 생각을 많이 해 봐야 되잖아."

– 하하, 나 백수 됐다고 걱정해 주는 거야? 후훗, 고맙다. 일

이야 열심히 그림 그리고 있으니 앞으로 나올 결과가 기대되어 잠도 못 잘 정도로 설레는 중이고. 인생 설계는, 음, 우선 꿈을 좇아보라는 누구의 충고 대로 열심히 꿈을 좇아가다 보면 인생이야 자연스럽게 그려지겠지. 청춘? 연애? 하하. 그건 내가 그리 잘 아는 분야가 아니라서. 그러고 보니 한 번도 연애라는 걸 내 인생에 들여놓고 생각해 본 적이 없었어. 아, 잠깐, 너 괜히 지금 뭔가 놀려댈 거리 찾았다고 혹시 재밌어 하는 건 아니겠지? 뭐, 이 나이 먹도록 연애 한 번 못 해 봤다고 자랑할 건 아니지만, 그래도 놀림받을 정도는 아직 아니야. 그건 다 내 나름의 인생철학이 있어서 그런 거니까.

와, 이건 뜻밖의 수확이고 놀라운 정보였다. 지금 너무 목이 마른 내가 열심히 우물을 파고 있는지도 모르는 정분이는, 스스로 나에게 연애를 한 번도 해보지 않았다고 자백을 해오고 있었다. 우선, 침착해야 한다. 이 뜻밖의 수확을 그냥 지나쳐 버릴 수는 없는 법이니까.

"아, 아냐, 그건. 절대로 맹세코 나는 다른 사람의 감정과 관련된 일로 누군가를 놀리고 하는 사람은 아니라고. 나도 아직 연애라는 거, 사랑이라는 거 잘 모르는데 뭘. 굳이 이유를 대자면 나도 내 나름의 인생철학이 있어서라고 해둘게."

– 아하하, 야! 너 내가 바보인 줄 알아? 천하의 연하준이? 그 신비주의 스타, 탑 아이돌 출신 연하준이 모태솔로라도 되

는 것처럼 내게 말하는 거야? 네 스캔들 기사를 내가 미디어에서 본 것만도 몇 번 되는 거 같은데. 응?

"네가 믿든 안 믿든, 난 진실을 말하고 있어. 그런 스캔들은 가끔은 이유가 있고, 목적이 있어서 그 분야 사람들은 막 이야기도 만들어내서 이용도 하고 그러더라. 진실이 아니니 내가 상관할 바는 아니었고."

- 어? 정말인가 보네. 왜에? 왜 그 얼굴로, 그 인기로 여태껏 연애도 안 해봤어?

"그러는 너는?"

- 나? 으음... 나는 바빴어.

"바빴다고? 연애를 안 해야 하는 인생철학 만드느라? 놀릴 생각 없어. 이미 시작된 얘기니 호기심도 생기고, 친구로서 네 얘기를 좀 더 듣고 싶은 거뿐이야. 네 얘기해주면, 나도 내 이유 말해 줄게."

- 넌 참 이상해. 네가 말을 하면 왠지 뭐든 그렇게 해야 될 거 같고 그렇다고. 혹시 마법사 아냐? 네 말에 뭐 주술이라도 걸려있나? 그래서 그렇게 대중을 홀려서 스타도 된 거고? 하하.

"후후, 그렇게 생각해 줘도 되고. 그래서, 이미 주술에 걸려들기는 했고?"

- 흐음, 뭐 그냥, 그렇게 대단한 이유는 아니었고. 부모님께

특별히 신경 쓸 일을 만들어 드리고 싶지 않았어. 두 분 옆에서 있어 드릴 시간도 부족하다고 생각했던 것도 있고, 두 분이 주신 사랑에 보답하려면 말이야. 그리고 또 다른 이유는⋯⋯.

또 다른 이유가 있다고 말을 꺼내고는, 말을 길게 늘이며 쉽게 다음 말을 잇지 못하는 정분이의 이어질 말을 기다리며 마른침이 꿀꺽 삼켜졌다. 이렇게 남의 말 한마디 한마디에 집중해서 들어본 경험은 정말이지 내 인생을 통틀어 처음인 듯하다.

"다른 이유?"

- 그게... 내가 그리 평범하게 태어나고 자란 건 아니잖아. 나를 낳아준 분들은 나를 직접 기를 수 없었고, 그 이유를 모르니까. 그런 이유도 모르는 나 같은 사람이, 연애를 하고 사랑을 하고, 그렇게 결혼까지 나중에 해서 엄마가 될 수 있다는 생각을 할 수 없었어. 뭐 선천적인 유전병 같은 게 있었을 수도 있고, 나를 낳아준 친부모님이 그렇게 좋은 분들이 아닐 수도 있는 거고. 내가 이 세상에 오게 된 이유를 모르니까, 그런 나라는 존재가 온전한 사랑을 하고 평범한 연애를 할 수 있을지 자신이 없었어. 그래서 사랑이든, 연애든 아예 문을 닫고 지내온 거 같아.

저 작고 고운 정분이의 마음속에, 저런 생각들이 아프게 담겨 있을 거라고는 상상도 하지 못했다. 그녀가 지금껏 혼자 마음속으로 이런 것들을 치열하게 고민해 왔을 것을 생각하니, 뭔가 내 가슴속에 소용돌이 같은 감정이 휘몰아치기 시작했다.

"그런 생각들을 네가 해 볼 수도 있다는 것을 내 머리로 이해할 수는 있는데, 마음으로 동의할 수는 없겠는데. 너 거울 본 적 없어? 네 눈을 진지하게 한 번 보고 그런 생각을 해 봐. 이렇게 맑은 눈을 가진 사람을 세상에 태어나게 해 준 분들인데, 어떻게 나쁜 분들일 수가 있을 거야. 그리고, 너 엄청 튼튼한 거 같은데, 너도 잘 알지 않아? 내가 하는 말은 왠지 믿게 된다고 했지? 그럼 내 말 믿어. 너를 이 세상에 태어나게 해주신 분들은 틀림없이 좋은 분들이셨을 거야. 네가 그렇다고 온몸으로 말하고 있는 거니까, 네 존재 자체가 그에 대한 증거가 되는 거라고."

– 하하, 정말 네가 하는 말을 들으면 저절로 고개가 끄덕여진다. 너의 그런 특별한 재능 백 프로 인정! 음... 정말 그럴까? 나를 낳아준 분들이 좋은 분들이셨을까? 친어머니는 내가 고아원에 가게 되었던 때 돌아가셨던 걸 알지만, 친아버지에 대한 건 아무것도 아는 게 없어. 내 흐릿한 기억속에는 친어머니와 지냈던 기억만 있거든. 피할 수 없는 사정이 있었거나 너무 힘든 상황 같은 것 때문에, 그래서 내 친부모님이 함께 하지 못했던 거라고 생각해도 되는 걸까? 내가 열심히 건강하고 성

실하게 살면, 그분들이 좋은 분들이셨다고 내가 스스로 증명하게 되는 걸 수도 있을까?

"그렇다니까, 내 말 믿어!"

- 알았어. 후후, 믿어 볼게. 그럼 이제 말해 봐. 너는 왜 지금까지 연애를 안 했어? 못 했을 거 같지는 않으니 왜 안 했냐고 묻는 거야.

"흐음... 나도 바빴어."

- 야!

"하하, 알았어. 그런데 정말 바빴어. 어렸을 때는 두뇌가 천재라고 공부해야 한다는 소리에 그런가 보다 하고 공부하느라 바빴고, 얼굴이 천재니 아이돌 하라고 해서 그런가 보다하고 아이돌 생활하느라 또 바빴고. 물론, 네가 예상하는 대로 그 사이사이에도 내게 호감을 보이고 접근해 오는 사람들도 많았지만. 사람들이라고 하는 이유는⋯ 그중엔 여자만 있었다는 뜻은 아닌 거고. 후후, 너 지금 숨 멈춘 거야? 너무 놀라서? 하하."

- 어? 어, 조금. 뭐, 충분히 그럴 수도 있지. 워낙 네 외모가 출중하니. 그래서?

"내 삶도 그리 평범하지는 않았다는 말을 해주고 있는 거야. 너와 다른 의미로 매우 바빴어. 너무 사람들에 둘러싸여 있으면 오히려 사람들에 대해 무감각해지거든. 그래서 나에게 보이는 관심들에 늘 무감각했었어. 주변 사람들을 그런 시선으로 보게 되니, 내 마음속에 들어온 특별한 사람도 없었고. 내 꿈을 좇기로 결정하면서 아이돌 활동을 그만두고 난 후, 공부를 시작하고 직접 내가 뭔가를 해 보려고 회사를 시작할 생각을 하면서는, 그나마 주변을 보는 시선도 조금씩 달라졌지만 말이야. 그렇게 무감각한 시선으로 사람들을 보지는 않게 되었지만, 꿈을 좇느라 바쁜 머리와 마음에 누군가를 담을 여유가 없었던거지. 이미 그곳에는 내 꿈에 대한 목표와 계획이 가득 들어차 있어서, 다른 것들을 들일 시간과 공간이 없었거든. 내가 한 번 무언가에 꽂히면 무섭게 파고드는 성격이어서 말이야."

– 듣고 있으니 또 네가 어이없을 정도로 잘난 걸 깨닫게 되고 좀 그렇기는 한데, 그래도 머릿속으로는 네 말이 이해가 되긴 해. 두뇌 천재에다가 얼굴 천재여서 사람들은 네가 늘 열정을 가득 품고 삶을 살아왔다고 생각했는데, 정작 당사자는 모든 것을 무감각하게 바라보고 있었던 거구나. 다들 네 인생을 부러워했을 텐데 말이야.

"그래서 동경한다고, 사랑한다고 하는 말들도 많이 들어봤지만, 재수없다는 소리도 진짜 많이 들어왔지. 시기와 질투도 많이 받았고. 물론 타고난 재능과 외모로 남들보다 쉽게 얻은 것들도 많았던 건 사실이어서, 그 점에 늘 감사하며 게을러지지 않고 열심히 살아왔던 거고. 그런데, 연애나 사랑의 감정은 그런 노력들로는 어떻게 할 수가 없는, 내 주체적인 노력의 권한 밖의 일이었던 거 같아. 무감각한 감정을 내가 뭘 어떻게 한다고 해서 되는 건 아니더라고. 이런 감정들에 대한 내 생각들은... 어쨌든 난 모두 과거형이다."

– 응? 그게 무슨 말이야?

"난 모두 과거형이었다고. 무감각했었고, 그래서 없었다고 내가 말했잖아."

– 그럼, 지금은 아니라는 거야?

"응, 아니야. 얘기를 나누면 나눌수록 더 오래 얘기를 나누고 싶고, 얼굴을 보면 볼수록 더 오래 보고 싶고, 눈 앞에 없으면 궁금하고 그리워지는, 모든 생각의 끝이 닿아 있는 존재가 지금은 생겼거든."

– 아... 그렇구나. 혹시라도 감정이 헷갈린 건 아니고?

"아니, 난 한 번 느낀 감정이나 생각에는 언제나 확신이 서는 사람이라서. 그런데 안 궁금해?"

– 응? 뭐가?

"그 상대 말이야, 내가 그런 감정을 갖게 된."

– 으음... 그건 너무 개인적인 일이니까……

자신이 물어봐야 할 내용이 망설여지는 것인지, 듣게 될 내용 때문에 망설여지는 것인지 정분이는 아직 확신이 안 서는 것일까? 길게 말을 늘이는 목소리 너머로 그녀의 난감해하고 있을 얼굴이 떠올랐다. 흐음, 아직은 좀 이른걸까? 그녀를 조금 더 배려하고 기다려줘야 하는걸까.

"알았어, 그럼 다음에 다시 기회를 줄게. 그때 물어봐도 되고."

– 아하하, 그럴까 그럼?

"너는? 너는 어떤데? 만약 네가 좋은 사람이란 걸 알게 된다면, 연애도 하고 사랑도 할 마음이 생길 수도 있을 거 같아?"

– 으음, 글쎄... 그런 일이 내게도 생길 수 있을지 지금으로서는 상상도 잘 안 돼. 네가 내 대답이 정말 궁금하다면, 다음에 너를 직접 만나게 되면 말해 줄게. 난 사람 눈을 보고 이야기하는 걸 좋아하거든.

"그래. 직접 만나면 얘기해 줘. 기다릴게."

정분이가 사랑을 하고 연애를 하는 자신의 모습을 상상할 수 있게 되면 좋겠다. 사랑에 빠져 행복한 미소를 짓는 그녀의 옆에 내가 있게 되길 소망해 본다. 그녀가 내 눈을 보고 직접 해 줄 말이 궁금하고 기대가 되지만, 정분이가 말한 대로 기다릴 생각이다. 지금 내 마음속에 흐르는 감정이 달밤에 흐르는 구름처럼 당분간은 조용히 흐르게 두는 것도 괜찮을 듯하기 때문이다.

* * *

기태주 대표님의 사무실을 찾은 건 정말 오랜만이었지만, 그의 평소 성격답게 군더더기 없이 꾸며진 사무실은 예전 모습 그대로였다. 소파에 앉아 긴 다리를 꼬고 앉은 채 나를 바라보고 있는 남자의 눈매는 얼핏 보면 한없이 여유로워 보이지만, 그 끝에 담겨있는 매서움은 여전히 날카롭게 빛나고 있었다. 앉으라는 인사말도 없었고, 차 한 잔 마시겠냐는 상냥한 권유도 없었지만, 그냥 그대로 남자에게 왠지 어울리는 침묵을 지키며 나를 바라보는 남자의 맞은 편 소파에 나도 자리를 잡고 앉았다.

"네가 마음이 급하긴 급한가 보구나. 이렇게 직접 찾아오기까지 하고. 왜? 전화로 하면 내가 뭐라도 숨길까 봐? 과감없이 모든 걸 알고 싶을 만큼 마음이 달아오르던?"

"네, 뭐. 숨길 이유는 없으니까요."

"녀석, 나이가 든 거야 아니면 좀 뻔뻔해진 거야. 아니면 마음이 깊은 거야?"

"셋 다로 해 두죠."

"하하, 그래 좋다. 그건 그렇고, 놀라지 마라. 나 얼마 전 우연히 강태훈 만났다."

"예?"

254

"의도한 건 아니었는데, 우연한 자리에서 만났어. 그런데 그 사람이 내게 놀라운 말을 해 오더군. 내가 그 사람뿐만 아니라 그의 가족 뒷조사까지 은밀히 지시한 사실을 이미 알고 있다고 말이야. 정보력이 좋을 거라는 건 알고 있었지만, 내가 움직이고 있는 사실을 그렇게 빨리 파악해 낼 거라고는 전혀 예측을 못 했어. 그런데 또 놀라운 건, 그렇게 내가 움직이고 있는 이유가 자신의 어머니가 움직이고 있는 이유 때문인지를 직접적으로 물어봐 왔다는 거야. 즉, 그의 친어머니인 최여사 측에서도 뭔가 눈치를 채고, 은밀히 움직이기 시작했던 거였지. 그러니까 그 똑똑한 강태훈이라는 사람은, 나와 자신의 친어머니인 최여사 측의 움직임까지 모두 통틀어서 전체적인 그림을 보며 상황을 주시하고 있더라는 거다. 역시 명석한 두뇌로 세상을 좌지우지하는 사업가는 아무나 되는 게 아니라는 걸 다시 한 번 깨달았다. 최여사쪽은 자신의 뒤를 캐고 있는 사람이 나라는 건 아직 알아내지 못한 거 같았어. 그쪽에서 그걸 알게 되면 위험한 상황이 생길 수도 있는지 물어봤더니, 그건 내가 왜 자신과 자신의 가족 뒤를 쫓고 있는지 이유를 알아야 정확히 알게 될 부분이라고 선을 긋더구나. 그래서 곧 연락을 주겠다고 대답하고 대화를 끝낸 상태다. 이제 이 문제는 네게 달렸어. 어떻게 하고 싶냐?"

"흐음, 제가 직접 강태훈 씨를 만나겠습니다. 확인해 봐야 할 것도 있고요. 그 사람에게 직접 들어야 판단할 수 있는 문제가 있어서요."

"괜찮겠어?"

"예, 제 생각으로는 강태훈 씨가 그렇고 그런 치졸한 사람은 아닌 거 같아요. 최여사라는 분이 예전에 사설업체에 의뢰한 일들에 대해서는 뭔가 확인된 부분이 있나요?"

"음, 그게 좀 애매해. 그때 일을 담당했던 사람의 행방이 묘연해서 정확하지는 않지만, 지금까지 파악된 바로는 어떤 불법적이거나 위험한 행위가 가해진 정황은 없어. 큰 돈이 오간 정황도 없거든. 그렇다면 이런 상황에서는 겁을 주기 위해서 뭔가 일을 간단히 꾸몄을 가능성은 있어. 내 예상이 맞다면, 강태훈도 지금 최여사 측에서 누군가가 자신들의 뒤를 쫓고 있는 것을 알게 된 후, 왜 그 사설업체에 다시 연락을 해서 뭔가 상황을 수습하려고 하는지, 왜 그 배후에 대해 알아내려 하는지 등을 궁금해하고 있을 거야. 그렇다면 정보력이 좋은 그쪽이 오히려 우리보다 더 빠르고 정확하게 사실을 확인해 낼수도 있을거고. 네가 그 사람을 직접 만나면, 뭔가 더 알게 되는 건 어렵지 않을 거 같다."

"그렇군요. 그럼 이제부터 대표님은 그 두 사람의 뒤를 쫓는 일은 중단하셔도 됩니다."

"그렇지 않아도 그럴 생각이다. 그 두 사람 다 누군가가 뒤를 캐고 있다는 것을 알게 된 이상, 내쪽에서 뭔가 더 알아내려고 해봤자 얻는 게 없을 거야. 그리고 내 느낌에도 강태훈이 그리 위험한 의도를 가지고 있다는 생각은 안 든다. 그럴 인물이 아니야. 이건 내 직감으로 알 수 있어. 네가 그 사람을 만났을 때, 나와 연관되어 있다는 부분을 말해도 나는 괜찮다."

"대표님, 정말 이렇게 너무 잘해주시면, 제가 좀 불안합니다. 그래도 저 다시 안 돌아온다고요."

"누가 돌아오래? 기태주, 너 같은 놈 없어도 잘 나가."

"이 회사로 오는 제 팬레터들 빠짐없이 잘 모아 두었다가 본가로 전달해 주시는 것도 그렇고, 저와 연관된 사항들 관련해서 미디어 관리도 꾸준히 잘 도와주고 계시는 것도 잘 알고 있어요. 저 같은 놈 뭐 이쁘다고 그렇게 잘해주세요? 후훗."

"그러는 너는? 여전히 인터넷에 네가 손편지로 팬레터에 답장해 준 거 받았다는 팬들 인증이 끊임없이 올라오던데? 그러니 네 팬레터를 우리 회사 직원들이 그렇게 정성들여 전달해 주는 거지. 네가 팬페이지에도 가끔 한 번씩 글 올리고 있는 것도 잘 알고 있어. 우리 회사 아이돌들 이미지도 네 덕에 많이 좋아지고 있는 건 사실이고. 팬들 관리하는 거 보니 너 아직 이 바닥에 미련 남은 건 아니냐?"

"하하, 그럴리가요. 정성이 듬뿍 담긴 팬레터들 보면 그냥 지나칠 수가 없어서요. 팬들 마음이 고마워요. 전 딱 그 정도만 할게요. 제가 팀에서 빠졌어도 나머지 친구들 여전히 잘 해 나가고 있잖아요. 이번에 월드 투어도 엄청난 성공을 거뒀다 면서요? 다들 잘 해내고 있어서 보기 좋아요. 대표님 포함해 서요."

"열심히 하는 덕분이지. 네 좋은 이미지가 도움이 되서 오 래가는 거고."

"감사합니다, 대표님. 진심이에요."

"뭐 잘못 먹었냐? 쓸데없는 말 할 거면 그만 가봐."

사람 쉽게 안 변한다더니, 감사 인사에 알레르기 반응을 보 이는 기태주 대표님은 여전히 변함이 없었다.

"아! 그건 그렇고, 너는 왜 만화방은 그렇게 들락거려서 이 런 루머나 돌게 만드냐? 정말 그 만화방 뒷모습녀가 네 어릴 적 정혼녀라도 되는거냐?"

"후훗, 왜요? 제가 벌어다 드리는 수입 줄어들까 봐 걱정되 세요? 그렇지 않아도 만화방은 더 이상 갈 일은 없게 됐어요."

"인터넷에 좀 구체적인 얘기가 다시 떠서 내가 우선 손은 써 놓긴 했다. 그런데, 이거 좀 이상해. 아무래도 네 주변 인물 인 거 같단 느낌이야. 뭔가 네 행동반경이나 뒷이야기를 알고, 이야기를 일부러 만들어 내는 거 같거든. 뭔가 냄새가 나서 내 가 좀 더 깊이 파고들어 봤더니, 좋은 학교에서 공부중인 학생 이고 한동병원 외동딸이더라고. 멀쩡한 여자가 왜 그러나 모르겠다, 너한테.”

“예? 한동병원 딸이요? 이름이 한초희 맞나요?”

“그래, 네가 아는 사람인거지? 역시 내 느낌이 맞았군.”

설마 했는데, 역시나 그 한초희였다. 사실 나도 기태주 대표님과는 별개로 내 뒤를 누군가가 밟고 있다는 느낌에, 한 경호업체에 내 주변을 살펴봐 줄 것을 얼마 전 요청해 둔 상태였다. 추적의 역추적, 그리고 그 짐작은 옳았다. 이미 몇 달 동안 나를 은밀히 미행하던 사람이 있었다는 사실을 알게 되었고, 그 사람을 고용한 사람 역시 최근에 알아내었다.

“예, 가족끼리 오랫동안 알고 지낸 사이예요. 저도 뭔가 이상한 느낌은 갖고 있었는데, 결국 이런 상황이 생겼네요.”

“그래서, 어떻게 할 생각이냐?”

“흐음, 제가 직접 만나봐야 될 거 같아요. 할머니 통해서 양쪽 가족이 친하게 된 사이라서, 민감한 문제가 될 수도 있어서요. 공적으로 접근하는 건 저 개인적으로도 원하지 않고요.”

“흐음. 알겠다. 나도 이 부분 관련해서는 이쯤에서 마무리하고 정리하마.”

“예, 감사합니다. 감사 인사 싫어하시는 거 알아도 어쩔 수 없어요. 그냥 듣고 넘어가주세요.”

“싱겁기는. 알겠다.”

“돌석이와 제 사무실에도 한 번 방문해 주세요. 대표님 안

목으로 저희 사업 진행상황도 한 번 봐 주시고, 조언할 부분이 보이면 냉철하게 지적도 좀 해 주시고요."

"급하냐? 왜 이리 질척거려?"

"후후, 그런 건 아니고요. 제 진심이에요. 지나고 보니 제가 대표님께 이것저것 많이 배웠었더라고요. 이번에 사업 시작하면서 또 한 번 느끼고 있는 거뿐이에요."

"훗, 이런 말 하는 거 보니 이미 잘하고 있는 거고. 그거 하나는 알아둬. 돌석이, 내 인재를 네가 스카웃해서 빼돌린 거라고. 너야, 어차피 아이돌 오래할 거란 생각은 안했지만, 돌석이는 내가 이 회사에서 함께 사업 키울 재목으로 생각하던 인재였어. 지금도 그게 좀 아까운 거고."

"하하, 돌석이는 이미 제 인생 파트너였는데요. 대표님보다 훨씬 전에 제가 제 인생에 스카웃 해 뒀던 거란 말이죠. 그래도 대표님이 이런 말씀하신 걸 알면 돌석이가 엄청 좋아하겠는데요. 꼭 하신 말씀 그 친구에게 전해 줄게요."

"별 쓸데없이."

내가 말을 하는 순간에도 나를 꿰뚫을 것 같은 시선으로 바라보던 기태주 대표님은, 한 쪽 입매를 길게 늘이며 시원한 웃음을 짓더니 이내 자리를 박차고 일어났다. 문으로 걸어나가기 전에 나에게 고개를 한 번 끄덕인 게 인사의 전부였다. 자잘한 감정 표현에 인색한 그의 성격을 알기에 말없이 그가 사라진 문을 잠시 응시하다 나도 자리에서 일어섰다. 이미 내가 이 사무실을 나서면 가야 할 곳은 정해져 있기에, 걸음을 옮기면서도 그 마음이 그리 가볍지는 않았다.

* * *

한.초.희.

그녀가 왜 이런 행동을 시작했고, 무슨 이유로 이런 일들을 벌이고 있는지 이해하기 어려웠다. 직접 만나서 해결을 해야겠다는 생각이 들어, 약속도 잡지 않고 무작정 그녀의 집으로 찾아갔다. 미리 연락을 해서 그녀가 마음의 준비를 하거나, 뭔가 얘기를 만들어 낼 시간을 벌어 줄 생각은 없으니까.

딩-동-

곧 도어벨 스크린으로 내 얼굴을 확인한 가정부 아주머니가 문을 열어주셨다. 다행히 한초희의 부모님은 외출을 한 상태셨고, 할머니는 방에서 주무신다고 했다. 가정부 아주머니에게 내 방문에 대해 전해들었는지, 윗층 계단에서 걸어 내려오는 한초희의 얼굴이 창백해 보였다.

"갑자기 무슨 일로...?"

"너와 할 얘기가 좀 생겨서. 그건 너도 마찬가지일 텐데. 조용히 얘기 좀 할 수 있을까?"

"응? 갑자기 네가 그런 굳은 얼굴로 찾아와서 할 얘기가 뭔데? 집에는 할머니가 계셔서 좀 그렇고, 밖에 정원 의자에 앉아서 얘기하는 게 좋을 거 같아."

앞서 걸어가는 한초희의 걸음걸이가 왠지 조급해 보였다. 겉으로는 담담해 보이려 노력하고 있겠지만, 굳은 얼굴로 자신의 집 거실에 서있던 나를 보는 순간, 그녀의 얼굴에서 반가움 대신 긴장감이 느껴졌다. 정원 의자에 앉은 후, 한초희는 줄곧 자신의 발등만 쳐다보고 있다. 겉으로는 평소처럼 침착해 보이지만, 그녀의 머리는 예상되는 내 질문에 답할 말을 준비하느라 바삐 움직이고 있으리라. 내가 긴 침묵을 깨고 먼저 말을 꺼냈다.

"다 알고 왔어. 네가 할 수 있는 정도 일은 나도 할 수 있을 만큼 돈도 있고, 머리도 있고, 지인들도 좀 능력이 되서 말이야. 그러니 쓸데없이 말을 지어낼 필요는 없어. 그냥 사실 대로 말해 줘. 왜 그랬지?"

"……."

"굳이 그럴 필요까지는 없었잖아. 서로 불편한 관계까지는 되고 싶지 않아. 가족 간의 관계를 생각해서, 너에게 책임을 물을 생각도 없고."

"음... 나는... 네가 내게서 더 멀어져 버리기 전에 뭐라도 해 보고 싶었어. 일을 저지르고 나서 바보같은 행동이라고 후회도 됐지만, 그래도 아예 아무것도 안하고 잃는 것보다는 나을 거라고 생각했거든."

"무슨 말이야?"

"너도 알고 있었잖아, 내 마음. 그걸 무시하고 외면해버린 건 너였어. 나 오래 됐어. 내 방식 대로 네 자취를 따라다닌 거. 네 팬클럽도 가입했고, 사생팬 친구들에게도 접근해서 어떻게든 내가 알지 못하는 연하준의 모든 것을 알아내기 위해 노력해 왔다고. 네가 갑자기 잠적하듯 떠나버린 후 정말 미칠 거같더라. 그렇게 네가 다시 돌아오고, 나는 이제 네가 내 곁에도 돌아오게 될 줄 알았어. 그런데 어릴 적 정혼녀? 그 얘기 보고 내 기분이 어땠는지 알아? 난 농담으로라도 어른들이 너와 나를 엮어주실 때마다 얼마나 마음이 설렜는데. 그래서 네 옆자리에는 자연스럽게 내가 있게 될 줄 알았어. 그런데 네 할머니가 내게서 그 자리를 뺏어가 버리실 줄은 몰랐어. 할머니 일기장에서 네 어릴 적 정혼녀 얘기가 흘러나온 게 맞는거지? 네 팬들, 그리고 네 사생팬들까지 내가 놓칠 만한 정보는 없거든. 어떻게 그럴 수 있어? 내가 어릴 적부터 늘 옆에 있어왔는데. 왜 할머니는 다른 누군가에게 그런 언약을 하셨던 건지 참을 수가 없었다고. 그래서 내가 그랬어. 너에게 미행을 붙인 것도 나였고, 네 만화방 루머와 그 여자 뒷모습 사진을 찍어서 인터넷에 올린 것도 나였어. 네가 만화방을 가는 이유가 그 여자 때문이라는 내 직감이 맞았던 거야. 그렇지?"

"초희야, 너 왜 그래? 언제부터 이렇게 삐뚤어졌어? 나같은 사람 때문에 네가 이렇게까지 할 필요가 없어. 사람 마음은, 그렇게 억지로 만들어지는 게 아니야. 너와 나는 그런 마음이 안 닿은 거뿐이야. 그게 다라고. 네가 가진 호감에 분명히 선을 긋는게 필요하다는 생각도 못 했었어. 그게 내 실수일 수는 있어. 하지만, 이런 치기 어린 감정으로 양쪽 가족간의 관계를 망치고 싶지는 않아. 내가 더 이상 공식적으로 일을 해결할 필요가 없도록, 네가 이쯤에서 그만둬 주면 좋겠어. 인터넷의 모든 글들은 삭제하고, 네가 갖고 있는 모든 자료도 폐기해. 그리고 내 뒤를 쫓는 행동도 이제 그만 하고. 지금 이건 부탁하는 거지만, 두 번째가 되면 친절한 부탁이란 없을 거야."

"흐흑... 너 왜 이렇게 나한테 매정하니."

"난 너에게 한 번도 개인적으로 친절한 적은 없었어. 가족간의 예의를 갖춘 것뿐이었고, 매너 있게 행동했던 거뿐이야. 네가 내게 좋은 감정이 있었다고 해도, 이런 행동은 하면 안 되는 거였어. 용납될 수 없는 유치한 행동이였어."

"네 경고는 받아들일게. 더 이상 걱정할 일은 없을 거야. 이와 같은 일로 다음 번에 나를 만나야 할 일은 없게 할게. 가족들에게는 알리지 말아 줘. 이번 일은 너도 잊어줄 수 있다면 잊어주고. 이런 나쁜 모습으로 네 기억에 남고 싶지는 않아.

하지만, 내가 그 어떤 노력을 해도 너를 향한 내 마음까지 하루 아침에 지워버릴 수는 없어, 그건 나도 어쩔 수 없는 일이잖아."

"너에게 개인적으로는 나쁜 감정 없어. 내 할머니가 살아계셨다면 이렇게 하라고 내게 말해주셨을 테니까. 이건 어린 시절부터 알고 지낸 우정 같은 개념으로 너에게 말해주는 거야. 한초희, 넌 똑똑하고 혼자서도 빛이 나는 사람이야. 어리석은 시간들은 지워버리고 앞으로 잘 지내길 바랄게. 매정하다고 해도 어쩔 수 없어, 이런 순간에 내가 너에게 친절한 것도 네겐 도움이 안 될 거야. 넌 현명한 아이니까, 네 감정도 결국 네가 책임져야 할 몫이라는 것도 잘 알 거고."

"흐흑, 정말 이렇게 되어버리고 마는구나. 네게 많이 미안하고, 또 네가 많이 원망스러울 거 같아, 한동안은."

한초희의 어깨가 위아래로 흔들리는 모습을 뒤로 하고 자리를 떠났다. 작별의 인사는 따로 건네지 않았다. 한초희의 집을 나서는 발걸음이 왠지 가볍지는 않았다. 오래 봐 온 사이고, 나로 인해 한초희가 어리석은 행동을 하게 되었다는 사실에 왠지 책임감 같은 게 느껴졌다. 할머니가 살아계셔서 이런 일들을 알게 되셨다면 슬퍼하셨을 거란 생각이 들어 더 마음이 답답해져 왔다. 사람의 마음이란, 둘이 함께 맞닿으면 세상 그 무엇보다 행복하고 아름다워질 수 있지만, 한 마음이 그 다

른 마음과 맞닿지 못하면 한없이 파괴적인 불행을 불러올 수
도 있다. 더 큰 일이 벌어지기 전에 한초희를 멈출 수 있었어
서 그나마 다행이었다. 그녀가 힘든 순간을 이겨내고 원래의
모습 대로 빛나는 삶을 이어가길 바랄 뿐이다.

6
—
그 남자를
만나

기태주 대표님이 전해준 번호로 연락을 하자 강태훈 씨의 수석 비서와 바로 연결이 되었다. 기태주라는 이름을 대자 기다리고 있었던 듯 바로 다음 날로 약속을 잡을 수 있었고, 장소는 강태훈 씨의 개인 사무실이 좋겠다기에 별 다른 이의 없이 그러겠다고 대답했다. AI에 관심이 많은 나로서는 강태훈 씨에게 사실 개인적으로 호감이 있었고, 그의 사업과 사회 공헌 활동들을 응원하는 마음도 갖고 있었다. 이런 나름대로 의 호감을 갖고 있던 사람이지만, 그의 개인 사무실에 방문할 일이 생길 거란 생각을 해 본 적은 없었다. 잘 나가는 사업가 가 아닌 정분이의 친아버지라는 관점으로 접근한다면, 나의 모든 시선과 관심의 정도는 철저히 달라지게 된다. 사실 그런 관점으로 이번 방문도 이뤄졌기에, 긴장되고 초조해지는 감 정을 다스리기 위해 머릿속으로는 이미 그와 나눌 얘기에 대 한 모든 그림을 그려본 상태다.

잘 나가는 사업가의 사무실이라고 하기에는 검소하고 간결 했다. 큼지막한 책상 가득 쌓여 있는 서류더미들과 두터운 서 적들, 빛바랜 갈색 소파들 사이에 놓여있는 누런 빛의 테이블 도 색이 전혀 조화를 이루고 있지 않았다. 화분을 가꾸는 취미가 있는지 사무실 곳곳에 놓여 있는 화분들만이 싱그런 빛깔을 제대로 뽐내고 있다. 그 싱그런 모습이 빛바랜 다른 인테리어의 칙칙함과 묘하게 어우러져 편안한 분위기를 자아내고 있었다. 대표님께서 외부에서 열린 회의에 참석했다 조금 늦어진다는 양해의 말을, 강태훈 씨의 수석 비서에게 걸려온 전화를 통해 이미 전해 받은 후였다.

  사무실에 앉아 기다리고 있겠다고 대답해 둔 뒤, 소파에 앉아 조금 마음의 여유를 찾으려 깊은 숨을 몇 번 들이마셔 보았다. 내 인생과 관련된 일에는 한 번도 이런 긴장감을 가져본 적이 없었다. 그런데 유독 정분이와 관련된 일에는 늘 초조함과 긴장감을 느끼게 된다. 그리고 오늘은 그런 정분이의 친부를 만나는 날이다. 그가 어떤 인물인지 궁금했고, 앞으로 정분이의 인생에 그가 어떤 영향을 주게 될지 걱정스러운 마음이 든다. 내 안에서 소용돌이처럼 긴장감이 팽팽하게 휘몰아쳐 대는 게 느껴지고 있었다. 그 어떤 상황에서도 정분이에게 상처가 될 일은 일어나지 않게 해야 한다는 결연한 다짐을 되새기고 있을 즈음, 사무실의 문이 열리며 훤칠한 중년 남자가 안으로 들어왔다.

  "늦어서 미안합니다. 이렇게 대단한 젊은 스타분을 오래 기다리게 해서 미안해요. 강태훈이라고 합니다."

  남자는 부드러운 미소를 보이며 내게 악수를 건네 왔다. 스스럼없이 자연스러운 그의 태도가 내 긴장감을 약간은 누그러뜨리고 있었다.

"아, 아닙니다. 오래 기다리지 않았습니다. 연하준입니다."

"기태주 대표님 소개로 저를 만나자는 요청을 해오신 게 맞는 거겠죠?"

남자는 군이 숨길 의사가 없는 듯했다. 그렇다면, 나도 좀 더 편안한 마음으로 직접적으로 본론을 꺼내 봐도 좋겠다는 생각이 들었다.

"처음엔 좀 당황스럽더군요. 엔터테인먼트 업계의 미다스 손 기태주 대표와 내가 척을 질 일은 없었을 텐데, 왜 그쪽에서 내 뒷조사를 하게 되었는지 의아했어요. 그러다가 내 어머니 측에서 의뢰한 사람들의 움직임과 자꾸 묘하게 겹쳐져서 눈에 띄는 게 이상하게 느껴졌지요. 기태주 대표가 연하준 씨의 부탁을 받고 이런 일을 하게 된 것도 저로서는 이해가 되지 않았습니다. 하지만 제 어머니 측에서 움직이는 정황을 좀 더 살펴 보다 보니, 흐음... 뭔가 감이 잡히는 부분이 있기는 했지만, 그렇다고 그 부분과 연하준 씨를 연관해서 생각할 그 어떤 접점도 없고 말입니다. 그러니, 직접 말해주시겠습니까? 아직 제 어머니께는 말을 아끼고 있는 상황입니다."

"음식점 〈해우〉 기억하시죠?"

남자의 눈썹이 꿈틀거리는 게 선명하게 느껴졌다. 단어 하나만으로 남자의 마음에 균열이 생기는 게 느껴질 정도였다. 강산이 두세 번은 변할 만한 시간이 지난 후였다. 한 남자의 순정이란 정말 이런 거란 말인가? 같은 남자로서 그 마음이 감히 상상조차 되지 않지만, 지금 내 눈앞에서 일어나는 남자의 표정 변화를 보면, 감히 말로 담기도 쉽지 않은 감정의 깊이라는 생각이 들었다.

"지금 〈해우〉라고 했습니까? 왜 제게 그 이름을 말하는 겁니까?"

"그게 제가 기태주 대표님께 부탁을 드린 이유이기 때문입니다. 제가 최근에 그곳에 직접 다녀오기도 했고요. 아주 오래 전 거기서 일했던 여자분을 알고 있는 다른 한 분도 직접 뵈었습니다."

"혹시 소정이를 알고 있다고 말하고 있는 겁니까? 그녀가 있는 곳을 알고 있습니까?"

확실히 그는 박수정 씨와 그렇게 헤어진 후, 그녀를 직접 만난 적이 없음이 확실해지는 순간이었다. 그리고 그 이후의 그녀의 삶에 대해서도 아무것도 알지 못하는 듯했다.

"박수정 씨입니다, 그분의 본명이요. 그분은 아주 오래전에 뇌출혈로 사망하셨습니다."

"하아, 지금... 지금 뭐라고 했습니까? 소정이가 죽...었다고? 그녀의 본명이 수정입니까? 흐읍!"

괴로운 듯 숨을 깊게 몰아쉬는 강태훈의 얼굴이 심하게 일그러졌다. 손마디가 하얗게 질리도록 찍어누르듯 자신의 얼굴을 손으로 감싸쥔 남자는 깊은 충격에 빠진 듯해 보였다.

"예, 제가 확인한 바로는 그렇습니다. 괜찮으십니까? 아직 제가 드려야 할 이야기가 꽤 됩니다. 더 충격적인 내용이 될 수도 있고요."

충격이 큰 듯했지만, 노련한 경험 덕인지 이내 자신의 감정을 추스른 남자는 나에게 곧은 시선을 던져왔다. 남자의 깊은 눈에는 푸른 바다가 감정의 폭풍을 휘감고 출렁이고 있었지만, 그의 얼굴은 고요하게 가라앉아 있는 것처럼 보였다. 남자의 연륜이 느껴지는 순간이었다.

"흐흡... 예, 계속 말을 이어주세요. 듣고 싶습니다."

"제 마음속에서 망설여지던 부분이 방금 좀 더 분명해졌습니다. 그래서 제가 알고 있는 모든 얘기를 솔직하게 말해 드리기로 마음을 굳혔습니다. 박수정 씨에게는 딸이 한 명 있었습니다. 박새인이라는 본명이 있었고, 박수정 씨 사후에는 좋은 양부모님을 만나 행복하게 잘 자라 주었고요."

"박... 새... 인... 이라고 했나요? 소정이가 낳아 준 제 친딸이군요. 맞죠?"

남자는 뭔가 알고 있는 듯, 박새인이라는 이름을 듣자마자 그녀가 자신의 친딸임을 확신했다.

"예, 그렇습니다."

"하아……, 내가 정말 머저리 같은 삶을 살았군요. 사랑하는 여자를 지키지도 못한 채 그렇게 잃어버리고, 그녀가 쓸쓸히 죽음을 맞았을 순간도 모르고 지내왔고, 딸아이의 존재 조차도 깨닫지 못했었다니……, 정말 한심한 머저리로 지내온 거였군요. 흐읍... 흡……."

남자가 괴로운 듯 바닥으로 무너져 내렸다. 허무하게 무너져내려 처참하게 흔들리는 남자의 어깨를 보면서, 내 인생 처음으로 누군가의 아픔에 동정심이라는 감정을 느끼게 됐다. 내게 소중해진 한 여자의 친아버지라는 존재여서 일수도 있고, 사랑이라는 걸 해 본 남자라면 누구나 한 번쯤은 이해할 수 있는 그런 감정을, 저 남자가 헤쳐 나가고 있는 모습을 눈앞에서 보고 있어서 일수도 있다. 남자가 지금 느끼고 있을 충격과 고통스러운 감정을 조금이나마 해소해 낼 수 있도록 옆에서 기다리기로 했다. 한참을 흔들리던 어깨의 움직임이 조금 잦아들 즈음 남자의 말소리가 이어졌다.

"그래서, 그 아이는 지금 어디에 있나요? 혹시 나에 대해서 알고 있습니까?"

"아직은 자신의 친부가 누구인지는 모르고 있습니다. 친어머니가 오래전에 돌아가셨고, 자신이 입양되었다는 사실은 알고 있고요. 제가 우연히 이 모든 상황들을 알게 되었고, 먼저 정확하게 확인을 해봐야 할 사항들이 있어서, 기태주 대표님께 강태훈 씨와 가족에 대한 뒷조사를 부탁한 거였습니다. 지금 말씀하신 대로라면, 강태훈 씨는 박수정 씨와 헤어진 후, 그분과 따님의 소식을 전혀 못 들으셨던 거고, 만나신 적도 없으셨던 거죠?"

"예, 그랬습니다. 부족하고 어리석었습니다. 전 그녀의 이름이 박소정이라고 생각했습니다. 좀 더 자세히 찾아보고 확인해 볼 수도 있었는데, 그때의 저도 이미 넋이 나간 상태였고 제정신이 아니었죠. 머리와 마음이 모두 비어 버린 상태로 그렇게 살았었으니까요. 그래도 이런 상황에 대한 변명거리가 될 수는 없겠지만요."

"그렇군요. 흐음, 그럼 지금 제가 드릴 말씀은 좀 조심스럽고 민감한 부분이 될 수도 있습니다. 사실, 박새인이 다섯 살되던 즈음, 박수정 씨가 강태훈 씨 측에 연락을 다시 취했었습니다. 그 중간에 연락이 먼저 닿은 건, 아마 강태훈 씨의 어머니이신 최여사님이라는 분인 거 같지만요. 제 친할머니께서 이 모든 정황의 열쇠를 쥔 분이셨고, 얼마 전에 돌아가시면서 관련 자료들을 제게 남겨주셔서, 저도 이 상황에 대해 최근에야 알게 되었습니다. 그때 전해 받은 박수정 씨의 수첩에 최여사님이라고 적혀 있었어요. 그리고 그때 무슨 일이 있었던 건지, 그렇게 연락을 취했던 박수정 씨는 박새인을 데리고 자취를 감추려 했고요. 그때 두 사람을 도와준 사람이 제 할머니셨어요. 박수정 씨는 그즈음에 뇌출혈로 쓰러졌다 결국 이겨내지 못하고 세상을 떠나셨고요. 박새인은 고아원에 잠시 맡겨졌다가 정분이라는 이름으로 개명을 한 후, 정현수 씨라는 제 할머니의 제자분에게 입양이 되었다는 사실까지가, 제가 현재까지 파악한 내용입니다."

"흐음... 소정이가 제 어머니를 만났었다고요? 그게 그녀가 저를 떠나던 시기뿐만이 아니라, 딸아이와 함께 저에게 다시 연락을 취하려고 하던 것을 제 어머니가 중간에 가로챘다는 말로 들리는데, 제가 제대로 이해한 것이 맞습니까?"

"예, 저도 그랬을 거라고 추측하고 있습니다. 그때 즈음이 강태훈 씨가 전 세계에 퍼진 컴퓨터 바이러스 문제를 해결하는 프로그램을 무료 배포한 후 유명세를 타던 시기였을 거고, 아마 박수정 씨도 강태훈 씨의 소식을 미디어를 통해 접하게 되었으리라 생각됩니다. 그래서 딸아이를 위해 친부를 찾아 줘야겠다는 생각을 하셨던 듯하고요. 그러다가 최여사님을 만나게 됐을 때 위협 같은 것이 가해졌는지, 제 할머니는 박수정 씨와 박새인을 위험한 상황에서 도와줘야 됐었다고 일기장에 적어 두셨어요."

"위협... 이라고 했습니까? 하아..."

강태훈이 관자놀이를 손으로 덮듯이 감싸쥐며 호흡을 고르는 모습을 지켜보며 내가 조심스레 뒷얘기를 이어갔다.

"예, 할머니가 유품으로 남기신 일기장에 두 사람을 위협적인 상황에서 도피할 수 있도록 도와야 했다는 듯한 내용이 적혀 있어요. 그래서 저도 강태훈 씨께 따님의 정황에 대해 전해도 되는지에 대해 확신할 수 없었던 거고요. 기태주 대표님과도 같은 얘기를 했지만, 제가 본능적으로 판단해 봤을 때, 강태훈 씨는 따님에게 위험할 상황을 만들 분은 아니라는 거고요. 그래서 저는 박새인, 그러니까 지금은 정분이라고 불리는 그녀에게 친부의 존재를 비롯해 이 모든 일들에 대해 알릴 생각입니다."

"흐흠... 내가 직접 제 어머니와 정확한 사실관계에 대해 확인을 해 보겠습니다. 그러고 나서, 그 아이를 만나보고 싶군요. 제가 그 아이를 만날 수 있겠습니까?"

"그녀가 만나고 싶어한다면 말이죠. 그리고 무엇보다, 그녀가 위험에 처할 일은 없어야 될 거고, 그녀가 상처받을 만한 일도 있어서는 안 됩니다."

"그건 제가 제 목숨을 걸고 보장하겠습니다. 그 아이, 제게도 누구보다 소중한 의미를 가지고 있습니다. 이제와서 염치없지만…… 이렇게 제가 알게 된 이상, 제게 있어 그 아이의 의미가 너무 큽니다."

"예, 이해합니다."

"어머니와 이야기를 해본 후, 모든 일련의 것들을 제가 직접 확인하고, 상황을 파악하는 대로 연락하겠습니다. 그 아이에게 위험한 상황이나 상처가 될 만한 일들은 절대 일어나지 않게 하겠습니다. 더 이상 머저리처럼 소중한 사람을 잃을 생각은 없으니까요."

"그럼... 연락주시길 기다리고 있겠습니다."

* * *

아침 일찍 사무실에 들어서자, 곰 같은 덩치가 책상에 앉아 뭔가를 열심히 보고 있었다. 그 옆에는 더 이상 김도 올라오지 않는 커피가 머그컵에 가득 그대로 담긴 채 놓여 있는 것을 보니, 돌석은 오늘도 그 특유의 집중력으로 뭔가 근사한 일을 만들고 있는 중인 듯했다. 우리가 벌이고 있는 일들을 요즘 너무 돌석에게만 부담을 지우고 있는 건 아닌지 문득 미안한 마음이 들었다.

"돌석아."

"어, 어! 왔어? 좋은 아침이다. 지금 몇 시나 됐지?"

"몇 시부터 나와서 이러고 있었던 거야?"

"응, 유럽쪽하고 얘기 마무리 지을 게 있어서 어제 밤늦게까지 사무실에 있다가 그냥 여기서 잤어. 오늘 아침에 어차피 미국쪽하고 통화도 해야해서, 왔다 갔다 하기가 좀 애매하더라고. 좀 까다롭게 굴더니 결국 깔끔하게 서류 정리 잘 끝냈어. 후련하지?"

"필요하면 나한테 연락하지 그랬어? 내가 도와줄 수 있었는데."

"아휴, 아서라 아서. 지금 네 얼굴 보고 일하라고 등 떠미느니 내가 그냥 하고 말지. 난 홍이한테 정말 고맙다. 순둥순둥하니 뭔 연애가 이렇게 달콤하고 부드럽기만 한지. 네가 그렇게 숨기지 못해 티 내고 다니는 그분과의 상황에 비하면 나는 완전 초급 코스야. 고급 코스에서 활강해서 내려와야 하는 네게 짐까지 잔뜩 지고 가라고 하느니, 내가 그냥 리프트 타고 내려오면서 짐 다 나르는 게 마음도 편하고 안전한거지, 하하. 어떠냐? 요즘 괜찮은 거야?"

돌이 둘인 녀석이 뭐 또 이렇게 세심하고 눈치가 빠른지, 곰 같은 덩치여도 귀여워하지 않을 수가 없는 녀석이다. 정말.

"티 많이 나나?"

"그걸 몰라서 묻냐? 엄청 나, 너!"

"그런데, 그 당사자는 전혀 못 느끼는 눈치던데. 역시 특이하지? 둔한 건가?"

"아하하, 천하에 제일 잘난 척은 혼자 다 하더니, 보기 좋다! 내가 아주 신나서 일할 맛이 난다고 요즘. 연하준이 쉽지 않아하는 일을 난 너무 잘해내고 있으니, 왠지 내가 더 잘난 놈이된 거 같고 말이지. 흐흐, 미안하다. 네 맘 모르는 건 아닌데,그게 시간이 좀 걸릴 일이긴 하지만, 풀리지 않을 문제는 아닌거 같아서. 네가 속 태우면서 끙끙 앓는 모습이 좀 안타깝긴한데, 그게 또 그렇게 마냥 안타깝기 보다는 좀 고소하다고 할까? 엄청 재미있기도 하고 말이야, 하하. 네가 워낙 잘난 놈이어야 말이지. 이제야 좀 보통 사람 같아 보여서 난 솔직히 좀좋다. 기태주 대표님도 요즘 입맛 좀 도실걸. 너 이러는 거 보면 말이야. 하하."

이 사람들이... 아주 그냥 작정하고 나를 놀리려고 맘을 먹었나 보다. 하긴, 내가 이렇게 약한 모습을 보일 만한 구석을찾는 게 흔한 기회가 아니니, 나라도 이런 기회는 놓치지 않을것 같긴 하다.

"아, 좋겠다, 좋겠어. 이 참에 나 완전 찍어 누르고 분발하는김에 장가도 먼저 가지 그러냐?"

"어, 너 뭐야? 홍이 만났어? 어떻게 알았어? 이거 아직 비밀인데."

"뭐야, 진짜 뭐 있어? 벌써 그 정도로 얘기가 진행됐다고?"

"흐아하하, 미석이가 중간에 도움 좀 줬어. 양쪽 부모님께서알게 되셨거든. 그러니 일이 이렇게 순풍에 돛 단듯 흘러가네.이래서 사람은 평소에 착하게 살아야 돼. 내가 고향마을에서 워낙 평이 좋잖아. 홍이 가족분들도 나를 좋게 봐 주신거지. 하하."

"잘 됐네. 축하한다. 순풍에 돛 단 상황이면, 뭐 특별히 더 노력할 일도 없을 거고, 좀 여유가 있는 상황이면 나 좀 도와줘라. 돌석이의 돌의 지혜가 절실히 필요하다, 요즘 내가."

"뭔데? 말만 해. 사랑을 쟁취한 선배로서 얼마든지 조언해 주마."

"친부는 딸의 존재조차 몰랐어. 딸은 친부가 누구인지 몰랐고. 친모는 오래전에 세상을 떠났고, 그 친부는 그 친모의 사망 사실도 모르고 있었지. 사실 그 친부는 사랑하는 여인을 잃은 이유도 모르고, 오랫동안 순정을 품은 채 그리워만 하고 있었는데. 그래도 그렇게 허망하게 친모를 잃게 하고 자신을 돌봐오지 않던 친부를, 그 딸은 과연 용서하고 만나고 싶어 할까? 그런데 문제가 하나 더 있어. 정확히 무슨 일이 있었던 건지는 모르겠지만, 친부를 찾아갔던 친모는 친부의 어머니만 만난 채 도피하듯 다시 잠적해버렸어. 뭔가 위협이 가해졌을 거라는 추측만 될 뿐이고 정확한 정황은 아직 모르고. 친부는 이제 딸의 존재를 알게 됐고, 그 딸을 만나고 싶어해. 한 남자가 할머니에게서 그 딸에 관련된 모든 개인자료들을 받게 되었고, 그 여자의 출생의 비밀 및 개인사를 알게 되었어. 이 모든 상황의 중심에서, 그 딸에게 특별한 감정을 갖게 된 남자는,

그녀에게 이 상황을 모두 털어놔야 되는 거야. 그런데, 어떻게 말을 꺼내야 할지 모르겠다는 게 문제야. 왜냐하면, 그 딸은 이 남자가 자신의 출생과 개인적인 상황에 대해 알고 있고, 이런 사실들을 알고서 일부러 자신에게 접근했다는 걸 모르고 있었거든."

"허어억... 너 정말 어마무시한 놈이구나. 그 남자가 연하준이고, 그 딸이 정분이라는 거잖아, 지금? 정말 이 모든 걸 알고 정분이 씨를 속이고 네가 일부러 그녀에게 접근해서, 그렇게 뒤를 조사하고 다녔던 거야? 왜? 그 호기심 때문에? 어구야, 이거 정말 큰일이다. 내가 네 그 호기심 접으라고 했잖아. 상황이 말만 들어도 정말 복잡해서 쉽지 않겠어. 판도라의 상자는 이미 열렸고, 이 세상 잘난 놈은 이미 그 판도라의 상자에 발을 담근 정도가 아니라 그 안에 빠져 숨도 잘 못 쉴 상황인 거 같은데?"

"알아, 안다고. 네가 그렇게 직접적으로 말하지 않아도 잘 아니까, 질책은 그만하고 조언을 해 달라고, 조언을."

"아, 그래. 너무 놀래서 나도 좀 흥분했다. 잠깐 생각을 좀 정리해 보자. 그러니까... 정분이 씨는 네가 연하준이란 사실 외에 네가 자신의 출생 비밀이나 개인적인 상황에 대해 알고 있다는 사실은 전혀 모르고 있는 거고. 그러다가 네가 일기장이랑 몇몇 서류들을 보게 되어 그녀의 개인적인 일들까지 알게 되었고, 그녀의 친부와 친모의 일까지 알게 된 거고. 거기다가 네가 자신의 이런 개인적인 일들을 알고 일부러 자신에게 접근했다는 것도 정분이 씨는 모르는 거고. 또 거기에다가 너는 이제 정분이 씨에게 정분을 느끼고 있는 거고."

"야! 정분 난 거 아니라고. 그냥 좀 특별한 감정인 거지. 그리고 돌이 두 개인 녀석이 이름 같은 거로 장난하지 마, 돌 같아 보여, 너."

"잘난 척 혼자 다하더니 세상 제일 멍청한 놈, 재채기와 사랑은 숨길 수 없다고! 안 놀릴테니까 그만 좀 인정하라고! 어쨌든 지금 그 얘기할 때가 아니야. 정분이 씨가 자칫하다가는 너를 단단히 오해할 수도 있는 상황인 건 확실해. 그녀가 이런 상황을 얼마나 잘 감당하고 이겨낼 수 있는지도 중요한 변수일 테고. 뭐, 내 생각에는 정분이 씨는 굉장히 대범한 성격이고 단단한 사람이지만, 그건 어디까지나 겉으로 보기에 그런 거겠지. 그 마음이 여린 건 또 다른 변수일 테니까 말이야. 네가 최대한 진실된 마음을 보이는 수밖에 없을 거 같아. 네 할머니 얘기를 먼저 꺼내는 게 무엇보다 중요할 거 같고. 그 친모와 정분이 씨 두 사람과 연관되었던 시작점이 네 할머니셨으니까 말이야."

"응, 그 모녀를 할머니가 산부인과에서 알게 된 후로 계속 보살피고 지원해 주셨데. 양부모님도 할머니가 중간에 연결이 되어 있고. 이렇게 나에게 본인의 일기장들을 남기시고, 그 정분이와 친모라는 분의 서류들을 모아뒀던 것도 할머니셨고, 그리고 할머니는 정분이 양부에게 친모의 개인자료들까지 남겨두셨고, 또 그분은 그 자료들을 나에게 넘기신 상태고. 이런 모든 것들을 종합해서 생각해 보면, 할머니가 이 모든 상황의 화살표를 나로 맞춰놓고 남겨두신 일이란 느낌이 들 정도야."

"아! 그렇구나. 그렇네. 할머니는 이 모든 상황을 의도하신 거야. 아주 훌륭한 설계자셨어. 연하준을 잘 아셨던거지. 네가 이 모든 것을 파악해내고, 결국 정분이 씨를 도와 이 문제들의 실마리를 풀어갈 거라는 걸 이미 아셨던 거야. 너! 나한테 말 안한 거 있지? 이거, 이거, 너 이미 안거지? 네 어릴 적 정혼녀? 할머니가 언약했다는 그 정혼녀 말이야?"

돌석은 덩치에 안 맞게 예리하고 날카롭기까지 하다. 역시 내 소중한 친구다.

"흐음, 정분이 양아버지께 직접 여쭤봤는데, 할머니가 모든 자료를 내게 남기신 거면 그 대답은 내가 스스로 찾는 게 맞을 거 같다고 대답하시더라. 그 이후의 상황은 정분이의 몫이라고도 하셨고. 그래서, 나도 할머니가 이 모든 상황을 나로 향하도록 맞춰 놓고, 내가 호기심에 발을 담그길 바라셨다는 생각을 하게 됐고."

"역시! 너희 할머니는 정말 대단한 분이셨어. 그럼, 내 생각에는 이 모든 문제는 역시 너에게 달려있어. 최대한 네 마음을 담아 정분이 씨에게 진심으로 얘기를 해보는 수밖에 없어. 할머니의 마음을 네가 이해하는 만큼만이라도 네가 그녀에게 진심을 보여 준다면, 내가 이해하고 있는 정분이 씨는 이런 일쯤은 감당하고 이해할 만한 사람이거든."

"흐음, 그래야겠지? 네 조언 대로 해봐야겠어. 내 진심이 닿아야 될텐데... 좀 떨린다. 나 이렇게 긴장하는 성격이 아닌데 말이야."

"햐아, 정말 별 일을 다 본다. 천하의 연하준이 긴장을 다 하네. 정분이 씨가 새삼 대단한 사람이라는 생각을 또 한 번 하게 된다. 힘내, 친구! 진심은 통하는 법이니까."

"응, 고맙다. 그리고 놀리는 건 오늘까지만이다."

"하하하, 알았다."

곱고, 당돌하고, 야무진 정분이. 그녀에게 진심을 담아 마음을 전할 시기가 드디어 성큼 다가왔다. 돌석의 말 대로 내 진심이 그녀에게 닿을 수 있으면 좋겠다. 그래서 그녀가 내면의 강인함으로 이 모든 일들을 최대한 조금만 아파하며 받아들이게 되길 바랄 뿐이다.

* * *

거의 이주 정도밖에 안 되는 시간이었지만 몇 달은 지난 듯, 정분이를 직접 만나지 못했던 시간은 길고 지루하고 견뎌내기 힘들었다. 돌석의 말대로 이제 내 마음을 나도 정확히 직시하고 인정해야 할 때가 된 듯하다. 서툴러서 정확히 정의 내리지 못했었는데, 이미 커질 대로 커진 이 마음을 사랑이라는 단어 외에는 설명하기 힘들다는 것쯤은 이제 나도 안다. 정분이가 살고 있는 아파트 주차장에 차를 세우고 그녀가 내려오기를 기다리는 시간은, 내 마음이 흘러가는 방향을 내가 정확히 깨닫게 해주기에 충분했다. 누군가를 기다리면서 이렇게 초조하고 긴장되고 설레보기는 내 인생을 통틀어 처음이다. 이런 감정이 사랑이라면, 그리고 그 상대가 정분이라면, 내 인생을 한번 저 여자에게 걸어 보아도 되겠다고, 그럴 만큼의 가치가 있는 일이라는 생각을 하게 됐다.

멀리서 빨간 코트를 걸치고 달려오는 그녀가 보인다. 곧이어 보조석 차창으로 얼굴을 바싹 들이민 정분이는, 차가운 날씨에 코끝이 시린지 코가 빨갛고, 볼은 하얗고, 눈은 추운 겨울 하늘의 별처럼 반짝이고 있었다. 차에 올라타자마자 내게 시선을 옮겨온 그녀의 눈빛은 여전히 당돌하게 나를 피하지 않았다. 나도 그런 그녀를 피하지 않고 내 진심을 전하기로 굳게 마음먹었다.

"오랜만이라고 인사해야 하나? 얼굴 오랜만에 보는거라."

"하하, 그렇긴 하네. 통화는 자주 했어도, 이렇게 얼굴 직접 보니 또 느낌이 달라서. 이제 우리 이렇게 만나도 되는 거야?"

"응, 그 문제는 이제 해결됐어. 더 이상 그런 루머가 인터넷에 올라올 일은 없을 거야. 뭐, 더 올라온다고 해도, 나는 괜찮다고 네게 말하고 싶었어. 내가 걱정한 건 오직 너였다는 뜻이야."

"하아, 고맙다. 일반인 걱정을 그렇게 해주셔서. 그런데, 나도 괜찮아. 네가 괜찮다면."

"말이라도 고맙다. 으음, 오늘 만나자고 한 건, 직접 얼굴 보고 할 얘기가 있어서야. 좀 길어질 수도 있고, 조금 심각할 수도 있고."

"응? 무슨 얘긴데?"

"좀 사적인 얘기를 해야 하기도 하고, 얘기가 꽤 길어질 수도 있을 거 같아. 그래서 말인데, 내 집에 가서 얘기를 하면 어떨까 하는데... 아, 오해는 하지 말고. 추운데 차에서 오래 얘기하기는 좀 갑갑할 거 같고, 공개된 장소에 가기도 좀 그렇고 해서 말이야."

당황스러운 듯 입술을 굳게 다물고 한참을 골똘히 생각하더니, 정분이가 내 눈을 다시 정면으로 응시해왔다.

"심각하게 사적인 얘기를 꽤 오래 얘기해야 할 일이 뭘지 굉장히 궁금해지는데? 그래도 더 솔직히 말하자면 네 집에 가는 건 부담스러운 것도 사실이고. 그렇다고 신비주의 스타 연하준을 데리고 카페에 가서 앉아있자니 그건 더 부담스러울 거 같고. 그래, 그럼 네 집으로 가는 게 제일 좋을 거 같아. 차 안에서 오래 앉아 할 얘기가 아니라는 것쯤은, 네 얼굴을 보니 금방 알아챌 수 있어서 말이야."

"이해해줘서 고마워. 여기서 멀지는 않아. 나 혼자 지내는 집이니 부담 갖지는 말고."

"네가 혼자 지내는 집이니 부담되는 건데, 후훗."

무슨 뜻인지 묻고 싶었지만, 지금 다른 더 중요한 문제를 앞두고 있기에, 나는 우선은 침묵을 택하기로 했다. 그렇게 우리 두 사람은 내 집에 도착할 때까지, 별다른 말을 나누지 않았다. 서로에게 물을 수도, 답할 수도 없는 수많은 생각들이 이미 머릿속을 가득 채우고 있어, 두 사람 모두 차마 입을 열어 그 생각들을 꺼낼 수 없었다는 게 더 맞는 표현일 거 같다. 내 집은 인적이 드문 고급 주택가에서도 언덕을 올라 골목 제일 마지막에 있는 집이고, 그 앞에 도착해 차고의 자동문이 열리길 기다리고 있을 즈음, 드디어 정분이가 먼저 우리의 침묵을 깼다.

"여기가 네가 혼자 사는 집이야?"

"응, 아이돌 활동 시작하면서 본가에서는 독립해 나왔고, 이번에 한국에 귀국하면서 이 집에서 살기 시작했어. 혼자 지내기에는 조금 큰 듯하지만, 자주 이사다니는 걸 싫어해서 아예 좀 큰 집으로 구했어. 작업실도 좀 필요하고, 사생활도 안전하게 보장받을 만한 공간이 필요했던 이유도 있고."

"그렇구나. 어두운 밤이어도 집이 멋진 건 한눈에 보이네. 은은한 조명빛에 비치는 정원도 이뻐 보이고. 낮에 보면 더 이쁠 거 같지만."

"그래? 그럼 다음에는 낮에 또 와."

"또 오라고? 여길?"

"왜? 부담돼? 이제 루머 같은 거 걱정 안 해도 돼. 친구집인데 뭘. 편하게 생각해. 우리 친구라며?"

"아하하, 그렇지. 친구지."

큰 집의 공간들은 말 그대로 침대, 옷장, 책상, 소파, 식탁 정도만 채워져 있는 상태다. 내 짐의 대부분은 아직 본가에 다 남아있고, 이 집에서 내가 사용하는 공간은 서재, 주방 겸 거실, 그리고 침실 정도가 다니까, 대부분의 공간은 휑하게 비어 있다. 거실에 들어선 정분이의 얼굴에 난감한 기색이 비치는 걸 보니, 휑한 공간에 어지간히도 당황했나 보다. 귀엽긴.

"많이 휑하지? 하하, 내가 이 집에서 뭘 하지를 않아서. 혼자 지내고 있고, 아직 내 짐들 대부분은 본가에 있기도 하고."

"여백의 미가 뛰어나네, 여유 있어서 좋고. 굉장히 깔끔

하다."

"긍정적인 평가 고마워, 저기 소파에 앉아 있어. 내가 따뜻한 차 좀 내올게."

내가 잠시 후 찻잔을 들고 소파로 다가올 때까지 정분이는 소파에 앉아있는 대신, 거실의 창가에 서서 바깥 풍경을 바라보고 있었다. 내가 이 집을 선택한 이유도, 거실 창밖으로 가까이 언덕 아래로는 옹기종기 모인 집들의 풍경이 포근하고 정겹게 보이는 모습과, 멀리 동네 앞산의 풍경이 시원하게 펼쳐진 모습이 한눈에 보이는 점 때문이었다. 아마 그 풍경들을 어둠을 뚫고 정분이는 보고 있는 것이라는 생각이 들었다.

"이런 집을 두고 전망 좋은 집이라고 하는 거구나."

"하하, 그래? 지금은 어두워서 전망이 잘 안 보이지 않아?"

"그렇긴 한데, 어둠에 눈이 익숙해지고 나면 보이는 풍경이 그래도 꽤 멋있어서, 언덕 아래 옹기종기 모인 집들에서 흘러나오는 불빛들도 참 따스하고 좋아. 저 앞에 흐릿하게 보이는 건 산등성이야? 여기에서 산도 보이는 거야?"

"응, 여기 동네 앞산이야. 그리 높지 않은 야트막한 동네 앞산인데, 산등성이가 펼쳐진 모습이 낮에 보면 시원하게 잘 보여. 내가 이 거실 창밖 전망이 맘에 들어서 이 집을 선택했던 거였거든. 역시 너는 나와 보는 눈도 비슷하구나."

"후후, 그렇구나."

"여기 앉아. 저녁 시간이라 카모마일차로 준비했어. 괜찮지?"

"응, 고마워."

찻잔을 감싸 쥔 손에 따뜻한 온기가 전해지자, 잔뜩 긴장해 있던 마음이 조금 풀리는 듯했다. 정분이에게 들리지 않을 정도로 가만히 한숨을 한 번 토해내고, 마음속으로 정리해 뒀던 말들을 조심스레 꺼내기 시작했다.

"내 이름은 연하준이야."

"후훗, 알아. 내 이름도 알아, 정분이."

"친할머니가 계셨어. 내가 어렸을 때부터 정말 사랑하고 존경하던 분이었어. 얼마 전에 돌아가셨고."

"아, 얼마 전에? 그럼 아직도 많이 생각나고 그립겠다."

"그 할머니는 초등학교 선생님이셨어. 아끼던 제자 중 한 분이 정현수 씨였고, 그분 결혼식에 주례도 서 주셨었고."

"어? 그 선생님이?"

"그래, 맞아. 네가 생각하는 그분이 내 할머니셨어. 미리 분명히 말하고 싶은 건, 난 네게 지금 최대한 솔직해지려고 노력 중이라는 거야. 내 마음을 오해하지 않는다고 약속하면, 계속 말을 이어갈 생각이야."

"흐음, 알았어. 오해하지 않을게. 계속 말해 줘."

"흠, 쉽지 않은 결정이었고, 내 마음도 결코 가볍지 않아. 지금 이렇게 네게 말하는 순간에도 속으로는 겁나고 걱정되고 떨려. 내 인생을 통틀어 나 이렇게 긴장하고 떨리기는 처음이야. 이건 내가 너를 얼마나 진실된 마음으로 대하고 있는지를 말해주는 거고."

"흐음, 나도 긴장되는데, 지금."

"할머니가 돌아가시면서 내게 유품으로 상자 하나를 남기셨어. 내가 어릴 적 적었던 일기장들과 할머니의 일기장들이 들어 있었고, 그 일기장들을 읽으면서 내 어릴 적 정혼녀 애길 우연히 알게 되었어. 할머니가 누군가에게 언약을 하셨다는 내용이 적혀 있었거든. 그래서 내 어릴 적 정혼녀를 찾아보고 싶다는 생각이 들었고. 처음에는 단순한 호기심이었지만, 풀리지 않은 난제에 대한 막연한 갈증 같은 것을 없애버리고 싶은 마음도 있었어. 그러다가 할머니의 다른 상자에서 네 친모이신 박수정 씨와 너의 어릴 적 자료들을 보게 됐어. 할머니는 박수정 씨를 내 어머니가 나를 낳으셨던 미초산부인과라는 곳에서 처음 만나셨데. 고아 출신 미혼모였고 어린 나이였던 박수정 씨가 곤란한 상황에 있다는 것을 알게 된 할머니는 그분의 보호자로 기꺼이 나서 주셨고, 그렇게 두 분의 깊은 인연이 시작되었던 거 같아. 할머니는 너의 친어머니와 너에 관한 서류들을 모두 모아 두셨어. 그래서 너의 친어머니와 너에 대해서, 그리고 너의 양부모님에 대해서 내가 알게 된 거였고."

"그럼, 나에 대한 모든 숨겨진 이야기를 알고 있었다는 거야? 그러면 나한테 일부러 접근한 거였어? 만화방에서 우연히 만난 게 아니었다고?"

"응, 그랬어. 내가 우연히 그 만화방에 가게 될 일은 없었을 거야, 네가 그곳에 없었다면."

"하아... 그래, 우선 알겠어. 황당하지만 지금 얘기해야 할 다른 것들이 더 급한 거 같아서, 그 얘긴 우선 뒤로 미뤄두자. 그 서류들 말이야. 더 자세히 얘기해 줘. 할머니께서 무슨 자료들을 모아 두셨던 거지?"

"박수정 씨와 관련된 입원 서류 및 영수증, 너의 출생증명서, 너의 고아원 등록문서, 입양신청서, 박수정 씨의 다른 병원 입원 서류 및 영수증도 있었어. 네가 양부모님께 입양된 후 발급된 너희 가족의 가족등록문서 같은 것들도 함께 모아져 있었고."

"내 출생증명서? 내 고아원 등록문서? 내 친모의 다른 병원 입원서류는 무슨 말이지?"

"네가 알고 있을 거라는 생각은 안 했어. 그래서 내가 어디까지 어떻게 말을 해줘야 할지 솔직히 감이 안 잡혀. 이런 얘길 내가 네게 해줄 만한 권한이 내게 있는지도 아직 잘 모르겠고. 그런데, 할머니께서 이걸 원하신 거 같아. 그래서 내게 일부러 그런 문서들을 남기셨던 거란 생각이 들었고. 사실은 나 정현수 씨도 이미 직접 만났어. 그분께서도 내게 상자 하나를 전해 주셨어. 그 상자에 대해서는 우선 다른 이야기를 마저한 후 나중에 얘기해 줄게."

"우리 아버지를 만났다고? 당연한 얘기 같지만 아버지는 내게 아무런 말도 안 하셨어. 네 할머니와 우리 아버지는 아주 특별한 관계셨어. 네 할머니 얘기는 부모님께 자주 들어왔지만, 나는 어렸을 적 한두 번 그분을 직접 뵌 게 다였어. 그분과 사적인 추억을 만든 건 없었고, 우리 아버지는 네 할머니를 절대적으로 존경하고 믿으셨어. 그런 분들이 이런 서류를 일부러 네게 남겨 주시고 사실을 확인하길 원하셨다면 나도 너를 믿을게. 그러니 네가 이런 얘기를 나한테 해줄 권한은 이미 있는 거야. 그분들이 너를 인정해 주신 거면, 나도 그렇게 너의 권한을 인정해 줄게. 계속 말해 줘. 나 모든 걸 들어야겠어."

"네 친어머니 성함은 박수정, 너의 본명은 박새인이었어. 할머니가 네 친어머니와 미초산부인과에서 인연을 맺은 후부터 계속 박수정 씨를 도와 주셨어. 그러다가 네가 다섯 살 즈음 되었을 때 뭔가 일이 있었던 거 같아. 아직 정확히 무슨 상황 이었는지는 확인을 못 했고, 지금도 알아보고 있는 중이야. 그 때 즈음에, 박수정 씨의 몸에 좀 문제가 생겼는지, 다른 병원 의 진료 서류들이 있었어. 그러다 결국 뇌출혈로 쓰러진 후 세 상을 떠나신 거고. 그 후 너는 잠시 고아원에 들어가게 됐고.

그 시기에 네 이름이 박새인에서 정분이로 바뀌어 양부모님에게 입양이 됐어. 박수정 씨가 생전에 할머니께 부탁을 하셨었데, 만약 자신이 세상을 떠나게 되면, 너를 친부 측이 아닌 좋은 가정에 입양을 보내달라고, 입양이 되고 나서도 할머니가 곁에서 너를 계속 지켜봐 주기를 바라셨던 거 같아. 그래서 정현수 씨가 너를 입양하도록 주선하신 것도 할머니셨고, 너희 가족과 오래도록 특별한 친분을 맺어온 것도 그런 이유였을 거야."

엄청난 얘기를 들은 사람 같지 않게 제법 차분한 태도를 유지하고 있는 듯해 보였지만, 정분이의 무릎에 놓여 있는 그녀의 두 손이 미세히 떨리고 있었다. 힘을 줘 말아 쥔 두 손의 마디 마디가 하얗게 질려 있는 게 내 눈에 아프게 담겨 들어왔다. 그 손을 잡아 주고 싶다는 생각을 하며 바라보고 있으려니, 정분이가 숙이고 있던 고개를 들어 두 눈을 천천히 내게 고정해 왔다.

"나를 낳아준 분에 대한 기억이 거의 없어. 그냥 아주 오래전 단편적인 기억들이 드문드문 떠오를 뿐이야. 나를 보며 환하게 웃어주는 어느 젊고 아름다운 여인의 흐릿한 얼굴 같은 거 말이야. 내가 입양된 사실은 알고 있었지만, 내 어릴 적 본명이나 생모에 대해서는 알고 있는 것들이 없었어. 가끔 궁금하기도 했지만, 굳이 양부모님께 물어보고 싶지가 않았거든.

너무 좋은 분들이시고 나를 친딸처럼 사랑으로 키워 주신 분들이라, 그 틈에 다른 것들을 끼워 넣고 싶지 않았던 거 같아. 그런데 이런 엄청난 일들이 숨겨져 있을 줄은 몰랐어. 그래서 먼저 말을 해주지 않으셨던 건가 봐. 내가 좀 더 강해져야 이해하고 받아들일 수 있는 이야기들일 테니까 말이야."

"응, 할머니와 네 양부모님도 그런 순간을 기다려야 된다고 생각하셨던 거 같아."

"내가 고아원에 들어갈 즈음에 내 생모께서 뇌출혈로 돌아가신 거였다니... 전혀 모르고 있었어. 내 친부에 대한 기억은 내게 남아 있는 게 없고. 내 본명이 박새인이었던 것도 낯선 일이야. 그런데 왜 내가 다섯 살 즈음에 갑자기 이런 일들이 생긴 거였지? 어쨌든 내 친모는 내가 다섯 살이 될 때까지 나를 박새인으로 혼자서 잘 키우고 계셨다는 뜻이잖아. 왜 하필 그 시기에 그런 일들이 한꺼번에 일어났을까? 너도 이게 이상한 거지? 그래서 지금도 계속 확인 중인 거고?"

역시 나의 야무진 정분이는 모든 상황을 침착하게 이해하고, 짧은 시간 안에 중요한 부분을 파악해 내었다. 고운 나의 정분이, 그녀를 아프게 하고 싶지 않은데. 나는 말을 이어야 될 책임을 느끼고 있었고, 그녀가 원하는 부분을 말해 줘야 한다.

"할머니의 서류상자에서 그 서류들을 본 후, 내가 네 양부모님을 직접 찾아 갔었어. 그 서류들에 대해서 정확히 확인을 하려면 다른 방법이 없었거든. 할머니와 박수정 씨의 인연에 대해서, 그리고 너의 입양에 대해서 네 양부모님께 설명을 들을 수 있었어. 그리고 한 가지 더, 흐음... 네가 고아원에 들어가고 개명을 한 후 입양이 되야 했던 뒷이야기에 뭔가 위험한 상황이 있었던 거 같다고 말해 주셨어. 하지만 두 분도 정확히 무슨 일이 그 시기에 있었는지는 잘 모른다고 하셨어."

"응? 그게 무슨 말이야? 위험한 상황이라니?"

"그게, 지금은 좀 명확하지 않아서 좀 더 확인중이야. 내가 네 양부모님을 만나고 난 뒤 얼마의 시간 후에 정현수 씨가 나를 다시 찾아오셨어. 철제상자 하나를 들고 말이야. 그 상자 안에는 너를 낳아준 분, 박수정 씨의 개인 자료들이 담겨 있었어. 개인 수첩들과 사진첩, 개인 서류들 같은 거. 그 모든 자료들은 나중에 너에게 전해 줄게, 원래는 네게 남겨진 것들이었거든. 정현수 씨는 할머니께 그 상자를 받고 나서, 한 번도 상자를 직접 열어본 적이 없으셨데. 그분 성격 대로 행동하신거지. 할머니께서 나중에 네가 그 자료들을 감당할 수 있을 정도로 강해지면, 그 상자를 네게 공개하는 게 좋을 거 같다고 정현수 씨께 부탁 하셨데. 그런데 그분은 할머니께서 남기신 일기장들과, 너와 관련된 서류들을 내가 받아서 읽었다는 얘기를 듣고, 본능적으로 그 철제상자도 내게 건네 주는 게 맞다고 생각하셨다고 했어. 그래서 나는 그 자료들을 보고 내가 알게 된 사실들을 너에게 전달하는 일이, 할머니가 원하셨던 일이셨을 거라는 생각을 했어."

"네 할머니께서는 모든 걸 통찰해서 보고 계셨던 거야. 오랫동안 고민해서 내린 결론이셨을 거란 생각도 들고."

"그분 성격상 아마 그러셨을 거야. 나도 솔직히 할머니가 무슨 생각과 의도로 이런 상황을 만드셨는지 아직 모든 게 분명하지는 않지만, 거부하거나 모른 척할 생각은 없어. 할머니는 누구보다도 나를 잘 알고 계셨던 분이고, 그렇게 생각하셨다면 그럴 만한 이유가 있으셨을 거야. 그리고 지금 내 솔직한 심정으로는, 이 얘기들을 내가 확인하고 네게 말해줄 수 있어서 다행이라는 생각도 들어. 박수정 씨의 자료들을 꼼꼼히 읽어봤지만, 네 친부에 대한 개인정보는 정확히 적혀 있지 않았어. 박수정 씨는 고등학교를 졸업한 후 한 유명 음식점의 본점에서 계산원으로 일을 하면서 야간대학도 다니고 계셨어. 다행히 그 음식점이 원래 있던 자리에 그대로 있었고, 혹시라도 네 친어머니를 기억하는 분이 계실 수도 있을 거 같아 직접 찾아가 봤어. 다행히 박수정 씨를 기억하고 있는 분을 만날 수 있었어. 그분과 친하셨데. 그리고……, 네 친부에 대한 얘기도 들었어. 괜찮아? 들을 준비될 때까지 기다려줄까?"

정분이의 얼굴이 긴장감과 초조함에 점점 하얗게 질려가는 것을 보면서, 그녀의 상태가 걱정이 되어 계속 말을 이어도 될지 물을 수밖에 없었다.

"흐으음... 흠. 괜찮아. 계속 말해 줘."

"네 친부의 개인신상에 대한 정확한 정보는 안 적혀 있었지만, 박수정 씨 수첩에 두 분의 연애할 적 얘기가 좀 적혀있었어. 고아 출신에 야간대를 다니며 음식점 계산원으로 일하는 한 여자와 대학 공부를 힘겨운 생활 속에 이어가고 있는 한 남자의 애틋한 연애 얘기였어. 하지만 남자가 사실은 꽤 대단한 집안의 아들이라는 것을, 박수정 씨가 나중에야 그 남자의 어머니를 만나고 나서 알게 되었고, 공교롭게도 그 시기에 임신 사실도 알게 됐어. 그래서 남자를 위해서 자신이 조용히 사라지기로 결심한거지. 일하던 음식점에서도 어느 날 갑자기 떠난 거고. 남자는 여자가 사라져버리고 나서야 여자와의 사랑이 끝났음을 알게 된거지. 아마 네 친아버지는 너의 존재를 지금껏 모르고 지내왔을 가능성도 있어."

아스라질 것 같은 표정으로 내 말을 묵묵히 듣고 있던 정분이는, 감정이 격해졌는지 자리에서 일어나려다가 몸이 약간 휘청였다. 놀란 내가 얼른 그녀의 팔을 잡아 부축해주자 내쪽으로 고개를 조금 기울이더니, 이내 괜찮다는 듯 나를 향해 고개를 끄덕여 보였다.

"괜찮아. 그냥 조금 어지러운 거 같아. 후우, 엄청난 얘기네.

내가 그렇게 대단한 이야기 속의 주인공이 될 거라는 생각은 한 번도 해본 적이 없었는데 말이야. 내 친부모님에 대해 가끔 궁금하기는 했지만, 이런 뒷얘기들을 상상해 본 적은 없거든. 친모와 친부, 그리고 혹시 있을지 모를 가족간의 비밀까지. 흐음, 그런데 좀 이상한 부분이 있어. 왜 내가 다섯 살 때 내 친모는 굳이 친부 측과 다시 연락을 하려 한 거였을까? 그동안 잘 지냈었는데, 왜 굳이 그 때 연락을 하게 된 거지? 어떻게 연락을 하게 되었을까? 도망치다시피 남자와 연락을 끊었고, 꽤 오랜 기간 연락을 하고 있지 않았다면, 다시 연락할 방법을 찾는 것도 쉽지 않았을 텐데 말이야."

"흐음, 아마 그 부분은 너의 친부나 또는 그 가족과 연관이 있을 거 같아서 좀 조심스러워. 사실 최근에 내가 우연히 알아낸 바에 의하면, 네가 다섯 살이 되던 즈음에 이 모든 일련의 일들이 일어난 게 우연이 아닐 수도 있어. 그 때 즈음에 네 친부도 전국적으로 유명세를 타고 있던 시기여서 언론에 자주 노출이 됐었거든. 그래서 박수정 씨가 네 친부의 소식을 접했고, 그 때 그분에게 다시 연락했을 가능성이 커. 박수정 씨 수첩에 보면, 최여사라는 분에 대한 메모가 있어. 그 최여사라는 분은 네 친부의 어머니셔. 박수정 씨가 그 때 당시 누군가를 만났는데, 그 후 어떤 사정으로 도피하는 상황까지 된 건지는 아직 완벽하게 파악이 되지 않았어."

"드라마에 스릴러까지. 입양이 됐지만 좋은 양부모님과 행복하게 살아왔고, 그래서 나는 내가 그래도 평범하게 살아가는 사람들 중 하나라고 생각하며 살아왔는데 그게 아니었던가 보네. 내 친부라는 분이 엄청난 분이라는 사실은 이제 좀 명확해진 거 같은데, 그래서 그분이 누구지? 여전히 유명한 분인 거야? 천재적인 면모를 가진 사람들 중엔, 잠깐 반짝했다가 흐릿하게 잊혀지는 사람들도 많잖아."

어느쪽을 정분이는 더 원하는 건지 명확하지 않지만, 최대한 그녀가 놀라지 않았으면 하는 마음을 담아 목소리를 담담히 내려 노력했다.

"으음, 글쎄. 실상은 잘 모르겠지만, 표면적으로는 그 후에도 꽤 괜찮은 삶을 살아온 거 같긴 해 보여. 여전히 전국민의 대부분이 알 만한 분이니까. 음식점에서 만났던 박수정 씨의 오래전 친구분에게도 확인을 받은 사실이고. 그분이 TV에서 자주 보는 얼굴이라고, 그분을 볼 때마다 박수정 씨 생각이 났다고 하셨거든. 많은 사람들에게 주목받고 있는 사업가니까. 강태훈, 그분이 네 친아버지야."

"뭐! 강태훈? 하아, 뭐가 이렇게 삶이 드라마 같지? 정말 내가 알고 있는 사업가 강태훈 씨가 내 친부란 말인 거야? 확실해?"

"응, 맞는 거 같아. 지금까지 확인한 사실들만 두고 봤을 때는. 강태훈 씨의 친어머니가 최여사인 것도 맞고. 그 때 당시 최여사님이 의뢰를 했던 사설업체까지 확인을 해 둔 상태야. 너무 오랜 시간이 흐른 뒤여서, 그 일을 담당했던 사람을 직접 찾아내기가 쉽지 않지만 조만간 찾을 수 있을 거야. 그럼 그 때 당시의 상황이 좀 더 명확해질 거고. 모든 게 확인될 때까지, 네가 친부 가족에게 직접적으로 노출될 일은 없게 할 생각이야. 혹시 모를 상황이라는 것도 있을 수 있으니까."

"무슨 생각을 하고 있는 거야? 네 생각에는 내 생모가 협박이라도 받아서 그렇게 나를 데리고 숨었을 수도 있다는 거야? 그래서 네 할머니가 나를 일부러 숨겼고?"

"흐음, 지금으로서는 단정짓기가 좀 애매해. 어쨌든 네 친부이고, 그 친부의 가족이 관련된 일이니까."

"하아, 그런데 정말 대단하네. 그렇게 잘난 분이 어떻게 자신의 딸을 한 번도 찾지 않은거지? 그렇게 냉혈한 같아 보이지는 않는데 말이야. 이해가 안 돼."

"저 그게, 아직 너에게 다 얘기하지 못한 부분이 있어. 나 얼마 전에 강태훈 씨를 직접 만났어."

"어? 어떻게? 그분이 너를 어떻게 알고?"

"내 전 소속사 대표님께 강태훈 측 뒷조사를 해달라고 내가 도움을 좀 청했었거든. 그러다 강태훈 씨가 그걸 알게 되었고. 그래서 내가 직접 그분을 찾아가서 만났어. 그분은... 너의 존재를 모르고 있었던 거 같아."

"정말이야? 자신에게 딸이 있다는 사실을 몰랐었다고?"

"응, 그분은 박수정 씨가 자신을 떠난 후 어떻게 지냈는지 전혀 모르는 거 같았어. 그래서 내가 전해드린 얘기를 듣고 큰 충격을 받은 듯했거든. 어쨌든 그분이 직접 자신의 어머니와 얘기를 한 후 내게 연락을 주기로 했고. 그러니, 우선은 그분의 얘기를 더 들어보고 나서 모든 상황에 대한 결론을 내려도 좋을 거 같아."

"후우, 정말 이게 무슨 상황인지 너무 혼란스러워. 그렇다면 그분의 연락을 기다려 봐야겠지?"

"그게 좋을 거 같아."

정분이가 상처받지 않기를 바랐지만, 이런 이야기를 그 어떤 아픔도 없이 받아들일 수 있는 사람은 없으리라. 그저 이런 상황에 놓인 그녀의 옆에서, 내가 힘이 되어주면 좋겠다는 생각이 들 뿐이다.

"심각한 거 정말 싫은데, 정말 현실은 만화와 너무 다른 거 같아. 이럴 때는 포포가 옆에 앉아있어 주면 좋겠어, 위로가 필요해."

답답한 듯 한숨을 깊게 토해내는 정분이를 바라보고 있으려니, 내 마음 한 구석을 뭔가가 날카롭게 파고드는 느낌이 들었다. 내가 한 번도 경험해 보지 못한 감정이어서 헷갈리지만,

내 마음을 표현해 보자면 깊디 깊은 순정이요, 누군가를 깊이 아끼는 마음일 듯하다.

"내가 배는 안 나왔지만, 그 포포 역할 해주면 안 될까? 말없이 네 옆에 앉아있어 줄 수 있어. 네가 원한다면 얼마든지 오랫동안 그렇게 조용히 네 옆에 앉아있어 줄게."

말없이 나를 바라보는 정분이의 시선은 여전히 무겁게 가라앉아 있다. 그 무게를 덜어주고 싶어, 그녀의 손을 이끌어 내 옆에 나란히 앉혀 주었다.

"그냥 이렇게 앉아서 숨을 깊게 들이마쉬고 내쉬는 거야. 내 호흡을 한 번 느껴봐. 들이마쉬고 내쉬고. 힘든 거 알아. 내가 감히 상상도 못할 깊이만큼 힘들겠지만, 그래도 내가 곁에서 힘이 되어 주고 싶어."

오르락 내리락 거리는 내 가슴을 가만히 바라보고 있던 그녀가 살며시 미간을 찡그리더니, 이내 아스라히 사라지는 짧은 미소를 한 번 지어 보이고는 나를 따라 깊게 숨을 들이마쉬고 내쉬기를 반복했다. 그렇게 우리 둘의 깊은 숨소리가 가득히 이 적막한 공간을 채워가자, 밝은 보름달이 우리 둘을 감싸오는 듯 환한 빛이 떠오르는 듯한 착각이 들었다.

"그렇네, 이렇게 앉아서 깊게 숨을 들이마쉬고 내쉬니까 좀 나아졌어. 황당하고 갑갑한 마음을 없앨 방법이 없지만, 그게 내 친부모님과 관련된 일들이라면 정확한 사실을 모두 확인해 보고 싶어. 내 곁에서 함께 계속 도와줄거지?"

할머니는 그래서 정분이가 좀 더 강해질 때까지 기다리셨던 거였을까? 그녀가 이런 이야기들을 감당할 수 있을 정도로 강해지기를 기다리셨고, 그런 그녀의 곁에 내가 있게 되기를 기다리셨던 거였을까?

"물론, 그런데 한 가지 조건이 있어. 나 고급인력인 거 알지? 비싼 두뇌와 시간을 너를 위해서 써주는 대신 나도 네게 원하는 게 있어. 힘든 상황일수록 네 용기가 좀 더 필요할 거고, 그런 상황이 될수록 네가 미소를 잃지 않고 당당해지면 좋겠어. 그리고 절대 네 본연의 모습을 잃으면 안 돼."

"내 본연의 모습?"

"응, 네 본연의 모습, 당돌하고 야무진 거."

그리고 고운 정분이의 모습도.

"그게 뭐야, 푸훗."

살며시 웃음을 지어 보이는 정분이를 보며 약간 마음이 놓였다. 마냥 심각할 수 있는 상황에서도 아직 그녀의 웃음짓는 얼굴을 볼 수 있어서 다행이다. 친부와 관련된 얘기를 전할 때는 많이 조심스러웠다. 담담하게 듣고 있는 듯했지만, 정분이의 표정은 점점 어두워지고 있었다. 친부의 소식을 이렇게 듣게 되는 그녀의 마음을 생각하면 내 마음도 무거워졌다. 어두워진 그녀의 표정을 풀어주고 싶은데, 경험이 없는 나로서는 방법이 쉽게 떠오르지 않았다.

"정분이 씨, 아이스크림 먹을래?"

"아이스크림? 이 겨울에? 추운데?"

경험이 없으니 이런 구멍이 생기고는 한다.

"으음, 그럼 사탕 줄까?"

"응? 갑자기 왜 그래? 너 단 거 먹고 싶어졌어?"

"아, 아니? 단 거 먹으면 혹시 네 기분이 좀 좋아질까 해서."

"후후, 괜찮아. 나 그리 약하지 않다고. 할머니도 내가 강해졌다고 생각해서 이렇게 모든 사실을 알려줄 때가 됐다고 생각하신 거잖아. 그분이 그렇다면 그런거겠지. 그러니 나 충분히 씩씩하게 이겨낼 수 있어. 그러는 연하준 씨는요? 뭐 먹고 싶은 거라도 있는 거야? 배고파?"

"음, 그러게, 좀 배가 고픈 거 같기도 하고. 뭐든 잘 먹는 복덩이 정분이 씨는 배가 안 고픈가?"

"그러고 보니 나도 좀 배가 고픈 거 같아. 김밥하고 떡볶이 먹고 싶은 거 같기도 하고."

"또? 다른 메뉴는 좀 힘든가?"

"우리에게 추억의 음식이잖아. 그리고 언제 먹어도 맛있어 그 둘은. 가자, 갑자기 너무 배고파졌어. 내가 특별히 김밥 두 줄 사줄게. 맛나분식은 24시간 가게 문 열거든. 괜찮지?"

내 이럴 줄 알았다. 그래도 다행이다. 정분이가 밝은 미소를 잃지 않아서. 우리 둘이 함께면 뭐든 맛있을테니 뭘 먹든 솔직히 상관없다. 정분이만 웃을 수 있다면 난 이제 뭐든 괜찮고, 뭐든 할 수 있을 거 같으니까. 다음에는 내 집에서 떡볶이를 직접 만들어 먹자고 말해보고 싶지만, 우선은 조금 더 기다려 줄 생각이다. 오늘은 그녀가 다시 미소를 되찾은 것으로 만족하기로 했다.

7
_
그때
있었던 일

거실 통창을 통해 들어오는 햇살이 탁자에 놓인 녹차 잔에 가득 내려앉아 있음에도, 녹차 잔을 사이에 두고 앉아 있는 어머니와 아들 사이에는 냉랭한 기운만이 감돌았다. 두 사람의 맞닿은 눈빛 사이에 팽팽한 긴장감이 감돌았지만, 서로 다른 이유로 둘 중 누구 하나 먼저 입을 떼지 못하고 있었다.

"직접 말해주세요."

"뭘 말이냐?"

"박소정, 아니 박수정이요. 그녀와 관련해서 어머니가 알고 계신 모든 것, 어머니가 중간에서 하셨던 모든 일들에 대해서 알아야겠습니다."

날 선 긴장감으로 팽팽했던 이마가 잔뜩 찡그려지며 숨겨져 있던 미간의 주름이 깊게 패였다.

"네가! 네가 지금 뭘 얘기하고 있는지는 알고 있는거니? 무슨 얘긴지 난 모르겠구나."

"제가 어머니 뒷조사를 하길 바라십니까? 그렇게까지 제가 스스로 제 밑바닥을 들춰내게 만들고 싶으세요?"

"흐음……."

"어머니! 박.새.인. 제가 그 아이 이름까지 알게 되었다고 말해드려야 제게 모든 걸 말해줄 생각이십니까?"

"네가 어떻게……? 흠, 그럴 의도는 정말 아니었어. 그냥 좀 겁을 줄 생각이였다. 그땐 나도 너무 당황했었고, 겁에 질려 있는 상황이었어. 내 눈에는 오직 너만 보였고, 내 아들의 미래만 생각했다. 네가 믿어줄지 모르겠지만, 나도 그 아이가 뱃속에 네 아이를 가졌었다는 건 모르고 있었어. 내가 그 아이를 처음 만났을 때, 너의 미래를 위해 헤어져 달라고 말했고, 우리 가족과 너의 상황에 대해 설명했어. 그 아이가 조용히 사라져 줘서 속으로 고맙다고 생각하며 살아가고 있었다. 그러다 네가 전국적으로 유명세를 타며 탄탄대로의 미래가 펼쳐질 것만 같던 바로 그 시기에 그 아이가 다시 나타났던 거야. 그것도 네 딸아이를 키우고 있다고 하면서. 네가 혼외자를 외면하며 성공만을 바라보고 살아온 비겁한 사람처럼 비쳐질까 봐 겁이 났고, 네 창창한 미래가 망가지게 될까 봐 두려웠어."

"그래서, 그렇게 연락해 온 그 사람에게 대체 뭘 하셨던 건가요?"

"그 아이에게 좀 위협을 가해 겁을 먹고 다시 숨어지내게 할 생각을 했던 거였어. 정말이지 그냥 겁만 줄 생각이었지, 절대 뭔가를 실제로 할 생각은 아니었다. 그런데 그게 좀 과했던 건지, 그 아이는 정말 그렇게 도피하다시피 사라져 버렸어. 난 그저 겁먹은 그 아이가 외부에 노출되지 않게 몸을 숨기고, 원래 살던 대로 조용히 딸아이를 키우겠다고 약속하면, 그 아이와 딸아이까지 조용히 평생 지원해 주며 지내게 할 생각도 하고 있었어. 그런데 그렇게 그 아이가 잠적하다시피 사라져버리고, 그냥 조용히 해결되었으니 잘된 거라고 생각했다. 그 아이가 딸을 키우며 혼자 조용히 살아가기로 마음먹었나 보다 하고 짐작해 버린 거였어. 그래도 네 딸이고 내 손녀니까 마음에 걸리더라. 그래서 그 둘의 행방을 계속 조사해 보았지만, 그들의 소재지가 쉽게 찾아지지 않았어. 나도 그 아이 이름을 박소정으로 알고 있었다. 그러다가 최근들어 예전에 내가 이런 일을 부탁했던 사설업체에서 연락을 받았고, 누군가가 뒤에서 내가 의뢰했던 일들에 대해 뒷조사를 하고 있다는 소식을 듣게 되었어. 그래서 그 배경이 누군지 알아봐 달라고 다시 의뢰를 했다. 그 과정에서 그 아이의 본명이 박수정이라는 걸 알게 되었고, 오래전에 죽었다는 것도 알게 되었어. 내 마음이 죄책감으로 타들어 가고 있었다면 네가 믿어주겠니? 네 어미로서 내가 저지른 실수로 인해, 지금 또 다시 네 발목을 잡게 될까 무서웠다. 그리고 내가 저지른 이 실수들을 네가 알게 될까봐도 두려웠고. 내가 정말 어리석고 미련한 짓을 한 거야. 너무 늦게 내 잘못을 깨달았어. 어미로서 너를 어떻게 봐야 할지 정말……, 내 이 엄청난 죄를 어떻게 씻어내야 할지 정말 모르겠구나. 흐으흡."

"어머니, 왜 그러셨어요? 대체 왜 그러셨어요! 저한테 말을 하셨어야죠. 왜 중간에서 일을 그렇게 만드셨어요? 대체 왜요!"

"흐흐흑, 지금에야 깊게 후회하고 있다. 내가 너무 어리석었어. 미안하다, 정말 미안해. 흐흡."

"지금 와서 사과하신다고 해서 달라질 건 없어요. 전 사랑하는 여자를 잃었어요. 딸의 존재도 모르고 살아왔고요. 제 인생에 사랑은 그 여자 하나예요. 변하지 않을 마음인데, 왜 제 어머니신 분이 그런 저를, 그런 제 마음을 그렇게 모르셨어요."

"흐으흑, 미안하구나. 미안해."

"우선, 지금 그 업체에 부탁해 놓은 일은 모두 중단하세요. 그리고 그 어떤 것도 숨기거나 은폐하려고도 하지 마시고요. 이해하셨어요?"

"흐흑, 그래야지. 그런데 이제 어떻게 할 생각이니?"

"제가 이제 모든 것을 직접 해결해 갈 생각입니다. 소정이는 오래전에 죽었어요. 그리고 그 딸아이는, 제가 직접 만나볼 생각입니다. 그 아이가 저를 만나준다면요. 그리고 아이에게 직접 마음을 다해 용서를 빌어 볼 생각입니다. 처음에 거절당한다 해도, 아이에게 제 진심이 닿을 때까지 천 번이고, 만번이고 용서를 구해 볼 생각이에요. 그리고 제 결심은 단호하니, 어머니가 그 어떤 말을 하셔도 달라지지 않습니다. 저 회사 대표직 및 모든 공적인 자리에서 물러날 생각입니다. 제 개인 자산은 모두 사회에 환원할 생각이고요. 이렇게 지은 죄가 많은 사람이 떳떳이 얼굴 들고 살아서는 안 되는 거니까요. 사랑하는 여인을 그렇게 잃은 죄, 멀쩡히 살아있으면서 아비 노릇도 제대로 하지 못한 죄, 그런 죄를 가진 제 자신을 평생 벌하면서 속죄하면서 살아갈 생각입니다."

"흐흐흑, 태훈아. 흑흑, 미안하다. 못난 어미구나. 내가 정말 못난 어미야. 미안하다, 흑흑."

무너지듯 바닥에 엎드려 흐느끼는 어머니를 바라보는 강태훈의 얼굴은 참담함을 넘어서 고통스러움에 잔뜩 일그러져 있었다. 이 참혹하고 가혹하기만 한 운명의 굴레에 망가져 버린, 자신의 인생에서 제일 소중한 세 여자의 삶은, 결국은 자신 때문에 그렇게 망가져버렸다는 생각을 지울 수 없었다. 그 끝을 알 수 없는 죄책감이 온 몸을 틀어쥔 채, 강태훈의 몸 곳곳에 생채기를 만들어내고 있었다. 그 생채기의 고통을 감내하는 시간이, 이제 자신이 앞으로 살아가며 스스로를 벌해야 할 또 다른 운명의 굴레라는 생각 밖에 들지 않았다.

* * *

강태훈의 사무실은 전과 별로 다를 게 없었다. 여전히 싱그러운 화분들에 둘러싸인 낡은 소파와 탁자가 놓여 있고, 책상 위에는 서류들이 잔뜩 쌓여 있다. 남자는 특유의 친화력을 발휘하며, 불편한 주제를 얘기하기 위해 만났음에도 편안함을 느끼게 했다. 이런 상황만 아니었다면, 오래 두고 가까이 지내고 싶은 그런 인물이다. 상당한 나이 차이에도 불구하고 이런 저런 다양한 분야의 이야기를 허물없이 나눌 수 있는, 왠지 나와 비슷한 부류의 사람이라는 걸 본능적으로 알 수 있다. 나를 바라보는 그의 눈동자가 깊고 짙다. 그 눈에 담긴 고요함이 왠지 정분이의 눈빛 같아, 나도 모르게 내 마음이 차분해지는 게 느껴졌다.

"제 어머니와는 이미 다 확인을 했습니다. 오래전 상황에 대해서도 확인을 마쳤고요. 어머니는 겁을 줄 의도만 있었지, 실제로 그 어떤 행위를 할 계획은 전혀 없으셨다고 했고, 그 일을 의뢰받았던 담당자와도 이미 그 여부는 확인을 했습니다. 하지만, 소정이 입장에서는 아이를 데려다가 어디 숨겨버리겠다고 하고, 다시는 그 아이를 만나지 못하게 할 수도 있다는 정도의 말은, 실제로 체감하기에는 생명을 위협하는 그 어떤 말보다 두려웠을 겁니다. 어떤 어머니도 그런 말을 듣고 태연하게 그 자리를 지키기는 어려운 법이겠죠. 그래서 그렇게 도피하다시피 숨었나 봅니다. 다시 한 번만 더 용기를 내서 나를 직접 찾아와 줬었다면 좋았겠다는 아쉬운 마음이 한없이 들지만, 이미 지난 일이니 돌이킬 방법은 없겠지요. 큰 돈이 오간 정황도 없고 해서, 어머니와 그 사설업체 담당자의 말을 믿어 보기로 결정했습니다. 소정이가 이미 세상을 떠나고 없으니, 그녀가 그때 당시 겪었던 일들, 느꼈던 감정들을 직접 확인할 방법이 없어 애통할 뿐입니다. 내가 그녀를 그때 감싸 주고 보호해 주지 못한 건 땅을 치고 후회할 일이고요. 이게 다 제 어리석음과 무능함 때문입니다."

"아이를 데리고 가겠다, 다시는 못 보게 만들겠다는 위협이 있었던 거였고, 실제로 별다른 행동은 하지 않았지만, 그래도 그 말들의 위력은 엄청났던 거군요."

"예, 소정이는 그런 사람이었습니다. 순진했지만 강했지요. 아이를 지키기 위해서라면 다른 것들은 모두 포기할 만한 사람이었죠."

"흐음, 그랬군요."

"그래서, 제가 개인적으로 결심한 부분이 있습니다. 이런 일련의 일들을 모두 알게 된 이상, 제가 거짓으로 제 삶을 꾸며 온 것과 다를 게 없다고 느껴집니다. 이런 상태로 뭔가를 계속 해 나간다는 것은 위선이고 무의미하고요. 그래서 모든 공식 직함에서 물러날 생각이고, 자산을 사회에 환원할 계획입니다. 남은 삶은 소정이와 딸아이에게 사죄하는 마음으로 저를 벌하면서 살아갈 생각입니다."

"예? 그건⋯⋯."

"부족하다고 생각하시겠지요? 저도 이런 것만으로 제가 그 두 여자에게 준 고통을 없앨 수 없다는 것은 잘 알고 있습니다. 염치없지만, 그래도 이렇게라도 하고 싶은 마음이고, 또 하나 바라는 것도 있습니다. 딸아이를 만나 볼 수 있을까요?"

"⋯⋯."

"아무래도 힘들겠죠? 아마도 그 아이가 나를 만나고 싶어 하지 않을 거란 걸 압니다. 원망스럽고 증오의 감정까지 들 수도 있겠죠. 무책임하고 머저리 같은 사람이 염치도 없이 자신을 만나고 싶어한다니 말이죠."

"아닙니다. 그럴 사람이 아니에요. 그저⋯⋯, 시간이 좀 필요할 겁니다."

"그럴까요?"

굳이 말을 꺼내지는 않았지만, 난 이미 느끼고 있었다. 두 사람이 매우 닮아 있었다. 외모적으로도 닮은 부분이 있지만, 언행에서 풍겨 나오는 느낌이 오묘하게 닮은 두 사람이다. 정분이와 먼저 말을 나눠보아야겠지만, 난 이미 알고 있다. 정분이는 이 분을 만나길 원할 것이고, 결국에는 마음으로 받아들일 거라는 것을.

* * *

사무실의 통창으로 비쳐드는 햇살이 동그란 이마부터 콧등으로 연결되는 선을 도드라지게 빛내 주고 있었다. 그런 정분이의 옆모습을 보며 잠시 창가에 기대어 서 있었다. 그림 작업에 꽤 집중을 하고 있는지, 내 이런 강렬한 시선 같은 건 전혀 느껴지지 않는 듯했다. 역시 둔한 건가.

"정분이 씨."

"어, 어! 연하준. 뭐야 왜 갑자기 정분이 씨. 그럼 나도 연하준 씨! 무슨 일이신가요 그래야 되나? 하하."

분이야, 나 네 친아버지 만났어. 그분이 너를 만나고 싶어하셔. 너를 낳아준 분과 가슴 아픈 이별을 했던 거였고, 너의 존재 자체를 모르고 지낸 거였데. 그래서 지금이라도 알게 된 네 존재가 너무 소중한데. 난 이런 얘기를 너에게 어떻게 전해야 하는 걸까? 너는 어때? 너는 그분을 만나고 싶니? 그분을 만날만큼 너는 충분히 강한 거야?

"그림 작업은 잘 되가?"

"응, 요즘 느낌이 제법 괜찮아. 사무실에 나와서 그리는 것도 집중이 잘 되는 거 같아. 돌석 씨도 친절하게 잘해주고. 좋은 친구 돼서 좋겠어, 연하준은."

"그렇지, 나도 돌석이가 내 친구인 게 고마워. 너는 어때? 내가 네 친구인 게 고마워?"

그때 있었던 일

319

"우리가 친구였어? 후훗."

"으응? 그럼 친구 아니면 뭔데?"

"난 고용관계인 줄 알았지. 하하, 농담이야. 친구지, 우연히 만나게 된 소중한 인연."

"편안해 보이네. 요즘 농담도 제법 늘고, 보기 좋아."

"그래? 사실 요즘 마음이 많이 편하고 좋아. 꿈을 좇으라고 누가 말해줘서, 하고 싶던 일을 실컷 하고 있으니 안 좋을 리가 없잖아."

"그래? 잘 됐네. 네가 편안해 보이니 나도 부담 없이 말할게. 나 강태훈 씨 다시 만나고 오는 길이야."

"아! 그래? 내가 마음의 준비를 해야 될 말인가 보구나. 괜찮아, 말해 줘."

"흐음, 우선 네가 다섯 살 때 박수정 씨가 만났던 사람은 강태훈 씨의 어머니셨어. 강태훈 씨는 박수정 씨가 다시 연락해 온 걸 몰랐대, 그래서 너의 존재도 모르고 있었고. 그 당시에, 그 모친인 최여사라는 분이 박수정 씨를 위협한 것도 맞고. 강태훈 씨가 모친과 직접 확인한 후 나에게 말해준 거야. 딸아이를 데려갈 수도 있고, 다시는 못 만나게 할 수도 있다는 협박을 했었는데, 그런데 그게 진짜 뭔가를 계획했던 것은 아니었고, 단순히 겁을 줘서 박수정 씨가 조용히 지내게 할 의도로 그랬던 거라더군. 그런 단순한 협박도 통할 정도로 박수정 씨에게 그런 말들은 엄청난 힘을 가졌던 거지. 네가 그 당시의 그분께는 세상의 전부나 다름없었을테니까. 그래서 그런 위협을 받은 박수정 씨는 도피하다시피 잠적하는 걸 택한 거였던 거고. 그 최여사라는 분이 잘못된 모성애로 그런 잘못을 저지른 거였고, 이런 정황을 알게 된 강태훈 씨도 굉장히 심한 충격을 받은 거 같았어."

"하아, 정말 그런 치졸한 협박을 했었다는 거야? 정말 너무하네. 그래서 그 이후에는 어떻게 된 거였어?"

"그렇게 박수정 씨는 네가 친부를 만나게 하려던 것을 포기하고 모습을 감추려 했던 거 같아. 물론 내 할머니가 그 과정을 모두 도와줬던 거고. 그래서 강태훈 씨는 박수정 씨와 재회할 수 없었고, 네 존재를 알게 될 기회도 잃은 거였어. 강태훈 씨 모친도 지금에 와서는 그때의 어리석은 행동을 후회하고 있데. 너무 늦어버려서 쓸모가 없게 된 게 문제지만 말이야. 그리고 강태훈 씨는 너에게 어떤 식으로든 위험한 상황이 생길 일은 절대 없게 할 거라고 약속했어."

"하아, 나 조금 어지러운데. 잠시만 기다려 줄래?"

한동안 눈을 감고 손등에 이마를 대고 있던 정분이가 고개를 들어 나에게 시선을 건네 왔다.

"결국은 말장난 같은 거였는데, 누군가의 인생은 영원히 돌이킬 수 없는 슬픔을 얻게 됐어. 박수정 씨, 나를 낳아준 친어머니 말이야. 너무 불쌍해서 어떻게 하지. 내 친부라는 그분, 그 마음이 너무 안타깝잖아. 나... 나 여기 가슴이 좀 아려 오고 답답한 듯 아파오는데, 이걸 어떻게 해야 하는 거지? 흐으읍..."

정분이의 눈에서 또르르 눈물이 흘러내렸다. 그녀가 자신의 손으로 가슴을 가볍게 두드리며 호소하듯 말해 오는 말들에 내 마음도 아릿하게 저려오는 게 느껴졌다. 말도 안 되는 어리석은 행동으로 인해 누군가의 인생이 이렇게 되었고, 나는 그 인생의 소용돌이에 정면으로 맞서고 있는 한 여자의 마음을 진심을 다해 감싸 안아줘야 한다.

"그러게, 정말 안타까운 일이야. 그러니 아프면 아프다 하고, 울고 싶으면 울어도 돼. 내가 옆에 앉아있어 줄게."

정분이는 한참동안 눈물을 흘렸다. 나는 그녀의 옆에서 조용히 앉아, 그녀의 슬픔이 나에게 나눠져 조금이라도 가벼워지기를 바라고 있었다. 헛된 위로의 말도 하지 않았고, 그녀의 눈물을 닦아주지도 않았다. 지금 느끼고 있는 저 감정을 해소해낼 수 있는 사람은 온전히 그녀여야 할 것 같았기 때문이다. 그게 내가 그녀의 감정을 존중해 줄 수 있는 제일 좋은 방법이라고 생각했다.

조금씩 움직임이 멈춰들더니, 이내 정분이의 목소리가 들려왔다.

"고마워."

"응, 나도 고마워. 내 옆에서 울어 줘서. 내가 옆에 앉아있게 해 줘서."

"흐음, 내가 더 고마운 거야. 네가 내 옆에 조용히 앉아있어 줘서."

"알았어. 네가 더 고마워해야 하는 걸로 하자."

"흠, 그래서……, 그분은 그런 얘기가 오간 후 뭐라고 하셨어?"

"네가 괜찮다면, 너를 만나고 싶다고 하셨어."

"갑자기 존재도 모르고 있던 딸이 생겼는데 반가운 마음이 드실까?"

"그분은, 네 원래 본명인 박새인이라는 이름을 듣자마자, 네가 자신의 친딸임을 알아 들으셨어. 두 분이 좋아하던 소설에 나오던 이름이었는데, 나중에 딸이 생기면 새인이라는 이름을 지어 주기로 두 분이 말한 적이 있었다고 하셨어."

"흐흑…, 그랬구나. 내 본명이 두 분이 함께 정하셨던 이름이었던 거구나."

다시 조금씩 흔들리는 정분이의 어깨를 가만히 내려다보면서 그녀에게 물었다.

"너는 어때? 그분을 만날 준비가 되었어? 그분을 만나고 싶어?"

"흐음……, 아직은 잘 모르겠어. 우선은, 양부모님께 이 일에 대해 모든 걸 말하고, 두 분의 의견을 들어볼 생각이야. 만약 두 분이 원하지 않으신다면, 난 강태훈 씨를 만나지 않을 생각이야. 내겐 두 분의 의견이 중요하니까."

"그래, 그렇게 하자. 네 마음이 중요해. 난 그런 네 옆에 언제든 이렇게 있을 거야."

정분이의 젖은 눈동자가 오랫동안 내 얼굴에 머물렀고, 내 마음은 그녀의 눈동자에 머무른 채, 그렇게 오랫동안 우리는 서로의 감정을 보듬어 주었다. 이런 내 마음이 그녀에게 위로가 된다면, 헛된 말쯤은 없어도 됐고, 헛된 손짓 같은 건 무의미할 뿐이었다. 우리는 이미 그런 공간 안에서 서로의 마음이 함께하고 있음을 느끼고 있었다.

* * *

"두 분께 드릴 말씀이 있어요."

심각한 얼굴의 정분이를 바라보는 양부모님의 얼굴에도 짙은 긴장감이 서렸다. 사실 두 사람은 최근에 정분이가 부쩍 말수가 줄어들고, 멍하니 서서 먼 하늘을 바라보며 뭔가를 골똘히 생각하는 듯한 모습을 자주 보이는 것을 염려스러운 눈빛으로 지켜보고 있었다. 지난 번에 연하준이 집에 다녀가고 난 후. 곧 다가올 그 순간을 두 사람 모두 긴장감을 느끼며 기다리고 있었다. 그저 정분이가 상처받지 않고 그 순간을 지나기를 바랄 뿐이었다.

"그래, 얘기하렴."

"연하준에게 모든 얘기를 다 듣게 됐어요. 그 사람이 집에 찾아와서 두 분을 뵌 것도 알아요. 그 사람의 할머니와 두 분의 인연, 그리고 저를 낳아준 생모와의 인연에 대해서도 알게 되었고요. 연하준의 할머니께서 남겨주신 일기장들과, 저와 생모와 관련된 자료들에 대해서도 모두 들었어요. 그 사람이 최근에 제 친부에 대해서도 알게 됐다고 하더군요. 두 분도 알고 계실만큼 유명한 분이세요, 제 친부라는 분이. 강태훈, 사업하는 그분이래요."

정분이의 수화 손짓을 보고 있던 정현수의 이마가 깊게 패이며 눈가가 바르르 떨렸다. 이내 하고 싶은 이야기가 많은지 태블릿 위로 바삐 손을 움직이더니 스크린이 정분이에게 돌려졌다.

"확실한 거야? 네 친부가 그 사업가 강태훈이라면, 흐음... 그렇게 간단한 문제가 아닐 거 같구나. 좋은 일도 많이 하는 분이니 그분 얘기야 방송에서 많이 봤지만. 그게 어디 진짜 모습일지는 모를 일이야. 돈과 권력이 있는 사람들을 겉모습만 보고 판단할 수는 없는 거라서. 네가 연하준에게 어디까지 얘길 들었는지 모르겠지만, 네가 다섯 살 즈음에 고아원에 잠시 맡겨졌다가 개명을 한 후 우리에게 입양되던 상황 전에 뭔가 일이 있었어. 그래서 네 생모가 네 친부를 찾는 일을 그만둔 거였다고 들었다. 연하준의 친할머니셨던 선생님께서 너와 네 생모가 숨어 지낼 수 있도록 도움을 주셨던 이유가 있었을 거야. 그분은 그런 분이셨거든. 혹시 연하준이 이 부분에 대해서 뭔가 알고 있다고 말한 게 있었니?"

역시 양아버지도 이 부분을 걱정하고 있었다는 것을 알게 된 정분이의 얼굴에 묘한 슬픔이 떠올랐다.

"예, 아버지가 걱정하시는 게 뭔지 알아요. 이미 연하준이 강태훈 씨라는 분을 만나서 그 부분은 확인을 다 한 상태에요. 우선 마음을 진정시키시고 안심하셔도 돼요. 제가 위험할 만한 상황은 절대 없을 거라고 그분이 말했다고 하니까요. 제가 다섯 살 때 제 친모가 친부에게 연락을 했을 때, 그분이 만났던 사람이 친부의 어머니인 최여사라는 분이셨어요. 중간에 연락을 가로채서 제 생모를 위협했데요, 딸아이를 데리고 갈 수도 있고 다시는 딸아이를 만나지 못하게 할수도 있다고, 그러니 조용히 살아가라고요. 딸을 못보게 될지도 모른다는 말에 겁을 먹은 제 친어머니는 그렇게 도피하다시피 잠적을 하기로 택하신 거고요. 그런데 그 최여사라는 분은 겁만 줄 생각이었고, 실제로 뭔가를 계획하셨던 건 아니었다고 하더군요. 그렇게 겁을 주면 제 생모가 다시 죽은 듯이 조용히 숨어서 살거라 생각했었데요. 처음 제 친부와 친모를 갈라놓을 때도 제 친모가 그렇게 조용히 떠났었으니까요. 잘못된 모성애로 아들의 미래를 위해 장애물을 치워야 한다는 생각밖에 못한 거였죠. 그래도 실제로 일어난 일은 없으니 다행이긴 한데, 그렇게 어긋나버린 제 친부와 친모의 상황이 안타깝게 느껴져요."

옆에서 조용히 일련의 말들을 듣고 있던 양어머니가 수화의 손짓을 하며 입을 여셨다.

"후우, 그런 상황이었던 거구나. 같은 여자로서 너의 친어머니께서 겪었을 상황이 안타깝고 마음이 아프다. 너는 괜찮니? 이런 얘길 듣게 된 네 마음이 우리는 걱정이 되는구나."

"예, 괜찮아요. 저 보기 보다 강한 거 아시잖아요. 절 낳아준 생모를 생각하면 그분이 느끼셨을 슬픔의 깊이가 가늠이 안되어 제 마음도 많이 아려요. 그래도 제 친부라는 분이 그런 상황을 모르고 있었고, 자신이 사랑했던 여자를 일부러 외면한 게 아니라는 점은 좀 위로가 되기도 하고요. 그분의 어머니인 최여사라는 분이 원망스러운 마음도 들고요. 그런데, 두 분께 제가 여쭤보고 싶은 게 있어요."

정분이의 수화를 보고 있던 정현수는 고개를 끄덕였다. 들을 준비가 됐으니 말을 이으라는 표시였다.

"그 강태훈 씨라는 분이, 저를 만나고 싶어 하신데요. 박수정 씨와 헤어지던 순간부터 지금까지 그분을 잊지 못하고 지내 오셨다고 들었어요. 제 존재에 대해서도 모르고 계셨고요. 지금에야 이 모든 상황을 알게 된 후 많이 괴로워하고 계신다고 하더군요. 그래서 저는 두 분만 괜찮다고 하시면, 그분을 직접 만나뵙고 싶어요. 제 생모에 대해서 듣고 싶은 이야기가 많기도 하고요. 그분만큼 저를 낳아준 분에 대해 제게 해 줄 말이 많은 분은 없을 거 같아서요."

정분이의 말뜻을 이해한 양부모님의 두 눈이 촉촉이 젖어 들어 가는 것을 보며, 정분이는 살며시 두 손을 감싸 쥐며 감정을 다스리고 있었다. 아버지는 연신 고개를 끄덕이며 긍정의 대답을 표현해 내셨고, 어머니는 그런 아버지를 보며 수화의 손짓과 함께 입을 열었다.

"그렇게 하렴, 우리는 네가 그분을 만나고 싶다면 당연히 그래야 한다고 생각한다. 위험한 상황이 없을 거라는 게 확실한 상황이라면 더 이상 미룰 이유가 없는 거고. 한편으로는 이제야 마음이 놓이는구나. 네 친부 측이 너에 대해서 알게 되면 혹시 네게 위험한 상황이 생길까 봐, 나와 네 아버지는 불안감을 느끼고 있었어. 그런데 걱정할 일이 없을 거라고 하니 이제야 마음이 놓이는구나. 정말 다행이다, 네 친아버지께서 너를 만나고 싶어하셔서. 정말 감사한 일이야."

"혹시나 해서 말씀드리지만, 그래도 저에게 부모님은 두 분이세요. 이 사실은 변하지 않을 거에요. 친부모님에 대해 궁금해하는 제 마음을 다른 의미로 오해하지는 말아주세요. 저는 언제나 변함없이 두 분의 딸이고, 평생을 두 분 곁에서 지낼 생각이니까요."

정분이의 수화의 손짓이 끝나자 정현수와 최미영의 눈에서 결국 눈물이 흘러내렸다. 세 사람은 서로의 손을 마주잡은 채 한동안 그렇게 감정을 추스려야했다.

8
—
그래도
끌리는 마음

벌써 세 번째다, 정분이가 강태훈의 비서에게 연락을 받은 것이. 본인이 직접 찾아오고 싶지만, 당혹스럽게 하고 싶지 않아 조심스럽다며 우선 비서를 통해 간접적으로 연락을 취하는 거라고 설명을 하는 것도 잊지 않았다. 사실 정분이는 혼자 고민 중이다. 친부를 직접 만나고 싶은 마음과 그냥 이대로 그분을 외면한 채 살아가고 싶은 마음이 뒤죽박죽 섞여 있다. 하준을 통해서 친부가 친모와 이별하게 된 정황에 대해서 듣고 난 후, 그리고 친부가 본인에게 딸이 있다는 사실을 전혀 모르고 있었다는 사실을 알게 된 후, 그분에 대한 묘한 연민과도 같은 마음과 본능적인 그리움이 생긴 것 또한 사실이다.

친모가 본인이 다섯 살 즈음에 친부측과 다시 연락했을 때, 그런 미련한 말장난 같은 위협을 무시하고 다시 친부와 만났더라면, 그녀의 인생이, 그리고 정분이 본인의 인생이 어떻게 달라졌을지도 생각해 보았다. 친부의 어머니인 최여사라는 분에 대한 원망의 감정은 아마 평생 지울 수 없을 듯싶다. 어떤 모진 말들을 해서 자신의 친모를 그렇게 친부에게서 떠나버리 게 만들었을지. 사랑하는 남자의 아이를 품고서도 그의 미래를 위해 떠나야 된다고 믿었던 한 여자의 마음을 헤아려

보면, 그 슬픔의 깊이가 쉽게 한도를 초과해 버려, 깊은 바다에 잠긴 듯 한동안 그 슬픔 속에 깊이 잠겨 있게 된다. 아이를 잃게 할 수도 있다는 위협의 말을 듣고 다시 도망치다시피 몸을 숨겼을, 여리고 약했던 한 여자의 모습을 상상할수록 마음이 아파왔다. 어쩔 수 없는 본능처럼 친부에 대한 궁금증은 커져만 가고 있었고, 흐릿한 기억 밖에 남지 않은 친모에 대한 이야기들을 친부에게 듣고 싶은 마음도 커져가는 중이다. 인간으로서 본능적으로 갖고 있는 태생에 대한 호기심과 그리움이 이런 마음일 거라고 생각하며, 점점 커져가는 감정들을 어떻게 해야 할지 정분이는 깊은 고민 중이다.

이런 고민에 더해 또 다른 마음속 감정들로 정분이를 혼란스럽게 하는 사람이 연하준이다. 그에게 느끼는 이 감정은 대체 무엇일지, 정분이 스스로도 아직 정확히 이름 짓지는 못했다. 많이 의지하고 있고, 그의 모든 행동에 고마움을 느끼고 있다. 해가 떠오르지 않으면 언제 아침이 밝아 해가 뜰지 궁금하고, 달이 보이지 않으면 달이 언제쯤 구름을 벗어나 눈앞에 나타날지 기다려지는 것과 같다. 그렇게 해처럼, 달처럼 연하준이 궁금하고 기다려진다. 그리고 그는 해처럼, 달처럼 당연한 듯이 정분이 앞에 나타난다, 마치 지금처럼. 사무실 책상에서 작업을 하다 고개를 드니, 마침 사무실 문을 들어서고 있는 연하준과 눈이 마주쳤다. 환하게 미소를 짓는 그의 얼굴이 해처럼 눈부시고, 달처럼 포근하다. 요즘 새로 시작한 만화영화 프로젝트 준비로 외부 일정이 많은 탓에, 연하준의 얼굴을 사무실에서 보기가 쉽지 않았다. 이상하게도 연하준이 없는 사무실은 온통 회색빛으로 칙칙하기만 한데, 또 그가 이렇게 사무실에 나타나면 온 사무실이 환해지고 덩달아 정분이의 기분도 좋아진다. 정분이 본인은 아직 그 이유를 잘 모르고 있는 듯하지만, 그렇게 환해지는 정분이의 얼굴을 마주할 때면, 연하준은 그 이유를 알고 있는 듯 의미심장한 미소를 그녀에게 한 번씩 건넨다.

"그림 작업 잘 되가? 아침 일찍 출근했다며? 계속 이렇게 웅크리고 작업하면 목 근육에 무리가 가는 건 아닌지 좀 걱정되는데."

"응, 열심히 그리고 있어. 틈틈히 쉴 때는 쉬고, 스트레칭도 열심히 하고 있으니 그런 걱정은 안 해도 돼. 그래도 내 걱정해주는 그 마음은 고맙게 받을게."

"기분이 좋은가 보네? 평소 같으면 내가 이렇게 말하면 잔소리한다고 싫어하면서?"

"응, 마음속에 달고 있던 근심거리를 결국 내려놓기로 했거든. 강태훈 씨 말이야, 그분을 한 번 만나보려고 해. 그분이 내게 만나보고 싶다고 계속 청해오셨거든. 친어머니를 위해서라도, 그분을 한 번은 직접 만나서 얘기를 나눠봐야 될 거란 생각이 들었어."

"내가 함께 가줄까?"

"아니, 나 혼자 만나고 싶어. 그래야 될 거 같아서."

"그럼 그렇게 해. 그래도 내가 그분과 만나는 장소에 함께 가서, 근처에서 네가 나올 때까지 기다리는 건 괜찮지? 그렇게 하게 해 줘."

"후후, 그렇게 해 줘. 그럼 내 마음이 좀 안정이 될 거 같긴 해."

"그렇게 말해주니 기쁘네. 네가 만나기로 결정한 걸 알면 강태훈 씨가 너무 기뻐하시겠다. 이런 말 네게 해도 될 지 모르겠지만, 내가 느끼기에 꽤 괜찮은 분이야. 네 친아버지."

"그런가? 네가 그렇게 말하니 내 마음이 좀 더 편해진다."

연하준과의 대화 후, 정분이는 바로 친부의 비서에게 연락해 만날 약속을 정했다. 정작 약속을 정하고 나니, 그분을 만나면 무슨 말을 먼저 꺼내야 할지 걱정이 되기 시작했다. 하고 싶은 말이 너무 많지만, 얼굴을 막상 마주하면 한마디 말도 꺼내지 못할 것 같았다. 이렇게 먹먹한 기분이 드는 걸 보면 정말 그러고도 남을 거 같다고, 괜히 혼자서 바보같아 졌다고 누군가 핀잔을 줘도 할 말이 없을 듯하다. 생전 처음 만나게 될 친부 앞에서 자신은 어린 아이가 되어버릴 생각이라도 하는 걸까 싶어 실없이 혼자 미소를 지었다. 그 미소의 끝에 살짝 걸려있는 설렘을 정분이 스스로는 깨닫지 못하고 있었다.

* * *

　푸른 하늘에 조각 구름이 보기 좋게 떠있는 화창한 날이다. 정분이는 밤새 잠을 설쳐 조금 피로한 눈을 지긋이 감았다 뜨며 멀리 흘러가는 구름을 바라보았다. 약속 장소는 정분이의 집 근처에 있는 정갈한 외관의 음식점이다. 음식점 현관을 지나 안뜰로 들어서자, 곧게 뻗은 대나무숲이 격자무늬 창문 사이로 우수수 흔들리는 모습이 한 눈에 들어왔다. 그 모습을 보며 가만히 숨을 고르고 있으려니 곧 직원이 다가왔다. 안내를 받아 긴 복도를 지나쳐 제일 끝 방의 문에 도달하자, 그 문 앞에 서있던 남자가 정분이에게 가볍게 고개를 끄덕이며 인사를 해왔다. 정분이도 가볍게 고개를 숙여 인사를 하자 남자가 방문을 열어주었다.

　열린 문 사이로 나무 창틀 너머 흔들리고 있는 대나무숲 풍경이 눈에 들어왔다. 그 모습을 뒷배경으로 그림처럼 앉아있던 한 중년 남자와 정분이의 눈이 마주쳤다. 짙은 눈썹이 조금 꿈틀하면서 미간에 주름이 지어지더니 곧 남자의 눈빛이 짙어졌다. 사랑하는 한 여인을 이유도 없이 잃었고, 소중한 딸의 존재도 모른 채 살아온 세월에 대한, 한 남자의 회한이 가득찬 눈빛이었다. 쉽게 말을 꺼낼 수조차 없는 복잡한 감정의 소용돌이가 느껴져, 그 모습을 가만히 바라보고 있던 정분이가 용기를 내 먼저 인사를 건넸다.

"안녕하세요. 정분이라고 합니다."

"그래, 이렇게 와줘서 고맙구나. 난 강태훈이라고 한다."

"예, 익히 알고는 있었습니다."

워낙 유명한 분이니 이미 정분이에게는 남자의 모습이 친숙하다는 것을 알려 주고 싶었다. 자신에게 타인으로라도 그의 모습이 친숙했다는 것을 남자에게 알려주면, 그의 일렁이는 마음이 조금이나마 위로 받을 수 있을 것 같았다.

"그렇구나. 원래 이름이 박새인이었다고? 소정이가 이름을 잘 지었더구나. 우리 둘이 좋아하던 소설의 주인공 이름이었어. 그래서 딸 이름을 새인이로 해도 좋겠다고, 우리 둘이 그렇게 얘기를 했었는데……."

남자는 말을 길게 늘이며 더 이상 다른 말을 한동안 잇지 못했다. 남자가 옛 그녀를 생각하는 그 마음이 절절히 느껴졌다. 그래서 그런 남자를 바라보며, 정분이는 이 정도면 됐다는 생각이 들었다. 남자가 그 긴 세월 동안 절절히 그리워해 온 마음이 느껴지면 되는 거라고. 그거면 정분이의 마음에 응어리져 있던 모든 것들이 녹아내리고 사라져 버리기에 충분했다.

"저를 낳아준 분에 대한 기억이 거의 없어요. 남아 있는 부분들도 좀 흐릿하고요. 제가 너무 어릴 때 돌아가셔서요. 아마 그분에 대한 기억을 저보다는 훨씬 더 많이 가지고 계실 거에요. 가끔 제게 그분에 대한 얘기를 해 주시겠어요?"

정분이의 말을 듣고 있던 강태훈의 눈가가 촉촉이 젖어들었다.

"그래도 되겠니?"

"예, 그렇게 해주세요. 그래도 아버지라고 불러드리지는 못할 거 같아요. 제 양부모님은 정말 좋은 분들이세요. 친부모님처럼 대해 주셨고, 저도 그렇게 생각하며 지내왔어요. 그래서 제게는 두 명의 아버지는 있을 수가 없어요. 하지만, 가끔 뵙고 싶어요. 그리고 저를 낳아준 분에 대한 얘기를 많이 들려주셨으면 해요. 그분은 어떤 분이셨죠?"

"그래, 그런 네 마음 충분히 이해한다. 나로서는 네가 그렇게 얘기해주니 오히려 너무 고마운 마음이 드는구나. 그녀는... 맑은 여자였다. 서점에서 처음 만났어. 내가 두꺼운 책을 몇 권 가지고 서점에 들렀는데, 새 책을 고르다가 내 소유의 책 한 권을 서가 옆에 놓고 지나쳐 갔었나 봐. 뒤에서 누가 내 소매를 톡톡 쳐서 돌아봤더니, 그곳에 그녀가 내 책을 들고 서 있었어. 나를 올려다보는 눈빛과 미소가 너무 이뻤지. 그래서 그날 일부러 무거운 책을 몇 권 더 사서, 그녀에게 날 좀 도와서 책 좀 들어 달라고 했었어. 본능적으로 그런 부탁을 거절할 사람이 아니라는 것을 알았거든. 내가 자취하던 곳이 그 서점 근처였어. 책이 너무 많아서 그렇다고, 걸어서 금방 도착할 거리라며 내 자취집까지 책 좀 옮기는 걸 도와 달라고 막무가내로 부탁했던거지."

"후훗, 너무 뻔한데요, 좀 뻔뻔하고요. 그래서 어떻게 됐어요?"

"그 말간 눈으로 망설이듯 내 얼굴 한 번, 내 책들을 한 번 보더니 결국엔 도와주겠다고 했었지. 그렇게 자취집 앞까지 가서 집에는 발도 들이지 않은 건 당연한 거고, 그렇게 건물 현관 앞에다 책을 내려놓고는 발걸음을 옮기려는 그녀를 무작정 붙잡았어. 도움을 받았으니 그냥은 못 보낸다고, 보답하겠다며 밥을 사겠다고 했지. 무작정 붙잡는 나를 그녀는 또 거절을 못했어. 나중에 물어보니까, 그냥 내 얼굴이 너무 절박해 보여서 밥을 안 먹겠다는 말을 못 했었다고 하더구나. 내 얼굴이 순수해 보여서 설마 밥 먹으러 가서 나쁜 일이 생길 거 같지는 않았데. 그렇게 자연스럽게 만남이 이어졌어. 그녀는 어려운 상황에서도 늘 밝고 긍정적으로 열심히 살아갔어. 야간 대학을 다녔고 나중에 선생님이 되고 싶다고도 했거든. 네가 선생님이 된 걸 알았다면, 아마 너무 행복해했을 거야. 난 그녀를 놓치고 싶지 않은 마음에 그녀에게 내 배경을 다 보이지 않았고, 그녀는 내가 힘겹게 대학 공부를 이어가는 학생이라고 생각하며 늘 나를 챙겨 주고 응원해 줬어. 그렇게 모든 게 잘 되어가는 줄 알았는데, 어느 날 그녀가 사라졌어. 한동안 미친놈처럼 넋이 나가서 지냈었다. 그녀가 떠난 이유도 몰랐고, 어디로 갔는지 찾을 방법이 없었어. 그렇게 시간이 지나고 난 허허벌판인 가슴을 품은 채 일상으로 돌아갔어. 하지만 메마른 마음을 채울 그 어떤 방법도 없었지. 그렇게 내 개인의 삶에 대한 욕망들은 모두 버린 채, 다른 이들을 위해서 살자고 맘 먹고 인생을 살아왔고, 지금 이렇게 지내고 있는 거란다.”

"제 기억이 흐릿하지만, 가끔 생각나는 기억 중 하나가 책이었어요. 그분은 늘 책을 잔뜩 옆에 쌓아 두고 그 책들을 가만히 보듬는 것을 좋아하셨던 거 같아요. 제 흐릿한 기억 속에 그분의 책을 더듬던 느릿한 손길이 있거든요. 그분은 그렇게 두 분이 만났던 서점과 서가를 추억하셨던 건지도 모르겠어요. 늘 밝은 미소를 짓고 있으셨던 것 같아요. 어둠을 느낀 적은 한 번도 없었던 거 같거든요. 그러니 그렇게 강태훈 씨를 떠난 후 혼자서 저를 낳아 기르시는 동안, 원망스럽고 힘든 시간을 보내지는 않으셨을 거에요. 연하준의 친할머니란 분께도 너무 감사하고요. 그렇게 그분 옆에 있어 주셨고, 그분이 지탱해 나가도록 도움을 많이 주셨다고 들었거든요. 그때 그분 옆에 아무도 없었다면, 그렇게라도 버티기는 힘드셨을테니까요. 그분은 본인이 마음에 담아 둔 추억들 만으로도 행복을 느끼셨을 분이란 생각이 들어요."

"그녀가 그렇게라도 지내 주었던 거라면 정말 소원이 없겠구나. 난 그녀에 대해 정말 모르는 게 너무 많았던 거였어. 소정이는... 내게 이름도 숨겼더구나. 난 네 친모의 실명이 박소정이라고 알고 있었거든, 진짜 이름이 박수정이라는 건 이번에 알게 되었다. 그래서 지금까지 그녀의 자취를 제대로 찾지 못했던 거였어. 처음에는 찾아보려고 노력도 했지만, 차츰 시간이 지나면서 그녀가 나를 더 이상 원하지 않을 수도 있다는 생각을 하게 됐어. 마음이 변해서 떠났을 수도 있는 거고, 시간이 더 흐르고 나서는 아마 다른 사람과 결혼해서 가정을 꾸렸을 거라고도 생각했지. 어디서든 좋은 사람을 만나서 잘 살고 있을 거라고 믿고 싶었는지도 몰라. 네가 있다는 건 까맣게 모르고 있었으니까. 그렇지만 먼 발치에서라도 좋으니 다시 한 번 그녀의 모습을 보고 싶다는 생각은 늘 해왔어. 사업가가 된 후 기회가 닿는 대로 그녀의 행방을 찾아본 적이 있지만, 아무런 성과가 없었던 것도 내가 그녀의 이름 하나 제대로 모르고 있어서였던 거였어. 내가 모래성을 잡고 있었던 거지. 흔적도 없이 사라져 버릴."

"그렇게 될 운명이었다면 다른 방법이 없었을 거예요. 강태훈 씨의 잘못이 아니에요."

"후회가 많이 돼. 그렇게 떠나버리기 전 분명히 뭔가 내게 감정을 내비쳤을텐데, 우둔한 나는 그런 거 하나 제대로 읽지를 못했던 거야. 어리석고 미련한 나를 평생 벌하며 살 생각이다. 그렇게 그녀를 잃고 한참을 방황하며 지냈어. 내 마음은 늘 황량한 바람이 부는 공간이었지. 그러다 어머니 성화에 못 이겨 선을 봐서 결혼을 했지만, 서류상으로만 부부의 연을 맺은 거나 다름없었지. 결국 일 년 만에 이혼을 했고, 지금도 이혼한 전 아내에게는 미안한 마음을 갖고 있어. 내 인생에 여자는 오직 하나, 네 친모였던 소정이었어. 본명이 수정이라고 해도, 나는 그녀를 소정이라고 불렀으니, 그냥 그 이름으로 내 기억에 남겨둘 생각이다. 그녀가 나를 그렇게 떠날 수밖에 없었던 그 마음을, 내 어머니를 만나고 그녀가 느꼈을 참담한 심정을 생각하면, 흐으음……, 이 내 마음이 너무 견딜 수 없이 고통스럽구나. 내가 평생을 사죄해도 씻어지지 않을 고통이고 괴로움이 될 거야. 내가 소정이에게 그런 고통스러운 짐을 남겼었다니…"

남자는 무너져 내리려는 마음을 간신히 붙잡는 듯, 자신의 두 손을 일그러트리듯 감싸 쥐었다.

"상황을 이렇게 만들었던 내 어머니의 그릇된 생각이 한없이 원망스럽지만, 그것도 모두 이 부족한 내가 짊어져야 할 죄라고 생각한다. 내가 상황을 그렇게 되지 않도록 좀 더 세심히 살폈어야 했는데, 왜 그렇게 무지하기만 했는지 후회하고 또 후회할 뿐이야."

정분이는 친부에게서 출렁이며 넘실대는 감정의 파도를 여실히 느낄 수 있었다. 하지만, 그의 그런 회한의 감정을 조금이라도 덜어내도록 도와주고 싶어도, 마음의 공간적 여유가 본인에게도 이미 남아있지 않음을 깨닫고 있었다. 친모를 생각하면서 느끼고 있는 감정의 파도에, 이미 본인 스스로도 깊이 휩쓸려 버렸기 때문이다. 어쩌면 친부와 정분이 본인은, 어긋난 운명의 굴레에 의해 남겨진 생채기인지도 모른다. 같은 대상을 향한 아픔을 품고 있으니, 두 사람은 서로의 아픔을 제일 잘 이해해줄 수 있는 유일한 존재다. 자신들이 잃어버린 소중한 존재를 이제는 함께 추억해 갈 수도 있음을, 두 사람은 서로를 바라보며 깨달아 가고 있었다.

* * *

어둠이 깔린 하늘을 바라보며, 바닥에 깔린 자갈돌들을 발로 툭툭 차고 있을 때였다. 멀리서 자갈돌들 사이로 들리던 발자국 소리가 조금씩 가까워지더니, 정분이의 말간 얼굴이 시야에 들어왔다. 음식점에 들어갈 때보다 얼굴빛이 눈에 띄게 환해진 모습이다.

"오래 기다렸지? 차에서 기다리지 왜 나와 있어?"

"응, 오랜만에 별 좀 실컷 보고 싶어서. 신선한 저녁공기가 좋은데, 별도 잘 보이고."

"그래도 지루했지? 저녁은 먹고 온 거야? 설마 여기서 계속 있었던 건 아니지?"

"내가 그리 한가해 보여? 저녁도 굶고 정분이 씨만 기다리고 있을 정도로? 볼 일 다 보고 적당히 시간 맞춰서 와 있었던 거니 걱정하지 않아도 돼."

"후후, 그럼 다행이고. 네가 여기 와 줘서 정말 고마워. 마음이 든든하더라고."

"하하, 내 생각해 줄 여유가 있는 거 보니까 맘이 좀 놓이네. 어때? 괜찮은거지?"

"응, 괜찮은 거 같아. 생각했던 것보다 기분이 그냥 담담해. 내 친모와 친부 두 분을 생각하면, 조금 가슴이 답답하고 마음이 아릿한 느낌이 들지만 말이야. 그래도 네 말이 맞았어. 나를 이 세상에 태어나게 해준 분들은 좋은 분들이신 거 같아. 정말 다행이야. 강태훈 씨에게 내 친모에 대해서도 얘길 많이 들었어. 내가 그분에 대한 기억이 많이 남아있지 않고, 남아있어도 흐릿한 부분이 많으니, 앞으로 만날 때마다 그분 얘기를 많이 해 달라고 부탁드렸거든. 그랬더니 오히려 고맙다고 하시며 행복해하시더라. 아버지는 내게 정현수 씨 한 분이라고, 내가 아버지라고는 불러드릴 수 없을 거 같다고 말했을 때도,

오히려 당연한 얘기라고 반응하시는 것도 그렇고. 좋은 분인 거 같아. 그분의 인생이 많이 안타깝다는 마음이 들어. 앞으로 종종 만나 뵙고 서로를 보듬어주다 보면 그 마음도 위로를 얻을 수 있겠지. 그게 돌아가신 친어머니께서도 행복해하실 일인 거 같고."

생각했던 것보다 훨씬 성숙하고 단단했다, 나의 정분이는. 내 간절한 바람이 이뤄진 것인지, 그녀가 그리 힘들지 않게 이 순간들을 겪어내고 있는 듯해 다행이다.

"그래. 네가 이렇게 강하고 단단한 사람이어서 정말 다행이야. 새삼 네가 대단해 보이는데."

"뭘 그렇게까지. 얘기를 나누는 동안 그분의 감정이 고스란히 느껴지는데, 왠지 그게 내 감정과 같은 거 같다는 느낌이 들었어. 결국은 우리 둘 다 같은 분을 잃은 거고, 그렇게 같은 분을 그리워하고 있는 거니까. 그래서 우리 두 사람이 함께 그분을 추억해 가면 좋겠다는 생각을 하게 된 거 같아."

"그렇구나. 사실 난 처음부터 네가 그분을 받아들일 거라는 걸 알고 있었어."

"어, 그랬어? 어떤 의미로?"

"처음 그분을 뵈었을 때 말이야. 외모적으로도 비슷한 면이 있다고 느꼈지만, 뭔가 그분의 말과 행동에서 너와 비슷한 분위기를 느꼈거든. 깊이 있는 눈빛도 그랬고."

"아, 그렇네. 그러고 보니 정말 그런 거 같기도 하고. 역시 연하준은 보는 눈도 남다르구나."

"후후, 인정받는 느낌은 언제나 좋긴 한데. 그러면 뭐 해. 왠지 요즘 들어 바보가 되어가는 거 같아서 말이야. 여기 서서 널 기다리는 동안 얼마나 초조하고 긴장이 되던지. 난 늘 인생의 계획이란 것이 있는 사람이라, 당황이나 긴장 같은 건 해본적이 없거든. 그런데 너와 관련된 일에는 내가 이렇게 되어 버리고는 마는 거야. 이해가 돼?"

"어, 어? 그게, 그렇지. 내가 좀 신경 쓰이게 많이 하지? 내가 부족한 점이 많잖아, 아하하."

"오늘은 그렇게 쉽게 넘어가 줄 수 없어. 네가 저번에 전화로 얘기할 때 그랬잖아, 내 눈을 직접 보고 말해 주겠다고. 그러고나서 지금까지 아무런 말도 없었고. 사실은 그동안 네가 언제 말을 해줄지 몰라서 내가 꽤 속으로 애를 태우며 기다리고 있었어. 설마 잊어버리고 있던 건 아니지? 모른 척할 생각이거나?"

"그건 아니야. 그냥 기회도 없었고, 여유도 좀 없었던 건 사실이잖아."

"그럼 이제 여유가 좀 생긴 것도 맞고, 이렇게 말 나온 김에 기회도 얻게 된 거 아닌가?"

연하준이 이렇게 사랑을 구걸하게 될 줄은 정말 몰랐다. 하지만, 그래도 좋으니 오늘은 정말 정분이의 속마음을 듣고 싶었다.

"어, 어?"

"아무래도 오늘은 좀 그런가? 좀 더 시간이 더 필요한... 거겠지?"

"으음, 그저 그게 좀... 그런데, 우리 우선 이동하는 게 좋지 않을까? 여기서 이런 얘기는 좀 그런데."

하아, 미련하고 둔한 건 나였나 보다. 이리 중요한 얘기를 이렇게 자갈만 잔뜩 깔려 있는 주차장에서 할 뻔했다.

"아! 내가 마음이 좀 급했나 보다. 그럼 다른 곳으로 가서 마저 얘기할까?"

"아, 아니? 오늘은 역시 내 마음의 공간이 좀 부족해서, 충전할 시간이 좀 필요해. 내 마음속 말들도 좀 정리를 해야 할 거 같아서. 그리고 시간도 이미 너무 늦었고. 부모님께서 기다리고 계실 거거든."

"아, 그렇구나. 그럼 내일 아침 일찍 만날까?"

"하하, 아침 일찍? 넌 가끔 너무 몰아붙이는 거 같아. 그게 또 연하준 답지만. 내일 토요일인 건 알지? 내일 오전에는 부모님과 해야 할 일이 있어. 내일 오후 시간도 괜찮아?"

"그럼 내가 오후 네 시쯤 네 아파트 앞에서 기다리고 있을게. 이런 얘기를 할 만한 아주 적당한 곳이 생각이 났어. 우리 내일 거기 가자."

"응? 그게 어딘데?"

"네 마음의 공간이 충전된 내일 오후면 알게 될 곳이지, 하하."

"으음, 알았어. 그럼 우리 이제 이 주차장은 좀 벗어나 보는 게 어떨까?"

하아, 정말 마음이 급해서 아직도 주차장에 서 있다는 걸 또 깜빡했다.

"하하, 오늘 내가 너보다 정신이 더 없나 보다. 알았어, 얼른 타. 집에 데려다 줄게."

빨리 정분이를 집에 데려다 줘야 빨리 잠을 자고, 빨리 아침이 와야 그녀의 눈이 내 눈을 보고 말을 해줄 내일 오후 시간이 빨리 올 테니까. 오늘 밤은 정말 빨리빨리 시간이 흘러서, 내일이 정말 빨리 와 주길 간절히 바랄 뿐이다.

* * *

시동이 꺼진 곳 주변을 둘러보던 정분이의 눈이 휘둥그레 졌다.

"여기가 어디야? 시골 마을인 건 알겠는데. 이곳에 왜 왔냐 는 뜻으로 묻는 거야."

"꽤 의미가 깊은 곳이야. 나에게도, 너에게도, 그리고 앞으로의 우리에게도."

"앞으로의 우리에게도?"

"내 할머니가 지내시던 집이야. 할머니 돌아가시고 나서도 이 집을 우리 가족이 계속 가지고 있기로 했거든. 부모님께서 그냥 별장처럼 사용하기로 하셔서, 종종 한 번씩 내려와서 집도 관리하고 할머니도 추억하며 그렇게 지내고 있어."

"아, 그렇구나. 그런데 왜 나한테도 의미가 깊은데?"

"네 친어머니와 내 할머니의 인연 때문이기도 하고, 지금 우리가 갈 곳도 이 근처고. 그럼 우리에게 앞으로 이곳이 깊은 의미를 지니게 될테니까."

"또 어딜 갈 건데?"

"가보면 알아. 가자."

긴 다리로 내가 성큼성큼 걷기 시작하자, 멀뚱이 그런 나를 바라보고만 있던 정분이도 이내 내 뒤를 따라 걷기 시작했다. 마음 같아서는 손도 덥석 잡고 함께 걷고 싶었지만, 우선 내 눈을 보고 얘기해 줄 정분이의 마음을 먼저 들어봐야 하기에, 조금의 인내심을 더 발휘해 보기로 했다. 이내 목적했던 곳이 내 시선 안에 들어왔다. 마을 뒤편 언덕에 있는 이 마을에서 제일 오래된 나무. 크게 아름드리 우거진 거목이 언덕 위에서 전체 마을 풍경을 보듬어 주고 있는 듯, 그 포근하고 웅대한 자태를 예와 다름없이 뽐내고 있었다.

"여기야, 내가 오려고 했던 곳. 이 나무."

"와아, 정말 멋진 나무다. 자태가 정말 아름다워. 강해 보이면서도 그 품은 또 포근하고 부드러워 보이고. 굉장히 오래 이 자리를 지키고 있었을 거 같은데. 겨울이어서 나뭇잎이 없는 게 좀 아쉽지만, 잎이 무성할 때는 정말 그 품에 휩싸여 있으면 포근할 거 같아."

"그렇지? 내가 제일 좋아하는 나무야."

"그런데 갑자기 이 나무는 왜?"

"네가 내 눈을 보고 말할 곳으로 이 나무 옆이 제일 적당할 거라고 생각했거든. 언제 어느 곳에서든 이 나무를 생각하면 기분이 좋아지거든. 그러니 좋은 추억을 만들기 좋은 곳이야."

"그러게. 어떤 추억이든 이 나무와 함께라면 아름다운 한 장면으로 기억될 거 같아."

우리 둘은 말없이 한참을 홀러드는 바람을 맞아 주고, 벗어나는 바람을 놓아주며, 둘이 함께 나무 아래에 놓인 기다란 의자에 앉아 있었다. 따스한 햇살이 차가운 겨울바람 사이로 우리 두 사람의 얼굴에 온기를 가득 쏟아 주고 있었다. 나의 침묵이 정분이의 마음에서 고요한 양분이 되어, 내게 건네질 말들이 차곡차곡 곱게 쌓여 주기를 바라며 그녀의 말을 기다렸다.

"저기 있잖아."

"응."

"이제 내 얼굴을 한 번 쳐다봐 주면 말을 할 수 있을 거 같아."

평소의 당돌한 성격처럼 본인의 얼굴을 내 얼굴 앞으로 옮겨 와 시선을 고정해도 이상하지 않을 텐데, 지금 이 순간에는 그걸 못하고 내가 스스로 얼굴을 돌려 자신을 보아 달라고 말하는 그녀가 왠지 또 마음에 들어, 웃음이 지어지려는 걸 간신히 멈추고 바로 정분이에게 고개를 돌렸다. 또렷한 정분이의 두 눈매가 내 시선 안에 가득 들어찼다.

"나는 특별한 사람들의 세상은 잘 이해를 못 해. 늘 평범보다는 조금 낮은 의미의 평범함 속에 내가 속해 있다고 생각하며 살아왔거든. 그 이유는 내가 연애나 사랑에 대해 나를 예외로 두었던 이유와 같아. 그래서, 내가 연하준을 과연 어떻게 받아들여야 할지 고민을 많이 해 봤어. 솔직히 말하면, 이미 내 마음에 들어온 연하준을 내가 인정해 내기까지의 과정이 나를 끓어오르고 뒤척이게 만들었고, 달아오르게도 만들었다 한없이 가라앉게도 만들었고, 핀볼처럼 내 마음을 여기저기 부딪히고 튕겨 오르고 알 수 없는 곳으로 흩트려 버리기도 했다는 뜻이야."

352

그래, 알아 그런 네 마음. 나도 역시 그와 비슷한 과정을 겪어 왔거든.

"이런 내게 연하준은 특별하고 빛나는 사람이야. 그래서 내 마음을 먼저 인정하고 이해하고 싶었어. 네가 가진 그런 특별함에 휘둘리고 싶지 않아서. 내가 내 감정을 먼저 분명히 깨닫고 난 후에, 너의 마음을 이해하게 되면 좋겠다고 생각했던 거 같아."

역시 야무진 나의 정분이는 그 마음의 깊이가 남다르다. 이러니 빠져듦의 끝이 보이지 않을 수밖에 없다.

"흐음, 그래서 지금은? 이제 내 감정을 들을 상태가 된 거야?"

"으음, 우선 내 감정을 먼저 말하고, 그 다음에 네 감정을 듣기로 결정했다는 거야. 네가 특별한 사람이라는 건 이미 인정했어, 머리로도 그리고 마음으로도. 그리고 그런 특별한 네가 이미 내 마음속에 특별한 감정으로 자리 잡은 것도 이제 받아들이기로 했어. 네가 내게 특별하고 소중한 존재가 되었다고 말해 주고 있는 거야, 지금 나. 그럼에도 불구하고……."

"그럼에도 불구하고?"

그녀가 길게 늘인 말 끝에 어떤 말이 이어질지 불안했다. 그녀의 말을 끊고 조금이라도 내가 원하는 방향으로 이어가도록 설득해야 하는 것인지 순간 고민이 됐지만, 우선은 나의 정분이를 믿어 보기로 했다. 그래서 그녀의 말을 계속 들어 보기로 했다.

"네가 특별해서가 아니었어. 그냥 연하준과 정분이가 만난 거고, 정분이의 마음에 연하준이 특별한 감정으로 자리를 잡은 거야. 그래서 내 마음에 자리잡은 그 연하준을 난 놓아버리지 않을 생각이야. 그러니까 나는 너를 특별한 사람으로 대할 생각은 없어. 그냥 넌 이제 나의 연하준이야. 남자로 연하준이 내게 특별하고 소중한 존재인 거야."

"와하하, 나 네게 남자야, 이제?"

"응, 그냥 사람 아니고 남자 연하준. 그래서 내가 먼저 물어볼게. 난 네게 여자 정분이인 거야?"

"응, 내게 너는 언제나 특별했고, 완전 특별한 여자 정분이야. 가끔 특이한 정분이기도 하고, 곱고 당돌하고 야무진 정분이기도 하고."

"하하, 뭐야? 그 휘황찬란한 미사여구는."

"남자 연하준이 여자 정분이를 사랑한다는 말인 거지. 사랑한다."

"아, 안 돼!"

당황했는지 눈이 동그래진 채 자그마한 손이 내 입을 막아왔다. 그 손을 조심스레 떼내어 손에 쥐고는 내가 살며시 속삭이듯 물었다.

"왜? 뭐가 안 되는데?"

내가 목소리를 낮추자 정분이도 목소리를 속삭이듯 낮춰 왔다.

"내가 먼저 말하려고 했다고, 그 얘기도. 난 널 특별하게 취급해 줄 생각이 없거든. 그 얘기를 네가 먼저 해버리면, 왠지 네 특별함에 내가 휘둘리게 된 거 같잖아."

하아, 이젠 귀엽기까지 할 건가 보다. 대체 이 다채로운 매력의 끝은 어디일지.

"하하, 그건 나도 안 돼. 네 특별함에 휘둘려버린 건 나라고. 그러니 이 말은 내가 먼저 해야 맞아."

그리고는 쥐고 있던 정분이의 손을 잡아당겨 그녀의 얼굴이 가까워지자 정분이의 입술에 살짝 입을 맞췄다.

"그리고, 이것도 내가 먼저 하는 게 맞아. 내 마음이 먼저였을 건 틀림없으니까. 내 사랑이 네 사랑보다 먼저 시작되었을 테니까. 이제 네가 내게 말해 줘."

양볼이 발갛게 물든 정분이의 모습은 처음이었다. 이 모습도 너무 좋아 입을 또 맞추고 싶었지만, 그녀에게 들을 말이 있기에 입맞춤은 잠시 미뤄두기로 했다.

"하아, 정말 뭐가 이리 당당해. 맡겨 둔 말 찾는 사람처럼. 그럼에도 불구하고 말할게. 연하준을 내가 사랑해. 네가 나를 먼저 사랑하게 되었다는 말은 네가 스스로 증거가 되어 증명해

봐. 그러면 내가 믿어줄 수 있는지 없는지 한 번 봐주기는 할게."

그리고는 나의 정분이가 내게 살짝 입을 맞춰왔다. 오늘부로 확실히 그녀의 매력에 귀여움이 추가되었다. 그렇게 한참을 서로의 고개를 서로에게 의지한 채 우리 둘은 기다란 의자에 앉아 내려다보이는 마을의 풍경에 시선을 던져두고 있었다. 별다른 말은 하지 않았지만, 멀리 하늘을 날아오르는 새 소리에도 살포시 웃음이 새어 나왔고, 들판에 메마른 채 남아 있는 이름 모를 잡초대가 흔들리는 모습에도 괜히 스르륵 마음이 어지러워지고는 했다.

"이곳에 온 또 다른 이유를 아직 말 안 했는데."

"아, 그랬지. 내게도 의미 있는 곳이라고 했잖아?"

"응. 할머니의 일기장에도 이 나무와 지금 우리가 앉아 있는 이 기다란 의자가 언급이 되어 있거든. 이곳에 박수정 씨와 앉아서 얘기를 나누고는 하셨네. 그분이 할머니댁에 너를 데리고 온 적이 몇 번 있었나 봐. 그러니 넌 기억을 못 하더라도 이 나무는 너를 기억하고 있는 거야. 너를 낳아준 친어머니와 너의 모습을 말이야."

"아..."

"그래서 내가 말했잖아. 이 나무가 네게 뜻깊은 곳이고, 이제 우리 사이에도 중요한 의미를 갖게 될 곳이라고."

"하아, 그렇구나. 네 할머니, 나 그리고 내 친어머니가 함께 있던 모습을, 그리고 오늘 이렇게 우리가 여기에 있는 걸, 이 나무는 모두 기억해 주겠구나."

"그렇겠지, 어때? 이제 이 나무가 너에게 얼마나 소중한 곳인지 잘 알게 되었지? 그리고 이건 그냥 한 번 내가 생각해 본 건데, 네 그림에 이 나무를 그려 넣어봐도 좋지 않을까?"

"아, 너무 좋은 생각이야. 이 나무는 이제 내 인생 나무가 될 거거든. 그러니 이 나무를 내 그림에 등장시키는 건 너무 멋진 일인 거 같아. 만화에 넣을 그림을 구상해 보려면, 그 시절에 그분이 이곳에 앉아서 이 풍경들을 보며 무슨 생각을 하셨을 지 많이 생각해 봐야 돼. 네 할머니에 대해서도 좀 더 알게 되면 좋을 거 같고. 네가 알고 있는 얘기들을 좀 더 나에게 많이 얘기해주면 좋을 거 같아. 그리고 내가 이곳에 좀 더 와보고 싶은데, 앞으로도 우리 종종 이곳에 함께 올까?"

"내가 하려던 말이었어. 이 나무와 이 풍경, 그리고 연하준과 정분이. 이제 늘 함께하게 될 거야."

어느덧 이른 저녁노을에 구름이 걸리고, 그 구름에 걸린 나뭇가지가 손을 뻗어 하준과 분이를 보듬어 안아주는, 그림 같은 이른 저녁 풍경이 펼쳐지고 있었다. 노을빛이 담긴 구름이 천천히 흘러가, 이른 저녁 노을빛이 할머니 집 마당 한 편을 품었다. 두 사람을 보듬던 구름이 할머니 집 마당에 담기니, 마치 두 사람이 할머니의 품에 보듬어 안긴 듯했다. 그 구름 한 끝에, 할머니의 미소 한 조각이 걸려 은은한 빛을 내고 있다고 해도 이상하지 않을 풍경이었다. 하준과 분이는 그 품에 포근히 안긴 채, 모든 게 다 괜찮을 거라고 말해주는 누군가의 속삭임을 듣는 듯한 달콤한 시간을 보내고 있었다.

9
_
제자리로

정분이와 강태훈이 만난지 일주일 후, 강태훈은 기자회견을 열고 자신의 은퇴를 공식적으로 선언했다. 그와 함께 자신의 개인 자산을 모두 사회에 환원하겠다는 계획도 발표했다. 전세계가 인정한 사업가의 갑작스러운 은퇴 소식은 모두를 놀라게 했다. 사회 공헌 사업도 꾸준히 해오며 사랑과 존경을 받아오던 인물의 갑작스러운 결정은 수많은 사람들에게 충격과 아쉬움을 남겼다. 그의 은퇴를 둘러싼 다양한 추측들이 세상에 쏟아졌지만, 숨겨진 딸의 존재에 관한 얘기는 어느 누구에게서도 언급되지 않았다. 이 부분을 제일 염려한 강태훈이 미리 꼼꼼하게 대처를 해 둔 덕분이었다.

정분이는 그런 그분의 모습을 보면서 안타까움을 느꼈지만, 우선은 그 뜻을 존중해 드리기로 마음먹었다. 나중에 사람들이 정말로 그분을 필요로 하는 순간이 오면, 자신이 직접 나서 다시 대중을 위해 봉사하는 삶으로 돌아가시기를 권해 볼 생각이다. 우선은 그냥 한 남자로서, 그분이 자신이 진심으로 사랑했던 한 여인에 대한 마음을 홀로 갈무리할 수 있는 시간을 여유있게 가지실 수 있기를 바라는 마음이 크다. 오늘은 그런 그분과 다섯 번째 만나는 날이다. 간혹 문자나 메일로 안부를 주고받기도 했고, 가끔은 그분이 청해오거나 아니면 정분이가 직접 청해서 식사 자리를 마련해 얼굴을 보는 사이가 되었다. 오늘은 정분이가 먼저 청해서 야외의 테라스가 예쁜 레스토랑에서 브런치를 함께 하기로 했다.

"오셨어요."

"일찍 와 있었구나. 오래 기다리게 한 건 아닌지 모르겠다. 다음에는 내가 먼저 와 있어야겠어."

"아니요, 저도 방금 왔어요. 날이 좋아서 테라스에서 풍경 감상을 하고 있었어요. 스케치도 좀 하고 있었고요."

밑그림이 그려진 작은 노트북을 보여주자 강태훈의 얼굴에 환한 미소가 지어졌다.

"그림 솜씨가 정말 훌륭하구나. 네 엄마가, 아, 아니, 소정이가 손재주가 정말 좋았어. 뭐든 손으로 하는 건 정말 야무지게 잘 했었던 거 같아. 음식 솜씨도 너무 좋았고, 뜨개질도 잘 했고."

친부는 여전히 친모의 이름을 수정이 아닌 소정이라고 부르고 있었다. 본명을 알게 됐지만, 자신의 기억 속에 남아있는 그녀의 모습을 놓치지 않으려는 그의 마음이 느껴져, 그게 또 정분이는 마음에 들었다.

"그러셨군요. 만약 그림을 그리셨다면, 그림도 잘 그리셨을 거 같아요. 저와 지내시는 동안, 저를 굳이 다른 곳에 맡기지 않고 함께 머물기 위해서, 집에서 하는 일을 찾아서 하셨다고 들었어요. 그래서 손뜨개질을 해서 만든 인형이나 소품들을 팔기도 하셨다고 하더군요. 연하준에게 들은 얘기에요. 연하준의 할머니께서 일기장에 적어 둔 얘기들을 저에게 가끔 얘기해 줘요. 제가 그분에 대해 더 알고 싶어 하는 걸 그 사람도 잘 알고 있거든요. 참, 그리고 제 어렸을 때 기억에요. 집에 늘 딸기향이 향긋하게 났던 것도 기억나고, 달콤한 딸기잼을 빵에 듬뿍 발라 먹었던 기억도 남아있어요. 늘 향긋한 딸기향이 나던 게 참 좋았었는데, 그것도 그분께서 손수 딸기잼을 집에서 만들어 주변에 판매 하셨어서 그랬던 거였데요. 전 그저 향긋한 딸기향과 딸기잼 맛만 기억나는데."

"흐으음, 그랬구나. 소정이가 참 열심히 살아냈었나 보다. 너를 데리고 열심히, 그렇게 힘들게 살고 있었어. 내가 참 한없이 부끄럽게 느껴진다. 그 옆에 내가 있었어야 되는 건데……."

일부러 의도한 건 아니지만 이렇게 정분이의 친모 얘기를 나누다 보면, 강태훈은 안타깝고 쓸쓸한 마음을 숨기지 못한다. 사랑하는 여인이 자신 때문에 그렇게 힘들게 생활했다는 얘기를 듣는 마음이 편치만은 않을 것이다.

"늘 밝은 분이셨어요. 저와 얘기하실 때는 제 엄마라고 말하셔도 돼요. 제 희미한 기억 속에 그분을 엄마라고 불렀던 저도 있으니까요. 제 엄마 얘기 저와는 실컷 하셔도 괜찮아요. 마음 아프시면 아프다고 눈치 보지 말고 말하셔도 되고요. 그분이 그리우면 그립다고 말하셔도 되고요. 저와는 그분에 대한 모든 감정을 함께 공유하셔도 돼요. 제 친부시잖아요. 아빠시니까요."

눈가가 촉촉이 젖어 든 얼굴을 감추고 싶었는지, 고개를 숙인 강태훈의 어깨가 조금씩 흔들렸다.

"네가 그렇게 말해주니 정말 고맙구나. 내가 정말 얼마나 더 이기적이고 염치없이 굴려고 이러는지 모르겠다. 소정이를 그렇게 잃고, 내 인생에는 나를 위한 건 아무것도 남은 게 없다고 생각했는데, 이렇게 소정이가 나에게 너를 선물로 남겨주다니. 내겐 정말 무엇보다 소중한 선물이야."

자신을 소중한 선물이라고 말해주는 친부의 손에, 정분이는 자신의 손을 가만히 포개어 얹었다.

"전 이미 마음으로는 아빠로 받아들였어요. 제 아버지에 대한 사랑과 예의, 그리고 존중의 마음을 갖고 있기에, 소리 내서 명칭으로 불러드리지 못하는 거뿐이에요. 제 친엄마를 그렇게 소중히 기억해 주셔서 정말 감사해요. 그리고 저를 소중한 선물이라고 말해주셔서 정말 기뻐요."

"흐읍흡... 고맙구나. 고맙다."

오늘도 두 사람의 만남의 시간 끝에는 눈물 자욱이 남게 됐지만, 두 사람의 마음에는 아빠와 딸이라는 이름의 정이 새싹처럼 따스히 자라나고 있었다.

* * *

오랜만에 들른 만화방 풍경은 여전히 그대로였다. 정분이는 요즘도 가끔 만화방에 들러 만화 그림을 그리고는 한다. 오늘은 나도 그녀의 옆에서 그 분위기를 고즈넉히 즐기고 있는 중이다.

"만화는 언제부터 그리기 시작했어?"

"잘 기억나지 않을 때부터. 뭔가를 그리고 적어놓고 하는 걸 좋아했어. 지나고 보면 노트북이 쌓여갔으니까."

"그동안 네가 그리고 적고 했던 작품들도 궁금한데. 보여줄 수 있어?"

"여기 만화방에 내 그림 작업 도구들을 넣어두는 캐비닛이 하나 있어. 그곳에 내 노트북들과 그림 작업들을 모아둔 상자들을 몇 개 보관중이긴 한데. 음... 잠시 기다려 봐."

잠시 후 나무 상자 하나를 들고 나타난 정분이의 얼굴에는 쑥스러운 듯 설레어하는 감정이 담겨 있었다.

"와아, 해적이 숨겨놓은 보물 상자 같은데. 안에 엄청난 뭔가가 들어 있을 거 같아."

"하하, 놀리지 마. 소중한 물건들을 담아둘 만한 상자를 찾다가 우연히 이 나무 상자를 어느 골동품 가게에 들렀다가 발견했거든. 알지? 보는 순간 딱 이거다 감이 오는 순간. 이 나무 상자가 나를 꼭 부르는 거 같았어, 같이 가자고. 어어? 또 그런 표정이다. 말도 안 되는 소리 한다 그 뜻인거지?"

"하하, 알 긴 아네. 나무 상자가 너를 불렀을리는 없겠지만, 네가 뭘 느꼈을지 이해는 가. 내가 보기에도 상자가 정말 멋져 보이거든. 모서리마다 붙어있는 장신구도 특이하고, 앞면에 조각된 문양은 나무 같기도 하지만 꼭 사람 두 명이 서로를 안고 있는 것도 같은데. 어쨌든 멋진 거 인정. 이제 상자 안도 좀 볼까? 더 멋진 게 들어 있을 거 같아서 엄청 기대 돼."

내 말이 쑥쓰러운 듯 정분이는 자신의 작품들이 들어있는 상자를 조심스레 열어서 안이 잘 보이도록 내 앞 책상에 놓아 주었다. 여러 권의 노트북과 그림 액자들, 오래전 사용했음직 한 그림 도구들과 그림책 등이 가지런히 정리되어 담겨 있는 게 한 눈에 봐도 소중히 다뤄온 물건들인 게 느껴졌다.

"내가 꺼내서 자세히 봐도 될까? 혹시 부담스럽거나 원하지 않으면 솔직히 말해도 돼."

"괜찮아. 루브르 박물관 전시품도 아닌데 뭘. 후후, 떨어뜨리지만 말아 줘."

말은 저렇게 하면서도 정분이는 내가 물건들을 하나씩 꺼내서 볼 때마다 움찔움찔 손이 움직이고 눈이 동그래져서 내 행동 하나하나를 따라 움직였다. 그런 정분이의 반응이 재밌었지만 농담을 하고 싶지는 않았다. 그만큼 내 손에 들려 있는 작품들이 내 정신을 홀리고 있었기 때문이다. 정분이가 소녀일 적 그린 그림들은 풋풋하면서 순수한 분위기가 느껴졌다. 조금 성숙해진 후 그린 그림들은 대담해진 듯 선이 굵어지고 내용이 깊어진 듯한 기분이 들었다. 그렇게 그림 작품들을 둘러본 후 내가 노트북으로 손을 뻗자 정분이의 손이 다급히 내 쪽으로 향해왔다.

"아, 그건 좀 내용을 보여주기가 그래. 잠시 내게 먼저 줘봐."

정분이가 그렇게 몇 권의 노트북을 상자에서 꺼내들자 그 밑에 놓여있는 조그만 책 한 권이 내 시선을 끌어당겼다. 일반적인 모양의 책이 아니라 누군가가 정성 들여 손으로 제본을 한 듯해 보였다. 내가 자세히 보고 싶어 책을 꺼내 들어도 이미 노트북을 살피느라 정신이 없는 정분이는 나를 쳐다볼 여유가 없는 듯하다. 몇 장 안 되는 책이라 매우 얇았고 손으로 묶은 알록달록한 노끈으로 정성스럽게 책이 묶여 있는 게 인상적이다. 책에는 제목이 적혀 있지 않았고, 정중앙에 꽃잎처럼 보이는게 찍혀 있다. 뭔지 싶어 그 꽃잎 모양을 자세히 보다 보니 뭔가가 내 머릿속을 번쩍 스치고 지나갔다.

"아!"

내가 짤막한 탄성을 지르자 그제야 고개를 돌려 나를 바라보는 정분이와 시선이 부딪혔다.

"어? 아... 그 책을 봤구나. 그거 내겐 너무 소중한 스토리북이야."

그래. 이 스토리북. 너무 오랫동안 완전히 잊고 있었다. 잊어서는 안 될 물건이었는데. 내가 직접 만들고, 할머니가 손수 제본을 해 주셨던 내 첫번째 이야기책.

"이 스토리북... 네 거야?"

"내가 어릴 때부터 지니고 있는 물건이야. 정확히 언제부터인지는 모르겠는데, 내가 기억하는 순간부터는 늘 내 옆에 있던 어릴 적 추억의 물건이지. 스토리북이 너무 이쁘지? 누군가가 만들어서 내게 선물로 줬던 거 같아. 부모님께 여쭤봐도 이 물건에 대해서는 잘 모르신데. 내가 부모님께 입양되어 올 때 이미 가지고 있었던 거라는 걸 보니, 내 친부모님께 받은 걸수도 있어서 내가 늘 소중히 보관하고 있는 스토리북이야."

"아… 그렇구나. 이 스토리북 내가 열어서 봐도 될까?"

"응. 괜찮아. 종이나 표지를 워낙 튼튼한 재질을 사용해서 오래된 물건인데도 보관상태가 너무 좋아. 어린 아이가 쓴 글씨와 그림인데, 아마도 내가 만든 건 아닌 거 같아. 내 어릴 적 글씨체나 그림체와 많이 다르거든. 나도 가끔 궁금해. 이 스토리북을 어떻게 내가 받게 됐는지."

책장을 한 장씩 넘기는 내 손이 미세하게 떨리고 있다. 이 순간 혼자 감내하고 있는 이 강렬한 감정을 곧 정분이에게도 전해야 하는데, 뭘 어떻게 시작해야 할지 마음이 쉬이 가라앉지 않는다. 할머니와 하루는 숲에 갔었고, 그 곳에서 나는 아주 큰 새 한 마리를 봤었다. 어린 나에게는 엄청 커 보이는 새였지만, 지금의 내가 본다면 이름도 알 수 있을 만큼 평범한 새일 수도 있다. 그 새를 보고 나는 공룡새라고 부르며 종이에다 공룡새를 그리고 내가 쓰고 싶은 얘기를 적었다. 나는 글을 읽고 쓰는 것도 다른 아이들에 비해 빨랐다. 그래봤자 짧은 단어 몇 개와 공룡새의 울음소리를 흉내낸 게 전부인 지극히 단순한 스토리북이다. 그럼에도 할머니는 내가 이런 것들을 종이에다 적은 게 대견하다며 손수 그 종이들을 엮어서 스토리북을 만들어주셨다.

"글씨가 정말 삐뚤삐뚤하네. 많이 어렸나 보다, 평범한 새를 공룡새라고 착각하고 이런 글을 적었을 정도로. 제목이 없는 건 일부러 그런 거고. 그 대신 꽃잎을 넣자고 우겼거든."

"으응? 무슨 얘기를 하고 있는 거야?"

"분이야. 이 스토리북... 내가 썼던거야. 내 할머니가 손수 책으로 엮어 주신 거였고."

"연하준 씨, 내가 그 말을 믿을 거 같아요? 하하. 이 공룡새를 네가 그린 거라고?"

"응."

"어? 뭐야 그 눈빛은… 정말이야? 지금 진심으로 하는 말인 거야?"

"책 표지에 있는 꽃잎이 원래는 두 개였어. 이제는 세 개가 됐지만. 원래 있던 두 꽃잎은 오른쪽은 내 엄지손가락으로 한 잎 찍고, 중앙은 할머니 엄지손가락으로 한 잎 찍어서 만든 거였거든. 왼쪽에 나머지 꽃잎은 할머니가 비워 두자고 하셨어. 나중에 소중한 사람에게 부탁하자고 하셨었는데. 이거 혹시 네 엄지손가락으로 찍은 한 잎인 걸까?"

"응, 아마 그럴 수도 있는데... 기억에 남아있지는 않아."

"할머니가 네게 이 책을 주셨다면, 아마 네 엄지손가락을 여기 찍게 하셨을 거 같아. 봐, 내 꽃잎과 네 꽃잎 크기가 비슷하잖아."

"정말 그렇네. 신기하다."

정말 신기한 일이다. 내 스토리북이 정분이의 상자에 담겨 오랜 세월동안 소중히 보관되었다니. 내게도 너무 귀중한 물건이기에 스토리북을 손에 잡고 있는 것 자체가 너무 감사하게 느껴질 정도다. 이 물건, 그리고 이 물건을 보관해 준 사람. 거기에 더해 모든 추리들의 마지막 도착점이 되어 줄 할머니의 증표. 이 순간 여러 뒤섞인 감정들로 내 심장이 떨리고 있다.

"내가 그동안 말하지 않은 부분이 있어. 좀 놀라운 이야기가 될 수도 있는데…"

"무슨 얘기를 하려고? 자, 마음 준비하고 있을게. 말해 봐."

"사실 이건 네가 듣고 당황스러워할까 봐 나로서는 말을 꺼내기가 좀 조심스러운 점도 있어. 할머니가 돌아가시면서 내게 남기신 할머니 일기장에 사실은 내 어릴 적 정혼녀에 대한 이야기가 적혀 있어. 누군가에게 나와의 정혼을 언약하셨다는데, 나와 내 부모님은 전혀 모르던 얘기였어. 그리고 일기장에 또 다른 얘기가 나오는데, 할머니께서 언약하신 정혼녀에게 내가 보면 좋아할 만한 증표를 남기셨다는 거였어. 그 일기장 내용들을 읽고 난 후, 나는 내 어릴 적 정혼녀와 그 정혼녀가 갖고 있다는 증표에 대해서 혼자 추리를 해보며 추적해 왔어."

"잠... 잠깐만. 그럼 지금 혹시 저 스토리북이 네가 찾고 있던 할머니가 남기셨다는 그 증표라고 생각하는 거야?"

"할머니가 언약하셨다는 내 어릴 적 정혼녀일지도 모르는 몇 명을 추측해 본적이 있어. 사실은 너도 그 정혼녀 후보 대상에 포함되어 있고. 할머니는 할머니가 정혼을 언약한 사람에게 남기신 증표가 내가 보면 좋아할 만한 거라고 하셨어. 내가 정혼녀일수도 있다고 추측해 본 네가 내가 어릴 적 할머니와 만든 스토리북을 고이 간직해 왔어. 너는 기억을 못하지만, 네게 이 스토리북을 주셨던 분은 내 할머니셨을 거야. 그 뜻은 …"

"그 뜻은?"

"그래. 그 뜻은 할머니가 내 어릴 적 정혼녀로 언약을 한 상대가 너였다는 게 되는 거고."

"하아… 지금껏 이 스토리북은 내게 너무 큰 의미였어. 내가 입양되기 전부터 가지고 있던 몇 안되는 물건들 중 하나거든. 그래서 나는 이 스토리북을 볼 때마다, 내가 기억하지 못하는 내 어렸을 적 시기를 상상해 보고는 했어. 내가 만든 스토리북이라는 생각은 들지 않았지만, 내가 가지고 있는 이유가 있을 것만 같았거든. 솔직히 어린 아이가 몇 자 쓴 종이들쯤으로 넘길 수도 있었을 텐데, 이렇게 정성스럽게 손수 제본을 해준 누군가가 있었던 거잖아. 그런 마음을 가진 분과 내가 어떤 관계였을지 궁금했어. 내게 왜 이걸 주셨는지도 알고 싶었고. 그런데 그 이유가 바로 너였다니. 이게 우리의 인연이었던 걸까?"

인연. 정분이는 이 증표를 이야기하면서 인연이라는 단어를 마음속에서 꺼내 보았다. 할머니는 우리가 인연이라고 생각하셨던 걸까? 아니면 인연이 되면 좋겠다고 바라셨던 걸까?

"난 할머니를 핑계로 내 정혼녀가 될 사람을 찾으려고 했던 게 아니었어. 처음에는 호기심이었고, 할머니가 남기신 자료들을 보면서 내가 꼭 찾아봐야 할 일이라는 생각이 들었어. 지금도 그 생각에는 변함이 없고. 너와 나, 우리는 서로를 이미 마음에 담았잖아. 할머니의 정혼 언약이나 증표는 솔직히 우리의 마음과 전혀 상관이 없다고 생각해. 하지만 네가 방금 말한 인연, 나는 솔직히 지금 심정을 말하자면, 마음이 울렁거릴 정도로 설레어."

"신기하다. 나도 그래. 처음 네가 이 얘기 꺼내기 시작할 때 당황스럽고 뭔가 알 수 없는 마음에 두렵기도 했거든, 그런데 지금은 기분이 묘해. 이 스토리북이 네 꺼였다니 너무 신기한 일이잖아. 우리가 이렇게 오랫동안 연결되어 지내왔다는 게 말야. 언젠가는 만나게 될 사람들 같고. 인연이라는 말이 내게도 어울리게 될 줄은 몰랐는데…"

"그 인연이 너와 나여서 좋은 건 아니고?"

"그래서 좋은 거 같아. 인연이라는 단어의 의미가. 그런데 말야. 이 스토리북 원래 주인이 나타났으니 이제 그 주인에게 돌려줘야 하는 건가?"

"아니, 할머니가 네게 주셨으니 그 스토리북은 네 꺼야."

"휴우… 다행이다. 인연을 잘 만났어. 후후."

"하하, 그러게. 정말 다행이야. 우리가 만나서."

요즘 돌석은 몸이 세 개여도 모자랄 판이다. 이름에 돌이 두 개여서 다행히 몸도 마음도 단단하지만, 그래도 사랑과 일을 동시에 잡는 일은 그런 그에게도 쉬운 일은 아니다. 거기다가 친구인 하준을 둘러싼 쓸데없는 루머들을 관리하는 것도 만만치 않은 일이다. 이렇게 피곤이 쌓여가는 상황에서 저 멀리서 자신을 향해 걸어오는 여인의 등장은 절대로 반가운 일이 아니다. 지금 이 상황에서 절대 만나고 싶지 않은 인물인데...

"어이, 돌석!"

역시 인생은 원하는 대로만 흘러가지는 않는다. 오늘도 시작부터 만만치 않은 하루가 될 거 같다.

"아하하, 단아야. 멀리서도 너는 정말 모든 걸 참 잘 보는구나. 그런데 우리 사무실에는 웬일이야, 그것도 이렇게 이른 아침 시간에? 우리가 할 얘기는 이제 잘 끝난 거 아니었어? 그런데 왜 또 갑자기 여기를 직접 왔어…?"

하준바라기를 끝내기로 하준과 이야기를 마무리한 길단아는, 그 후로 종종 돌석에게 연락해 이것저것 자신의 감정에 대한 하소연을 하고는 했다. 하준에 관한 이야기를 맘 편히 할 만한 곳이 진돌석 외에는 생각이 안 난다는 게 그 이유였다.

단아의 그런 마음도 이해하고, 괜히 다른 곳에 이야기가 옮겨지는 것보다는 나을 듯해, 단아의 하소연을 돌석은 줄곧 참을성 있게 잘 들어줘 왔다. 그런데 그게 점점 지나치다 싶을 정도로 단아의 연락이 잦아지자, 돌석도 조금씩 의도적으로 단아의 연락을 피해오던 중이었다.

"오늘은 너 만나러 왔어. 나 오늘 전지훈련 떠나서, 지금 아니면 시간이 안 나거든. 내가 여러 번 연락했었는데, 너 내 연락 안 받더라. 나 피하는 거야 지금? 내가 오랫동안 가지고 있던 마음을 접었다고 해서, 그게 우리 둘이 연락을 못할 이유는 아니잖아?"

"어머, 무슨 일이에요?"

돌석의 앞에 조그만 무언가가 놓이는가 싶더니, 눈을 크게 뜨고 보니 자그마한 체구의 강홍이 돌석의 앞을 막아 선 채로, 마치 그를 눈앞의 단아에게서 보호하는 듯한 모양새가 되어 있었다.

"홍아?"

"강홍?"

"단아 언니?"

셋의 입에서 동시에 말이 터져 나왔다. 셋 다 이 상황이 어처구니없기는 마찬가지였기 때문이다.

"목소리가 너무 커서 다 들었어요. 언니 오랜만인데요, 그런데 지금 반갑게 인사 나누기에는 상황이 좀 그렇네요. 언니, 우리 돌석 오빠 쫓아다녀요? 오빠한테 전화하고 메시지 보내고 막 그랬던 거에요? 이유가 있으니까 피했겠죠. 그렇게 피했으면 언니를 안 좋아한다는 걸 눈치껏 받아들이고, 그만둬 줘야 하는 거 아닌가요? 돌석 오빠 마음이 얼마나 여린데, 그렇게까지 사람을 피하려면 마음이 얼마나 힘들었겠어요. 언니도 보는 눈이 있으니, 돌석 오빠 좋아하는 마음은 알겠는데요. 오빠는 이미 내 남자에요."

"하아, 홍아. 아침부터 여긴 어쩐 일이야? 지금 이게 무슨 상황인지 내가 설명해 줄게."

"이야, 강홍. 그리고 진돌석. 둘을 이렇게 여기서 이 아침부터 함께 만나게 될지 몰랐네. 그런데, 지금 말이 좀 그렇다. 내가 돌석이를 쫓아다녀? 오랜만에 만나서 홍이가 말이 좀 심한데. 네 언니 설이가 내 친구인 거는 알고 있지? 너희 둘이 사귀는 사이야? 네 가족들은 모두 알고 있고? 하하, 돌석이 재주 좋다. 이렇게 용감하게 편들어 주는 여자친구도 있고, 그것도 그 여자친구가 강홍이란 말이지? 너 인생 완전 성공했다."

사실, 옆에서 돌아가는 상황에 잔뜩 당황해 있던 돌석은, 강홍이 길단아에게 쏘아붙이듯 하는 말들에 이미 가슴이 먹먹해진 상태다. 하준이든 뭐든 될 대로 되라지, 어서 단아를 보내 버리고 강홍과 할 얘기가 이미 산더미였다.

"그러게. 나 완전 성공한 남자다. 기다란, 나 너에게 정말 할 말이 하나도 없어서 솔직히 네 연락 피했다. 이 정도면 눈치껏 좀 알아채 줘라. 중간에서 힘들다고. 너도 내게는 소중한 친구지만, 이런 상황에서는 너를 마음 편하게 대할 수 없는 게 또 내 입장이고. 하준이는 내 절친이고, 네가 마음을 접었다고 해도, 내가 너와 연락하며 지내는 건 좀 불편할 수도 있으니까. 그리고, 나 지금 강홍이랑 굉장히 중요한 시간을 좀 보내야 되겠거든. 멀리 안 나간다. 살펴 가라. 가자, 홍아."

"들었죠, 언니? 저도 더는 할 말이 없어요. 설이 언니한테 말해도 되고요. 제 가족들은 이미 저와 돌석 오빠 사이를 알고 있어서 별 상관은 없어요. 그럼 살펴 가세요."

"하아, 진짜 오늘 아침 일진 사납네. 둘이 진짜 뭐야. 나 들어오란 말도 안 해? 차도 한 잔 안 줄 거냐고!"

"길단아. 너 길단아야! 어디서나 멋지고 잘 나가는. 넌 혼자 충분히 잘 헤쳐나갈 수 있어."

"답답한 마음 좀 털어놓고 싶어서 왔더니. 오랜 친구한테 너무하잖아!"

"미안한데, 그런 투정은 다른 사람에게 부려 주고. 잘 가라!"

홍을 데리고 사무실 건물로 걸어가면서도 뒤통수에 단아의 싸늘한 시선이 내내 느껴졌지만 돌석은 절대 뒤돌아보지 않았다. 당분간은 힘들 수도 있겠지만, 길단아라면 저런 감정쯤은 혼자 이겨낼 수 있을 것이다. 지금은 길단아에게 당할 후환을 걱정하기 보다는, 당장 강홍이 이 이른 아침에 미리 연락도 없이 자신을 찾아왔다는 사실이 돌석에게는 더 중요했다.

"여기, 홍차야. 너 홍차 좋아하잖아. 선물 받은건데 향이 꽤 좋더라. 그런데, 나 아직도 감동의 여운이 가시지를 않아. 아까 네가 그렇게 말해서 너무 감동받았거든. 정말 우리 홍은 뭘 이렇게 어후, 정말 어마무시하게 사랑스럽고 대단하고 그런지 말이야. 내가 가슴이 벅차올라서 말이 다 안 나오더라."

"후훗, 멀리서 듣는데 저도 순간 숨이 턱 막히더라고요. 그 언니가 오빠 좋다고 쫓아다니는 걸로 오해하기 딱 좋은 상황이었잖아요. 그래서 저도 모르게 흥분해서 그렇게 막 말이 나와 버렸어요."

"멋있었어. 오빠는 이미 내 남자라고 네가 말하던 순간을 나 평생 못 잊을 거 같다. 하하, 고마워."

"하아, 잊어주세요. 제가 좀 너무 흥분했던 거 같아요. 나중에 좀 부끄러울 거 같거든요."

"하하, 괜찮아. 나만 기억하고 있을게. 그런데 말이야, 이제 나 이유 물어봐도 될까? 연락도 없이 어떻게 여길 이렇게 아침 일찍 왔어?"

"갑자기 와서 놀랐죠? 그냥 온기가 좀 필요했어요. 그래서 오빠가 보고 싶었고요. 그런데 내 얘기하기 전에 한 가지 분명히 해야 할 게 있어요. 단아 언니, 연하준 씨 때문에 여기 온 건가요?"

"으음, 뭐. 내 얘기가 아니라 자세히 전하기는 그렇지만, 확실한 건 그 상대가 나는 아니야."

"휴우, 다행이에요. 단아 언니 승부근성 강해서 꽤 강한 상대거든요. 저 단아 언니랑 적이 되고 싶지는 않았어요."

"후후, 그렇지. 그럼 이제 말해 줄래? 내 온기가 왜 필요해졌는데? 물론 나야 언제나 네 곁에서 인간 온풍기가 될 준비가 늘 되어 있지만."

"하하, 그래서 온 거예요. 좀 웃고도 싶고, 온기도 필요하고. 실은요... 좀 힘든 일이 있었어요. 그동안 제가 꽤 정을 나누고 있던 어린 환자가 있었어요. 오랫동안 잘 버텨 주었는데, 어젯밤에 갑자기 상태가 나빠져서 결국 하늘나라로 떠났어요. 의사가 이런 상황 생길 때마다 이러면 안 되는 건데, 이번에는 정말 좀 힘들어서요. 병원에서는 티도 못 내고, 잠시 시간 내서 오빠에게 온 거예요."

돌석은 말없이 홍을 품에 안아 주고 그녀의 등을 다독여주었다. 자신의 손에서 전해지는 온기가 그녀의 몸에 가득 스며들게 해주고 싶었다. 그래서 강홍의 마음에 조금이라도 남겨져 있을 시린 마음을 따뜻하게 해줄 수 있길 바랐다. 그렇게 한동안 홍의 등을 다독여 주고 있는데, 문이 달랑거리는 소리가 들리며 사무실에 누군가 들어오는 인기척이 났다. 자유롭게 출근시간을 운영하는 덕분에 돌석 외에는 보통 아침 일찍 출근하는 사람이 없기에, 의아한 마음으로 돌석이 고개를 돌리자 동그래진 눈의 정분이와 눈이 마주쳤다.

"아, 아하하. 제가 오늘따라 쓸데없이 너무 일찍 출근했죠? 다시 나갈까요?"

"하하, 아니에요. 좋은 아침이에요, 분이 씨. 여기는 제 여자 친구, 강홍이에요. 홍아, 이 분은 우리 회사에서 새로 기획하고 있는 만화영화에 만화가로 참여 중이신 정분이 씨야."

"안녕하세요, 강홍입니다."

"반갑습니다. 정분이에요. 저 조금 있다가 다시 들어와도 정말 괜찮은데."

"후후, 아니에요. 제가 괜히 아침 일찍 남의 사무실에 와서 실례 중인걸요. 제가 어린 환자를 잃고 좀 울적한 마음이 들어서 어리광을 부리던 중이었어요. 그 환자 엄마가 저와 나이도 비슷하거든요, 미혼모고요. 어린 엄마 혼자 고생하는 거 같아 제가 옆에서 신경을 많이 써왔던 환자였어요. 그런데 그 아이 상태가 갑자기 나빠져서, 지난밤에 결국 하늘나라로 떠났어요."

"아, 그런 일이 있었군요. 마음이 많이 아프셨겠어요. 저 ……, 그 어머니는 괜찮으세요? 많이 힘들어하고 계시겠네요.

어린 나이에 미혼모셨으면, 주변에 도와줄 사람도 없을 텐데
요. 그렇게 혼자 어린 나이에 아이를 낳아서 기르다가 아이가
아프고, 또 그 아픈 아이를 먼저 떠나 보냈다니……, 그 마음
이 얼마나 힘들지 감히 상상도 안 돼요."

"엇, 정분이 씨? 혹시 울어요?"

돌석은 깜짝 놀라 얼른 옆 테이블에서 티슈를 집어 정분이
에게 내밀었다. 정말 정분이의 두 눈에서 나온 눈물이 볼을 타
고 흘러내리고 있었다.

"아? 제가요? 어머, 정말 그러네요. 너무 슬픈 이야기여서
저도 모르게 눈물이 났나 봐요."

"제가 너무 슬프게 말을 전했죠. 죄송해요, 아침부터 분위기
를 너무 이상하게 만들어 버렸어요."

"아니에요. 실은 제 친엄마 생각이 나서 저도 모르게 눈물
이 난 거 같아요. 어린 나이에 저를 홀로 낳으셨거든요. 그 어
린 환자 어머니가 혼자 힘들어 할 걸 생각했더니, 괜히 서글픈
마음도 들고 안타깝기도 해서요."

"아, 그러시군요. 그 어린 환자가 오랫동안 아팠어요. 그래
서 그 어머니가 단단해질 시간이 그나마 좀 충분했나 봐요.
다행히 무너지지 않고 잘 버텨주고 계세요. 괜찮으시면, 저와
함께 장례식장에 같이 가 보실래요? 그 아이 어머니 혼자 앉
아 있는 모습이 좀 쓸쓸해서요, 누군가가 옆에 있어주면 그 어

머니도 좀 더 든든하실거에요."

정분이는 순간 연하준의 친할머니를 떠올렸다. 그리고 자신도 누군가에게 위로가 되어줄 수 있는 기회가 생긴다면, 기꺼이 그렇게 해주고 싶다는 생각이 들었다.

"그래도 될까요? 그럼, 저도 함께 그곳에 가서 그분에게 위로가 되어드리고 싶어요."

옆에서 두 여자의 얘기를 잠잠히 듣고 있던 돌석이 벌떡 일어섰다.

"자, 그럼 가 볼까요? 오늘 하루 인간 온풍기 한 번 제대로 되어 봅시다. 일이야 다음에 하면 되죠. 우리가 안 하면 하준이가 집에서 열심히 할 겁니다. 갑시다, 가요."

그렇게 세 사람은 사무실을 나와 장례식장으로 향했다. 계획에 없던 일정이지만, 돌석과 정분이의 마음에는 따스한 기운이 가득 스며들고 있었다. 장례식장은 생각했던 대로 고요하고 쓸쓸했다. 환하게 웃는 아이의 미소가 영정사진에서 빛을 내고 있었고, 그 앞의 아이 어머니는 슬퍼보이지만 담담한 얼굴로 아이와의 작별을 조용히 치르고 있는 듯 보였다.

"지연 씨, 괜찮아요?"

"아, 선생님. 또 안 와 주셔도 됐는데. 감사해서 어떻게 해요."

"아니에요. 영훈이가 제게 특별한 환자였잖아요. 저, 여긴 제 지인분들이세요. 영훈이 얘기를 들은 후 함께 오고 싶다고 해서요."

"아, 그래요? 와 주셔서 감사합니다. 영훈이가 외롭지 않게 갈 수 있겠어요. 이렇게 많은 분들이 함께 해주고 싶어 하셔서요."

"삼가 조의를 표합니다. 힘내세요."

정분이는 영훈이 어머니에게 조의를 표한 후 그녀의 손을 살며시 잡아 주었다. 둘이서 무슨 이야기를 나누는지는 알 수 없었지만, 그렇게 오랫동안 두 사람은 손을 마주 잡고 얘기를 나누었다. 영훈이의 어머니 얼굴에 잔잔한 아련함이 떠오르기도 했고, 정분이의 얼굴에서 알 수 없는 회한이 느껴지기도 하는 시간들이었다.

"정분이 씨 마음이 참 따스한 사람인 거 같아요. 이렇게 모르는 분 일에 선뜻 나서주기 싶지 않은데. 좋은 분이네요."

"그렇지? 나도 그렇게 생각해. 우리 회사에 큰 보배가 들어온 셈이야. 그림 느낌도 너무 좋고, 인성도 훌륭하셔. 하준이도 잘 다룰 줄 알고."

"아, 그래요? 하준 씨를요? 잘 됐네요. 그런데, 어쩌죠? 저 이제 그만 들어가 봐야 될 시간이에요. 제 속앓이를 알고 있는 선배가 사정 봐줘서, 잠시 시간을 낼 수 있었던 거거든요."

"나도 중요한 미팅 약속이 있어서 곧 출발해야 될 거 같긴 한데, 으음… 잠시만 기다려 줘. 분이 씨에게 말해 볼게.”

함께 나가자는 강홍과 돌석의 제안에도 정분이는 두 사람과 함께 그곳을 떠나지 않았다. 꽤 오랜 시간을 아이의 어머니 곁에 머물며 그녀를 위로해 주었다. 늦은 저녁 아이 어머니의 친오빠가 오고 나서야 장례식장을 나오면서도, 정분이의 마음이 그리 가벼워지지는 않았다. 그렇게 땅을 보고 천천히 걸어 나오는데, 앞에 버티고 서있는 검은 구두 한 쌍이 정분이의 내려진 시선 안에 들어왔다.

“정분이.”

“으응? 어, 연하준. 여긴 어떻게 알고 왔어?”

“너야말로 여기서 뭐 하는데?”

“아, 그게. 내 위로가 필요한 분 곁에 머물다 오는 길이야. 나 오늘 네 친할머니 생각 정말 많이 했어. 내 친엄마 생각도 많이 했고.”

알고 있었다. 정분이가 왜 얼굴도 본 적 없는 영훈이라는 아이의 장례식장에 하루 종일 앉아서 그 아이의 어머니를 위로해 주고 싶어했는지. 왜 이곳에서 내 친할머니와 자신을 낳아준 친어머니의 생각을 많이 했는지도. 그저 그 마음이 조금만 아팠기를 바랄 뿐이다.

“그랬어? 나에게라도 연락을 하지 그랬어? 함께 있어 줬을 텐데.”

"하아, 됐네요. 영훈이 어머니가 조용히 아이와 작별을 해야 하는 장소에, 기자들이나 네 팬들이 몰려오게 할 수는 없잖아. 또 무슨 루머를 들으려고."

"하긴 그렇네. 그래서, 잘 위로해 드렸어? 네 마음도 좀 괜찮아졌고? 너 울었다던데? 돌석이가 엄청 놀랐었데. 웬만하면 그 녀석 내게 이런 얘기 잘 안 하는데, 정분이 씨 엄청 마음이 여린 거 같다고, 나보고 너 잘 다독여 주라던데?"

"하하, 그러게. 내가 처음 보는 강홍이란 분도 있었는데 그 앞에서 눈물을 보여버렸어. 두 분 나 때문에 많이 당황하셨을 거야. 오늘 여기 오길 정말 잘한 거 같아. 내가 큰 힘은 못 됐겠지만, 난 오늘 여기에서 많은 걸 느끼게 됐거든. 너희 할머니가 무슨 생각으로 나와 내 친엄마를 도와주셨을지 조금 더 이해하게 됐어. 그리고 정말 진심으로 그분께 감사해. 원래도 감사하게 생각했지만, 점점 그 마음이 더 커지는 거 같아. 그래서 내가 너에게 더 잘 하려고. 네 할머니께 보답하는 의미로라도 말이야."

그러게, 나는 원래부터도 내 할머니를 사랑하고 감사하는 마음을 갖고 있었는데, 정분이 너를 만나고 나서 할머니에 대한 사랑과 감사의 마음이 더욱더 커져가고 있어. 내가 없었던 너의 시간에 내 할머니가 계셨기에 얼마나 마음이 놓이는지 몰라. 할머니가 너를 내게, 나를 네게 이끌어 주셔서 정말 다행이야.

"오늘 왠지 정분이 씨가 한 뼘 더 성장한 거 같은데, 몸도 마음도. 하하."

"응, 정말 그런 거 같아. 후후."

사실은 지금도 가끔 궁금하기는 하다. 왜 할머니는 이런 모든 사실을 살아 계실 때 드러내지 않으셨던 건지. 내가 정분이의 친부모님과 관련된 일들을 그녀를 도와 알아낼 수 있도록 하고 싶으셨으면, 왜 살아 생전에 직접 내게 말을 안 하셨던 건지. 왜 본인의 죽음 후에야 내가 이런 사실들을 알게 되도록 하셨고, 관련 자료들을 보고 정분이를 만나 모든 정황들을 들춰내도록 하셨는지. 이런 궁금증들은 어둠을 헤치고 솟아오르는 아침해처럼 여전히 내 마음속에서 가끔 한 번씩 떠오르고는 한다.

그냥 어렴풋이 그 지혜롭고 어진 분의 마음을 내 나름대로 짐작을 해 보건대, 아마 할머니는 본인이 직접 나서서 억지스럽게 상황을 만들고 싶지는 않으셨던 거 같다. 인연이고 운명이라면, 내가 하고 싶은 대로 행동한 결과가 물이 흐르듯, 바람이 흘러들 듯 자연스럽게 상황이 흘러갈 거라고 생각하신 듯하다. 나를 누구보다 잘 아는 분이셨고, 본인의 자료를 받게 되면 내가 어떻게 행동할지 충분히 예측하셨을 거였고, 정분이를 생각하는 그분의 마음을 담아, 내가 정분이에게 자연스럽게 닿아 주기를 마음속으로 바라셨을 것이다. 만약 내가 그분이 생각했던 대로 행동하지 않았다면, 그것 또한 우리의 인연이고 운명이니, 그대로 흐르면 어쩔 수 없다고 생각하셨을 수도 있다. 어릴 적 정혼녀를 얘기하시면서 인연과 운명이 만들어 낼 교접점을 바라신 할머니. 역시 그분 답다는 생각이 들었고, 매 순간 그분에 대한 사랑의 깊이가 깊어져 감을 느끼게 된다.

10
—
함께 걷는 길

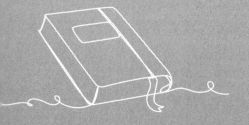

탁-

정분이가 앉아 있는 책상에 두툼히 제본된 책을 한 권 내려 놓았다.

"너한테 처음 보여주는 거야."

"이게 뭔데?"

"내가 직접 쓴 스토리라인이야. 읽어보고 솔직한 네 의견을 말해 줘. 네가 괜찮다면, 나는 네가 기본적인 그림작업을 맡아서 해주면 좋겠어. 내가 그림 그리는 솜씨까지 있으면 좋을텐데, 나의 정분이가 그런 내 부족한 부분을 채워줄 재주를 보유하고 있으니 우린 정말 완벽한 조합이지."

"으응? 네가 직접 쓴 스토리? 와, 사람 놀라게 하는 재주도 참 다양하다. 그런데 내가 그림 작업을 혼자 해보기는 할텐데, 구체적으로 제작 들어가려면 전문 인력이 충분히 보충될 필요가 있어. 난 실전 경험이 없잖아. 너도 마찬가지고."

"응, 그렇지 않아도 우리가 만화영화를 혼자 기획해서 제작하기에는 경험이나 실력면으로도 부족하니까, 이번 기획은 다른 파트너 회사와 함께 진행할 예정이야. 몇 군데 의뢰를 해둔 곳이 있는데, 그중 내가 가장 함께 일해 보고 싶은 곳에서 다행히 긍정적인 반응을 보내왔어. 그 회사가 가장 최근에 제작한 작품을 보면 너도 내가 하는 말이 이해가 될 거야. 실력 있는 곳이라서 이번 작업 이후에도 계속 함께 일해 봐도 좋을 거 같고. 우리 둘 다 많이 배우고 성장할 수 있는 기회가 될 수 있을 거야."

"역시 넌 멀리 내다보고 준비를 하고 있었구나. 역시 연하준이야. 그런데 언제 시간을 내서 이런 걸 썼어? 그동안 정신없이 바빴을 텐데."

"아이돌 활동 그만둘 때 즈음부터 조금씩 끄적여 봤던 거야. 내가 정말 아무 생각없이 문화 콘텐츠 회사를 시작했을 까봐? 말했었잖아. 내가 직접 만화영화 제작하는 게 꿈이라고. 꿈을 알게 되었는데 행동을 안 하면 죽은 거나 다름없는 삶이라고, 천하의 잘난 연하준이 예전에도 한 번 말해주지 않았었나? 하하."

"으유, 잘난 척을 해도 밉지가 않다. 바쁘고 할 일도 정말 많았을 텐데 이걸 대체 언제 다 쓴거야? 우선 정말 대단하다고 말해 줄게. 내용은 다 읽어보고 말해야겠지만. 무엇보다도 이렇게 결과물을 완성했다는 것이 대단한거지. 너의 그 행동력에 무한한 찬사를 보낸다. 역시 정분이 눈에 남자로 보이는 연하준다워."

"남자로 보이는 연하준? 난 이미 많은 사람들에게 남자로 보이는 연하준이거든."

"하아, 알았어. 내게 정말 특별한 남자인 연하준답다고. 멋있어."

"그래? 그렇다면 그런 의미로 조금 더 뭔가 해 줘."

"뭘 더 해 줘?"

"특별한 남자에게 해줄 수 있는 그런 거."

특이한 건지 둔한 건지 모르겠던 정분이는, 여전히 그 엉뚱한 매력을 무한 발산하는 중이다. 특별한 연하준에게 휘둘리기 싫다고 내가 먼저 하려는 모든 걸 거부하면서, 정작 본인은 내게 자신의 특별한 마음을 전혀 표현을 안 하니 당하는 나만 안절부절 중이다. 이런 나를 옆에서 지켜보는 돌석이만 아주 재밌어 죽을 지경이고, 나는 속이 타 죽을 지경이다.

"아하, 알았어. 그럼, 눈을 감아 봐."

난 순한 양처럼 말을 잘 듣는다. 눈을 꼭 감고 기다리고 있으니, 뭔가 내 입술에 쪽- 하고 왔다 갔다. 정말 왔다만 갔다.

"뭐지? 정말 이게 다라고 생각하는 건 아니겠지?"

"응, 그게 내가 내 특별한 남자 연하준에게 해줄 수 있는건데."

"야!"

"왜?"

"정말 이럴 거야? 난 아주 더 특별한 뭔가를 원해. 이제 우리 둘 서로 마음도 확인했고, 대체 뭐가 문제인 건데?"

"후음, 뭔가를 더 원한다고? 으음, 그럼······."

"그럼 뭐?"

"그럼, 우리 부모님도 만나뵈야 하고, 나도 네 부모님을 만나뵈야 해. 정식으로 교제 허락도 받고, 장래도 약속해야 돼."

더 특별한 뭔가를 원한다는 내 말 한마디에, 당돌하고 야무진 정분이는 울트라 초특급 스피드로 우리의 장래까지 결정지어 버렸다. 내가 이렇게 특별한 여자에게 이런 식으로 휘둘리게 될 거라고는 생각도 못했지만, 당해보니 그리 기분이 나쁘지 않다. 내가 고민하고 기다릴 필요도 없이 모든 필요한 부분을 한 방에 해결해 주는 그녀가 사실은 너무 사랑스러웠다.

"그런 거였어? 그래서 내가 혹시 그런 걸 말해 주길 기다리고 있던 거였어? 장래를 약속하고 하루라도 빨리 나와 함께 지내고 싶어서?"

"어, 어? 그건 아닌데."

"그게 아니면?"

"네가 좀 더 특별한 관계가 되길 원한다면, 나는 우선 내 부모님의 허락이 필요하다고 말한 거야. 나는 우리 부모님이 허락하지 않는 관계는 이어갈 생각이 없거든. 그렇다면, 공평하게 너의 부모님께도 허락을 정식으로 받아야 된다고 생각하고. 그렇게 특별한 관계가 된다는 건, 장래를 약속하는 의미인

게 당연한 거잖아? 내가 좀 고지식하다고 느껴져도 어쩔 수 없어."

"만약 부모님이 허락하지 않으시면, 나는 네게 더 이상 특별한 남자 연하준이 아니게 된다는 말인 거야? 너 정말 그렇게 간단한 감정이었어?"

"아니, 내 감정에는 변화가 없을 거야. 사랑하는 감정과 이 문제는 별개야. 사랑을 하고 그 마음이 평생 가도록 바뀌지 않더라도, 만약 부모님께서 반대하시면, 너와 특별한 관계가 될 생각은 없다는 말을 하고 있는 거야. 난 그분들 마음에 어긋나는 행동을 할 수는 없어, 절대로."

하아, 어쩐지 너무 쉽게 장래까지 약속하게 된다 했는데, 역시나 너무 특이하고 올곧은 나의 정분이의 말은 끝까지 다 들어봐야 하는 거였다. 어린 나이에 미혼모로 자신을 낳아 길렀던 친어머니를 생각하는 것이리라. 그렇게 자신이 입양이 된 경험을 마음속에 되새기고 있는 거라는 짐작이 됐다. 그녀가 왜 이런 얘기를 하는지 충분히 이해가 되었기에 어쩔 수 없다는 생각이 들었다, 그녀가 원하는 대로 들어주는 수밖에. 그녀의 부모님과 내 부모님을 설득하고 정식으로 교제를 허락받고 장래를 약속하는 것쯤은, 정분이를 만나게 되고 그녀의 사랑을 얻은 일에 비하면 아무것도 아닐 수 있는 일이다. 두뇌 천재, 얼굴 천재 연하준이 두뇌와 외적 매력을 동시에 가동해야 할 때다.

"흠, 네 의견 받아들일게. 그럼 오늘 양쪽 부모님 모두 뵙고 정식으로 교제 허락받고, 우리 장래도 약속하자."

"어, 어? 뭐가 또 이렇게 급해? 넌 정말 그렇게 마음먹으면 바로 행동을 하더라."

"그게 나야. 그리고 이건 내 인생의 아주 중요한 순간이기 때문에 나는 최대한 신속하고 정확하게 이 일을 해내고 싶은 거고."

"하하, 연하준 씨. 오늘 양측 부모님을 모두 뵙는 건 좀 무리일 거 같은데, 그래도 각자 부모님께 먼저 연락은 해 볼까?"

역시 인생은 뜻하는 대로 모든 일이 쉽게 이뤄지지는 않는다. 무심한 아들이라는 어머니 말씀이 맞았던 걸까? 아버지는 나도 모르는 사이에 열흘 일정으로 유럽 출장을 떠난 상태셨고, 나는 그렇게 꼼짝없이 내 인내심을 열흘 내내 시험해야 했다. 다행히도 정분이의 양부모님은 우리 둘의 관계를 진심으로 반겨 주시고 응원해 주셨다. 할머니가 살아계셨다면 우리 둘의 사랑을 그 누구보다도 반가워하고 기뻐하셨을 거라고 말해주시는 것도 잊지 않으셨다. 나는 두 분께 정분이를 곱게 잘 키워 주셔서 정말 감사드린다는 말과 함께, 그녀를 평생아끼고 사랑하며 지켜주겠다고 약속드리는 것으로 두 분의 마음에 보답했다.

그렇게 아득하게만 느껴지던 열흘이 지나고 드디어 아버지가 유럽 출장에서 돌아오시는 날이 되었다. 태어나서 아버지의 아들이 된 순간부터 지금까지, 이렇게나 아버지를 간절히 보고싶어 한 적은 처음이다. 아버지가 집에 도착하실 시간에 맞춰 부모님 댁을 찾아갔다. 미리 말씀을 드려 두었으니 두 분이 기다리고 계시리라고 예상은 했지만,

"어머, 정분이 씨군요. 얘기 많이 들었어요. 반가워요. 나 연하준 엄마에요."

"허허, 어서 들어와요. 이렇게 우리 집에 와 줘서 너무 고마워요. 나는 연하준 아버지."

내 예상과 조금의 오차도 없이 내 어머니와 아버지는 정분이를 진심으로 반겨주셨다. 얼떨결에 두 분의 지나친 환대를 받은 정분이는, 그녀답지 않게 다소곳한 모습으로 두 분과 인사를 나누느라 조금 당황한 듯했다. 이미 두 분은 빛나는 눈빛과 환한 미소로 정분이에 대한 숨길 수 없는 호감을 잔뜩 내비치고 계셨다.

"안녕하세요, 정분이라고 합니다. 갑자기 찾아뵙겠다고 했는데도 이렇게 반겨주셔서 정말 감사합니다."

"아, 아니에요. 우리가 정분이 씨를 얼마나 기다렸는지 몰라요. 하준이가 집에 데려올 사람이 있다고 해서 정말 깜짝 놀랐거든요. 내가 저 녀석을 좀 아는데, 열흘 전에 이미 우릴 만

나고 싶다고 연락을 했다면서요? 그럼 지난 열흘 동안 저 녀석 마음에 불 좀 났을거에요, 하하. 하준아? 아버지를 이렇게 그리워하게 될줄은 몰랐지? 세상에, 나도 이런 순간이 올줄은 정말 몰랐거든. 늘 무심하고 차가운 녀석이었는데. 저 녀석 가슴에 이렇게 불을 질러줘서 너무 고마워요, 허허허."

"아버지! 무슨 그런 말씀을 하세요. 저야 늘 아버지를 그리워하는 살가운 아들이잖아요. 아하하."

"허허, 그랬던 거로 하자. 허허."

"어머, 여보. 그렇게 직설적으로 말을 하면 어떻게 해요. 불을 지르다니... 정분이 씨 당황스럽겠어요. 호호, 우리 저이가 저렇게 농담을 즐겨해요."

하아, 이 순간 부끄러움은 오롯이 내 몫인가 보다. 한껏 들뜬 부모님을 보고 있으니 웃음 밖에 안 나오는데, 그런 부모님의 옆에서 잔잔한 미소로 응대하는 정분이의 모습을 보고 있자니, 또 다른 의미로 흐뭇한 웃음 밖에 안 나왔다. 내 이성적인 사고를 제어하는 회로는 모두 녹아버리기라도 한 건지, 모든 게 마냥 좋기만 하다.

"괜찮습니다. 편하게 대해주셔서 좋은 걸요."

"그래요, 우리 절대로 불편한 사람들 아니니 편하게 있어요. 저녁은 먹고 온다고 해서, 간단하게 다과를 준비했어요. 이건 저이가 정분이 씨 온다고 종류별로 쿠키를 잔뜩 사온 거에요.

누굴 아이로 아는지, 무슨 쿠키를 이렇게나 많이 사왔는지 모르겠어요, 호호. 좀 들어봐요. 차는 저녁 시간이라 카페인 없는 말린 꽃차로 준비했는데 입에 맞을지 모르겠어요."

"예, 저도 말린 꽃차 즐겨 마셔요. 은은한 향이 참 좋아요. 쿠키들도 너무 맛있어 보이고요. 감사합니다."

"허허, 그게 우리 회사에 최우석 상무 있잖아요. 그 친구가 딸만 셋인데, 회사 앞 쿠키 전문점 쿠키를 그 집 딸들이 그렇게 좋아한데. 그래서 그 쿠키 전문점에서 늘 쿠키를 잔뜩 사더라고. 그게 또 난 그렇게 부러웠단 말이지, 허허허. 그래서 오늘 우리 집에 귀한 따님이 한 분 오신다기에, 일부러 공항에서 그 쿠키 전문점으로 바로 가서 이렇게 사온거지. 허허허, 나도 이제 쿠키 좀 살 수 있게 되서 기분이 꽤 좋더라고."

아버지의 말씀을 듣고 있던 정분이가 눈웃음을 지으며 얼굴을 밝게 붉혔다. 이렇게 흐뭇한데 회로가 녹아서 이성적인 사고를 하지 못한들 무슨 문제일까 싶다.

"저 쿠키 엄청 좋아해요. 이렇게 다양한 쿠키들을 상자에 담아두고 하나씩 꺼내 먹는 거 좋아하거든요. 모양도 너무 예쁘고 고소한 냄새도 너무 좋아요. 사실 지금 엄청 설레고 있는데, 저녁 시간이어서 좀 자제하고 있는 거예요, 저녁 시간만 아니었으면 하나씩 모두 맛보고 싶을 정도거든요, 후후."

"허허, 그거 잘 됐네요. 이 상자째 집에 갈 때 가져가서 먹으면 되겠어요. 어차피 정분이 씨 줄려고 내가 특별히 사온 거니까, 꼭 집에 가지고 가요. 허허, 내가 참 잘 사왔네, 오랜만에 내가 좀 일을 제대로 했어, 허허."

아버지가 허허 웃으시니, 정분이가 후후 옆에서 말갛게 웃었고, 그 모습을 보고 있던 어머니가 호호 덩달아 웃으셨다. 그 모습을 보고 있던 내 얼굴에는 이미 남은 공간이 없을 정도로 미소가 잔뜩 지어져 있으리라.

"말을 깊게 들은 건 아니지만, 어머님 통해서 맺어진 인연이라는 얘기는 하준이 통해서 이미 전해 들었어요. 어머님께서 그렇게 맺어준 인연이면, 우린 무조건 환영이에요. 굳이 어머님이 아니더라도, 저 까칠하고 무심한 녀석 마음을 열어준 사람이면 우리는 무조건 찬성이에요. 괜히 정분이 씨한테 좀 미안한 마음이 들기도 하지만요. 하준이가 워낙 쉬운 사람이 아니라서요, 가끔 힘들 때도 있을 거에요. 최대한 너그럽게 이해해 주면 좋겠지만, 정 너무 힘들게 할 때는 우리한테 말해요. 그럼 우리가 늘 옆에서 힘도 보태 주고 마음도 보듬어 주고 그럴게요, 호호."

"어머니, 저도 여기 앉아 있다고요. 정말 이런 식으로 제 앞에서 제 흉을 보셔도 되는 겁니까?"

"흉을 보다니? 그럼 내가 거짓말이라도 해야 된다는 거니? 네가 두뇌 천재, 얼굴 천재라는 말은 듣지만, 그거 사랑 앞에서는 다 쓸데없는 거거든. 마음이 최고야, 네 아빠처럼 말이야. 사람이 좀 푸근하고 정겨운 맛이 있어야 되는데, 너는 그게 없잖니? 그러니 같은 여자 입장에서 내가 정분이 씨가 안타까워서 그러지."

"아, 아니에요. 하준 씨가 얼마나 다정다감하고 자상한데요. 다른 사람을 은근히 배려해주는 것도 정말 잘 하거든요. 뭐 하나 놓치는 법이 없으니 늘 든든하고요. 거기다 얼굴도 너무 잘생겨서 보고만 있어도 흐뭇하고요. 따로 운동도 특별히 안 하는 거 같은데 자잘한 근육이 적당히 있어서 건강해 보여요. 두뇌에, 얼굴에, 몸매에, 거기다가 성격까지 너무 완벽해서, 어떻게 사람이 저러나 싶다니까요."

정분이의 말을 듣고 있는 부모님의 얼굴을 보고 있으려니, 터져 나오는 웃음을 도저히 참을 수 없었다.

"하하하, 역시 내 여자 밖에 없네. 보세요, 두 분 아들이 이 정도라고요. 하하하."

"허허허, 사랑의 위대함이지요."

"호호, 역시 콩깍지가 사람에게 해로울 수도 있는 거에요."

늘 긍정적이고 해맑은 부모님의 전폭적인 지지와 환영을 받으며, 이렇게 우리 두 사람은 정식으로 교제를 허락받았다. 집을 나서는 발걸음이 그 어느 때보다 가볍게 느껴졌다. 이제 장래만 약속하면 되는데, 그 장래라는 말이 좀 애매모호했다.

그 애매모호함을 고민하느라 정분이의 아파트 단지에 도착할 때까지 그 무엇도 생각해내지 못했다. 우선 차에서 내려 아파트 단지 공원을 잠시 걷기로 했다. 늦음 밤의 신선한 공기가 내게 좋은 아이디어를 가져다주기를 간절히 바랄 뿐이다.

"부모님이 너무 재밌고 좋은 분들이신 거 같아."

"하하, 좀 그렇지. 늘 밝고 명랑한 분들이셔. 가끔 좀 과할 때도 있지만, 좋은 분들이야."

"하나도 안 불편했어. 걱정도 많이 하고 은근히 긴장도 했었거든. 정말 다행이야."

"긴장을 했었다고? 전혀 표시 안 났는데. 우리 정분이 씨도 긴장 같은 걸 하기는 하는구나."

"당연하지, 사람인데."

"그럼 내 긴장감도 해결할 수 있게 좀 도와줄래?"

"응? 무슨 긴장감?"

"장래 약속말이야. 네가 원하는 장래 약속이 뭔지 잘 모르겠어서. 도와주면 좋겠어."

"아하, 글쎄 나도 솔직히 구체적으로는 잘 모르겠지만, 그래도 굳이 내 생각을 전해 보자면, 우리가 앞으로 늘 함께 하겠다는 두 사람간의 약속과 증표를 나누면, 그런 의미가 되지 않을까 싶었거든."

약속과 증표를 나눈다니... 으음, 그럼 생각보다 쉬울 거 같기도 하다.

"잠깐 눈 감고 100까지만 세고 있어 줘."

완전히 잊어버리고 있었다. 그런데 부모님 댁에 들렀을 때 내 방에서 눈에 띈 그것을 가지고 나오길 잘했다고 나 자신을 칭찬해 주고 싶다. 가방에 숨겨서 가지고 나올 때만 해도, 나중에 그녀의 작업대 위에 두고 깜짝 놀라게 해 줄 생각이었다.

"됐어, 이제 눈 떠도 돼."

"어멋, 이게 뭐야? 이거 포포잖아. 그런데 포포가 또 다른 포포를 껴안고 있네? 나 한 번도 이런 포포 인형 본 적 없는데, 이거 어디서 구한거야?"

"응, 예전에 내 MBA 동문 집에 놀러갔다가 선물로 받았어. 그 친구가 글로벌 문화 콘텐츠 회사 임원이거든. 그 친구 조카가 내가 아이돌 활동할 때부터 내 열성팬이었는데, 그래서 그 집 가족행사에 초대받아서 그 친구 집에 간 적이 있어. 구름 위의 포포 만화영화 프로모션을 위해 한정판으로 제작해서, 소수의 관계자와 팬들만 받게 된 기념품이라고 했어. 내가 구름 위의 포포 열렬한 팬이라고 했더니 기꺼이 선물로 주더라고. 그 대신 내 사인을 그 친구 조카와 친구들을 위해 몇 십장은 해줬지만 말이야. 어때? 우리 사이의 장래를 약속하는 증표로 딱 맞지?"

"응, 딱 맞아. 너무 귀여워."

"내가?"

"아니, 포포가. 두 포포 인형이 껴안고 있는 모습이 너무 귀여워."

"으으음."

"물론, 너는 멋있고."

포포를 잡고 있는 정분이의 손을 잡아끌어 나를 마주보게 했다.

"정분이 씨, 나, 연하준과 평생을 곁에서 함께 하겠습니까?"

"쿡쿡, 흠흠. 예, 그러겠습니다. 연하준 씨, 나, 정분이와 평생을 함께 하겠습니까?"

"예, 그러겠습니다. 사랑합니다, 정분이 씨."

늦은 밤이, 어두운 나무 그늘 아래가, 인적 없는 거리가, 이렇게 좋을 줄 몰랐다. 포포를 잡고 있는 손을 조금 더 끌어당겨 정분이를 내 품에 들어오게 했다. 그리고 고개를 숙여 그녀의 얼굴에 내 얼굴을 기울였다. 그러자 나보다 조금 더 빠른 속도로 정분이의 두 손이 내 양 볼을 감싸더니 내 입술에 그녀의 입술을 포갰다. 깊고 깊게 향긋한 그녀의 체취가 내게 스며들어 왔다. 그녀가 내 손에 건네 준 포포 인형을 잡고 있는 내 두 손에 힘이 가득 들어갔고, 내 볼을 감싸 쥔 정분이의 두 손의 온도는 뜨거웠다. 내 얼굴에 매달려 있는 그녀의 손을 배려하는 마음으로 포포 인형을 잡은 채, 손을 그녀의 허리 뒤로 둘러 그녀의 몸을 가득 안아 들었다. 그렇게 한참 후에 떨어진 그녀의 입술에서 자그마하게 하아- 하는 숨소리가 새어 나왔다.

"키스는 내가 먼저 한거야. 특별한 나의 연하준 씨에게."

"하하, 그래, 네가 먼저 한거야, 내게. 그럼 이제 나도 내가 원할 때 키스해도 되는거지?"

"응. 후후."

두 사람을 비추는 달빛 그림자가 오래도록 길게 미소 짓고 있는, 조금은 훈훈하고 넉넉한 늦은 밤이 그렇게 흘러가고 있었다.

11
—
인연의 끝은

"이번에 최현욱 감독 신작 영화에 K의 앨범에 실렸던 곡이 테마곡으로 들어가게 됐다며?"

"응, 그쪽에서 먼저 연락이 왔어. 그 감독님이 구상 중인 영화에 그 곡을 테마곡으로 쓰고 싶다고 말이야. 대단한 일이지? 그 감독님 만드는 영화마다 국제영화제 가는 분인데. K는 영화 음악감독 분야로 나가고 싶다는 생각을 하고 있던 참이었고, 혼자서 그 분야 공부도 열심히 해오고 있었나 봐. 그래서 K도 집중해서 작업하느라 작업실 밖에 거의 나오지를 않고 있고. 우선은 우리가 냈던 앨범에서 한 곡을 요청해 온 거지만, 이번 영화 작업 구체적으로 시작되면, K에게 전체 음악을 맡길 가능성도 있을 거 같아. 제작 기획이 마무리 단계에 이르는 대로 정식으로 협의해서 일 진행하기로 했어. 그래서 미리 영화 내용에 맞게 음악을 준비해 뒀다가, 최현욱 감독님께 들려드리고 싶다고 K가 잔뜩 벼르고 있는 거거든."

"와, 굉장하네. 잘 되면 좋겠다. 그럼 너에게도 당연히 좋은 거지?"

"그렇지, 난 영화 음악 분야까지는 아직 생각도 못 했는데, 이렇게 일이 시작되고 나면 영화 음악이나 영화 제작까지 우리 회사가 관련 분야를 넓혀가는데 도움이 될테니까."

"그렇구나. 그런데 K가 그 앨범 곡들 원작자인 거 왜 숨겼어? 회사 사람들도 몰랐다며?"

"그게 포인트였어. 나도 그 친구가 그런 재능이 있는지 몰랐거든. 그 친구가 그렇게 피아노를 잘 치는지도 몰랐고. 우연히 기회가 되서 그 친구가 피아노 곡들을 작곡해 둔 것을 들어보니 다 너무 좋았던거지. 그런데 그 친구가 대중에게 알려진 이미지라는 게 있잖아. 이미 워낙 유명한 친구이기는 하지만, 그런 이미지들이 그 친구가 만들어낸 곡들에는 도움이 되지 않을 수도 있다고 생각했어. 그래서 좀 다른 의미로, 얼굴 없는 뮤지션이 한 번 되어보자고 내가 제안을 했던거고. K도 음악으로만 실력을 인정받고 싶었던 마음도 있었던 거 같아. 결과적으로 그 앨범이 그 친구의 음악이라는 게 대중에 알려지게 되어서, 더 인기를 끌게 된 요인이 되기는 했지만 말이야. 유럽쪽에서 그렇게 반응이 먼저 온 것도 운이 좋았어."

하준이 회사를 시작한 후 처음 제작한 앨범은 큰 성공을 거뒀다. 그는 보는 눈도 탁월했지만 듣는 귀도 탁월했다. 아이돌 시절 다른 그룹의 멤버였던 K와 친해진 후, 우연히 듣게 된 그의 음악작업들을 기억해뒀던 하준은, 회사를 시작한 후 그에게 앨범을 함께 내보자고 제안했고, 그 장르는 의외로 피아노 음악이었다. 뉴에이지 음악 장르와 애니메이션 음악 장르의

묘한 조합이었고, 그 신선한 선율의 진가를 유럽의 팬들이 먼저 알아봐 주었다. K만이 사용하는 몇몇 코드를 알아본 그의 팬들이 의문을 제기하기 시작할 즈음, 입소문과 더불어 이 앨범에 대한 엄청난 관심이 쏟아지기 시작했다. 앨범 커버를 장식한 정분이의 만화 그림에도 큰 관심과 찬사가 쏟아졌다. 두 사람 모두에게는 예상을 뛰어넘는 너무 놀라운 성공이었고, 처음으로 함께 작업한 결과물로서는 매우 만족스러운 성과였다.

"역시 자신이 좋아하는 일을 열정적으로 꾸준히 해가는 사람이 결국에는 뭔가를 해내는 거 같아. 나도 더 열심히 그려야겠다. 종이를 많이 준비해둬야겠어, 부지런히 그려보려면."

"하하. 그래. 나도 종이 줘."

"응, 여기."

"펜."

"받아."

"손."

"응?"

"소-온!"

멀뚱히 자신을 바라보고 있는 정분이에게 하준이 특유의 무감한 표정의 웃음을 지으며 재촉을 해왔다. 그런 그를 싱겁다는 듯 웃으며 바라보던 분이가, 자신을 향해 펼쳐져 있는 하준의 손바닥 위에 자신의 손을 가만히 올렸다. 그런 그녀를 바라보고 있던 하준의 얼굴에 그제야 박하사탕 같은 미소가 떠올랐다. 그녀의 손을 자신의 몸 쪽으로 바짝 당기더니, 하준은 이내 다른 한 손으로 자신의 주머니에서 뭔가를 꺼내어 그 손바닥에 놓았다. 열감이 느껴지던 손바닥에 차갑게 닿은 조그만 물건. 두 사람의 눈이 동시에 마주쳤다.

"결혼하자."

"연하준."

"하자, 내 옆에서 반짝반짝 빛나며 네 꿈을 이뤄가게 해줄게. 난 네 재능 이용해서 내 꿈도 이뤄갈 거고. 같은 곳을 보고 같은 길을 걸으며 같이 사랑하며 평생 살자. 결혼하자, 정분이."

분이가 고개를 가만히 끄덕이자, 두 사람의 얼굴에 동시에 박하향이 퍼져갔다. 분이의 손가락에서 반짝이는 것과 하준의 손가락에서 반짝이는 것, 그렇게 두 사람이 함께 걸어갈 길이 연결된 순간이었다.

"그런데, 나 좀 겁나는데."

"뭐가?"

"너무 일찍 결혼하면, 네 팬들한테 나 미움받는 거 아냐? 배도 좀 나오고 미모가 한 풀 꺾여서 네 인기도 많이 사그라들 즈음에 결혼을 해야 그나마 덜 미움 받는 거 아닐까 해서. 지금은 네 팬들의 원망과 분노를 너무 많이 받게 될 거 같아서 말이야."

"하하, 야무지고 당돌한 정분이 씨가 겁내는 것도 있기는 했구나. 하하."

"너, 사생팬들 무서운 거 아직 잘 모르는구나. 내가 예전에 내 고등학교 때 친구를 봐서 아는데, 그거 엄청나던데. 그 마음 그렇게 쉽게 넘겨버릴 게 아니라고."

"그럼 뭐, 비밀 결혼이라도 하자고?"

"아, 아니. 그건 안되지."

"왜 안 되는데?"

"뭐야 너, 날 숨겨둔 여인으로 만들 생각이야? 난 그런 건 절대 안 해. 난 연애도 사랑도 당당히 할거야. 내 친부와 친모처럼 애달픈 사랑 같은 건 절대 할 생각 없거든. 사랑하면 당당히 쟁취할 거고. 사랑하니 헤어져 주고 희생해 주고 그런 거 절대 할 생각 없어."

"하하, 본인이 잘 아네. 그런 마음가짐이면 대체 뭐가 무섭다는 거야. 나 연하준이야. 내 여자 하나 지키지 못할 정도로 약하지 않고, 당당히 연애하고 사랑하는 것에 겁먹을 사람도 아니라는거지. 그리고 나 이제 아이돌도 아니잖아. 내 팬들 중에도 꽤 성숙해진 팬들도 많고, 내 진정한 행복을 바라는 팬들도 많을거니 그리 걱정할 필요 없어. 왠지 이런 말 하니까 기태주 대표님 얼굴이 떠오르는 게 좀 어이없기는 하지만 말이야. 내가 아무래도 성인이 된 후 롤모델로 그분을 보고 배운 게 많아서 그런지, 자꾸 말하는 거나 생각하는 게 그분처럼 되어 가는 거 같아. 좀 조심해야겠어. 그리고 나는 결혼 결정할 때 제일 믿음직스러웠던 부분이 정분이 씨인데? 내가 사랑하는 여자가 정말 강하고 야무지거든. 난 그녀만 믿고 따라갈 생각이야. 이래도 무서워하고 있을래? 아니면 네 사랑을 쟁취하고, 잘난 연하준이 내 남편이다 당당히 말하며 살래?"

"와아, 뭐가 이렇게 뻔뻔하지. 하하, 알았어. 이쁘고 당돌하고 야무진 정분이 씨가 연하준 씨 평생 내 남편으로 책임져 주겠어. 우리 결혼하자."

누가 더 뻔뻔한 느낌인지는 모르겠지만, 왠지 지금 우리 둘 다 일부러 더 뻔뻔하고 강한 척 하는 것에는 의심의 여지가 없는 거 같다. 난 사실 좀 더 많이 뻔뻔해지기로 이미 마음을 정한 상태다. 그래서 정분이가 조금도 망설이지 않고 나와의 결혼에 용기를 낼 수 있도록, 옆에서 열심히 밀어붙이고 이끌어갈 생각이다. 그녀가 결혼 준비 과정에서 혹시라도 생길지 모르는 곤란하고 어려운 상황에서 최대한 상처를 덜 받게 하려면, 내가 좀 더 뻔뻔해지고 강해지는 방법 밖에 없을 듯하다.

     * * *

 서로에게 결혼을 하자고 말하고, 서로가 서로에게 긍정의 대답을 한 후, 우리는 각자 부모님께 우리의 결정을 알려드렸다. 이미 정식으로 교제를 허락해 주셨던 양가의 부모님은 우리의 빠른 결혼 결심을 크게 반겨 주셨다. 내 부모님은 평소 성격답게 요란한 축하 파티까지 열려고 하시는 걸 간신히 말리느라 꽤 힘들었다. 정분이의 어머니는 내게 직접 전화를 해 주셨다. 열렬히 좋아하던 최애 아이돌의 장모가 되게 돼서 너무 기쁘다고 농담의 말도 건네셨지만, 그 목소리가 촉촉이 젖어들어 있는 것을 충분히 느낄 수 있었다. 나중에 정분이에게 듣기로, 그날 결혼을 하기로 했다고 말씀드리자 두 분 모두 눈물을 많이 흘리셨다고 했다. 사실 조금 걱정했다, 과묵한 성격이지만 딸 사랑이라면 누구 못지 않은 정분이 아버지께서 결혼은 아직 이르다고 혹시 말리기라도 하실까 봐. 그러면 내 부모님께라도 도움을 요청해서, 할머니의 정혼 언약까지 말을 꺼내보시게 해야되나 혼자 속으로 꽤 초조하게 고민을 하기도 했다. 다행히도 그런 일은 일어나지 않았고, 나는 한 번 최애 아이돌은 영원한 최애 아이돌이라며, 팬심이 더해진 애정을 쏟아주실 장모님이 생기게 됐고, 묵묵히 우리 둘을 응원해 주실 듬직한 장인어른을 얻게 됐다.

정분이는 친부에게 직접 찾아가 두 사람의 결혼 소식을 말씀드렸다. 강태훈 씨는 정분이가 어릴 적 친모와 살던 곳 근처에 집을 마련하고, 외부와의 연락을 최대한 피하며 글을 쓰고 정원을 가꾸며 지내고 있다. 정분이가 직접 결혼 소식을 알리러 자신을 방문해준 것을 크게 기뻐하셨다고 한다. 이런 말들을 내게 전해주는 정분이의 눈가 역시 촉촉이 젖어있었다.

부모님의 결혼 승낙을 받은 후, 나는 바로 돌석에게 전화를 걸어 이 사실을 알렸다. 예상대로 돌석은 진심으로 내 결혼을 축하해줬고, 나와 정분이의 행복한 앞날을 응원해줬다. 돌석도 강홍과 양가 부모님께 결혼 허락은 받은 상태지만, 강홍의 바쁜 일정 때문에 결혼 날짜를 미뤄둔 상황이다. 강홍과 정분이는 어느새 친해진 건지, 둘이서만도 종종 연락을 하고 지내더니, 결혼 소식도 정분이가 직접 강홍에게 전했다고 한다. 그런 두 사람의 친분을 나와 돌석은 기쁘게 받아들이는 중이다.

그렇게 개인적으로도 친해진 정분이와 강홍은 강홍의 오프 날짜에 맞추어, 우리의 결혼을 축하해주는 의미로 네 사람이 만나 식사를 하기로 했다며 나와 돌석에게 각각 통보를 해왔다. 나와 돌석은 당연히 그 통보를 반갑게 받아들였지만, 왠지 두 여자에게 점점 끌려다니게 될 거 같은 우리 둘의 운명을 느껴가는 중이다. 장소를 고르다가 강홍이 뜬금없이 나와 정분이가 만났다는 그 만화방에 가보고 싶다고 해서, 결국 우리는 이령시에 있는 정분이네 아파트 앞에 모이게 되었다. 만화방에는 정분이와 강홍 둘만 잠시 들렀다 나오기로 했다. 정분이는 요즘도 종종 저녁 시간에 잠시라도 만화방에 들러서, 할아버지를 도와 만화방 정리를 하고는 한다. 만화방에서 나오는 강홍은 멀리서 보기에도 기분이 좋아보였고, 연신 정분이와 담소를 나누며 두 사람 얼굴에 웃음꽃이 활짝 피어 있었다.

"강홍 씨도 만화 좋아하나 보다?"

"응? 그러게. 나도 전혀 모르고 있었는데."

가까이 다가오는 두 사람의 얼굴이 확실히 신나 보였다.

"어땠어요? 강홍 씨도 만화를 좋아하나 봐요?"

궁금함을 못 참겠어서, 내가 강홍에게 직접 물어 보았다.

"아, 아뇨. 전 만화에 대해서는 아는 게 거의 없어요. 그런데 저 만화방에 가보니까, 왜 정분이 씨가 그 만화방에서 만화가 더 잘 그려졌다고 하는지 알겠더라고요. 그 특유의 옛날 감성이 아직 살아있는 곳 같아서 좋았어요. 주인 할아버지도 너무 좋은 분이시더라고요. 돌석 오빠, 우리 다음에 이곳에 둘이 와서 데이트 할래요? 저 여기 또 와보고 싶어요. 오래 머물면서 만화도 보고 음료도 마시고 편히 쉬기도 하면 좋을 거 같아서요."

"어, 그렇게 좋았어? 나도 들어가 볼 걸 그랬나 보다. 그래, 다음에 우리 둘이 또 오자."

"그렇게 좋았어요? 의외네요, 저기 중년 남성들 취향인데. 젊은 사람들은 거의 안 들르는 곳이거든요. 내가 좀 있어봐서 잘 알아요."

"어, 그게 좀 재밌고 좋더라고요. 너무 환한 조명이 잔뜩 깔려있는, 세련되고 화려한 곳에만 있으면 몸도 마음도 좀 피곤할 때가 있어요. 그런데 저 만화방에서는 그런 피곤함이 안 느껴져요. 종이 냄새 가득한 것도 좋고요."

"와아, 강홍 씨가 느꼈다는 그 느낌, 정확히 제가 알아요. 그래서 제가 그 만화방을 좋아하고, 그곳에서 만화를 그리는 걸 좋아하는 거에요. 역시 우리 둘이 잘 통한다니까요. 우리 얼른 밥 먹으러 가요. 배고프죠?"

정분이가 강홍의 팔을 잡고 멀찍이 앞서 걸어가며, 뭐가 그리 좋은지 소리내 웃으며 멀어져가는 모습을 나와 돌석은 멀뚱이 바라볼 뿐이었다. 우리 둘 다 이건 뭐지 싶은 표정이었고, 둘이 좀 비슷한 느낌으로 특이하구나 싶은 표정이었지만, 마찬가지로 우리 둘의 얼굴에도 결국에는 미소가 함께 피어오르는 건 숨길 수 없었다.

우리는 주변에 있는 조그만 브런치 카페에 자리를 잡았다.

"사인 오십 장만 해주세요. 저희 병원 선생님들하고 환자분들 중에 하준 씨 팬이 많아서요. 우선은 오십 장만 가져다 주겠다고 했는데, 아마 모자랄 거 같아요. 그러면 다음에 돌석 오빠 통해서 또 부탁드려도 될까요?"

자리에 앉아 음식이 나오기를 기다리는데, 강홍이 대뜸 내게 종이를 내밀어 왔다.

"아하하, 그럼요. 얼마든지요."

순둥한 매력은 외간 남자에게는 전혀 발산할 생각이 없는지, 무표정한 강홍의 얼굴을 보며 나는 돌석의 얼굴을 난감한 표정으로 쳐다보았다. 돌석은 왠지 으스대는 표정을 짓고 있었다. 대체 이건 무슨 뜻으로 해석해야 할지 또 한 번 난감해지는 순간이었다.

"우리 홍이가 이렇게 사람들을 잘 챙겨. 홍이는 네 팬 아니니 오해는 말고. 혹시나 해서 미리 말해두는 건데, 너보고 절대 웃어주지 말라고 내가 미리 당부해 뒀어. 네가 형수님이라고 부르기 전에는 절대 웃어주지 말라고 했거든, 하하."

이제야 이 상황에 대해서 감이 왔다. 저 순둥한 강홍은 돌석의 잔꾀에 넘어가 주기로 한 거였다. 형수님이라..., 그럼 내 분이의 위치가 좀 난감해지는데, 난 가만히 옆에 앉아 있는 분이의 눈치를 살폈다.

"돌석 씨, 제가 도련님이라고 부르거나 아주버님이라고 불러주길 바라세요? 그럼 전 어디서나 그 호칭을 사용할 생각이고, 그건 회사에서나 미팅에서도 마찬가지가 될 거에요."

"예에? 아니 왜 그런 호칭을? 그리고 왜 회사에서도요?"

"그러니까요. 왜 그런 호칭으로 저와 엮이고 싶어하세요?"

"으음, 제가 언제요?"

"그럼, 왜 강홍 씨가 하준 씨의 형수님이에요? 아니면 왜 제가 돌석 씨에게 형수님이 되야 하고요?"

"어, 저, 그건……."

"강홍 씨와 저는 계속 이름 부르면서 친하게 지내기로 했어요. 그러니 두 분도 친구답게 서로 부르던 호칭 대로 부르시고요. 저와 강홍 씨도 이름으로 불러주세요. 앞으로도 변함 없이요."

"아하하, 예에. 알겠습니다."

야무진 정분이는 돌석의 장난 쯤은 역시 한 번에 정리해 버렸다. 돌석이와 나는 오랜 친구 사이고, 정분이와 강홍 역시 서로 호감을 갖고 우정을 나누어 가는 중이다. 이렇게 우리 네 사람이 각자의 연인이 되고 벗이 되어 인생을 함께 걸어간다면, 우리 모두 서로에게 꽤 괜찮은 인생의 동반자가 될 듯하다.

* * *

푸른 바다가 시원히 펼쳐진 백사장에 두 모녀가 나란히 서 있다. 오랜만에 어머니와 나온 나들이에 정분이도 기분이 좋았고, 옆에 선 어머니의 얼굴에도 환한 미소가 가시지 않는 모습이 정분이의 마음을 흡족하게 만들고 있었다.

"우리 둘이서만 이렇게 나들이 나온 건 오랜만이지? 아빠가 같이 온다는 걸 떼놓고 오느라 좀 힘들었어, 호호. 지금쯤 혼자 소파에 덩그러니 앉아있을 모습을 생각하니 좀 미안한 마음이 들긴 해도, 이렇게 딸하고 단 둘이 나들이 하는 기분이 꽤 괜찮은 걸, 호호."

"죄송해요, 제가 더 자주 어머니와 시간을 보냈어야했는데, 신경을 많이 못 썼던 거 같아요. 앞으로는 좀 더 어머니와 단 둘이 보내는 시간을 만들도록 노력해 볼게요."

"후후, 괜찮아. 늘 충분히 잘하고 있는걸. 아버지가 너와 있는 시간은 왠만하면 놓치고 싶어하지 않으니까, 결과적으로 우리 둘이서만 나들이할 기회가 없었던 거 뿐이지. 요즘 젊은 사람들 중에 너처럼 부모님과 시간 많이 보내는 사람이 누가 있겠니. 너도 이제 결혼을 하게 되었으니, 네 가족과의 시간에 충실해야 될 거고. 나는 이미 충분히 넘치게 받았어."

지금 두 사람이 와있는 바다는, 정분이가 입양된 이후로 매해마다 정분이의 친어머니 기일이 되면 양부모님이 정분이와 함께 다녀가는 곳이다. 올해 기일에는 결혼을 앞두고 여자들끼리 할 말이 있으니 두 사람만 다녀오겠다고 어머니가 아버지를 설득해서, 아쉬워하는 아버지를 뒤로 하고 어머니와 정분이만 이곳에 왔다. 이곳은 박수정 씨의 유언에 따라 그녀의 재가 뿌려진 곳이다. 정분이는 양부모님이 자신을 입양하는 과정에서, 자신의 생모였던 분이 이곳에 잠들어 있는 것을 우연히 알게 된 것이라고만 생각했었다. 하지만 이제는 그 모든 과정에 연하준의 할머니와 양부모님의 도움이 함께 깃들어 있다는 것을 안다. 그런 모든 일들을 알게 된 후 처음 마주하는 바다의 모습은, 새로운 감정들을 정분이의 마음에 일깨워 주고 있었다. 그래서 결혼을 앞두고 맞은 생모의 기일에 어머니가 여자들끼리만 이곳에 다녀오자고 했을 때, 어머니가 정분이의 생모, 그리고 그녀의 재를 이곳에 뿌릴 때 동행했던 연하준의 할머니까지, 모두를 통칭해 여자들끼리라고 말하시는 그 숨은 뜻을 이해할 수 있었다.

"이곳은 늘 변함이 없네요. 바다가 바다 같지 않고 잔잔하고 포근해요. 그래서 이곳에 그분은 잠들고 싶어하셨나 봐요."

"그러게, 이곳은 늘 이랬던 거 같아. 그분의 재를 뿌리러 왔던 날도 이랬으니까. 너에게 그동안 이런 깊은 말을 모두 전해주지 않았던 나와 네 아버지를 혹시 원망하니?"

"아니요, 전혀 그런 마음 없어요. 두 분과 연하준의 할머니를 믿으니까요. 그렇게 하기로 결정할 상황이었을 거고, 그게 저를 위한 일이었을테니까요. 두 분 덕분에 누구보다 행복하게 잘 자랐고, 저는 그런 두 분을 너무 사랑해요. 두 분도 그만큼 제게 사랑을 주셨으니까요. 그런 생각 혹여라도 계속하시면 제가 좀 속상해요. 그러니 그런 생각은 앞으로는 하지 말아주세요.”

“네가 그렇게 말해주니 다행이다만, 아버지와 나, 그리고 하준이의 할머니도 지난 시간동안 늘 이런 마음의 짐을 지닌 채 번뇌의 시간을 지나왔던 거 같아. 이제야 좀 마음이 편안해지는 기분이야. 너를 낳아준 분에게 늘 마음속으로 고마운 마음과 미안한 마음을 갖고 있었어. 그래서 오늘 이곳에 와서, 너에게, 그분에게, 그리고 하준이의 할머니에게 모든 게 다 괜찮다고, 이제 괜찮아졌다고 말하고 싶었다. 여자들끼리 말이야, 후후.”

“예, 이제 하준 씨도 있으니 아버지는 가끔 하준 씨와 시간 보내시라고 하고, 어머니와 이렇게 여자들만의 시간을 보내도 좋을 거 같아요.”

“아, 그러면 되겠구나. 이래서 사람들이 사위를 보면 좋은 점이 많다고 하나보다. 성덕이라는 말이 있다지? 너도 알다시피 내가 꽤 오랫동안 연하준 씨 팬이었잖니, 그런데 이제 그 사람이 내 사위가 되고 내게 어머님이라고 부르게 되었으니, 내가 진정한 성덕인 거 같구나. 호호.”

“하하, 어머니, 그런 말은 또 어디서 알게 되셨어요? 후후,

그러게요. 어머니 정말 성덕이시네요."

"내가 정말 무슨 복이 이렇게 많은지 모르겠어. 딸도 이렇게 잘 됐는데, 그 딸 덕에 세상 잘난 그 사람을 내 사위로도 맞게 되다니 말이야."

"그 말 꼭 하준 씨에게 전해줄게요."

"수정 씨! 여기 정분이와 저랑 오늘은 우리 둘이만 왔어요, 수정 씨 보려고요. 정분이가 곧 결혼을 해요. 다음 번에는 정분이가 신랑 될 사람과 함께, 두 사람이 함께 와서 인사 드릴 거예요. 오늘은 여자들끼리 얘기하고 싶어서 제가 분이에게 우리 둘이서만 오자고 했어요. 그동안 수정 씨에게 고마운 마음도, 미안한 마음도 정말 많았어요. 아마 이런 내 마음 모두 잘 알고 있었으리라 생각해요. 분이를 제게 보내주어서 늘 고마워했던 내 마음 잘 알고 있죠? 분이가 친부를 만나게 된 것도 이미 알고 있겠죠? 분이 친부가 너무 좋은 분이어서 정말 다행이에요, 정말 고마워요. 다음에는.. 그분도 이곳에 분이와 함께 와도 되겠지요? 분이도 이제 좋은 제 짝을 만났으니, 그곳에서 늘 편하게 잘 지내줘요. 그분이 이곳에 오게 되면, 그 마음을 모난 곳 없이 잘 보듬어 주고요. 여자 대 여자로서, 수정 씨의 행복을 내가 늘 바라거든요. 수정 씨가 다음 생에라도 그분과 못다한 사랑을 이룰 수 있으면 좋겠다고 늘 개인적으로 바랐어요. 수정 씨, 행복해야 해요. 수정 씨가 내게 준 이 모든 행복을 내가 다 그대로 돌려줄게요. 우리 분이 덕에 내가 누렸던 사랑과 행복, 수정 씨 몫이에요. 그러니, 이번 생에는 내가 눈 감는 날까지 그 사랑과 행복 모두 누리다가, 수정 씨에게도 똑같이 다 나눠줄게요. 늘 고마워요. 정말 고마워요, 흐흐흑."

"어머니..."

바다를 바라보고 서있던 모녀는, 그렇게 서로의 어깨를 감싸 안으며 바다를 향해 행복한 눈물을 흘려보냈다. 바다는 행복한 눈물을 기꺼이 받아내고 행복을 나눠가져 줄 거였다. 늘 행복하라고, 늘 행복하자고, 그렇게 그 자리에서 행복을 파도와 함께 밀어 올려줄 거였다.

* * *

공인으로서 결혼을 발표하는 것이기에, 내 결혼식과 관련된 언론 대응은 기태주 대표님이 자신의 회사에서 모두 맡아서 처리해 주기로 했다. 그렇게 깜짝 소식을 전하며 나와 정분이는 부부가 되었다. 결혼식은 할머니의 시골집 마당에서 가족과 가까운 지인들만 초대해 작지만 정겨운 분위기 속에 치렀다. 받은 선물들은 모두 공식적으로 기부를 했다. 이른 나이의 은퇴와 새로운 분야에서 홀로서기로 시작한 사업, 그리고 갑작스러운 결혼 소식까지, 팬들의 반응은 늘 언제나 그렇듯 냉온을 오갔고 희비가 교차했다. 예전에는 그런 반응에 무감각하고 무심했지만, 이제는 그런 팬들의 반응에 고마운 마음을 느낄 줄도 알게 되었고, 충고는 겸허히 받아들일 수 있는 여유도 갖게 되었다.

나와 정분이는 내가 원래 혼자 지내던 집에서 신혼생활을 시작하기로 결정했다. 넓은 정원이 있는 하얀색 이층 집인 점을 정분이는 마음에 들어 했고, 거실에서 보이는 전망을 우리 둘 다 좋아해서 굳이 이 집 말고 다른 집을 구할 이유가 없었다. 정원으로 놓여있는 테라스는 정분이가 이 집에서 제일 아끼는 공간이다. 그곳에 앉아서 귀뚜라미 울음소리를 들으며 만화를 그리면, 만화방에서 그리던 그 감성이 고스란히 되살아나는 느낌이 든다고 한다. 땅과 바로 붙어 있어 짙은 흙냄새를 자연스럽게 맡게 되는 것도 좋고, 땅에 닿았다 튀어오르듯 공기 중으로 번지는 아침 이슬의 촉촉함이 느껴지는 이른 아침 느낌도 좋다고 했다. 하루 종일 해에 달구어지다 기울어진 해를 뒤로 하고 땅이 전해주는 따스함도 즐기는 듯하다. 그런 느낌이 들 때마다 정분이는 그런 감성을 놓치지 않고 만화 그림에 담아내려 누구보다 열정을 쏟아내고 있다. 내가 전해준 스토리라인은 정분이가 꼭 한 번은 그려보고 싶던 내용이었다고 한다. 우리 두 사람은 꼭 맞춘 듯 감성도 비슷하고, 그 감성을 다루는 느낌도 비슷하다.

　내가 원래 쓴 스토리는 내가 한동안 빠져서 파고들었던 AI 의 지식을 기반으로 한 SF물이고, 그 스토리라인에 정분이가 자연 친화적인 요소를 가미하자고 낸 아이디어를 받아들여, 생물학적 유전인자를 지닌 로봇이 황폐해진 자연의 재생성을 이뤄내는 내용을 중심으로 스토리라인을 완성했다. 이 내용 을 기반으로 한 만화영화를 제작해 보기 위해, 우리 둘 다 요 즘 정신없이 바쁘게 지내는 중이다. 파트너십을 맺은 애니메 이션 제작 회사와의 공동작업에, 정분이와 나는 애니메이터 와 각본 및 제작자로 각각 이름을 올리고 프로젝트에 참여하 고 있다. 우리가 좋아하고 꿈꾸던 일을 둘이 함께 해나가는 일 상이 감사하고 행복하다.

　어제는 하루 종일 천둥번개를 동반한 폭우가 쏟아졌는데, 오늘은 거짓말처럼 파란 하늘에 구름 한 점 없이 화창한 날씨 가 되었다. 맑게 갠 파란 하늘 아래 정분이는 아침 일찍부터 테라스에 앉아서 만화 작업을 이어가고 있다. 이제 정분이는 우리 둘의 신혼집 테라스에서 만화 그림을 그리는 걸 제일 즐 기게 되었다. 거실 장식장 위에 놓인 서로 껴안고 있는 포포 인형이 그런 정분이를 흐뭇하게 바라보고 있다. 파란 하늘 만 큼 상쾌한 정분이의 미소가 내 얼굴과 가슴에 청량한 행복함 으로 스며들어 온다. 이렇게 맑게 갠 파란 하늘을 보면 여전히

할머니 생각이 난다. 그런 하늘을 보면 늘 할머니에게 하고 싶
은 말이 가슴을 가득 채우기 때문이다.

제 마음이 정분이에게 닿게 해주셔서 감사합니다!

정분이 제 마음에 들어와서 다행입니다!

오늘도 제 곁에 정분이 있어 행복합니다!

할머니, 사랑합니다!

에필로그 1.

— 박수정 이야기

"나는 강태훈이라고 합니다. 이름이 뭐예요?"

남자는 타고난 자신감이 말 한마디 한마디 마다 묻어나는 사람이었다.

야간대학교 과제에 필요한 서적을 살펴보기 위해 서점에 들른 길이었다. 내 어깨 즈음 높이의 책장 앞에서 책을 살피고 있는데, 오른쪽 눈가로 한 남자의 커다란 손등이 다가왔다 사라지는 게 보였다. 남자는 두꺼운 책 몇 권을 이미 손에 들고 있었는데, 그중 한 권을 내가 서있는 책장 위에 올려 두던 참이었다. 그렇게 책을 고르는 듯싶더니, 이내 발걸음을 옮겨 다른 책장 쪽으로 옮겨갔다. 다시 돌아오겠거니 싶으면서도 내 시선은 그렇게 남자가 책장 위에 놓아둔 책에 머물러 있었다. 특별히 부탁을 받지도 않았는데, 왠지 그 책을 남자가 올 때까지 내가 지키고 있어야 될 거 같은 느낌이었다. 그렇게 책과 남자의 뒷모습을 번갈아 보고 서있는데, 남자는 그런 내 뜻도 모르는지, 어느덧 다른 층 방향으로 걸음을 옮겨가고 있었다. 급해진 마음에 얼른 책장 위에 올려져 있던 책을 들고 남자에게 걸어가 남자의 소매 부분을 톡톡 두드렸다.

"저, 여기 그쪽 책인 거 같아서요."

"아, 그렇네요. 제가 정신을 놓고 있었네요. 감사합니다."

감사하다고 말하면서도 남자는 선뜻 내게서 자신의 책을 받아 들지는 않더니, 바로 옆에 있던 책장에서 두꺼운 책을 서너 권 더 빼들었다.

"제가 오늘 이 책들도 다 사야 되거든요. 보시다시피 손이 좀 부족해서요. 괜찮으시다면, 책 좀 들어주시면 안 될까요? 몇 분 거리 밖에 안 돼요. 부탁드릴게요."

남자의 선한 눈에서 순간 빛이 나는 듯싶었다. 두꺼운 책들은 모두 컴퓨터 공학 서적이었고, 남자에게서 풍겨 나오는 분위기가 선하게 느껴졌다. 서점은 큰 길가에 위치해 있고 아직 환한 대낮이니, 몇 분 거리에 있는 건물 앞까지 책을 들어다 준다고 설마 위험한 일이 생길 거 같진 않았다. 내가 잠시 고민하다 가만히 고개를 끄덕이자, 남자는 곧 환한 미소를 지으며 고맙다는 인사를 건네더니 이내 계산대로 걸음을 옮겼다.

서점을 나오니 햇살이 눈부시게 쏟아져 내리고 있었고, 봄 내음이 바람에 실려와 코끝을 향기롭게 스쳐갔다. 남자는 두 손 가득 책을 들고 걸으면서도, 기분이 좋은지 얼굴에 미소가 번져 있었다. 남자의 목적지는 정말 서점과 몇 분 거리였고, 나는 현관 앞에 남자의 책을 내려 두었다. 책이 더러워질까 봐 걱정이 되었지만, 남자의 두 손에 책을 올려놓자니 너무 무거워질 거 같았고, 그렇다고 남자를 따라서 건물 안으로 들어갈 마음은 없었다.

"전 이만 가볼게요."

"아, 잠시만요. 이 책들 위에 올려다 두고 바로 내려올게요. 가지 말고 여기서 기다리고 있어요."

남자는 내가 내려놓은 책들까지 이내 합쳐 들더니, 말릴 틈도 없이 건물 안으로 사라졌다 정말 눈 깜짝할 사이에 되돌아왔다. 남자는 숨이 차오르는지 내 앞에서 몇 번 깊이 숨을 고르고 나서야 말을 이을 수 있었다.

"후우, 가버렸을까 봐 계단을 좀 급하게 뛰어서요, 후우후. 이렇게 도와주셨는데 제가 밥 살게요. 가요."

"예에? 아, 아니요, 괜찮아요. 별 것도 안 했는데요. 전 그만 가볼게요."

"아, 그건 안 되죠. 이렇게 선의를 베풀었는데, 아무것도 아니라고 넘어가버리면 다음에 또 이런 일이 생겼을 때, 제가 그쪽 인생에 나쁜 선례를 남기게 되는 거잖아요. 누군가에게 선의를 베풀었을 때 좋은 보답을 받은 기억이 있으면, 다음에도 또 그런 선의를 베풀게 될 가능성이 더 커질 거 아니에요. 그러니 저는 그 책임을 져야 되는 게 맞아요. 주변에 맛있는 집 많아요. 지금 딱 점심시간이고, 우리 둘 다 점심은 먹어야 되잖아요. 그러니 제가 보답하게 해줘요. 점심 정도는 괜찮잖아요. 가요."

남자는 해괴한 논리를 장황히 늘어놓으며 억지를 부리고 있었다. 하지만 어쩐 일인지 그런 모습이 나쁘게 보이지 않았다. 왠지 점심 정도는 함께 먹어도 좋을 거 같은, 그 정도로 선한 눈빛과 투명한 미소가 내 마음을 움직이고 있었다. 마침 그 동네는 내게도 익숙한 곳이었기에, 평소 내가 즐겨 찾는 식당으로 남자를 이끌었다. 그렇게 우리 둘은 마주 앉아 점심을 함께 먹었다.

처음이었다. 낯선 이와 마주 앉아 밥을 먹는 것도 처음이었고, 그 느낌이 이렇게도 편안하고 즐거운 적도 처음이었다. 남자는 부드러운 듯 강했고, 친절한 듯 거침이 없었다. 타고난 투명함과 당당함을 지닌 남자의 말과 행동이, 짧은 시간 안에 내 마음을 움직이고 있었다. 남자는 내 이름을 물어왔지만, 남자가 서점에서 샀던 공학 서적들이 생각나 왠지 모르게 망설이게 됐다. 이 짧은 만남에 너무 깊은 의미를 두고 싶지는 않았지만, 잘못 흐를 물길인 걸 알면서 그냥 흐르게 둘 수는 없다는 생각이 들었다.

"전 박소정이에요. 고아원 출신이고 고등학교를 졸업 후 이 근처 음식점에서 계산원으로 일하고 있어요. 운 좋게 기회를 얻어서 현재 야간대학에서 학업을 이어가고 있고요."

남자에게 내 배경에 대해 간단히 말해 주었지만, 왠지 남자에게 내 본명을 알려 주고 싶지는 않았다. 남자는 내 짧은 소개에 숨겨진 의도를 이해했는지, 이내 진중한 눈빛을 얼굴에 띄우며 내게 말을 건네왔다.

　"그렇군요. 나는 힘겹게 학업을 이어가고 있는 학생입니다. 컴퓨터를 좋아하고요."

　남자다운 듯 당당한 모습이 멋지다고 생각했고, 힘겹게 공부를 하고 있는 학생인 점도 마음에 들었다. 그날 이후로, 남자는 내가 근무를 마치고 야간대학을 가는 길을 함께 가 주기도 했고, 휴일에는 내 과제를 도와 주기도 했다. 그렇게 우리 둘은 연인이 되었다. 내 인생에서 이런 행복을 얻게 되리라는 생각은 해본 적이 없는데, 사치스러울 정도로 행복하고 포근한 시간을 누리게 됐다. 늘 빛이 나는 남자를 보면서, 저 당당하고 믿음직스러운 남자의 미래가 늘 밝기만 하기를 마음속으로 바랐다. 그래서 처음부터 큰 욕심을 갖지 않았고, 행복한 추억을 갖게 되는 것만으로 괜찮다는 생각을 했다. 그럼에도 불구하고 남자를 사랑하는 마음과 그를 아끼는 마음이 내 인생의 전부가 되어버렸음을 깨달아 가고 있었다.

에필로그 2.

— 강홍 이야기

"어, 갑자기 웬 소나기지? 잠깐 여기서 기다려, 내가 우산 갖고 나올게."

고등학교 1학년 같은 반이 되고 친해진 미석이네 집에 들렀다 대문을 나서려는데, 갑자기 쏟아지기 시작한 소나기가 발목을 잡았다. 나를 처마 밑에 세워두고 미석이는 우산을 가지러 집안으로 다시 들어갔다. 하염없이 내리는 비를 보고 있는데, 큼지막한 우산 하나가 내 눈앞에 놓였다.

"미석이 친구지? 이 우산 써."

"어, 괜찮은……."

내가 말을 마치기도 전에 내 손에 우산을 쥐어준 남학생은 미석이의 집 현관 안으로 이미 사라져버렸다. 그렇게 서서 멍하니 현관을 보고 있자니, 미석이가 우산을 쓰고 나왔다. 미석이의 다른 한 손에는 곱게 접어진 우산 하나가 들려 있었다.

"어? 너 그 우산 어디서 났어?"

미석이는 갑자기 내 손에 쥐어져 있는 우산을 놀란 눈으로 바라보고 있었다.

"아마, 네 오빠인 거 같은데……, 갑자기 내게 우산을 주고 너희 집 현관으로 들어가버렸거든."

"아하, 그럼 우리 오빠 맞네. 우리 오빠가 원래 좀 친절해. 남들 힘든 거 잘 못 보고."

보통 남매들은 서로 칭찬 같은 거 잘 안 하던데, 미석이는 대뜸 오빠 칭찬을 늘어놓았다. 둘이 사이가 좋은가 보다. 그리고 오빠가 많이 친절한 성격인 듯하다.

"아, 그렇구나. 오빠랑 사이가 좋은가 봐?"

"우리 오빠? 응, 우리 사이 완전 좋아. 좀 다른 집하고 다르지? 오빠가 워낙 성격이 좋고 내게 정말 잘해 주거든. 공부도 잘하고 유머 감각도 좋고. 헤헤, 나는 나중에 우리 오빠 같은 남자 만나서 연애하고 싶어. 비가 좀 잦아든 거 같은데, 더 쏟아지기 전에 얼른 너희 집으로 가자."

딸만 셋인 집의 둘째인 나로서는 미석이가 말하는 오빠 같은 남자가 어떤 오빠인지 쉽게 상상이 되지 않았지만, 저렇게 자랑을 하고 싶은 오빠가 있다는 미석이 신기하기도 하고 부럽게도 느껴졌다. 그 후에도 미석이네 집에 가면, 종종 미석이의 오빠를 스치 듯 몇 번 볼 수 있었다. 간단히 인사만 하는 사이였지만, 미석이의 오빠는 늘 환한 미소를 띠고 있었다. 내 또래 남자아이들 중 저렇게 환한 미소를 띠우며 인사를 하는 건 처음 보는 나로서는 좀 의아했지만, 그 미소가 전염이라도 되는지 어느새 나도 환한 미소를 따라 짓고 있었다.

의대에 진학한 후, 나는 바쁜 학업에 정신없이 치여 살고 있었다. 이번에도 안 나오면 친구 그룹에서 빼버린다는 친구들의 협박을 받고 오랜만에 참석한 동창회에서 만난 친구들은, 모두 각자의 자리에서 나름의 치열한 삶을 살아가고 있었고 미석이도 그런 친구 중 한 명이었다. 남자 보는 눈이 높고 까탈스럽던 미석이는, 신문사에 기자로 취직한 후 만난 남자친구와 남들이 부러워할 만한 연애를 이어가고 있었다. 예전에 미석이는 자기 오빠 같은 남자와 만나 연애를 하고 싶다고 했는데, 오랜만에 만난 미석이는 자신이 꼭 원하던 남자를 만난 거 같다며 행복한 미소를 짓고 있었다. 이제는 얼굴도 뚜렷이 기억나지 않는 미석이의 오빠 안부가 궁금해졌지만, 친구들과의 수다를 이어가며 쓸데없는 잡념을 밀어 냈다.

그런데 얼굴도 기억이 안날 거 같던 미석이 오빠를 병원 로비에서 마주친 순간, 한눈에 알아볼 만큼 선명히 그 모습이 내 시선 안으로 들어왔다. 그날, 우리는 고향으로 가는 차 안에서 많은 이야기를 나누었고, 나는 그제야 미석이가 말했던 오빠 같은 사람을 만나 연애를 하고 싶다는 말의 의미를 이해할 수 있었다.

나는 미석이의 오빠를 다시 만났고, 우리는 그렇게 연인이 되었다. 늘 포근한 사람이고, 믿음직스럽고 따스한 사람이다.

큰 덩치가 듬직하면서도, 가끔 짓는 장난스러운 표정은 귀엽기도 하다. 사람의 마음을 읽는 능력이라도 있는지, 내가 별말을 안해도 내 기분과 행동에 맞춰준다. 학창시절부터 인기가 많았던 나는, 남자들의 친절한 행동이나 관심에 부정적이었고 무관심했다. 이 연애를 시작하고 나서야, 한 사람의 마음을 온전히 내 마음 안에 들여 놓는다는 뜻을 이해하게 되었고, 내 마음을 그 사람에게 모두 전해주어도 아깝지 않다는 말의 의미를 배우게 되었다. 그래서 너무도 자연스럽게 우리 둘의 미래를 그려볼 수도 있었던 거 같다. 그 사람은 내게 늘 인간 온풍기가 되어주겠다고 했다. 내 마음에 늘 훈풍을 불어넣어줄 사람을 만나서 행복하고, 진돌석과 강홍, 우리 두 사람이 앞으로도 행복의 돛을 달고 그 훈풍에 맞춰 행복한 삶의 항해를 함께 해나가면 좋겠다.

에필로그 3.

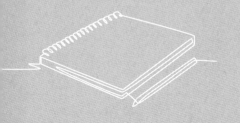

– 할머니의 일기장

할머니의 일기장은 보석상자와 같다. 읽으면 읽을수록 소중하다. 정분이는 할머니의 일기장을 읽어 달라며 가끔 나를 조르고는 한다. 직접 읽어도 괜찮다고 말해줘도 굳이 내게 읽어 달라고 청해온다. 할머니께서 내게 남기신 유품이니까, 자신이 그 일기장들을 직접 읽는 건 왠지 마음이 내키지 않는다는 게 그 이유다. 그래서 그녀는 내 목소리를 통해 일기장 내용을 듣는 걸 좋아한다. 그 마음을 이해하기에, 나는 담담한 목소리로 그 소중한 내용들을 하나하나씩 나의 정분이에게 읽어 주고는 한다. 내용을 들으며 그녀의 얼굴에 피어오르는 애잔함, 행복함, 설렘 등 어느 것 하나 놓칠 수 없는 소중한 순간들이라, 보고 있어도 그 순간이 흘러가는 것까지 그립고 아쉽기만 하다.

조그마한 체구 어디에서 그런 힘이 나는지 보고 있으면 대견하고 안쓰럽다. 내 옆에서 편히 지내도 된다고 말해도, 지금도 충분히 도움받고 있다며 늘 감사 인사를 잊지 않고 건네오는 사람이다. 아이와 떨어져 있고 싶지 않다며, 집에서 손뜨개질로 소품을 만들어 팔기도 하고, 딸기잼을 만들어 주변의 상점에도 판매를 하며 생활비를 번다고 한다. 내가 조금씩 보태 주는 돈들은 받지를 않아, 나는 그 사람을 만날 때마다 생활용품이며 아이용품을 잔뜩 안겨주는 방법으로만 도움을 줄 수 있을 뿐이다. 손재주가 좋아 만들어내는 용품들이 판매가 잘 되고 돈벌이도 제법 되는 듯해 안심이긴 하다. 힘들 상황일 수도 있는데, 늘 밝고 따뜻한 미소를 잃지 않는 모습이 좋아 보인다. 아이의 아빠 소식은 그 후에도 종종 들려온다. 꽤 잘 지내는 모습이다. 한 번 더 만나보면 어떻겠냐는 말을 건넸을 때, 하얗게 질리는 얼굴을 보고 다시는 그 말을 꺼내지 말아야겠다고 생각했다. 그저 아이 하나 잘 키우는 게 행복이라고 생각하며 살기로 했다는 그녀의 말을 존중해 주기로 했다. 저번 만남으로 마음에 깊은 상처가 생긴 듯해 걱정이 될 뿐이다. 그저 그 마음을 떨쳐내고 다시 원래의 활기를 되찾아 가기를 바랄 뿐이다.

후회가 된다. 자주 머리가 아프다고 할 때 좀 더 빨리 병원을 데려갔어야 했는데, 안일했던 나 자신을 호되게 꾸짖고 싶다. 이렇게 허망하게 그 사람이 곁을 떠날지 생각도 못했다. 인생이 허무하고 이렇게까지 원망스러운 적이 없었다. 그렇게 착하고 좋은 사람을 왜 이리 일찍 데려가셨는지, 슬프고 괴로운 마음을 접을 길이 없다. 그래도 남겨진 아이를 생각해서 내가 정신을 차리고 움직일 생각이다. 지금 아이에게 남은 건 나 하나뿐이니, 그 아이를 도와줄 수 있는 사람도 나 하나다. 어미가 바랐던 대로 아이를 숨겨줄 생각이다. 이게 과연 옳은 결정인지는 알 수 없지만, 아이의 어미가 원하는 대로 나는 도와줄 생각이다. 나중에 아이가 자라서 충분히 강해졌을 때 이런 상황을 이해해 주길 바랄 뿐이다.

늘 대견하고 믿음직스럽다. 나는 내가 많은 복을 타고 난 사람이라 생각하는데, 그중에는 자손 복도 있는 것 같다. 밤톨만한 녀석이 어찌 저렇게 총명하고 듬직한지, 하준이를 보고 있으면 밥 안 먹어도 배부르다는 말이 무슨 말인지 알 거 같다. 하준이라면, 내 마음을 이해하고 따라줄 수 있을지에 대한 생각을 요즘 들어 종종 하게 된다. 이런 마음을 품고 있지만, 억지로 뭔가를 밀어붙일 생각은 없다. 결국은 아이들이 모든 걸 선택할 일이다. 이것도 인연이고 운명이라면, 결국은 마음 가는 대로 행동하게 될 것이다. 나는 그저 나침반 하나씩 그 길목들에 놓아주면 어떨지 고민을 해 볼 뿐이다.

그 아이에게 미안한 마음이 들 때가 있다. 그때 어미가 원하는 대로 해준다는 명분이 있었지만, 그래도 친부를 찾아 주었어야 했던 건 아니었을지. 천륜을 내가 중간에서 바꿀 수는 없는 법인지라, 멀리서나마 그 사람 소식을 접하게 될 때마다 이런 생각을 떨쳐내기가 쉽지 않다. 다른 사람의 인생에 영향을 주게 되는 건 가르치는 일 하나일 줄 알았는데, 이런 운명 또한 내 인생에 있었던 듯하다. 아이가 커가는 모습을 바라보면서, 그리고 가끔 소식을 듣게 되는 그 사람을 지켜보면서, 그럼에도 불구하고 아직 내게 남은 역할이 좀 더 있지는 않을지, 혹시라도 우둔한 내가 미처 그 역할을 다 해내지 못하는 건 아닌지 가끔 걱정이 된다. 나는 수정이에게 아이의 안녕과 행복을 약속했는데, 내가 그 약속을 지키려면 아이의 천륜을 이어줘야 되는 건 아닌지, 고뇌의 밤은 깊이가 더욱 깊어져만 간다.

아이의 장래에 대해 내게 조언을 구해 올 때마다, 난 그저 아이에게 맡기라고 말하고는 했었다. 그런 아이가 이제 다 자라서 제 미래를 단단히 만들 디딤돌 하나를 놓게 되었다. 혹시라도 내가 그 결정에 영향을 주었을까 봐 조심스럽다. 아마 부모를 생각하는 마음에 그런 결정을 내렸을 거였다. 그 마음 씀씀이 하나하나가 진중하고 슬기롭다. 자라면서 태가 점점 더 고와지고 생각의 깊이가 깊어지는 모습이 나를 더욱 더 흐뭇하게 만든다. 어미가 살아 있었다면 그 모습을 보며 얼마나 행복해했을지 생각만 해도 마음이 아련해지고는 한다.

내가 아이들에게 해 줄 수 있는 일은 그저 옆에서 자리를 지켜주는 일이라 생각했다. 그래서 평생을 고향에 터전을 이루고 이곳에서 그저 그들의 인생에 큰 버팀목 역할을 해주고 싶었다. 아들이 어릴 적부터 써 온 일기장들을 모아왔고, 그 아들의 아들인 하준이가 어릴 적부터 써 온 일기장들을 모아온 일까지, 그 모든 일들이 내겐 큰 기쁨이었고 가슴이 벅차오르는 행복이었다. 가끔 못 견디겠는 호기심에 몇 장 들춰 보기도 했다는 건 모두 알고 있을 만한 내 비밀이기도 하다. 내가 평생을 적어 온 내 일기장들은 하준이에게 남겨줄 생각이다. 내 인생이 늘 떳떳하고 부끄럽지 않은 일들만 있었던 건 아닌지라, 내가 내 삶의 숨결이 가득 담긴 내 일기장들을 누군가에게 공유하기로 결정하기까지는 크나큰 용기가 필요했던 것도 사실이다. 마음 같아서는 고운 부분만 남겨두고, 어지럽고 고약한 부분들은 모두 떼어내 버려버리고 싶은 생각이 들기도 한다. 하지만, 기나긴 고뇌의 끝에 결국 내 삶의 모든 추억과 회한과 고통과 기쁨을 나눠 보기로 결정을 내렸다. 하준이가 내 일기장들을 받아 읽게 된다면, 그저 그 아이에게 그리 큰 부담이 되지는 않기를 바랄 뿐이다. 내 나름대로 소중한 삶이었고, 성실하고 진실되게 살아오려 노력해 왔다. 그런 내 마음이 하준이에게 내 일기장을 통해 전달될 수 있다면, 그 똑똑한 아이는 이런 내 마음을 진심으로 이해해 줄거라 믿는다.

아이는 어떻게 보면 내 인생에 마지막 남은 숙제와 같다. 아주 조그마한 미련이고, 끊어내지 못할 마음 한편에 깊숙이 자리 잡고 있는 작디 작은 죄책감이 될 수도 있으며, 내가 절대 후회하지 않을 내 인생에서의 소중한 용기와 책임감의 결정체이기도 하다. 아이는 좋은 부모 밑에서 잘 자라 주었고, 훌륭하고 강한 인격체로 성장하였다. 이제 그 순간이 점점 가까워지고 있다는 뜻이기도 하다. 내가 그 순간이 될 때까지 아이의 곁에 있게 될지 알 수 없어 초초함을 느낄 뿐이다. 세월은 흐르고 있고, 내 몸과 마음이 약해져 간다. 아직은 그 시간이 다 되지 않았기에 내가 좀 더 버텨주어야 하겠지만, 만약 그렇지 못할 경우를 대비해서, 일기장들을 모아 상자 하나에 고이 담아 두었다. 부디 모든 일들이 아이들에게 행복한 결말을 안겨주게 되기를 마음 깊이 바랄 뿐이다. 내 모든 지혜와 사랑을 담아 그들의 행복을 빌어 줄 생각이다.

천재 인연 추리단

초판 1쇄 인쇄 2025년 6월 20일
초판 1쇄 발행 2025년 6월 27일

지은이 연하어
펴낸이 박세현
펴낸곳 서랍의 날씨

기획 편집 곽병완
디자인 김민주
마케팅 전창열
SNS 홍보 신현아

주소 (우)14557 경기도 부천시 조마루로 385번길 92 부천테크노밸리유1센터 1110호
전화 070-8821-4312 | **팩스** 02-6008-4318
이메일 fandombooks@naver.com
블로그 http://blog.naver.com/fandombooks

출판등록 2009년 7월 9일(제386-251002009000081호)

ISBN 979-11-6169-345-3 (03810)